ALARME

Lee Child

ALARME

ÉDITIONS FRANCE LOISIRS

Titre original : *Tripwire*
Traduit de l'américain par Jean-Pascal Bernard, Étienne Menanteau, Daniel Roche et Marie-Hélène Sabard.

Édition du Club France Loisirs,
avec l'autorisation des Éditions Ramsay

Éditions France Loisirs,
123, boulevard de Grenelle, Paris
www.franceloisirs.com

ISBN 2-7441-3196-2

Prologue

Toute la vie de Hook Hobie tenait à un secret vieux de presque trente ans : sa liberté, son statut social, son argent. Et, comme quiconque dans sa situation, il était prêt à tout pour protéger son secret. Parce qu'il avait beaucoup à perdre. Sa vie entière.

Il avait élaboré un dispositif de protection à double détente. Comme le fait une nation pour se défendre contre un missile ennemi, un locataire contre un cambrioleur, un boxeur contre l'uppercut fatal. Détecter et réagir. Phase 1, phase 2. D'abord on localise la menace, ensuite on réagit.

La phase 1 était l'alerte initiale. Elle avait évolué au fil des années et des circonstances. Désormais elle était parfaitement au point. Elle se composait de deux déclencheurs. Le premier se trouvait à dix-huit mille kilomètres. Un signal d'alarme anticipé. Une mise en état d'alerte qui lui apprendrait qu'ils étaient sur sa piste. Le second, à dix mille kilomètres, l'avertirait que la menace se rapprochait. Que la phase 1 était terminée et que la 2 allait commencer.

Phase 2 : réagir. Il en avait une vision très claire. Il avait passé presque trente ans à y réfléchir, mais il n'avait imaginé qu'une option viable : la fuite. Hobie était un réaliste. Toute sa vie, il avait été fier de son courage, de son astuce, de son endurance, de sa force de caractère. Il avait toujours fait ce qu'il fallait, sans l'ombre d'une hésitation. Mais il savait que, lorsque lui parviendraient les deux signaux, il devrait disparaître. Aucun homme ne pouvait résister à ce qu'il devrait affronter alors. Aucun, fût-il aussi féroce que lui.

Le danger avait cru et décru comme une marée, pendant des années. Il avait passé de longues périodes, certain d'être submergé à tout moment. Et d'autres où il était convaincu d'être hors d'atteinte. Parfois la seule sensation du temps lui redonnait confiance : trente ans, une éternité. Mais parfois, aussi, ces trente ans lui semblaient avoir filé en un clin d'œil et le signal lui paraissait imminent. Il travaillait, faisait des projets, en sachant qu'à tout moment il pouvait être contraint de déguerpir.

Il avait imaginé la scène des milliers de fois. Le premier appel lui parviendrait un mois environ avant le second. Un mois qu'il mettrait à profit pour se préparer. Il réglerait tous les détails, liquiderait ses affaires, réaliserait ses avoirs, transférerait ses fonds, solderait ses comptes. Et au second appel, il partirait. Sur-le-champ. Sans hésitation. Foutre le camp pour toujours.

Mais la réalité démentit ses prévisions : les deux appels arrivèrent le même jour. Et le second avant le premier. Pile une heure avant.

Hook Hobie ne songea pas à fuir. Malgré trente ans de plans méticuleux, il resta. Prêt à se battre.

Chapitre 1

Jack Reacher vit le type s'avancer dans l'embrasure de la porte. En fait, il n'y avait pas de porte. L'autre entra simplement par une ouverture ménagée dans la vitrine. Le bar donnait sur la rue. Des tables et des chaises étaient disposées sur une terrasse qu'ombrageait à peine une vigne à demi desséchée. La salle enjambait un mur absent. Reacher se dit qu'on devait sans doute cadenasser une grille devant l'ouverture quand le bar fermait. S'il fermait. Il était sûr de ne l'avoir jamais vu fermé, et il avait des horaires très élastiques.

Le type s'immobilisa en clignant des paupières pour laisser ses yeux s'accoutumer à la pénombre après la lumière aveuglante du soleil de Key West. On était en juin, à 16 heures pétantes, dans la région la plus méridionale des États-Unis. Bien plus au sud que la plupart des îles des Bahamas. Soleil blanc et température infernale. Assis à sa table dans le fond de sa salle, Reacher buvait à même une bouteille d'eau en plastique et attendait.

Le type jeta un regard autour de lui. Le bar était bas de plafond et bâti avec des planches auxquelles le temps avait donné une teinte brunâtre. Comme si on les avait arrachées à des rafiots disloqués. On y avait cloué des accessoires de marine. De vieux trucs en cuivre et des globes en verre d'un vert sombre. Des lambeaux de filets. Un équipement de pêche, présumait Reacher, qui n'avait pourtant jamais attrapé un poisson de sa vie. Ni piloté de bateau. Des milliers de cartes de visite professionnelles couvraient chaque centimètre carré des murs, sans oublier le plafond. Certaines étaient récentes ; d'autres, vieilles et racornies, représentaient des entreprises qui n'existaient plus depuis des décennies.

Le type s'avança dans la pénombre et se dirigea vers le bar. Il était vieux. La soixantaine, taille moyenne, corpulent. Un médecin l'aurait jugé trop gros. Reacher, lui, ne vit qu'un homme de belle prestance, mais qui avait déjà commencé à descendre la pente. Un type qui, sans trop s'en émouvoir, avait renoncé à enrayer l'action du temps. Il était habillé comme un citadin du Nord en transit dans une région chaude. Pantalon gris clair, large en haut, étroit en bas, veste beige froissée en tissu léger, chemise blanche à col ouvert révélant un triangle de peau d'un blanc bleuâtre, chaussettes sombres, chaussures de ville. New York ou Chicago, se dit Reacher, peut-être Boston. A passé le plus clair de l'été enfermé dans un bureau ou une voiture climatisée. A ressorti le pantalon et la veste du fond de la penderie où il les avait remisés depuis leur achat, il y a vingt ans. Les sort pour des occasions comme celle-ci.

Le type se planta devant le bar, fouilla dans sa poche et en tira un portefeuille. Petit, bourré à craquer, joli cuir noir. Le genre qui épouse la forme des choses qu'on fourre dedans. Reacher le vit l'ouvrir d'un geste sec et familier, et le montrer au barman en l'interrogeant d'un air placide. L'homme détourna le regard comme si on venait de l'insulter. Le type rangea son portefeuille et lissa sur son crâne des mèches de cheveux gris trempées de sueur. Il murmura quelque chose et le barman alla lui chercher une bière dans une glacière. Puis il colla pendant quelques instants la bouteille fraîche contre son visage, avant d'en boire une longue gorgée. Il rota discrètement, la main devant la bouche, et sourit comme s'il venait de régler un petit désagrément.

À son tour, Reacher but une longue gorgée d'eau. Le gars le plus en forme qu'il eût jamais connu était un soldat belge qui jurait que la clé de la santé consistait à faire exactement tout ce dont on avait envie, à condition de boire cinq litres d'eau minérale par jour. Comme ce Belge était un petit bonhomme filiforme qui pesait deux fois moins que lui, il avait décidé de doubler la dose et de boire dix litres par jour. Il avait suivi ce régime depuis qu'il était arrivé à Key West. Avec succès. Il ne s'était jamais senti aussi en forme. Chaque jour, à 16 heures, il s'asseyait à la même table et buvait trois bouteilles d'eau plate. Il était aussi accro à l'eau minérale qu'il l'avait été jadis au café.

Accoudé au bar, le type sirotait sa bière. Et scrutait la salle. Reacher était seul. Le type s'écarta du comptoir et s'approcha de lui. Agita sa bière d'un geste vague qui signifiait : Je peux? D'un signe de tête, Reacher désigna la chaise en face de lui, tout en forçant le bouchon de plastique de sa troisième bouteille. Le type s'assit lourdement. Il débordait de sa chaise. Le genre d'homme à fourrer ses clés, son argent et ses mouchoirs dans ses poches de pantalon, sans se soucier de son tour de hanches.

— Vous êtes Jack Reacher? demanda-t-il de l'autre côté de la table.

Ni Chicago ni Boston. New York, à coup sûr. Son accent rappelait à Reacher celui d'un gars qu'il avait connu et qui avait passé les vingt premières années de sa vie à Broadway.

— Jack Reacher? répéta le vieux.

Deux petits yeux perçants sous des arcades sourcilières proéminentes. Reacher reprit une gorgée d'eau et l'observa à travers la paroi de plastique de la bouteille.

— Êtes-vous Jack Reacher? demanda l'homme pour la troisième fois.

Reacher posa sa bouteille sur la table.

— Non.

Déçu, le vieux rentra un instant la tête dans les épaules. Il remonta sa manche et jeta un œil à sa montre. Déplaça la masse de son corps vers le bord de la chaise, prêt à se lever, puis se rassit comme si, soudain, il avait tout son temps.

— Il est 4 h 05, fit-il.

Reacher acquiesça. Le vieux agita sa bouteille de bière en

direction du barman qui plongea la main dans la glacière et en apporta une fraîche.

— Cette chaleur m'assomme.

Reacher approuva en silence et avala un peu d'eau.

— Vous ne connaîtriez pas un Jack Reacher dans le coin ?

Haussement d'épaules.

— Vous pouvez me le décrire ?

Le vieux avala une bonne lampée de la seconde bouteille. S'essuya les lèvres d'un revers de main. Interrompit son geste pour masquer un rot discret.

— Pas vraiment, fit-il. Un grand gaillard, c'est tout ce que je sais. C'est pour ça que je vous ai posé la question.

— Il y a beaucoup de grands types par ici, fit Reacher. Beaucoup de grands types partout.

— Mais ce nom ne vous dit rien ?

— Il devrait ? On peut savoir qui le demande ?

Le type sourit et hocha la tête comme pour s'excuser.

— Costello, fit-il. Enchanté.

Reacher souleva sa bouteille en guise de réponse.

— Flic ? demanda-t-il.

— Détective privé.

— Et vous recherchez un type du nom de Reacher ? Qu'est-ce qu'il a fait ?

Costello haussa les épaules.

— À ma connaissance, rien. On m'a juste demandé de le retrouver.

— Vous croyez qu'il est dans le coin ?

— La semaine dernière, il y était. Il a un compte en banque en Virginie, sur lequel il vire de l'argent.

— Depuis Key West ?

Costello acquiesça.

— Chaque semaine, fit-il, depuis trois mois.

— Et alors ?

— Alors c'est qu'il travaille par ici. Ou qu'il a travaillé par ici pendant trois mois. Je pensais trouver quelqu'un qui le connaîtrait.

— Et vous avez fait chou blanc.

Costello confirma.

— J'ai interrogé tout le monde sur Duval, apparemment la rue la plus fréquentée de la ville. Tout ce que j'ai déniché, c'est une entraîneuse dans un bar. Elle m'a dit qu'un grand type était arrivé il y a exactement trois mois et qu'il buvait de l'eau ici tous les jours à 4 heures.

Subitement il se tut et jeta un regard perçant à Reacher, comme s'il cherchait la confrontation. Reacher but encore une gorgée au goulot et haussa les épaules.

— Coïncidence, fit-il.

— Sans doute.

Costello porta la bouteille de bière à ses lèvres et but, sans quitter Reacher de ses yeux fatigués et rusés.

— Beaucoup de passage dans le coin, lui lança Reacher. Les gens vont et viennent.

— Probable.

— Mais je vais ouvrir l'œil.

Costello hocha la tête.

— Je vous en serais reconnaissant, dit-il d'un ton insinuant.

— Qui le recherche ? demanda Reacher

— Ma cliente. Une certaine Mme Jacob.

Reacher sirotait son eau minérale. Le nom ne lui disait rien. Jacob ? Jamais entendu parler.

— D'accord. Si je repère ce Reacher, je lui dirai. Mais n'y comptez pas trop, je ne vois pas tellement de monde.

— Vous travaillez ?

— Je creuse des piscines.

Costello réfléchit à la réponse avec l'air du gars qui sait ce qu'est une piscine mais n'a jamais réfléchi à la façon dont elle apparaît.

— Conducteur de pelleteuse ?

Reacher sourit et secoua la tête.

— Pas par ici. On les creuse à la main.

— À la main ? Avec une pelle ?

— Les jardins sont trop petits pour les engins de terrassement. Les rues trop étroites, les arbres trop bas. Baladez-vous sur Duval et vous verrez.

Costello hocha la tête, arborant soudain une mine très satisfaite.

— Alors vous ne connaissez sûrement pas ce Reacher. D'après Mme Jacob, il était officier dans l'armée. J'ai vérifié, c'est exact. Il était commandant. Médaillé et tout. Un crack de la police militaire, à ce qu'on m'a dit. Pas le genre de type qu'on retrouverait en train de creuser des piscines à coups de pelle.

Reacher avala une bonne lampée d'eau pour dissimuler un sourire.

— Et d'après vous, que fait-il ?

— Par ici ? Je ne sais pas. Sécurité dans un hôtel ? Commerce ? Croisières pour touristes ?

— Pourquoi se serait-il installé dans le coin ?

Costello hocha la tête, comme s'il avait la même opinion que Reacher sur la question.

— Vous avez raison, c'est un foutu trou. Mais il est ici, j'en suis sûr. Il a quitté l'armée il y a deux ans, il a mis son fric à la banque la plus proche du Pentagone et a disparu. Il a fait virer de l'argent vers toutes sortes d'endroits et, depuis trois mois, il envoie des virements depuis Key West. Il a donc bourlingué pendant un moment avant de s'installer ici et de se faire un peu de blé. Je vais le retrouver.

Reacher acquiesça.

— Vous voulez toujours que je me renseigne ?

Costello secoua négativement la tête, préparant déjà la suite de ses recherches.

— Inutile.

Il se leva lentement, sortit une liasse de billets froissés de sa poche. Jeta cinq dollars sur la table et s'éloigna.

— Heureux de vous avoir connu, lança-t-il sans se retourner.

Et il s'enfonça dans la lumière aveuglante de l'après-midi.

Reacher siffla le fond de sa bouteille en le regardant s'éloigner. Il était 16 h 10.

Une heure plus tard, il descendait Duval en réfléchissant à de nouvelles dispositions bancaires. Il se demandait aussi où il allait dîner et pourquoi il avait menti à Costello. Première réponse : il allait solder son compte et se balader avec une grosse liasse de billets dans sa poche. Deuxième réponse : il allait suivre le conseil de son ami belge et manger un gros steak et une glace avec deux autres bouteilles d'eau. Troisième réponse : il avait menti parce qu'il n'avait aucune raison de dire la vérité.

Qu'est-ce qu'un privé new-yorkais pouvait bien lui vouloir ? Il n'avait jamais habité New York. Ni aucune autre grande ville du Nord. Il n'avait d'ailleurs jamais vraiment habité nulle part. C'était une constante dans sa vie. Elle avait fait de lui ce qu'il était. Son père était officier dans les Marines et, depuis le jour de sa naissance, dans une maternité berlinoise, il avait été brinquebalé dans le monde entier. Enfant, il n'avait jamais connu que des bases militaires, toutes semblables, pour la plupart situées dans les régions les plus lointaines et inhospitalières du globe. Puis il s'était engagé comme enquêteur dans la police militaire, et avait vécu et servi dans les mêmes bases que son père avant de toucher les dividendes de la fin de la guerre froide : démantèlement de son unité et retour à la vie civile. Alors il était rentré aux États-Unis et avait vadrouillé comme un touriste désargenté dans le sud du pays, avec un compte en banque à peu près vide. Il avait passé quelques jours à des travaux de terrassement, ces quelques jours s'étaient transformés en semaines, puis en mois. Et il était toujours là.

Il n'avait pas d'oncle à héritage. Pas de dettes non plus. Il n'avait jamais rien volé, jamais trompé qui que ce fût. Jamais eu d'enfants. Le nombre de documents sur lesquels figurait son nom était aussi réduit que possible pour un humain. Il était quasiment invisible. Et n'avait jamais connu personne du nom de Jacob, il en était sûr. De ce fait, quel que fût le but de Costello, il ne l'intéressait pas. Pas assez, en tout cas, pour l'inciter à sortir de son anonymat.

Car l'invisibilité était devenue une habitude. S'il y réfléchissait, il savait que c'était une réponse complexe, névrotique peut-être, à sa situation. Deux ans auparavant, sa vie avait basculé. Il avait été un gros poisson dans une petite mare et, du jour au lendemain, plus personne. Membre estimé d'une communauté structurée, il était soudain devenu un civil anonyme au milieu de deux cent soixante-dix millions d'autres. De nécessaire, il était devenu inutile. Lui qui avait toujours vécu assigné à un poste, à un lieu, chaque minute de chaque jour, s'était soudain trouvé confronté à cinq millions de kilomètres carrés et peut-être encore quarante ans à vivre, sans aucune carte et sans aucun plan. Sa conscience lui soufflait que sa réaction était compréhensible mais défensive, celle d'un homme qui aimait la solitude mais supportait mal l'isolement. Une réaction extrême sur laquelle il devait s'interroger.

Mais au fond de lui, au-delà de la conscience, il savait qu'il aimait cette vie. Qu'il aimait son anonymat. Et le secret : chaud, confortable, rassurant. Il le défendait, ce secret. Il se montrait amical et sociable en surface, sans jamais en dire beaucoup sur lui-même. Il aimait payer en liquide et préférait voyager par la route. Il ne figurait jamais sur aucune liste de passagers, ni sur aucun reçu de carte de crédit. Il ne donnait jamais son nom à personne. À Key West, il avait pris une chambre dans un petit motel sous le nom de Harry S. Truman. En jetant un œil au registre, il s'était aperçu qu'il n'était pas le seul. La plupart des quarante et un présidents des États-Unis étaient passés dans ce motel, y compris ceux dont personne n'avait jamais entendu parler, comme John Tyler et Franklin Pierce. Il avait découvert que les noms n'avaient pas grande importance dans le coin. Les gens se contentaient d'un signe de la main, d'un sourire ou d'un bonjour. D'instinct, tout le monde se montrait discret. Reacher se sentait chez lui ici. Trop pour avoir la moindre envie de partir.

Il erra une heure dans la chaleur bruyante de Duval avant d'obliquer vers un restaurant en fond de cour où on lui servait sa marque préférée d'eau minérale et où les steaks débordaient de l'assiette.

Le sien arriva, accompagné de frites, d'un œuf et d'un mélange complexe de légumes d'été. La glace, quant à elle, était nappée d'un chocolat chaud saupoudré de noisettes pilées. Reacher but un autre litre d'eau, suivi de deux tasses de café noir serré. Il recula sa chaise et resta assis là, satisfait.

— Ça ira comme ça ? lui demanda la serveuse en souriant.

Il lui retourna son sourire.

— La forme !

C'était vrai. À bientôt trente-neuf ans, il se sentait mieux que jamais. Il avait toujours été robuste, en bonne condition physique, mais les trois derniers mois l'avaient amené à de nouveaux records. À son départ de l'armée, il pesait cent dix kilos pour un mètre quatre-vingt-quinze. Au bout de quatre semaines de terrassement, le travail et la chaleur lui avaient fait perdre cinq kilos. Mais avec les muscles d'acier qu'il s'était forgés les deux mois suivants, il pesait désormais cent vingt-cinq kilos. Sa puissance de travail était prodigieuse. Il retournait chaque jour environ quatre tonnes de terre, de cailloux et de sable. Il avait mis au point une technique de maniement de la pelle qui faisait travailler tous les muscles de son corps. Le résultat était spectaculaire. Et il avait découvert qu'il lui fallait environ dix mille calories par jour pour ne pas perdre de poids, sans oublier ses dix litres d'eau.

— Alors, tu bosses, ce soir ? lui demanda la serveuse.

Reacher éclata de rire. Il gagnait de l'argent en s'offrant un entraînement pour lequel certains citadins auraient dépensé une fortune dans un club de gym huppé et il allait encore en gagner ce soir-là, car on le payait pour un boulot que la plupart des hommes auraient été trop heureux de faire gratis. Videur dans un topless bar, celui dont Costello avait parlé. Sur Duval. Il restait assis toute la soirée, sans chemise, l'air rogue, à siroter des verres gratuits pour assurer la tranquillité des entraîneuses. On lui donnait cinquante dollars pour ça.

— Une corvée, mais il faut bien que quelqu'un s'y colle, répondit-il.

La fille s'esclaffa à son tour. Il régla sa note et quitta le restaurant.

À deux mille cinq cents kilomètres au nord, à New York, juste derrière Wall Street, le directeur général prenait l'ascenseur pour aller retrouver son responsable financier, deux étages en dessous. Les deux hommes pénétrèrent ensemble dans la salle de réunion et s'assirent l'un à côté de l'autre derrière le bureau. Le genre de salle de réunion et de bureau dont on passe commande quand tout va bien, et que l'on regarde comme un reproche silencieux lorsque les bénéfices ne sont plus au rendez-vous. Étage élevé, lambris de palissandre sombre, stores en lin couleur crème, ornements de cuivre, lampes de designer italien, ordinateur surdimensionné. Le directeur général saisit le mot de passe, et une liste de chiffres s'afficha sur l'écran. C'était le seul tableau qui disait la vérité sur l'état de la société. Raison pour laquelle il était protégé.

— On va y arriver? demanda-t-il.

C'était le jour J. Celui de la compression d'effectifs. Depuis 8 heures du matin, le responsable des ressources humaines de l'usine de Long Island n'avait pas chômé! Sa secrétaire avait installé dans le couloir menant à son bureau une rangée de chaises qu'occupait une longue file de gens. Ils avaient attendu des heures, glissant d'une place toutes les cinq minutes, pour pénétrer enfin dans le bureau du DRH qui leur notifiait la fin de leur gagne-pain, merci et au revoir.

— On va y arriver? répéta le directeur général.

Le responsable financier recopiait des chiffres sur une feuille de papier. Après une dernière soustraction, il jeta un coup d'œil au calendrier et haussa les épaules.

— En théorie, oui. En pratique, non.

— Non?

— Le facteur temps. On a fait ce qu'il fallait à l'usine, aucun doute là-dessus. Mettre à la porte quatre-vingts pour cent du personnel nous permet d'économiser quatre-vingt-dix pour cent des salaires, puisqu'on ne garde que les moins chers. Mais on les a tous payés jusqu'à la fin du mois prochain. Avec tous ces abrutis qui vont s'empresser de toucher leur chèque, notre trésorerie est dans le rouge pour six semaines.

Le directeur général poussa un soupir et acquiesça.

— Combien nous faut-il ?

D'un clic de souris, le responsable financier ouvrit une autre fenêtre sur l'écran.

— Un million cent mille dollars. Pendant six semaines.

— Les banques ?

— N'y pensez pas. Je passe mon temps à leur cirer les pompes juste pour qu'elles ne nous coupent pas les crédits qu'elles nous ont déjà accordés. Si je leur demande plus, elles vont me rire au nez.

— Si ce n'est que ça...

— Non, ce n'est pas que ça : si elles se doutent que nous sommes mal en point, elles demanderont le remboursement de leurs créances. Et tout de suite.

Le directeur pianota sur le palissandre, puis dit avec un haussement d'épaules.

— Je vais vendre quelques actions.

— Impossible. Si vous les vendez, leur cote va s'effondrer. Nos crédits actuels sont garantis par ces actions : si leur prix baisse, les banques nous mettent en faillite dès demain.

— Merde ! Juste six semaines... Je ne vais pas tout perdre pour six foutues semaines. Pour un malheureux million de dollars. C'est une somme dérisoire.

— Une somme dérisoire que nous n'avons pas.

— Il doit y avoir un moyen de la trouver.

Le responsable financier ne répondit rien. Mais il regarda son patron comme s'il avait quelque chose à lui dire.

— Quoi ? fit celui-ci.

— J'ai entendu parler de quelqu'un. Des types que je connais en discutaient l'autre jour. Il y a peut-être un endroit où s'adresser. Pour six semaines, ça peut valoir le coup. Un prêteur de la dernière chance, en quelque sorte.

— Quel genre ?

— Le genre respectable. Grands bureaux au World Trade Center. Il est spécialisé dans ce genre de cas.

Le directeur jeta un œil amer sur l'écran.

— Quel genre de cas ?

— Des cas comme celui-ci. Quand on est presque tiré d'affaire, mais que les banques sont trop bornées pour le reconnaître.

Le directeur approuva et promena un regard circulaire dans le bureau. C'était une belle pièce. Et son propre bureau, deux étages au-dessus, était encore plus beau.

— OK. Allez-y.

— Non. Ce type ne traitera qu'avec un directeur général. C'est à vous d'y aller.

Le début de soirée avait été calme au topless bar. Une soirée de milieu de semaine au mois de juin. Le public de l'hiver et du printemps était parti depuis longtemps et les estivants qui venaient rôtir sur l'île pas encore arrivés. Il n'y avait eu qu'une quarantaine de clients dans toute la soirée, deux filles derrière le bar, trois sur la piste. Reacher observait Crystal. Il supposait que ce n'était pas son vrai nom, mais il ne lui avait jamais posé la question. Elle était la meilleure. Elle se faisait plus d'argent que Reacher n'en avait jamais gagné comme commandant dans la police militaire. Une bonne partie de son salaire passait dans l'entretien d'une vieille Porsche noire. En début d'après-midi, il l'entendait parfois vrombir autour des jardins où il travaillait.

Le bar était une longue salle étroite, avec une piste et une petite scène en demi-cercle, piquée d'un poteau chromé étincelant. Une rangée de chaises suivait le contour de la piste et de la scène. Il y avait des miroirs partout, et là où il n'y en avait pas, les murs étaient peints en noir. L'endroit vibrait d'une musique assourdissante diffusée par une demi-douzaine d'enceintes assez puissantes pour couvrir le rugissement du climatiseur.

Reacher était adossé au bar. Assez près de la porte pour que les arrivants le voient tout de suite et assez loin dans la salle pour qu'ils n'oublient pas sa présence. Crystal avait fini son troisième numéro. Elle entraînait en coulisse un gars inoffensif pour un numéro privé à vingt dollars, quand Reacher aperçut les deux hommes. Des étrangers, du Nord. La trentaine, costauds, pâles. Menaçants. Des durs en costume à mille dollars et chaussures bien cirées. Descendus à Key West en vitesse sans prendre le temps de se changer. Debout devant la caisse, ils refusaient de payer les trois dollars. La caissière commençait à jeter des regards angoissés vers Reacher. Il descendit de son tabouret. Avança vers eux.

— Un problème, les gars ?

Il avait adopté ce qu'il appelait sa « dégaine de lycéen ». Il avait remarqué l'allure à la fois crispée et avachie de beaucoup de lycéens en short sur la plage. Comme s'ils étaient si incroyablement musclés qu'il leur était impossible de faire fonctionner leurs membres comme tout le monde. Il trouvait qu'avec leurs soixante kilos, cela leur donnait l'air assez comique. Mais il avait appris que, chez un type de cent vingt-cinq kilos pour un mètre quatre-vingt-quinze, l'effet produit était beaucoup plus efficace. Cette dégaine de lycéen était l'un des trucs de son nouveau job. Un truc qui marchait bien. Et les deux types dans leurs costumes à mille dollars parurent impressionnés.

— Un problème ? répéta-t-il.

En général, la question suffisait. À ce stade, la plupart des mecs renonçaient. Sauf ceux-là. En approchant, il sentit quelque chose. Un mélange de menace et d'assurance. Une certaine arrogance, peut-être. Celle de types à qui on ne la fait pas. Mais ils étaient loin de chez eux. Assez au sud pour agir avec un peu de circonspection.

— Aucun problème, Tarzan, répondit celui de gauche.

Reacher sourit. On l'avait appelé de toutes sortes de noms, mais Tarzan, c'était la première fois.

— Trois dollars l'entrée, fit-il. Mais pour la sortie, c'est gratuit.

— On veut juste parler à quelqu'un, dit celui de droite.

Le même accent, tous les deux. Un quartier de New York. Reacher haussa les épaules.

— On parle pas beaucoup ici, la musique est trop forte.

— Comment tu t'appelles ? demanda le type de gauche.

Reacher sourit encore.

— Tarzan.

— On cherche un dénommé Reacher. Jack Reacher, tu connais ?

Reacher secoua la tête :

— Jamais entendu parler.

— Alors il faut qu'on demande aux filles. On nous a dit qu'elles le connaissaient peut-être.

— Elles ne le connaissent pas.

Le type de droite regardait par-dessus l'épaule de Reacher dans la longue pièce étroite, l'œil rivé sur la fille derrière le bar. Il comprit qu'il n'y avait pas d'autre videur.

— OK, Tarzan, pousse-toi. On entre.

— Tu sais lire ? lui demanda Reacher. Les grosses lettres en couleurs ?

Il désigna une pancarte au-dessus de la caisse. En fluo sur fond noir : « LA DIRECTION SE RÉSERVE LE DROIT DE REFUSER L'ENTRÉE DE L'ÉTABLISSEMENT. »

— La direction, c'est moi et je vous refuse l'entrée, martela Reacher.

L'autre fixa un point à côté du visage de Reacher.

— T'as besoin d'une traduction ? C'est moi le boss et du vent !

— Épargne ta salive, Tarzan, rétorqua le type.

Reacher le laissa arriver à sa hauteur, épaule contre épaule. Soudain, il leva la main gauche et saisit son coude.

Referma les doigts sur l'articulation, les enfonça dans les tendons, à la base du triceps, envoyant une décharge ininterrompue dans l'os du coude. Le type tressautait, comme électrocuté.

— Dehors, articula doucement Reacher.

Son comparse évaluait ses chances. Reacher décida d'annoncer clairement la couleur. Il leva la main droite, histoire de rappeler qu'elle était libre et prête à agir. Une main énorme, brune, calleuse. Le type reçut le message. Haussa les épaules. Et sortit. Reacher propulsa son copain derrière lui.

— On se reverra, fit le type.

— Amenez vos potes, lança Reacher. Trois dollars l'entrée pour tout le monde.

Il retourna dans la pièce. La danseuse qui se faisait appeler Crystal arriva derrière lui.

— Qu'est-ce qu'ils voulaient ? lui demanda-t-elle.

— Ils cherchaient quelqu'un.

— Un certain Reacher ?

Il acquiesça.

— C'est la deuxième fois aujourd'hui. Un vieux type est venu tout à l'heure. Lui, il a payé les trois dollars. Tu veux les suivre ? Savoir qui ils sont ?

Reacher hésita. Elle prit la chemise sur le tabouret et la lui tendit.

— Vas-y, on est OK ici. La soirée est calme.

— Merci, Crystal, dit-il en boutonnant la chemise, puis il se dirigea vers la sortie.

— De rien, Reacher, lança la fille.

Il pivota sur ses talons, mais elle retournait déjà vers la scène. Il jeta un regard absent à la caissière et se retrouva dans la rue.

C'est vers 11 heures du soir que Key West s'anime un peu. Pour certains, la soirée est déjà bien entamée ; pour d'autres, elle ne fait que commencer. Duval, l'artère principale, pleine de lumière et de bruit, traverse l'île d'est en ouest. Reacher ne craignait pas d'y rencontrer les deux gars. Trop de monde. S'ils décidaient de se venger, ils choisiraient un coin plus tranquille. Et les coins tranquilles ne manquaient pas. Key West est une ville minuscule. On a vite fait de traverser une vingtaine de pâtés de maisons et de se retrouver dans les faubourgs, où Reacher creusait ses piscines dans les tout petits jardins des toutes petites maisons. Là, l'éclairage urbain devient aléatoire, le bruit des bars s'estompe, bientôt couvert par le bourdonnement sonore des insectes nocturnes, les relents de bière et de fumée disparaissent dans les lourds remugles des plantes tropicales qui fleurissent et pourrissent dans les jardins.

Reacher suivit un itinéraire concentrique dans l'obscurité, tournant au hasard des rues, sillonnant les coins tranquilles. Sans croiser personne. Il avançait au milieu de la chaussée. S'ils se cachaient sous un porche, il aurait une distance de sécurité de trois à six mètres. Il n'avait pas peur de se faire tirer dessus. Ces types n'étaient pas armés. Leurs costumes le prouvaient. Trop ajustés pour dissimuler une arme. Ces mêmes costumes montraient qu'ils étaient descendus précipitamment dans le Sud. Par avion. Pas si simple de prendre l'avion avec une arme.

Il laissa tomber au bout d'environ deux kilomètres. Une toute petite ville, mais tout de même assez grande pour que deux types y deviennent introuvables. Tourna à gauche le long du cimetière et marcha en direction du centre. Il y avait un gars sur le trottoir, contre une clôture grillagée. Affalé, immobile. Ce n'était pas rare à Key West, mais là, quelque chose clochait. Une chose évidente, et aussi un truc vaguement familier. Son bras. Coincé sous son corps. Pourtant, les nerfs de l'épaule devaient le lancer tellement que, même saoul ou défoncé, il aurait dû se réveiller. Le détail familier, c'était le reflet passé d'une vieille veste beige. La moitié supérieure du type était claire, la moitié inférieure foncée. Veste beige, pantalon gris. Reacher s'arrêta et regarda autour de lui. S'approcha. S'accroupit.

C'était Costello. Le visage en bouillie. Couvert de sang. On voyait des coulures brunâtres sur le triangle de peau blafarde que découvrait l'échancrure de sa chemise. Reacher chercha son pouls derrière l'oreille. Rien. Il effleura la peau du dos de la main. Froide. Pas encore de rigidité, mais la nuit était chaude. Le type était mort depuis environ une heure.

Il fouilla la veste. Le portefeuille trop plein avait disparu.

Puis il vit les mains. Les dernières phalanges avaient été sectionnées. Les dix. Incisions rapides, efficaces, en biseau, avec un instrument acéré. Pas un scalpel. Une lame plus large. Peut-être un couteau de cuisine ?

Chapitre 2

— C'est ma faute, dit Reacher.

Crystal secoua négativement la tête.

— Ce n'est pas toi qui as tué ce gars, fit-elle en levant vers lui un regard pénétrant. Je me trompe ?

— Je l'ai fait tuer, répondit Reacher. Ça change quelque chose ?

Le bar avait fermé à 1 heure et ils étaient assis côte à côte sur deux chaises, près de la scène déserte. Les lumières s'étaient éteintes, la musique s'était tue. Le silence, à l'exception du bourdonnement de la climatisation aspirant les relents de fumée et de sueur.

— J'aurais dû lui dire la vérité, reprit Reacher. J'aurais dû lui dire : C'est moi, Jack Reacher. Il m'aurait raconté son boniment, et à l'heure qu'il est il serait rentré chez lui. Pour moi, ça n'aurait rien changé, et lui, il serait toujours en vie.

Crystal portait un T-shirt blanc. Rien de plus. C'était un T-shirt un peu long, mais pas tout à fait assez. Reacher ne la regardait pas.

— Qu'est-ce que ça peut te faire ? lui demanda-t-elle.

Question typique du coin. Pas de l'insensibilité, juste de l'étonnement qu'on pût s'inquiéter pour un étranger descendu en ville. Pour le coup, Reacher la regarda.

— Je me sens responsable.

— Non, tu te sens coupable.

Il fit oui de la tête.

— Tu ne devrais pas. Ce n'est pas toi qui l'as tué.

— Ça change quelque chose ? répéta Reacher.

— Bien sûr que ça change quelque chose. Qui était-ce ?

— Un privé. Il me cherchait.

— Pourquoi ?

— Aucune idée.

— Les deux autres types étaient avec lui ?

— Non, répondit Reacher. Ils l'ont tué.

Crystal le dévisagea, stupéfaite.

— Tu crois ?

— Je devine. Ils n'étaient pas avec lui, ça c'est sûr. Ils étaient plus jeunes, plus riches aussi. Habillés comme ça ? Avec des costumes pareils ? Ils pouvaient pas être sous ses ordres. Peu importe, il m'a fait l'impression d'un type qui bosse seul. Tandis que les deux autres travaillent pour quelqu'un. On leur avait probablement demandé de le suivre jusqu'ici et de découvrir ce qu'il venait foutre dans le coin. Il a dû marcher sur les plates-bandes de quelqu'un. Alors ils l'ont filé jusqu'ici. Rattrapé et tabassé jusqu'à ce qu'il leur dise qui il cherchait. Ensuite, ils sont venus ici. Pour voir.

— Tu veux dire qu'ils l'ont buté pour avoir ton nom ?

— Ça m'en a tout l'air.

— Tu vas aller trouver les flics ?

Encore une question typique. Avoir recours aux flics, quel qu'en soit le motif, ne s'envisageait qu'après mûre et sérieuse réflexion.

— Non, répondit Reacher.

— Ils vont retrouver sa trace. Après, c'est toi qu'ils chercheront.

— Pas tout de suite. Il n'y a pas de papiers sur le corps. Pas d'empreintes digitales non plus. Rien que pour découvrir son identité, il va leur falloir des semaines.

— Alors, qu'est-ce que tu comptes faire ?

— Trouver Mme Jacob. La cliente. C'est elle qui me cherche.

— Tu la connais ?

— Non, mais je veux la retrouver, répondit Reacher en se levant de sa chaise.

Il jeta un œil au reflet de Crystal dans le miroir, sur le mur. La jeune femme étendait une jambe nue sur la chaise qu'il venait de quitter.

— Et comment vas-tu t'y prendre ? lui demanda-t-elle.

— Je vais me rendre au bureau de ce privé. Peut-être qu'il avait une secrétaire. En tout cas, je trouverai des dossiers là-bas. Téléphones, adresses, contrats. Cette Mme Jacob est sans doute la dernière affaire qu'on lui a confiée. Elle sera sûrement en haut de la pile.

— Et où se trouve-t-il, ce bureau ?

— Sais pas. Quelque part dans New York, si j'en juge par l'accent du gars. Je sais qu'il s'appelait Costello et que c'était un ancien flic. Ça ne doit pas être trop dur à trouver.

— Un ancien flic ? demanda Crystal. Qu'est-ce qui te fait dire ça ?

— La plupart des privés sont d'anciens flics. Ils prennent leur retraite de bonne heure et sans un rond. Alors ils se reconvertissent dans les filatures : maris trompés, fugues, disparitions... Il n'ignorait rien des mouvements sur mon compte. Aucun moyen de savoir ça, sauf si on a des potes dans le métier.

Crystal sourit, légèrement intéressée.

— Quand pars-tu ?

Reacher balaya l'obscurité du regard.

— Tout de suite. Il y a sûrement un vol au départ de Miami tôt le matin.

Elle sourit à nouveau. Sourire prudent, cette fois.

— Et comment comptes-tu te rendre à Miami à cette heure de la nuit ?

Reacher lui retourna son sourire. Sourire plein d'assurance.

— Tu vas m'y conduire.

— Est-ce que j'ai le temps de m'habiller ?

— Les chaussures suffiront.

Elle le conduisit jusqu'à son motel, au nord de la ville. S'arrêta. Il ouvrit la portière de la Porsche, puis, après un instant d'hésitation, la referma doucement.

— Non, roule. Je n'ai pas besoin de récupérer quoi que ce soit.

À la lueur du tableau de bord, il aperçut le hochement de tête approbateur de Crystal.

— D'accord, dit-elle. Attache-toi.

Elle démarra en trombe. Remonta Roosevelt Drive. Pied au plancher. Plaqué dans son siège en cuir, Reacher eut le sentiment de quitter Key West à bord d'un avion de chasse.

Crystal pila devant le hall des départs quelques minutes avant 5 heures.

— Merci, fit Reacher en se tournant vers elle.

Elle lui souriait.

— C'était un plaisir. Vraiment.

Il ouvrit la portière et resta un instant assis, immobile, les yeux perdus dans le vague.

— Bien. À un de ces jours, peut-être.

— Non, répondit Crystal. Les gars comme toi ne reviennent jamais. Ils partent... et ne reviennent pas.

Le moteur tournait toujours. Elle se pencha. Passa un bras sur les épaules de Reacher, embrassa ses lèvres.

— Salut, Reacher. Je suis heureuse de savoir au moins comment tu t'appelles.

Il lui rendit son baiser. Un long baiser. Profond.

— Et toi, comment t'appelles-tu ? demanda-t-il contre sa bouche.

— Crystal.

Ils partirent du même éclat de rire. Il sortit de la voiture. Penchée sur le siège passager, elle tira la portière derrière lui. Le moteur ronfla et la Porsche s'éloigna. Debout sur le trottoir, il la suivit des yeux. Trois mois de sa vie disparaissaient dans la fumée bleutée d'un pot d'échappement.

Cinq heures du matin, à quatre-vingts kilomètres au nord de New York. Étendu dans son lit, les yeux grands ouverts, le directeur général fixait le plafond de sa chambre. Il venait de le faire repeindre. Comme toute la maison, d'ailleurs. Il avait payé les décorateurs plus que ce qu'il donnait en un an à la plupart de ses employés. En réalité, il ne les avait pas payés lui-même. Il s'était arrangé pour faire endosser la facture par sa société. La somme figurait quelque part, cachée dans un total à sept chiffres, au titre des frais d'entretien du bâtiment. Un total à sept chiffres dans la colonne des dépenses, un total à sept chiffres qui l'attirait par le fond aussi sûrement qu'un lourd cargo peut faire sombrer un voilier.

Il s'appelait Chester Stone. Comme son père, comme son grand-père aussi. Ce grand-père qui avait monté la boîte, du temps où les livres de comptes se remplissaient à la main, au crayon, et non sur ordinateur. Les comptes de son grand-père n'avaient jamais été dans le rouge, loin de là. Horloger de son état, il avait senti souffler très tôt le vent du cinéma et avait mis à profit son expérience des petits mécanismes pour fabriquer un projecteur. Puis il avait pris un associé qui pouvait importer d'Allemagne des systèmes optiques. Ensemble, ils avaient dominé le marché et fait fortune. L'associé était mort jeune et sans héritiers. Le cinéma s'était répandu comme une traînée de poudre, d'une côte à l'autre des États-Unis. Des centaines de salles s'étaient équipées. Des centaines de projecteurs. Puis des milliers. Puis des dizaines de milliers. Puis le son. Et le Cinémascope, gonflant toujours la colonne des recettes.

Puis la télévision était arrivée. Certaines salles avaient fermé, les autres s'étaient accrochées à leur vieil équipement. Chester Stone II, son père, avait repris l'affaire. Diversifié la production. Senti venir l'ère du cinéma à la maison. Projecteurs huit millimètres. Caméras. Les années Kodachrome. La nouvelle usine.

Retour du cinéma. À la mort de son père, le jeune Chester Stone III avait pris la barre. Des multiplexes partout. Quatre projecteurs, six, douze, seize, pour un seul auparavant. Puis la stéréo, le son Dolby, Dolby Digital. Opulence et réussite. Mariage. Belle maison. Voitures.

Vint la vidéo. Le huit millimètres était mort et enterré. La concurrence. L'Allemagne, le Japon, la Corée, Taiwan lui soufflaient sous le nez le marché des multiplexes. Il avait désespérément cherché à reconvertir ses petites pièces de métal, la mécanique de précision. En quelque chose. N'importe quoi. Avant d'admettre que l'ère mécanique appartenait au passé. Définitivement révolue. Les puces envahissaient le marché, les consoles de jeux. On tirait d'énormes profits de choses qu'il ne saurait jamais fabriquer. La colonne des dépenses s'allongeait sur son logiciel.

Sa femme remua près de lui, dans le lit. Elle ouvrit les yeux, tourna la tête à gauche, puis à droite : à gauche pour lire l'heure sur le cadran du réveil, à droite pour regarder son mari. Elle vit ses yeux qui fixaient le plafond.

— Tu ne dors pas ? fit-elle tout doucement.

Il ne répondit rien. Elle détourna le regard. Elle s'appelait Marilyn. Marilyn Stone. Elle était mariée à Chester depuis longtemps. Assez longtemps pour savoir. Et elle savait. Elle n'avait pas vraiment de détails, ni de preuves, mais elle savait tout. Comment aurait-il pu en être autrement ? Elle avait des yeux pour voir, un cerveau pour réfléchir. Il y avait belle lurette qu'elle n'avait pas vu les produits fabriqués par son mari dans un magasin. Belle lurette qu'aucun propriétaire de multiplexes ne les avait invités à dîner pour fêter un gros contrat. Belle lurette que Chester n'avait pas dormi une nuit entière. Alors elle savait.

Et peu lui importait. Pour le meilleur et pour le pire, elle le lui avait dit autrefois, et elle le pensait. Elle avait aimé le meilleur, elle ferait avec le pire. Ils ne seraient jamais pauvres, au sens où le sont les vrais pauvres. Ils vendraient cette fichue maison, liquideraient tout et vivraient encore confortablement. Ils étaient jeunes. Pas la prime jeunesse, mais pas vieux non plus. En bonne santé. Ils étaient ensemble. Chester méritait qu'on reste auprès de lui. Grisonnant, mais vigoureux. Elle l'aimait. Il l'aimait. Elle aussi méritait qu'on reste auprès d'elle, elle le savait. Quarante et quelque pour l'état civil, mais vingt-neuf dans la tête. Toujours mince, toujours blonde, toujours excitante. Audacieuse. Tout irait bien. Marilyn Stone prit une ample respiration et se retourna sur le côté. Lovée dans un creux du matelas. Elle se rendormit vers 5 h 30, tandis que son mari, allongé près d'elle, contemplait silencieusement le plafond de leur chambre.

Reacher consulta l'écran des départs. Comme il le pensait, New York était en tête de liste. Delta Airlines proposait un vol pour La Guardia, via Atlanta, une demi-heure plus tard. Et United un direct une heure plus tard. Il se dirigea vers le comptoir de United, demanda le prix d'un aller simple. Hocha la tête en signe d'assentiment. S'éloigna.

Puis il pénétra dans les toilettes et, debout devant le miroir, tira de sa poche sa liasse de billets. Préleva en petites coupures le prix qu'on venait de lui indiquer. Reboutonna sa chemise jusqu'en haut. Se lissa les cheveux du plat de la main. Ressortit et se rendit au comptoir de Delta Airlines.

Le prix était le même que chez United. Il le savait. Il compta lentement ses billets et les tendit à la fille derrière le guichet. Elle lui demanda son nom.

— Truman, répondit-il. Comme le président.

La fille eut l'air de ne pas comprendre. Elle avait dû naître à l'étranger, pendant les derniers jours de Nixon. Ou la première année de Carter. Reacher aussi était né à l'étranger au début du mandat de Kennedy. Il n'avait rien à dire : pour lui aussi, Truman, c'était de l'histoire ancienne. La fille tapa le nom sur son clavier et le billet sortit de l'imprimante.

— Je peux vous enregistrer tout de suite, si vous voulez.

Reacher fit oui de la tête. Le problème, quand on paie un billet d'avion en liquide, surtout à l'aéroport de Miami, c'est de ne pas passer pour un trafiquant. Si Reacher avait sorti sous les yeux de la fille sa liasse de billets de cent dollars, elle aurait été obligée d'appuyer discrètement du bout de sa chaussure sur un petit bouton dissimulé dans le sol, sous le comptoir d'enregistrement. Puis elle aurait continué de tapoter sur son clavier jusqu'à ce que la police arrive. Des deux côtés : droite et gauche. Les flics auraient trouvé un grand gaillard bronzé avec, sur lui, une grosse somme en liquide. Or, de nos jours, les citoyens normaux sont censés utiliser des cartes de crédit pour régler leurs gros achats. Surtout en voyage. Surtout au comptoir d'enregistrement d'un aéroport vingt minutes avant le décollage. Et dans le cas contraire, on risque beaucoup de paperasse, de tracasseries et de retard. Toutes choses que Reacher était heureux d'éviter. C'est pourquoi il s'était donné l'air du gars qui ne risquait pas de posséder une carte de crédit, la chemise boutonnée jusqu'au cou, les doigts comptant lentement les petites coupures. La mine timide, embarrassée. D'ordinaire, cela mettait les employés de son côté. Ils étaient tous sous-payés, avaient tous de grosses difficultés avec leur propre carte de crédit. Quand, en levant les yeux, ils voyaient devant eux un gars encore un peu plus fauché encore, leur premier mouvement était de sympathie, pas de suspicion.

— Porte B6, monsieur, dit la fille. Je vous ai donné un hublot.

— Merci, répondit Reacher.

Il se dirigea vers l'embarquement et, un quart d'heure plus tard, se retrouva assis dans l'avion avec la même impression que dans la Porsche de Crystal, à ceci près qu'il avait beaucoup moins de place pour ses jambes et que le siège à côté de lui était vide.

Chester Stone renonça à 6 heures. Il appuya sur le bouton du réveil trente minutes avant l'heure et se glissa tout doucement hors du lit pour ne pas réveiller Marilyn. Il prit son peignoir sur une chaise, sortit de la chambre et descendit dans la cuisine. Incapable de manger quoi que ce fût, il se contenta d'une tasse de café noir et fonça sous la douche dans la chambre d'amis, là où il pouvait tranquillement faire du bruit. Il voulait laisser dormir Marilyn, il voulait aussi lui cacher que lui ne trouvait pas le sommeil. Chaque nuit elle se réveillait, constatait qu'il ne dormait pas, mais comme elle n'en reparlait jamais le lendemain, il s'imaginait qu'au matin elle avait tout oublié, ou qu'elle avait cru rêver peut-être. Il était sûr qu'elle ne savait rien. Et s'en réjouissait. Il avait déjà assez de soucis, sans devoir encore s'inquiéter de ceux qu'il lui causait.

Il se rasa et passa tout le temps de la douche à réfléchir à ce qu'il convenait de mettre pour la circonstance. La vérité, c'était que ce gars était sa dernière chance, son dernier espoir. Qu'il tenait son avenir entre ses mains. Comment approcher un type qui tient votre avenir entre ses mains ? Pas à genoux. Ce n'est pas comme ça que se traitent les affaires. Si on a l'air de quelqu'un qui a vraiment besoin d'un prêt, on ne l'obtient pas. On ne l'obtient que si on a l'air de ne pas en avoir vraiment besoin. Il faut faire comme s'il s'agissait d'une affaire anodine. D'une simple formalité. Comme si on hésitait à donner à ce type une chance de partager les fabuleux profits qui se trouvent à portée de main. Comme si le plus gros problème était de décider laquelle, parmi les nombreuses offres de prêt, on va prendre en considération.

Chemise blanche, cravate sage, costume discret, chaussures noires. Chester Stone s'examina dans le miroir. Ça ne pouvait pas être mieux. Avec cet air-là, il se serait presque fait confiance à lui-même. Il finit son café, s'essuya les lèvres, entra dans le garage, fit démarrer la voiture et, vers 6 h 45, il roulait sur Merritt Parkway.

L'escale à Atlanta dura cinquante minutes, puis l'avion redécolla, direction New York. Le soleil brillait au-dessus de l'Océan. Luminosité glacée de l'altitude. Reacher but un café. Pour lui, le café était le carburant de la réflexion. Et sa réflexion n'avait qu'un objet : qui pouvait bien être cette

Mme Jacob ? Et pourquoi avait-elle payé Costello pour se lancer à sa recherche ?

L'avion survola Manhattan. Ses gratte-ciel que dorait le soleil. Twin Towers. Empire State Building. Chrysler Building, le préféré de Reacher. Puis l'appareil plongea sur l'aéroport de La Guardia.

Chester Stone était en avance. Parce qu'il était anxieux. Il avait encore passé quarante minutes dans son bureau, à revoir toutes les options. Il n'y en avait pas. De quelque côté qu'il se tournât, il lui manquait toujours un million cent mille dollars et six semaines. Ce n'était pas une débâcle spectaculaire. Ni un désastre total. C'était la conséquence inéluctable et mesurée d'une loi du marché. Comme un très beau coup sur le green, mais à quelques millimètres du trou. Très, très près, mais pas assez près.

À 9 heures, le matin, le World Trade Center compte à lui seul plus d'habitants qu'Albany : cent trente mille personnes. Noyé dans la foule, Chester Stone regarda sa montre et pénétra dans le bâtiment. Prit un ascenseur qui le conduisit au quatre-vingt-huitième étage. Débarqua dans un couloir désert. Plafond bas, espace étriqué. Une succession de portes fermées. Il trouva celle qu'il cherchait et appuya sur l'interphone. La porte s'ouvrit et il pénétra dans une antichambre. Rien que de très ordinaire. Étrangement banal. Un réceptionniste était assis derrière un comptoir de chêne. Stone s'arrêta un instant, redressa le buste et se dirigea vers l'homme.

— Chester Stone, fit-il d'une voix ferme. J'ai rendez-vous à 9 heures avec M. Hobie.

À sa grande surprise, l'homme l'introduisit sans le faire attendre dans un vaste bureau. La pièce était sombre. Les stores baissés sur la baie vitrée ne laissaient filtrer que de minuscules rais de lumière. Une grande table de travail faisait face à deux petits canapés. Derrière la table, un homme.

Stone se dirigea vers lui, contournant les canapés. Une fois près du bureau, il tendit la main.

— Monsieur Hobie ? dit-il. Je suis Chester Stone.

L'homme assis en face de lui avait tout un côté du visage brûlé. Les tissus cicatrisés avaient l'aspect squameux d'une peau de serpent. Stone détourna le regard, horrifié, mais sans pouvoir s'empêcher de continuer à fixer du coin de l'œil la joue de l'homme. Cuisse de poulet trop cuite, mais artificiellement rosie. Aucune mèche de cheveux ne poussait à l'endroit où la cicatrice rejoignait le cuir chevelu, juste de petites touffes éparses et grisâtres. La joue brûlée, grumeleuse, contrastait avec l'autre — peau douce, un peu ridée. L'homme pouvait avoir cinquante, cinquante-cinq ans. Assis dans son fauteuil, tout près du bureau, il gardait les mains sur les genoux. Stone était toujours debout, essayant de dissimuler sa répulsion, la main tendue.

Rien de plus terrible que de tendre la main à quelqu'un qui ne la prend pas. On est ridicule à rester là, comme ça, mais c'est encore pire si on retire sa main. Donc Stone ne bougea pas. Il attendit, la main tendue. Alors l'homme fit un geste. De la main gauche, il prit appui sur le bord du bureau pour reculer son siège. Et il sortit sa main droite. Non. Pas une main. Un crochet métallique. Pas une main artificielle, ni une prothèse ingénieuse, mais un simple crochet qui commençait assez haut sous le revers de la manche, un J majuscule forgé dans un acier étincelant et parfaitement poli. Stone faillit serrer ce crochet, puis il se ravisa, figé. La partie mobile du visage face à lui arbora alors un large sourire.

— On m'appelle Hook Hobie, dit l'homme.

Il avait levé l'objet à hauteur de sa joue rigide, comme pour le soumettre à un examen. Stone déglutit, essaya de trouver une contenance. Se demanda s'il devait plutôt lui tendre la main gauche. Il savait que certaines personnes le faisaient. Son grand-oncle avait eu une attaque. Les dix dernières années de sa vie, il utilisait toujours sa main gauche pour les poignées de main.

— Asseyez-vous, dit Hook Hobie.

Soulagé, Stone alla prendre place à l'extrémité de l'un des

canapés. Hobie gardait les yeux fixés sur lui. Il avait posé son bras sur le bureau. Le crochet frottait contre le bois dans un cliquetis métallique.

— Vous voulez emprunter de l'argent.

La moitié brûlée du visage ne remuait absolument pas. Une peau aussi épaisse et dure que celle d'un crocodile. Stone plongea le regard vers ses chaussures. Puis il hocha la tête, essuyant la paume de ses mains sur ses genoux, à travers le pantalon. Hocha à nouveau la tête, essaya de se rappeler son texte.

— J'ai besoin d'un pont. Un pont de six semaines et d'un million cent mille dollars.

— Votre banque ? demanda Hobie.

— Je préfère ne pas avoir recours à elle, répondit Stone, les yeux toujours rivés au sol. Pas pour une somme aussi insignifiante.

Hobie remua son bras droit. Le crochet crissa sur le bois.

— Foutaises, monsieur Stone, répondit-il calmement.

Stone ne dit rien. Il écoutait le crochet.

— Avez-vous fait l'armée ? lui demanda Hobie.

— Pardon ?

— Avez-vous été incorporé ? Le Vietnam ?

Stone déglutit. Les brûlures, le crochet.

— Non, report d'incorporation, je faisais mes études. J'étais impatient d'y aller, bien sûr, mais le temps que j'obtienne mon diplôme, la guerre était finie.

Hobie hocha la tête, lentement.

— Moi j'y étais, dit-il. Et l'une des choses que j'ai apprises là-bas, c'est l'utilité de se renseigner. Une leçon que j'applique dans les affaires.

Le silence tomba dans l'obscurité du bureau. Stone leva les yeux et fixa un angle de la table devant lui. Changement de scénario.

— OK, dit-il. Vous ne pouvez pas me reprocher d'essayer de faire bonne figure, non ?

— Vous êtes dans de sales draps, reprit Hobie. Déjà surendette auprès de votre banque. Elle ne vous prêtera plus un sou. Mais vous essayez de vous en sortir par vous-même. Et vous êtes quasiment tiré d'affaire.

— Quasiment, répéta Stone. Six semaines et un million cent, c'est tout.

— J'ai une spécialité, dit Hobie. Tout le monde en a une. La mienne, ce sont les gens comme vous. Des entreprises fondamentalement saines, mais qui ont des problèmes temporaires et raisonnables. Des problèmes que ne peuvent résoudre les banquiers, parce que eux aussi ont leur spécialité, notamment celle d'être bornés et dépourvus de toute imagination.

Le crochet grinça à nouveau sur le chêne.

— Je prends des intérêts raisonnables, dit Hobie. Je ne suis pas un requin. Que diriez-vous de six pour cent pour un million cent sur six semaines ?

Stone s'essuya à nouveau les mains sur son pantalon. Six pour cent pour six semaines ? Soit, en taux annuel... presque cinquante-deux pour cent. Contracter un prêt d'un million cent mille dollars, le rembourser intégralement dans six semaines, plus soixante-six mille dollars d'intérêts, soit onze mille dollars la semaine. Pas vraiment une proposition de requin. Pas non plus celle de la philanthropie, loin de là. Mais, au moins, le gars acceptait de lui prêter.

— Quelles garanties demandez-vous ? fit Stone.

— Une participation au capital.

Il s'obligea à lever la tête et à regarder l'homme. Sentit qu'il s'agissait d'un test. Avala péniblement sa salive. Au point où il en était, l'honnêteté était la meilleure des politiques.

— Les actions ne valent rien, dit-il.

Hobie hocha son ignoble tête, comme si cette réponse le satisfaisait pleinement.

— Elles ne valent rien pour l'instant. Mais elles vaudront bientôt quelque chose, n'est-ce pas ?

— Seulement quand je vous aurai rendu l'argent. Quand je serai tiré d'affaire. Et vous aussi de ce fait.

— Je ne parlais pas d'une cession provisoire, monsieur Stone. Je vais prendre une participation au capital et la garder.

— La garder ? répéta Stone, sans réussir à dissimuler son étonnement.

Cinquante-deux pour cent et un cadeau en actions ?

— Je ne procède jamais autrement. C'est une question sentimentale. J'aime avoir une petite part dans toutes les affaires que j'ai aidées. La plupart des chefs d'entreprise sont heureux de ce genre d'arrangement.

Stone détourna le regard. Avait-il le choix ?

— Naturellement, dit-il. Je crois que nous sommes d'accord.

Hobie ouvrit le tiroir gauche de son bureau. En sortit un imprimé. Le fit glisser vers Stone.

— J'ai préparé ce document, dit-il.

Stone se pencha à l'extrême bord du canapé et tendit la main pour attraper la feuille. C'était une offre de prêt d'un montant de un million cent mille dollars, sur six semaines, à six pour cent et un protocole de cession de titres. Pour une part qui valait un million de dollars peu de temps auparavant et qui allait très vite les valoir à nouveau. Il sourcilla.

— Je ne peux rien faire de mieux, reprit Hobie. Comme je vous l'ai dit, j'ai une spécialité. Vous ne trouverez pas de meilleure offre ailleurs. En vérité, vous ne trouverez plus aucune offre ailleurs.

L'homme avait beau se tenir à quelques mètres, Stone eut l'impression qu'il était là, sur le canapé, assis tout près de lui, son horrible visage collé au sien et le crochet étincelant planté dans ses tripes. Il eut un hochement de tête, un très léger mouvement, muet. Sortit de sa veste un stylo plume. Et signa.

— Merci, dit-il.

Le mot lui parut approprié.

— Maintenant, dit Hobie, c'est moi qui prends des risques. Six semaines, pas de garantie véritable. Ce n'est pas du tout une sensation agréable.

— Il n'y aura pas de problème, répondit Stone, les yeux baissés.

Hobie hocha la tête.

— Je suis certain qu'il n'y en aura pas.

Il s'inclina légèrement et pressa le bouton de l'interphone sur son bureau. Stone perçut un lointain bourdonnement à l'accueil.

— Le dossier Stone, s'il te plaît, fit Hobie dans le micro.

Il y eut quelques instants de silence, puis la porte s'ouvrit et l'homme de la réception se dirigea vers le bureau, un mince dossier vert à la main. Il le déposa devant Hobie, ressortit et, sans un mot, referma la porte derrière lui. Du bout de son crochet, Hobie poussa le dossier vers le bord de la table.

— Je vous laisse y jeter un œil.

Stone se pencha pour attraper le dossier. L'ouvrit. Il contenait des photographies. Plusieurs clichés sur papier brillant, en noir et blanc. Sur le premier il reconnut sa maison. Manifestement prise depuis une voiture arrêtée au bout de l'allée. Sur le deuxième il vit sa femme. Marilyn. Photographiée au téléobjectif alors qu'elle se promenait dans le jardin. Le troisième représentait encore Marilyn, mais sortant de son institut de beauté, en ville. Encore au téléobjectif. Un peu floue, comme une photo de paparazzi. Le quatrième avait immortalisé la plaque d'immatriculation de sa BMW.

Le cinquième. Toujours Marilyn. Le soir, à la fenêtre de leur chambre à coucher. Elle portait un peignoir de bain. Elle avait les cheveux humides. Stone fixa longuement le cliché. Pour le prendre, le photographe avait dû se tenir sur la pelouse, derrière la maison. Sa vue se brouilla, le silence bourdonnait dans ses oreilles. Il rassembla les photos et ferma le dossier. Le reposa sur le bureau, lentement. Hobie tendit le bras et planta la pointe de son crochet dans la couverture verte. Il ramena le dossier vers lui. Le crochet grinça sur le bois.

— Voilà ma garantie, monsieur Stone. Mais comme vous venez de le dire, je suis sûr qu'il n'y aura aucun problème.

Chester Stone ne répondit rien. Se leva et se dirigea vers la porte. Traversa la réception, emprunta le couloir, pénétra dans l'ascenseur. Descendit quatre-vingt-huit étages et se retrouva dehors, où le soleil du matin vint le frapper au visage comme un coup de poing.

Chapitre 3

Le même soleil chauffait la nuque de Reacher, tandis qu'il traversait Manhattan à l'arrière d'un taxi clandestin. Quand il avait le choix, il préférait recourir à des chauffeurs sans licence. Une habitude. Il n'y avait pas de raison pour qu'on cherche à le retrouver en contrôlant les courses des taxis, mais un type conduisant un taxi sans en avoir le droit offrait une garantie de discrétion incomparable. En outre, on pouvait négocier les prix, chose impossible dans un taxi avec compteur.

Ils empruntèrent le Triborough Bridge, entrèrent dans Manhattan par la 125e Rue et poursuivirent vers l'ouest jusqu'à Roosevelt Square. Reacher fit arrêter le taxi pour observer les alentours et réfléchir un moment. Il voulait trouver un hôtel bon marché, mais avec des téléphones en état de marche. Et des annuaires entiers. Il conclut qu'il ne pourrait réunir les trois conditions dans ce quartier, mais descendit tout de même et régla sa course. Quelle que fût sa destination, il préférait s'y rendre à pied. Une petite balade en solitaire. Une habitude.

Les deux gars aux costumes à mille dollars attendirent que Chester Stone eût quitté l'étage. Puis ils entrèrent dans la pièce, contournèrent les canapés et s'arrêtèrent en silence devant le bureau. Hobie leva les yeux, ouvrit un tiroir. Rangea le contrat, les photos, et sortit un bloc de papier jaune. Puis il posa le crochet sur le bois et fit pivoter son fauteuil, offrant son profil intact à la lumière tamisée qui filtrait par les lamelles du store.

— Alors ?

— On vient juste de rentrer, fit le premier gars.

— Vous avez le renseignement que j'ai demandé ?

Le deuxième acquiesça. S'assit sur le canapé.

— Il cherchait un certain Jack Reacher.

Hobie nota le nom sur son bloc.

— Qui est-ce ? demanda-t-il.

Il y eut un silence.

— On ne sait pas, répondit le premier gars.

Hobie hocha la tête, lentement.

— Pour qui Costello travaillait-il ?

Nouveau silence.

— On ne sait pas non plus.

— Des questions élémentaires, pourtant.

Le premier gars le regarda sans rien dire, mal à l'aise.

— Et vous n'avez pas pensé à poser ces questions élémentaires ?

— On les a posées. On n'a pas arrêté de les poser, répliqua le second.

— Et Costello n'a pas voulu répondre ?

— Il allait le faire.

— Mais ?

— Mais il est mort avant. Il a eu un soubresaut et puis il est mort. Il était vieux, obèse. Une crise cardiaque, sans doute. Je suis vraiment désolé, patron. On est tous les deux désolés.

Nouveau lent hochement de tête.

— Vous n'avez pas laissé de traces ?

— Aucune, fit le premier gars. On ne pourra pas l'identifier.

Hobie baissa les yeux sur les phalanges de sa main gauche.

— Où est le couteau ?

— Dans la mer.

La pointe du crochet martela le bois du bureau.

— OK, conclut Hobie, ce n'est pas votre faute, je suppose. Un cœur qui lâche, qu'est-ce qu'on y peut ?

Le premier gars parut se détendre et alla s'asseoir à côté de son acolyte, sur le canapé. Ils étaient hors d'atteinte du crochet, ce qui, dans ce bureau, avait une signification particulière.

— Il faut trouver le client, lâcha Hobie, rompant le silence.

Les deux types approuvèrent, attendant la suite.

— Costello devait avoir une secrétaire, non ? Elle saura qui était le client. Amenez-la-moi.

Les deux gars restèrent assis sur le canapé.

— Quoi encore ? fit Hobie.

— Ce Jack Reacher, commença le premier. Apparemment un grand gaillard, depuis trois mois à Key West. Costello nous a dit qu'on lui avait parlé d'un grand type qui était là depuis trois mois et travaillait le soir dans un bar. On est allés le voir. Un grand, dur à cuire, mais il a prétendu qu'il n'était pas Jack Reacher.

— Alors ?

— À l'aéroport de Miami, poursuivit le second gars. On a pris United Airlines parce que c'était un vol direct. Mais il y en avait un autre plus tôt, sur Delta, via Atlanta.

— Et alors ?

— Le grand type du bar. On l'a vu se diriger vers la porte d'embarquement.

— Vous en êtes sûrs ?

Le premier acquiesça :

— À quatre-vingt-dix-neuf pour cent. Il était loin devant, mais il est vraiment costaud. On peut pas le louper.

Hobie se remit à marteler le bureau de son crochet. Perdu dans ses pensées.

— Bon, c'est lui Reacher, fit-il. Ça ne peut être que lui, non ? Costello qui pose toutes ces questions, ensuite vous : il prend peur et il file. Mais où ? Ici ? À New York ?

— S'il n'est pas descendu à Atlanta, il est forcément ici.

— Mais pourquoi ? Qui est-ce, bon sang ?

Hobie réfléchit un moment et répondit lui-même à sa question.

— La secrétaire me donnera le nom du client...

Il sourit.

— Et le client me dira qui est ce Reacher.

Les deux gars aux costumes chics approuvèrent silencieusement, se levèrent. Contournèrent les canapés et quittèrent la pièce.

Reacher marchait vers le sud, dans Central Park. Essayant d'évaluer l'ampleur de la tâche. Il était sûr de se trouver dans la bonne ville. L'accent de Costello et des deux gars ne lui laissait aucun doute. Mais New York, ça représentait pas mal de monde. Sept millions et demi de personnes — peut-être dix-huit avec la banlieue. Dix-huit millions de personnes qui n'avaient qu'à tourner le coin de leur rue pour trouver un privé rapide et efficace. Son instinct lui disait que Costello devait avoir un bureau dans Manhattan, mais Mme Jacob pouvait très bien habiter en banlieue. Une banlieusarde qui a besoin d'un privé, où va-t-elle le chercher ? Pas à deux pas du supermarché, ni du vidéoclub. Elle consulte les Pages Jaunes de la grande ville la plus proche et appelle les agences. Après une première conversation, peut-être que le détective passe la voir, à moins qu'elle ne prenne le train pour se rendre à son bureau. N'importe quel train, de n'importe quelle gare, sur des centaines de kilomètres carrés...

Reacher avait renoncé à trouver un hôtel. Ses recherches n'allaient pas forcément lui prendre beaucoup de temps. Il pouvait avoir fini dans une heure. Et il avait besoin de plus de renseignements que ne lui en fournirait un hôtel. Il lui fallait les annuaires téléphoniques de New York et de sa banlieue. Et il ne tenait pas à payer les communications au tarif hôtel. Creuser des piscines n'enrichissait pas son homme.

Il se dirigea donc vers la bibliothèque. Au coin de la 42e et de la 5e Avenue. La plus grande du monde ? Il ne se souvenait plus. Sûrement assez pour avoir tous les bottins nécessaires, de grandes tables et des fauteuils confortables. Six kilomètres depuis Roosevelt Square, une heure de marche rapide, interrompue uniquement par les feux rouges et un bref arrêt dans une papeterie pour acheter carnet et crayon.

Le type de la réception pénétra dans le bureau de Hobie. Ferma la porte derrière lui, traversa la pièce, s'assit à l'extrémité du canapé le plus proche du bureau. Et jeta à Hobie un long regard silencieux.

— Qu'est-ce qu'il y a ? fit celui-ci.

— Il faut filer, dit l'homme. Ça devient risqué maintenant.

Hobie ne répondit pas. Il tenait son crochet dans la main gauche, caressant du doigt la courbe métallique.

— Vous aviez fait des plans. Des promesses. À quoi bon ces plans et ces promesses si vous ne les respectez pas ?

Son patron haussa les épaules. Muet.

— On a reçu le signal de Hawaii, non ? reprit l'homme de la réception. Vous aviez prévu de partir dès qu'il nous parviendrait.

— Costello n'est jamais allé à Hawaii, répliqua Hobie. On a vérifié.

— Alors c'est encore pire. Quelqu'un d'autre y est allé. Quelqu'un qu'on ne connaît pas.

— Réfléchis. Aucune raison pour que Hawaii arrive avant l'autre signal. Il y a un ordre, tu le sais. On reçoit le premier signal, puis celui de Hawaii. Phase 1, phase 2 — et on part à la phase 2. Pas avant.

— Vous aviez promis.

— Trop tôt. Et pas logique. Tu vois un type acheter un flingue et des balles. Il pointe le flingue sur toi. Tu as peur ?

— Bien sûr.

— Pas moi. Le flingue n'est pas chargé. Phase 1, acheter l'arme et les balles ; phase 2, charger l'arme. Tant qu'on ne reçoit pas l'autre signal, Hawaii est un flingue vide.

L'homme de la réception renversa la tête en arrière et fixa le plafond.

— Pourquoi faites-vous ça ?

Hobie ouvrit le tiroir de son bureau et en sortit le dossier

Stone, ainsi que le contrat. Il fit jouer la feuille entre ses doigts jusqu'à ce que la pâle lumière filtrant depuis la baie vitrée éclaire l'encre bleue luisante des deux signatures.

— Six semaines, dit-il. Peut-être moins. C'est tout ce dont j'ai besoin.

— Pour quoi faire ?

— La plus grosse affaire de ma vie.

Il posa la feuille au milieu du bureau et la piégea sous son crochet.

— Ce minable vient de m'apporter sa boîte sur un plateau.

— De la merde sur un plateau, oui. Vous lui avez remis un million cent mille dollars contre un papelard sans valeur.

Hobie sourit.

— Du calme. De nous deux, c'est moi qui réfléchis. Tu sais ce que pèse Stone ? Une grande usine sur Long Island et une immense propriété dans Pound Ridge. Plus cinq cents maisons autour de l'usine, soit environ trois cents hectares en tout. Du terrain de premier choix, tout près de la côte, et qui ne demande qu'à être construit.

— Les maisons ne sont pas à lui, objecta l'homme.

Hobie acquiesça.

— Non, elles sont hypothéquées, pour la plupart.

— Et alors ?

— Alors réfléchis. Mettons que je mette ses actions sur le marché ?

— Vous en tirerez des clopinettes. Elles ne valent rien.

— Exactement, elles ne valent rien. Mais ses banquiers n'en sont pas encore vraiment convaincus. Il leur a menti. Sinon, pourquoi viendrait-il me voir ? Je vais leur donner l'occasion de vérifier que leur garantie est sans valeur. Un test, en direct de la Bourse. Ils vont comprendre le message : ces actions ne valent pas un clou. Et alors ?

— Alors ils vont s'affoler.

— Tout juste. Ils ont pris des risques et leur garantie ne vaut rien. Alors Hobie Hook arrive et leur rachète la dette de Stone à vingt pour cent de sa valeur.

— Ils accepteront ça, vingt pour cent ?

Hobie sourit. Sa joue brûlée se plissa. Imperceptiblement.

— Ils accepteront. Ils m'arracheraient mon autre main pour avoir cet argent. Et ils me céderont toutes les actions qu'ils détiennent, ce sera une clause du marché.

— D'accord. Et puis ? Les maisons ?

— Même combat. J'ai les actions, j'ai l'usine, je la ferme. Plus d'emplois, cinq cents hypothèques à rembourser. Que je rachète à dix pour cent de leur valeur, je saisis les maisons, j'expulse les propriétaires. Je loue deux ou trois bulldozers et j'ai trois mille hectares de terrain sur Long Island. Plus une grande propriété dans Pound Ridge. Coût total de l'opération : à peu près huit millions de dollars. La propriété en vaut deux à elle toute seule. Ce qui nous met à six millions de dollars pour un lot que je pourrai revendre cent millions.

L'homme de la réception le regardait fixement.

— C'est pour ça que j'ai besoin de six semaines, conclut Hobie.

L'homme fit non de la tête.

— Ça ne marchera pas, dit-il. C'est une affaire de famille. Stone détient encore la majorité des actions. La banque n'en possède qu'une petite partie. Vous ne serez pas majoritaire. Il ne vous laissera pas faire.

— Il me vendra ses actions. Toutes ses actions. Jusqu'à la dernière.

— Il ne vendra pas.

— Si. Il vendra.

La bibliothèque fournissait de bonnes et de mauvaises nouvelles. Les annuaires de Manhattan, du Bronx, de Brooklyn, de Queens, etc. répertoriaient une kyrielle de Jacob. Reacher se fixa un rayon d'action d'une heure à partir du centre. Les gens qui habitent à moins d'une heure de la ville s'y rendent sans rechigner quand ils ont besoin de quelque chose. Au-delà, c'est plus aléatoire. Il recopia plusieurs noms dans son carnet et dénombra cent vingt-neuf Mme Jacob possibles.

En revanche, aucun détective privé du nom de Costello ne figurait dans les Pages Jaunes. Les Costello ne manquaient pas dans les blanches, mais, parmi eux, aucun privé. Reacher poussa un soupir. Il était déçu, mais pas surpris. Il ne s'attendait pas à ouvrir l'annuaire à la page « Enquêtes Costello. Agence spécialisée dans la recherche d'ex-policiers militaires établis à Key West ».

Il reprit les pages blanches, copia une quinzaine de numéros de postes de police. Pesa un instant le pour et le contre. Puis sortit de la bibliothèque, passa devant les grands lions accroupis et se dirigea vers une cabine téléphonique. Il coinça son carnet verticalement, en haut du téléphone, et entreprit d'appeler ses quinze commissariats. Chaque fois, il demandait l'administration, espérant tomber sur un vieux sergent bougon qui connaîtrait tout le monde.

Le quatrième appel fut le bon. Sonnerie, transfert rapide, long silence, puis une respiration sifflante venue des profondeurs de quelque lugubre salle d'archives.

— Je cherche un type du nom de Costello, dit-il. Retraité de la police, détective privé, peut-être à son compte, peut-être pour quelqu'un d'autre. À peu près soixante ans.

— Ouais, qui êtes-vous ? répondit une voix.

Même accent. Ç'aurait pu être Costello lui-même.

— Carter. Comme le président.

— Qu'est-ce que vous lui voulez à Costello, monsieur Carter ?

— J'ai un boulot pour lui, mais j'ai perdu sa carte. Je ne trouve pas son numéro dans l'annuaire.

— Parce que Costello n'est pas dans l'annuaire. Il travaille que pour des avocats. Pas pour n'importe qui.

— Alors vous le connaissez ?

— Si je le connais ? Bien sûr que je le connais. Il a passé quinze ans ici. Un peu que je le connais !

— Savez-vous où se trouve son bureau ?

— Quelque part sur Greenwich Avenue, si je me souviens bien.

— Quel numéro ?
— Sais pas.
— Téléphone ?
— Sais pas non plus.
— Vous connaissez une certaine Mme Jacob ?
— Non, je devrais ?
— Je vous demande ça à tout hasard. C'était sa cliente.
— Jamais entendu ce nom-là.
— OK. Merci de votre aide, fit Reacher.
— Ouais, conclut la voix.

Reacher raccrocha et retourna à la bibliothèque. Il reprit les pages blanches et chercha Costello sur Greenwich Avenue. Rien. Il remit les annuaires à leur place, ressortit au soleil et marcha.

Il commença par Greenwich Nord. D'un bout à l'autre. Sans succès. Il traversa et, sur le trottoir d'en face, finit par découvrir une petite plaque en cuivre fixée sur le cadre en pierre d'une porte. Un rectangle bien astiqué sur lequel on lisait « COSTELLO ». La porte était ouverte.

Le vestibule était vide et silencieux. Reacher entra et, du talon, referma la porte derrière lui. Il avança à pas feutrés jusqu'à une deuxième porte, enveloppa sa main dans un pan de sa chemise et tourna la poignée. C'était le bureau de Costello. À peu près de la même dimension que l'entrée. Sur les murs, des photos — la version rajeunie de l'homme qu'il avait rencontré à Key West, posant à côté d'inspecteurs de police ou de politiciens locaux qu'il ne reconnut pas. Costello avait été mince, autrefois. On le voyait grossir peu à peu sur les photos, comme sur une publicité de régime à l'envers.

Reacher repassa dans l'entrée. Un nuage de parfum dans l'air. Il contourna le bureau de la secrétaire et trouva un sac de femme soigneusement rangé près de la chaise. Le rabat était relevé, découvrant un porte-monnaie de cuir souple et un paquet de mouchoirs en papier. Puis son regard se porta sur l'ordinateur. L'écran était éteint. Reacher sortit son crayon et s'en servit pour déplacer délicatement la souris. L'écran se ralluma, révélant une lettre à moitié terminée. Le curseur clignotait au milieu d'un mot inachevé. Sous l'en-tête figurait la date du jour. Reacher revit le corps de Costello affalé sur le trottoir près du cimetière de Key West. Jeta un nouveau coup d'œil au sac, regarda la porte ouverte, le mot inachevé, et frissonna.

Du bout du crayon, il orienta la souris sur « FERMER ». Une fenêtre s'ouvrit, lui demandant s'il souhaitait enregistrer les modifications. Il réfléchit un instant et cliqua sur « NON ». Puis il ouvrit le gestionnaire de fichiers et éplucha le carnet d'adresses. Il cherchait une facture. Costello devait avoir réclamé une avance sur honoraires avant de commencer son enquête. Mais justement, quand l'avait-il commencée ? Il avait dû suivre une logique rigoureuse. D'abord, les instructions de Mme Jacob, un nom, une vague description, le fait que Reacher avait servi dans l'armée. Ensuite il avait appelé les archives, à Saint-Louis, où l'on conservait tous les documents relatifs aux militaires. Là, il avait découvert que Reacher avait quitté l'armée pour des motifs honorables. Alors il avait essayé d'avoir accès à son dossier bancaire. Avait sans doute appelé un vieux pote, demandé une faveur, tiré des ficelles. Reçu une copie du relevé de compte en Virginie. Vu les virements de Key West. Avait pris l'avion, interrogé les gens sur Duval, puis les deux gars... puis le couteau de cuisine.

Reacher évalua à trois jours, peut-être quatre, le délai nécessaire à un civil comme Costello pour obtenir des renseignements auprès des archives de l'armée. La banque de Virginie n'avait pas dû se montrer plus rapide. Les faveurs s'accordent rarement sur-le-champ. Disons sept jours de lenteurs bureaucratiques, une journée de réflexion, plus un jour au début et un autre à la fin. Soit en tout dix jours depuis que Mme Jacob avait sollicité ses services.

Il cliqua sur un dossier intitulé « FACTURES ». Une liste alphabétique de noms s'afficha sur la partie droite de l'écran. Il la fit défiler. Pas de Jacob dans les J. Il n'y avait pratiquement que des sigles ou de longs acronymes, représentant sans doute des cabinets d'avocats. Il vérifia les dates. Rien qui remontât à dix jours auparavant. Mais neuf, oui. C'était le fichier SGR & T. Reacher l'ouvrit : le courrier demandait, pour entamer des recherches sur une personne disparue, une avance de mille dollars à un cabinet de Wall Street : Spencer, Gutman, Ricker et Talbot. Il y avait une adresse postale, mais naturellement pas de numéro de téléphone.

Reacher ouvrit la base de données. L'adresse de SGR & T y figurait, ainsi que les numéros de téléphone, de fax, et la messagerie électronique. Il se pencha vers le sac de la secrétaire, à ses pieds, y attrapa délicatement deux mouchoirs en papier, en enveloppa un autour du combiné et posa l'autre sur le clavier. Il composa le numéro à travers le mouchoir.

— Spencer Gutman, claironna une voix. Qui demandez-vous ?

— Mme Jacob, je vous prie.

— Un instant, fit la voix.

Il y eut un bref intermède musical, puis une voix d'homme. Pressé mais poli. Peut-être un assistant.

— Mme Jacob, s'il vous plaît, répéta Reacher.

— Elle est déjà partie pour Garrison et je ne sais pas quand elle sera de retour au bureau.

— Savez-vous où elle habite à Garrison ? J'ai perdu son adresse.

— C'est aussi bien. Elle a été mal enregistrée. J'ai dû la redonner à une vingtaine de personnes ce matin.

Sans comprendre, Reacher écouta l'homme lui réciter une adresse, apparemment de mémoire. Garrison, État de New York, une ville située à une centaine de kilomètres au nord de l'Hudson, à peu près en face de West Point, où il avait passé quatre longues années.

— Je crois que vous feriez bien de vous dépêcher, ajouta l'assistant.

— Oui, je file, répondit Reacher à tout hasard.

Il raccrocha, referma la base de données, laissant l'écran vide. Jeta un dernier regard au sac de la secrétaire et huma une dernière fois son parfum avant de quitter la pièce.

La secrétaire mourut cinq minutes après avoir révélé l'identité de Mme Jacob, soit cinq minutes après que Hobie se fut mis à l'œuvre avec son crochet. Il opérait dans la salle d'eau de la direction, au quatre-vingt-huitième étage. L'endroit idéal. Spacieux, trente mètres carrés, beaucoup trop grand pour une salle d'eau. Un décorateur dispendieux avait garni murs, sol et plafond de dalles en granit d'un gris très chic. Un rideau de plastique translucide accroché à un rail d'acier chromé fermait la vaste cabine de douche. Hobie avait découvert que ce rail pouvait supporter le poids d'un corps attaché par les poignets. Des individus plus lourds que la secrétaire y avaient déjà été ligotés. Ceux auxquels Hobie avait quelque question urgente à poser ou qu'il tentait de convaincre de l'opportunité de ses conseils.

Seul problème, l'isolation phonique. Mais Hobie était confiant. La tour du World Trade Center pèse plus d'un demi-million de tonnes. Acier, béton, murs épais. Et le voisinage n'était pas trop curieux. La plupart des bureaux du quatre-vingt-huitième étage étaient loués aux obscures missions commerciales de petits pays dont les équipes clairsemées passaient leur temps aux Nations unies. Même chose aux quatre-vingt-septième et quatre-vingt-neuvième. C'était précisément la raison pour laquelle il avait choisi cet endroit. Cependant, Hobie n'était pas homme à courir un risque inutile lorsqu'il pouvait l'éviter. D'où le ruban adhésif. Avant toute chose, il en découpait toujours quelques bandes de vingt centimètres, qu'il collait provisoirement sur le carrelage. La première servait à obturer la bouche de sa victime. Quand, les yeux exorbités, celle-ci commençait à agiter frénétiquement la tête, il arrachait la bande et attendait la réponse. Au premier cri, il appliquait un nouveau morceau d'adhésif et se remettait à l'ouvrage. En règle générale, il obtenait la réponse voulue dès la deuxième bande.

Ensuite, il ne restait plus qu'à nettoyer. Ouvrir la douche, jeter un ou deux seaux d'eau sur le sol, quelques coups de serpillière : il ne fallait pas plus de temps à l'endroit pour redevenir impeccable qu'à l'eau pour dévaler quatre-vingt-huit étages et atteindre les égouts. D'ailleurs, Hobie ne se chargeait jamais lui-même de l'opération. Il faut deux mains pour passer la serpillière. Cette tâche était dévolue au deuxième de ses jeunes gars, qui s'y attelait après avoir ôté chaussures, chaussettes, et retroussé les jambes de son coûteux pantalon.

Assis à son bureau, Hobie parlait au premier.

— Je vais trouver l'adresse de cette Mme Jacob et vous irez me la chercher, compris ?

— Compris, répondit le gars. Et celle-là, qu'est-ce qu'on en fait ? ajouta-t-il en indiquant du menton la direction de la salle d'eau.

Hobie suivit son regard.

— Attendez ce soir. Rhabillez-la un peu et emportez-la au bateau. Vous la balancerez à trois ou quatre kilomètres du rivage.

— Elle va probablement refaire surface d'ici un jour ou deux.

Hobie haussa les épaules.

— Aucune importance. Dans deux jours, elle sera méconnaissable. On croira qu'elle est tombée d'une vedette. Avec des blessures pareilles, on pensera qu'elle est passée sous une hélice...

La discrétion avait ses avantages, mais aussi ses inconvénients. Le plus rapide, pour arriver à Garrison, aurait été de louer une voiture et de rouler pied au plancher. Mais sans carte de crédit et sans permis, la chose était impossible. C'est pourquoi Reacher se retrouva dans un taxi filant vers la gare de Grand Central.

Il régla la course, se fraya un chemin dans la foule et descendit l'escalier mécanique en se tordant le cou pour apercevoir l'affichage des départs. Souvenirs géographiques. La ligne de Croton-Harmon était sans intérêt. Trop au sud. Il parcourut toute la liste. En vain. Pas de direct pour Garrison avant une heure et demie. Va pour Croton-Harmon.

Ils suivirent la procédure habituelle. L'un prit l'ascenseur jusqu'au deuxième sous-sol où il trouva un carton vide dans une pile d'ordures. Les meilleurs, c'étaient les cartons d'emballage des réfrigérateurs, ou des distributeurs de boissons. Un jour, pourtant, ils avaient fait affaire avec un carton de télé de quatre-vingt-dix centimètres. Cette fois, il tomba sur l'emballage d'un meuble de rangement. Utilisa un chariot du gardien pour le transporter jusqu'au monte-charge. Le monta au quatre-vingt-huitième étage.

L'autre, dans la salle d'eau, était en train de refermer la fermeture Éclair du sac dans lequel il avait fourré le corps. Ils plièrent le cadavre dans le carton et se servirent du rouleau adhésif pour le scotcher solidement. Puis ils le hissèrent sur le chariot et prirent l'ascenseur. Cette fois, ils descendirent jusqu'au parking. Chargèrent le carton sur la banquette arrière d'une voiture. Verrouillèrent les portières et s'éloignèrent sans se presser.

Un regard autour d'eux. Vitres fumées, parking obscur, aucun problème.

— Tu sais quoi ? fit le premier gars. On abattra le dossier de la banquette et on mettra Mme Jacob à côté de celle-là. Comme ça, on n'aura qu'un seul voyage à faire ce soir. Je préfère ne pas prendre ce bateau trop souvent.

— OK, répondit l'autre. Il reste des cartons ?

— J'ai pris le plus costaud. Tout dépend de la taille de cette Mme Jacob.

— Tu crois qu'elle aura son compte dès ce soir ?

— Tu as des doutes là-dessus ? Vu l'humeur du patron aujourd'hui...

Ils marchèrent nonchalamment vers un autre emplacement où les attendait une Chevy Tahoe noire.

— Bon, elle crèche où, cette Mme Jacob ? demanda le deuxième gars.

— Dans une petite ville, Garrison, répondit le premier. Pas très loin de Sing-Sing. À une heure, une heure et demie de route.

Les pneus de la Tahoe crissèrent sur le revêtement du parking. Elle aborda la rampe à pleine vitesse et prit la direction de West Street avant de tourner à droite et d'accélérer vers le nord.

Chapitre 4

En face du quai 56, à l'endroit où la 14e crache son flot de voitures vers le nord, West Street devient la 11e Avenue. Immobilisée dans un embouteillage, la vieille Tahoe noire ajoutait ses coups de klaxon à tous ceux dont l'écho allait se perdre sur l'Hudson. Après avoir roulé au pas sur quelques centaines de mètres, ils tourneraient à gauche dans la 23e Rue, pour filer à nouveau plein nord. En attendant, ils étaient toujours dans Manhattan, bloqués sur Riverside Park.

Le plus révélateur, c'était l'écran : le curseur clignotant patiemment au beau milieu d'un mot. La porte ouverte et le sac abandonné étaient des signes alarmants, mais pas décisifs. En général, on prend son sac et on ferme la porte de son bureau en partant, mais pas toujours. La secrétaire pouvait être sortie un instant dans le couloir pour faire une photocopie, ou avoir rencontré quelqu'un qui l'aurait emmenée prendre un café. Pensant ne s'absenter que quelques instants, elle aurait très bien pu laisser son sac dans le bureau sans fermer la porte. En revanche, personne ne quitte un fichier, fût-ce une minute, sans l'enregistrer. Pourtant, c'était bien ce qu'elle avait fait. L'ordinateur avait demandé à Reacher : « SOUHAITEZ-VOUS SAUVEGARDER LES MODIFICATIONS ? » Cela signifiait qu'elle avait quitté son bureau sans cliquer sur « ENREGISTRER », un automatisme aussi naturel que le fait de respirer pour tous ceux qui passent leurs journées à batailler contre des logiciels.

L'affaire s'annonçait mal. Reacher se dirigea vers le quai pour prendre son train.

À la hauteur de la 170e, la voie rapide Henri-Hudson se transforme en un échangeur où un enchevêtrement de bretelles finit par déboucher, au nord, dans Riverside Drive. Là, il suffit qu'une seule voiture ralentisse pour que des centaines de véhicules se retrouvent brusquement immobilisés sur des kilomètres. La grosse Tahoe marqua un arrêt complet en face de Fort Washington, puis avança par à-coups successifs sous le pont George-Washington.

Deux sortes de trains longent l'Hudson entre la gare de Grand Central et Croton-Harmon : les régionaux et les express. Ces derniers ne roulent pas véritablement plus vite, mais s'arrêtent moins souvent et couvrent le trajet en une cinquantaine de minutes. Quant aux trains régionaux, ils sont omnibus. Les arrêts leur font perdre en moyenne vingt-quatre minutes par rapport aux express.

Reacher se trouvait dans un train régional. Il avait payé cinq dollars son aller simple et s'était assis en travers d'une banquette inoccupée. La tête contre la vitre, il se demandait ce qu'il ferait une fois sur place. Et s'il arriverait à temps pour faire quoi que ce soit.

Ils s'engagèrent sur une route qui longeait les courbes du fleuve. À partir de Westchester, ils purent rouler relativement vite, mais pas autant qu'ils l'auraient souhaité, à cause des virages et du revêtement instable de la chaussée qui les contraignaient à ralentir de temps en temps. La route était pratiquement vide et traversait les bois, avec çà et là quelques lotissements clôturés de planches impeccablement peintes qui affichaient fièrement les noms de leurs propriétaires.

Après Peekskill, ils guettèrent une route tournant sur la gauche et s'y engagèrent, droit vers le fleuve. Une fois sur la commune de Garrison, ils se mirent en quête de l'adresse. Pas facile à trouver. Les quartiers résidentiels étaient éparpillés, la ville de Garrison couvrant manifestement un territoire très étendu. Ils finirent cependant par découvrir la bonne route et, dans un bois clairsemé au-dessus du fleuve, également la bonne rue. Ils roulaient au pas pour parvenir à déchiffrer les noms sur les boîtes à lettres. Soudain ils freinèrent et rangèrent la Tahoe sur le bas-côté. Ils avaient trouvé.

Reacher descendit du train à Croton, soixante et onze minutes après son départ de Grand Central. Il gravit en courant les marches de la passerelle. Quatre taxis attendaient, quatre Chevrolet démodées, avec des portières rehaussées de faux bois. Les chauffeurs avaient les yeux fixés sur la sortie de la gare. L'un d'eux, une femme, tourna la tête vers Reacher.

— Vous connaissez Garrison ? lui lança-t-il.

— Garrison ? Mais c'est que c'est pas la porte à côté ! Trente kilomètres au moins !

— Je sais.

— Ça ira chercher dans les quarante dollars.

— Je vous en donnerai cinquante, mais je dois y être dans dix minutes.

Il s'assit à l'avant. Comme tous les vieux taxis, la voiture empestait un mélange de désodorisant et de détachant pour tissu. La femme démarra.

— Vous avez une adresse ? demanda-t-elle sans quitter la route des yeux.

Reacher répéta celle qu'on lui avait donnée au téléphone.

— C'est une rue qui borde le fleuve, dit la femme.

Un quart d'heure plus tard, ils traversaient Peekskill. Le taxi ralentit et prit à gauche. Reacher entrevit devant lui la large tranchée que l'Hudson creusait dans la forêt et, à deux kilomètres environ, sur l'autre rive, West Point.

Ils roulaient sur une route étroite, bordée de clôtures de ranch en bois brut et d'accotements soigneusement tondus. Les boîtes à lettres étaient espacées de plusieurs dizaines de mètres. Entre les poteaux électriques, les câbles se perdaient dans les arbres.

— On approche, annonça la femme.

La route se resserra encore. Une quarantaine de voitures étaient garées sur le bas-côté, pour la plupart noires ou bleu marine. Berlines immaculées, de modèle récent, ou véhicules tout-terrain. Le taxi s'engagea dans une allée. La file des voitures montait jusqu'à la maison. Il y en avait encore une dizaine devant le garage. Des voitures de l'armée.

— C'est ici ? fit la conductrice.

— Je suppose, répondit Reacher, circonspect.

Il lui tendit les cinquante dollars qu'il venait d'extirper de la liasse enfoncée dans sa poche. Descendit. Puis hésita, immobile dans l'allée. Le taxi fit demi-tour. Reacher le suivit à pied, longeant la file des voitures jusqu'à la rue, où il examina la boîte à lettres. Il y lut un nom, un nom qu'il connaissait aussi bien que le sien : Garber.

Entourée d'un jardin rustique, ni trop entretenu ni trop négligé, la maison était garnie de moustiquaires, et surmontée d'une grosse cheminée de pierre. À mi-chemin entre le cottage et le pavillon de banlieue. L'air était chaud, moite. Une nuée d'insectes bourdonnait dans les taillis et, au-delà, on devinait le fleuve, un néant qui aspirait tous les bruits vers le sud.

En se rapprochant, Reacher entendit le murmure de conversations feutrées derrière la maison. Il contourna le garage et parvint en haut d'un escalier de ciment donnant sur le jardin et sur le fleuve dont les eaux étincelaient au soleil. Les bâtiments gris de West Point se profilaient au loin, noyés dans une brume de chaleur.

Une centaine de personnes se tenaient sur la pelouse. L'air solennel. Toutes vêtues de noir, hommes et femmes, à l'exception d'une demi-douzaine d'officiers en uniforme. Elles parlaient bas, bataillant maladroitement avec leurs assiettes en carton et leurs verres de vin, comme voûtées par la tristesse.

Un enterrement. Il débarquait au beau milieu d'un enterrement. Il se figea en haut des marches. Sa haute silhouette se détachait contre le ciel, dans les vêtements enfilés à la hâte la veille, à Key West : pantalon délavé, chemise jaune chiffonnée, pieds nus dans des chaussures éculées, cheveux blonds mal coiffés, décolorés par le soleil, et une barbe de deux jours. Soudain, les voix se turent et tous les regards se convergèrent sur lui aussi sûrement que s'il avait frappé dans ses mains. Il offrit un visage inexpressif à cette silencieuse inquisition. Tout à coup, une femme se tourna dans sa direction. Elle tendit son assiette à son voisin et se porta à sa rencontre.

Elle était jeune, la trentaine, vêtue d'un strict tailleur noir. Le teint pâle et les traits tirés, mais très belle, douloureusement belle. Mince, une ossature fine, de longues jambes gainées dans un collant couleur chair, des talons hauts. De beaux cheveux blonds tombant sur les épaules, des yeux bleus. Elle traversa la pelouse avec grâce et s'arrêta au pied de l'escalier, comme si elle attendait qu'il descende vers elle.

— Bonjour, Reacher, fit-elle doucement.

Il baissa les yeux. Elle le connaissait. Lui aussi la connaissait. L'espace d'un instant, il se retrouva projeté quinze ans en arrière. L'adolescente d'alors était devenue une femme. Garber, le nom sur la boîte à lettres. Leon Garber, son supérieur pendant des années. Il revit leurs premières rencontres, lors de chaudes soirées barbecue aux Philippines. Une mince jeune fille sortait parfois autour de la résidence, sur la base militaire, assez femme déjà pour être fascinante, et encore assez petite fille pour être absolument interdite. Jodie, la fille de Garber. Sa fille unique. Sa lumière. C'était elle, quinze ans plus tard, qui l'attendait au pied de l'escalier.

Il jeta un regard à la foule, puis descendit sur la pelouse.

— Bonjour, Reacher, répéta la jeune femme d'une voix triste.

— Bonjour, Jodie.

Il faillit lui demander qui on enterrait, mais craignit d'avoir l'air insensible ou stupide. Elle devina sa gêne et dit simplement :

— Papa.

— Quand ?

— Il y a cinq jours. Il était malade depuis plusieurs mois, mais tout s'est précipité il y a quelques jours. En fait, sa mort a été un choc.

Reacher hocha lentement la tête.

— Je suis désolé.

Il se tourna vers la centaine de visages en face de lui et tous lui parurent avoir les traits de Leon Garber. Un petit homme râblé, solide. Arborant un large, un éternel sourire, qu'il fût heureux, mécontent ou inquiet. Un meneur d'hommes. Le courage physique et moral incarné. D'une honnêteté à toute épreuve. Juste et clairvoyant. Il avait été un modèle pour Reacher pendant ses années de formation. Son mentor. Son protecteur. Il avait pris des risques pour lui, l'avait fait monter en grade à deux reprises en l'espace de dix-huit mois, et avait fait de lui le plus jeune commandant jamais nommé en temps de paix.

— Je suis vraiment désolé, Jodie, répéta Reacher. Je n'arrive pas à le croire. Nous nous sommes vus il y a moins d'un an. Il avait l'air en pleine forme. Il est tombé malade ?

Elle hocha la tête sans répondre.

— Mais il était tellement robuste.

— Oui. Toujours si robuste...

— Et pas si vieux.

— Soixante-quatre ans.

— Alors, qu'est-ce qui s'est passé ?

— Le cœur. Tu te souviens ? Il disait toujours qu'il n'en avait pas.

— Tu parles ! Il en avait un gros comme ça !

— C'est ce que j'ai compris à la mort de maman. Pendant dix ans, on a été les meilleurs amis du monde. Je l'adorais.

— Moi aussi, dit Reacher, comme un père.

— Il parlait tout le temps de toi.

Il détourna les yeux vers la forme tremblotante des bâtiments de West Point. Il était abasourdi. Il arrivait à l'âge où les gens meurent autour de vous. Son père et sa mère étaient morts, son frère aussi. Et maintenant, la dernière personne qui lui tenait lieu de famille.

— Il avait déjà fait une crise cardiaque il y a six mois, dit Jodie.

Les yeux brouillés de larmes, elle prit Reacher par le bras.

— Viens, que je te présente. D'ailleurs, tu vas peut-être reconnaître quelques têtes.

— Non, Jodie, je ne suis pas habillé pour la circonstance. Je ferais mieux de vous laisser.

— Quelle importance ? Tu crois que ça aurait dérangé papa ?

Il revit le Garber qu'il avait connu pendant treize ans, ses tenues kaki limées et froissées, son chapeau défoncé. L'officier le plus mal sapé de toute l'armée américaine. Il eut un petit sourire.

— Tu as raison, je pense que ça ne le choquerait pas.

Jodie l'entraîna sur la pelouse. Il reconnut cinq ou six personnes parmi les invités. Des hommes en uniforme, et quelques civils avec lesquels il avait travaillé à l'occasion, dans une autre vie. Il serra des mains, tentant vainement de mémoriser certains noms. Puis les conversations reprirent, la foule se referma autour de lui et l'impression d'être incongru s'estompa. Jodie lui tenait toujours le bras. Il sentait sa main fraîche sur sa peau.

— Je cherche quelqu'un, dit-il. En fait, c'était la raison de ma visite.

— Je sais, répondit Jodie. Mme Jacob ?

— Elle est ici ?

— Je suis Mme Jacob.

Les deux types dans la Tahoe noire allèrent se garer à l'écart de la file de véhicules. Le conducteur composa un numéro sur le téléphone de voiture. Une sonnerie retentit dans le silence, une centaine de kilomètres et quatre-vingt-huit étages plus loin.

— On a un problème, patron, commença-t-il. On est tombés sur une espèce de veillée funèbre, un enterrement. Il doit bien y avoir cent personnes qui se baladent dans le jardin. On n'a aucune chance de mettre la main sur Mme Jacob. On peut même pas savoir qui c'est.

Hobie aboya :

— Et l'autre ?

— Le type du bar de Key West ? Il s'est pointé il y a dix minutes en taxi. Il est arrivé dix minutes après nous, et il est entré direct.

Des grésillements dans le récepteur. Pas de réponse distincte.

— Qu'est-ce qu'on fait, patron ?

— Vous ne bougez pas, répondit Hobie. Planquez-vous quelque part. Attendez que tout le monde s'en aille. Elle habite là, si j'ai bien compris. C'est une maison de famille ou de week-end. Les autres vont partir, et elle restera seule. Ne revenez pas sans elle, pigé ?

— Et le type de Key West ?

— S'il s'en va, laissez-le partir. Sinon, supprimez-le. Mais ramenez-moi la fille.

— C'est toi, Mme Jacob ? fit Reacher, stupéfait.

Jodie répondit oui d'un hochement de tête.

— Enfin... c'était moi. Je suis divorcée, mais j'ai gardé mon nom de femme mariée dans le travail.

— Et ton mari ?

Elle haussa les épaules.

— Avocat, comme moi. Quand je l'ai épousé, ça me semblait une bonne idée.

— Combien de temps ?

— Trois ans, tout compris. On s'est rencontrés à la fac et on s'est mariés quand on a trouvé du boulot. Je suis restée à Wall Street, mais lui est parti travailler à Washington il y a deux ans. Notre mariage n'a pas résisté. Quand le divorce a été prononcé, l'automne dernier, c'est à peine si je me rappelais avoir été mariée. C'est juste un nom pour moi, Alan Jacob.

Debout au soleil, Reacher la regardait. Il se rendit compte qu'il était mécontent d'apprendre qu'elle avait été mariée. Il se souvint de l'adolescente un peu frêle, mais ravissante. Pleine d'assurance et d'innocence à la fois, et toujours farouche. Un jour, elle avait rassemblé tout son courage pour venir s'asseoir près de lui et lui parler de choses sérieuses : la vie, la mort, le bien, le mal. Puis elle s'était mise à gigoter, avait replié ses jambes sous elle et orienté la conversation sur l'amour, les hommes et les femmes. Elle avait fini par s'enfuir en rougissant. Reacher s'était retrouvé seul, glacé, subjugué et furieux de l'être. Quelques jours plus tard, il l'avait revue sur la base. Elle rougissait toujours. Quinze ans après, c'était une femme : diplômée, mariée et divorcée. Une belle femme, élégante et sûre d'elle, qui venait de perdre son père et avait passé son bras sous le sien.

— Et toi, tu es marié ?

— Non, répondit Reacher.

— Mais tu es heureux ?

— Je suis toujours heureux. Je l'ai toujours été, je le serai toujours.

— Qu'est-ce que tu fais maintenant ?

— Pas grand-chose.

Il scruta les visages qui l'entouraient, y devinant des vies sages, cohérentes, des carrières réussies : parcours sans fautes. Il se demanda si c'étaient eux les imbéciles, ou bien lui. Il se rappela l'expression qu'il avait lue sur le visage de Costello.

— En ce moment, je vis à Key West. Je creuse des piscines. À la main.

Jodie ne broncha pas. Elle essaya de lui serrer le bras, mais sa main était trop petite. Il sentit à peine une légère pression des doigts.

— Costello t'a trouvé là-bas ?

Il ne me cherchait tout de même pas pour m'inviter aux funérailles, songea Reacher.

— Il faut qu'on parle de lui, dit-il.

— Il est bon, non ?

Pas assez, de toute évidence. Jodie s'éloigna pour circuler dans la foule et affronter une deuxième vague de condoléances. En buvant, les gens s'étaient détendus, les voix se faisaient plus fortes, plus animées. Reacher se dirigea vers le buffet, prit une assiette en carton, une cuisse de poulet, et se servit un verre d'eau.

Tout en mangeant, il observait les invités. Ils avaient du mal à partir. Leur affection pour Garber était presque palpable. Un homme de cette trempe inspire peut-être aux autres des sentiments trop forts pour qu'on puisse les lui manifester de son vivant. Jodie se promenait parmi eux, hochant la tête, serrant des mains avec un sourire triste. Ils avaient tous une histoire à lui raconter, une anecdote témoignant du cœur d'or qu'avait son père sous ses dehors bourrus. Reacher aurait pu y ajouter quelques souvenirs personnels, mais il s'abstint. Jodie n'avait pas besoin qu'on lui explique que Garber était un type bien. Elle le savait. Elle avançait parmi ses invités avec la sérénité d'une fille qui a aimé son père et en a été aimée. Elle lui avait tout dit, et il lui avait tout dit. Les gens vivent et meurent. Tant qu'ils font l'un et l'autre dignement, il n'y a pas grand-chose à regretter.

Ils repérèrent une maison sur la route. Barricadée et inoccupée. Garèrent la Tahoe à l'abri des regards. Sortirent leurs neuf millimètres de la boîte à gants, les fourrèrent dans la poche de leurs vestes. Puis s'enfoncèrent dans les taillis.

À une centaine de kilomètres de Manhattan, ils se seraient crus en pleine forêt amazonienne. Les ronces s'accrochaient à leurs vêtements, leur griffaient les mains, les racines les faisaient trébucher, les branches basses leur écorchaient le visage. Ils finirent par avancer à reculons pour ne pas se blesser. Une fois arrivés à la hauteur de la maison, ils découvrirent un fossé offrant une vue imprenable sur l'allée. Les invités s'apprêtaient à partir.

Mme Jacob était facile à identifier. Sans doute la femme blonde qui serrait des mains. Tout le monde partait, elle restait : c'était donc elle. Ils l'observèrent dans la foule : souriant bravement, embrassant les uns, faisant des signes d'adieu aux autres. Peu à peu, les gens descendaient l'allée, seuls ou deux par deux, par petits groupes. Les voitures démarraient. Les pneus crissaient sur le gravier. Les moteurs ronflaient. Ça n'allait pas être si difficile. Mme Jacob allait bientôt se retrouver seule devant sa maison, étourdie par le chagrin. Et elle recevrait la visite de deux retardataires. Elle ne serait sans doute pas étonnée de les voir : après tout, ils portaient costume et cravate sombres. La tenue qui convenait à Wall Street était tout à fait appropriée pour un enterrement.

Reacher fut le dernier à gravir les marches. Jodie passa un bras sous le sien.

— Voilà, c'est fini, fit-elle doucement.

— Où est-il enterré ?

— Au cimetière municipal. Il aurait pu choisir Arlington, bien sûr, mais il n'a pas voulu. Tu veux voir la tombe ?

— Non, je ne préfère pas. Ce que j'avais à lui dire, je lui ai dit de son vivant. Il savait qu'il me manquerait. Maintenant, il faut que tu me parles de Costello.

— Pourquoi ? Il t'a transmis le message, non ?

— Non, il est venu me voir, mais je me suis méfié. Je lui ai dit que je n'étais pas Jack Reacher.

Jodie leva des yeux étonnés.

— Pourquoi ça ?

— Par habitude, sans doute, répondit Reacher en haussant les épaules. Par peur de me laisser embarquer dans une histoire. Le nom de Jacob ne me disait rien, j'ai préféré laisser tomber. J'étais bien là-bas, je vivais tranquille.

— J'aurais dû lui donner le nom de Garber, dit la jeune femme. D'autant qu'il s'agit d'une affaire qui concernait papa.

Mais comme je suis passée par le cabinet, ça ne m'est pas venu à l'idée. S'il s'était présenté de la part de mon père, tu l'aurais écouté ?

— Naturellement.

— Et puis tu n'avais rien à craindre. Ce n'est pas une affaire très grave.

— On peut rentrer ? demanda Reacher.

Jodie eut de nouveau l'air étonné.

— Pourquoi ?

— Parce que, en fait, c'est une affaire très grave.

Ils les observèrent tandis qu'ils se dirigeaient vers l'entrée. Jodie ouvrit une grosse porte à claire-voie équipée d'une moustiquaire. Reacher et elle pénétrèrent dans la maison et la porte se referma derrière eux. Au bout d'une dizaine de secondes, une pâle lueur brilla derrière une fenêtre à l'extrémité gauche de la maison. Sans doute une sorte de salon, ou un bureau, se dirent-ils. Tapis dans leur fossé humide, ils attendaient. Autour d'eux, les insectes voltigeaient dans les rayons du soleil couchant. Ils échangèrent un regard, tendirent l'oreille. Pas un bruit.

Alors ils se redressèrent, se glissèrent dans l'allée jusqu'à l'angle du garage et, rasant le mur, se plaquèrent contre la façade. Ils sortirent les revolvers de leurs poches et les braquèrent vers le sol, le dos collé au mur. Puis, accroupis, ils se postèrent de part et d'autre de la porte d'entrée, l'arme au poing, prêts à faire feu. Elle était entrée par là ; elle finirait par ressortir par là. Question de patience.

— On l'a tué ? répéta Jodie.

— Lui et sans doute aussi sa secrétaire.

— Je n'arrive pas à le croire. Mais pourquoi ?

— Je l'ignore. Je ne sais même pas pourquoi tu lui as demandé de me rechercher.

— Papa voulait te voir. Il ne m'a jamais vraiment expliqué pourquoi. De toute façon, j'étais trop occupée. Un procès interminable... Tout ce que je sais, c'est qu'après sa première attaque il a consulté un cardiologue. Et il a rencontré quelqu'un dans son cabinet : c'est là que tout a commencé. Cette histoire le tracassait. J'avais l'impression qu'il s'imposait une obligation. Plus tard, quand son état a empiré, il a compris qu'il allait devoir laisser tomber. C'est alors qu'il a parlé de te retrouver, tu étais le seul qui pouvait l'aider à résoudre son problème. Comme il devenait de plus en plus nerveux, j'ai demandé à Costello de te rechercher. On a souvent eu recours à lui au cabinet...

Tout paraissait parfaitement cohérent, pourtant Reacher ne put s'empêcher de penser : Pourquoi moi ?

Il comprenait le problème de Garber : il avait levé un lièvre, mais sa santé l'avait lâché, et il voulait tout de même accomplir son devoir. Il avait eu besoin d'aide. Pourtant, un type comme lui aurait pu obtenir toute l'aide qu'il voulait : il n'aurait eu qu'à décrocher son téléphone pour mettre une dizaine de privés ou de militaires sur le coup. Alors pourquoi ?

— Qui était la personne qu'il a rencontrée chez le cardiologue ?

Jodie haussa les épaules.

— Je ne sais pas. On n'a jamais vraiment abordé le sujet.

— Costello est-il venu ici ? En a-t-il parlé directement avec lui ?

— Oui, je l'ai appelé. Je lui ai dit qu'il serait réglé par le cabinet, mais qu'il devait venir voir papa pour plus de renseignements. Il m'a rappelée un ou deux jours plus tard et m'a confirmé qu'il devait absolument te retrouver. Il voulait que je lui verse une avance parce qu'il allait avoir des frais. Je l'ai fait. Je ne voulais pas que papa s'inquiète pour des histoires d'argent.

— C'est pour ça qu'il m'a dit travailler pour Mme Jacob. Et non pour Leon Garber. C'est pour ça que j'ai refusé de lui répondre. Pour ça aussi qu'il est mort. À cause de moi.

Jodie secoua négativement la tête et lui décocha le coup d'œil sévère qu'elle devait réserver à son assistant lorsqu'il lui remettait un travail bâclé. Reacher en fut décontenancé. Il la voyait toujours comme une adolescente, pas comme une avocate de trente ans, plongée dans de longues et complexes procédures.

— Conclusion erronée. L'enchaînement des faits est pourtant clair. Papa raconte son histoire à Costello. Avant de se lancer à ta recherche, Costello tente un raccourci, mais il soulève la mauvaise pierre et ça alerte quelqu'un. Ce quelqu'un le tue afin de savoir pour qui et pourquoi il enquête. Même si tu avais joué franc jeu avec lui, ça n'aurait rien changé. On l'aurait tout de même cuisiné. En dernier ressort, c'est moi qui suis responsable de sa mort.

— Non, fit Reacher. C'est Leon. Par ton intermédiaire.

— Ou plus exactement la personne qu'il a rencontrée à la clinique de cardiologie.

— Il faut que je la retrouve.

— Quelle importance maintenant ?

— Quand Leon avait un souci, je le partageais. C'est comme ça qu'on fonctionnait tous les deux.

Jodie acquiesça. Se leva brusquement, se dirigea vers une étagère au-dessus de laquelle était punaisée une photo. La détacha, la contempla attentivement, puis la tendit à Reacher.

— Tu te souviens ? fit-elle.

La photo devait dater de quinze ans. Avec le temps, les couleurs avaient jauni. Leon Garber, la cinquantaine, treillis fripé, et Reacher, vingt-quatre ans, trente centimètres de plus que Garber, sourire éclatant, encadraient Jodie, quinze ans, robe bain de soleil, un bras nu passé sur les épaules de son père, l'autre autour de la taille de Reacher. Elle clignait des yeux et souriait à l'objectif.

— Tu te souviens ? répéta-t-elle. Il venait d'acheter son Nikon, avec le déclencheur à retardement. Il avait emprunté un pied et était tout impatient de l'essayer !

Reacher se souvenait. Il se souvenait de l'odeur de ses cheveux ce jour-là, sous le soleil brûlant du Pacifique. Il se souvenait de la pression de son corps contre le sien. Il se rappelait s'être écrié intérieurement : Tiens bon, vieux, elle n'a que quinze ans et c'est la fille de ton chef.

— Il l'appelait sa photo de famille, poursuivit Jodie. Depuis toujours.

— C'est pour ça que je veux continuer. Pour Leon. Et puis il y a la secrétaire, ajouta Reacher. On a dû lui demander pour qui travaillait Costello. Elle a dû avouer. Et même si elle ne l'a pas fait, de toute façon ils trouveront. Ça m'a pris trente secondes et un coup de fil. Maintenant, ils vont te chercher pour te demander qui se cache derrière tout ça.

Jodie lui jeta un regard vide et posa la photo sur le bureau.

— Mais je n'en sais rien !

— Et tu crois qu'ils vont gober ça ?

Elle tourna vers la fenêtre un regard inquiet.

— Très bien, dit-elle. Qu'est-ce que je fais ?

— Tu fiches le camp. Et tout de suite. Ici, tu es trop isolée, trop loin de tout. Tu as un appartement en ville ?

— Bien sûr. Un loft en bas de Broadway.

— Une voiture ?

— Oui. Dans le garage. Mais je voulais passer la nuit ici. Je dois trouver son testament, m'occuper de la paperasse, régler un certain nombre de choses. Je voulais partir tôt demain matin.

— Fais tout ce que tu as à faire maintenant. Aussi vite que possible. Et file. Je suis sérieux, Jodie. J'ignore qui sont ces types, mais ils ne plaisantent pas.

L'expression sur le visage de Reacher était plus éloquente encore que ses paroles. La jeune femme consentit d'un bref signe de tête.

— D'accord, dit-elle, commençons par le bureau. Tu vas me donner un coup de main.

Du jour de son engagement dans le corps des officiers de réserve, après le lycée, jusqu'à sa démobilisation pour raisons de santé, Leon Garber avait passé cinquante ans dans l'armée. Un demi-siècle que son bureau reflétait scrupuleusement. Dans les tiroirs supérieurs, stylos et crayons s'alignaient, au garde-à-vous. Les tiroirs du bas contenaient les dossiers suspendus, tous classés selon un ordre rigoureux. Tous portant une étiquette écrite de sa main : « IMPÔTS », « TÉLÉPHONE », « ÉLECTRICITÉ », « CHAUDIÈRE », « ENTRETIEN DU JARDIN », « GARANTIES », « DERNIÈRES VOLONTÉS »... Jodie sortit les dossiers de leurs rails et les fourra dans une vieille valise en cuir cabossée. Pendant ce temps, Reacher examinait la photo jaunie posée sur le bureau.

— Tu lui en as voulu ? lui demanda-t-il. De nos rapports ? De ce côté familial ?

La jeune femme s'immobilisa sur le seuil de la pièce.

— Oui, je lui en ai terriblement voulu. Un jour, je t'expliquerai pourquoi.

Il la dévisagea sans rien dire. Elle fit volte-face et disparut dans le couloir.

— Tu me donnes cinq minutes pour me préparer ? l'entendit-il lui crier.

Il éteignit la lumière et porta la valise dans l'entrée. Immobile, il regarda autour de lui. Tout était silencieux. Il fit quelques pas dans le salon. Les fenêtres surplombaient le jardin et la rivière. Reacher n'avait jamais habité de maison. Ses parents n'en avaient jamais acheté. Il n'avait connu que les lugubres bungalows et autres bâtiments-dortoirs de l'armée et, après son départ, des motels bon marché. Il était pratiquement certain de ne jamais vouloir vivre dans une maison. Une maison demandait que l'on s'engage, représentait une charge physique, exactement comme la valise qu'il avait à la main. Factures, impôts fonciers, assurances, garanties, réparations...

Mais si une maison avait dû le faire changer d'avis, c'était celle de Garber. Elle semblait avoir poussé sur le terreau fertile d'une paisible nonchalance. Reacher se serait presque vu y vivre. Là, près du fleuve si rassurant et familier, indifférent aux demeures et aux jardins qui bordaient ses rives comme à leurs habitants.

— OK. Je crois que je suis prête ! annonça Jodie.

Elle parut dans l'entrée, un sac de cuir à l'épaule. Elle s'était changée, troquant son tailleur noir contre une paire de Levis délavés et un sweat-shirt bleu orné d'un petit logo que Reacher ne put déchiffrer. Elle ramena une mèche rebelle derrière son oreille. Son sweat-shirt mettait en valeur le bleu de ses yeux et son teint de miel. Décidément, ses trente ans lui allaient bien.

Reacher la suivit dans la cuisine où elle verrouilla la porte donnant sur le jardin, débrancha les appareils électriques et s'assura que les robinets étaient bien fermés. Puis ils retraversèrent le vestibule et ouvrirent la porte d'entrée.

Chapitre 5

Reacher passa le premier le seuil de la porte. En d'autres circonstances, il aurait laissé Jodie le précéder, car il était d'une génération qui conservait encore quelques usages, mais la vie lui avait appris la méfiance. D'autre part, elle était chez elle ; par conséquent, c'était elle qui refermerait la porte. Pour toutes ces raisons, il fut le premier à mettre un pied dehors, et donc le premier que virent les deux gars.

« Supprimez-le. Mais ramenez-moi la fille », leur avait dit Hobie. Le type posté à gauche vit la moustiquaire pivoter vers l'extérieur, aperçut Reacher et pressa la détente.

Celui de droite était mal placé. Il prit la moustiquaire en plein visage. En outre, il était droitier. Le cadre de la moustiquaire heurta sa main armée. Il hésita un instant, puis se déplaça, en l'agrippant de la main gauche.

Dans ce genre de situation, Reacher n'agissait que par instinct. À trente-neuf ans, aussi loin que remontaient ses souvenirs, il n'avait connu que la vie militaire. Celle de son père, des amis de son père, la sienne, celle de ses amis. Il n'avait jamais connu la stabilité, n'avait jamais passé une année entière dans la même école, jamais travaillé de 9 heures à 17 heures du lundi au vendredi, et jamais compté sur autre chose que l'imprévisible. Une partie de son cerveau était démesurément développée, comme un muscle surentraîné qui ne s'étonnait pas de voir deux hommes armés de neuf millimètres sur le perron d'une maison dans un quartier résidentiel de la banlieue new-yorkaise. Ni choc, ni surprise, ni peur, ni sueurs froides. Ni pause, ni hésitation, ni retenue. Juste la réponse immédiate à un problème purement mécanique, un exercice de géométrie combinant temps, espace, angles, balles dures et chair molle.

La lourde valise se balançait au bout de sa main gauche, comme il franchissait le seuil. Il allongea sa trajectoire pour la projeter en avant, tandis que son bras droit repoussait Jodie vers l'intérieur de la maison. Elle recula en trébuchant. La valise reçut la première balle. Reacher la ramena vers lui d'un coup sec, avant d'en envoyer le coin dans la figure du type de gauche, qui tomba à la renverse. Hors champ.

Reacher ne le vit pas s'effondrer. Il passait déjà à l'autre, qui contournait la moustiquaire. Lâcha la valise et plongea sur le gars, les bras en avant, plaquant l'arme contre son torse. Il entendit le coup partir, sentit le canon lui brûler la peau. La balle fila sous son bras gauche et atteignit le garage au moment où son coude droit frappait le visage du type.

Un coup de coude lancé par une masse de cent vingt kilos peut causer de gros dégâts. À la façon caoutchouteuse dont sa victime atterrit sur le dos, Reacher comprit qu'elle était bonne pour un petit somme. Puis la moustiquaire commença de se refermer dans un grincement de ressorts, et il vit le gars de gauche, à quatre pattes sur le perron, qui cherchait à atteindre son arme. Jodie apparaissait dans l'encadrement de la porte, recroquevillée, les mains sur la poitrine, le souffle coupé. La vieille valise avait roulé sur la pelouse.

Le problème, c'était Jodie. Deux mètres cinquante le séparaient d'elle. Entre eux, le type. Il pouvait récupérer son flingue et le pointer sur elle. Reacher se rua sur la porte. Tomba sur Jodie, la repoussant d'un mètre dans le couloir. La porte claqua. Le gars tira à trois reprises, dans une gerbe d'éclats de bois. Reacher poussa le verrou et entraîna Jodie dans la cuisine.

— Peut-on accéder au garage ?

— Oui, par le passage couvert, fit-elle dans un souffle.

Mois de juin oblige, les volets étaient relevés, si bien que le passage n'était bordé, du sol au plafond, que des seules moustiquaires. Le gars utilisait un Beretta qui avait logiquement dû commencer sa journée avec quinze balles dans le chargeur. Il en avait tiré quatre, une dans la valise et trois dans la porte. Il en restait donc onze, conclusion peu rassurante.

— Clefs de voiture ?

Jodie les extirpa de son sac et les tendit à Reacher. Il les serra dans son poing. Depuis la porte vitrée de la cuisine, on voyait celle du garage.

— Cette porte, elle est fermée ?

Jodie fit oui de la tête.

— La clef verte. La verte pour le garage, murmura-t-elle.

Reacher ouvrit doucement la porte de la cuisine, s'accroupit et passa la tête à l'extérieur, très près du sol. Il regarda à gauche, à droite. Le gars n'était pas en vue. Il isola la clef verte des autres, la pointant droit devant lui comme une minuscule lance. Prit son élan, fonça. Ficha la clef dans la serrure, la fit tourner, la reprit aussi sec. Ouvrit la porte et fit signe à Jodie de le rejoindre. À peine fut-elle à ses côtés qu'il referma la porte. Tourna le verrou, tendit l'oreille. Pas un bruit.

Le garage était une vaste pièce sombre qui sentait l'essence et l'huile de vidange, pleine de tout ce qu'on remise d'ordinaire dans ce genre d'endroit : antique tondeuse à gazon, chaises longues délabrées. Les affaires d'un homme qui avait fait ses derniers achats vingt ans auparavant. La porte n'était qu'un rideau de bois coulissant dans des rails verticaux. Pas de commande électrique. La voiture de Jodie était là, une Oldsmobile Bravada dernier modèle, vert bouteille, finitions dorées.

— Monte à l'arrière, fit Reacher dans un chuchotement. Par terre.

La jeune femme obtempéra tandis qu'il ouvrait le rideau de bois donnant sur le jardin. Il jeta un œil, tendit l'oreille. Rien à voir, rien à entendre. Alors il regagna la voiture, mit la clef sur le contact, recula son siège au maximum.

— Je reviens, souffla-t-il.

L'établi de Garber était aussi rangé que son bureau. Une belle collection d'outils s'alignait sur un tableau de contreplaqué. Reacher choisit un gros marteau de charpentier qu'il décrocha de son clou. Fit un pas dans le jardin et y lança le marteau. Il compta jusqu'à cinq afin de laisser au type le temps de réagir et de quitter sa cachette. Puis il se précipita dans la voiture. Mit le contact. Enfonça l'accélérateur. Les pneus mordirent le béton et propulsèrent le véhicule dans l'allée. Il repéra le type au Beretta sur la gauche. Il faisait volte-face pour les voir partir. Reacher accéléra jusque dans la rue.

Il maintint l'accélération sur cinquante mètres, puis coupa le moteur. Se rangea en silence le long d'une haie. Jodie se redressa, les yeux écarquillés.

— Mais qu'est-ce qu'on fiche ici ?

— On attend.

— On attend quoi ?

— Qu'ils mettent les voiles.

Elle fit une grimace, à mi-chemin entre l'indignation et la stupeur.

— Pas question d'attendre, Reacher. On file chez les flics, et tout de suite !

— Je ne peux pas leur raconter ça, dit-il sans se retourner.

— Et pourquoi ?

— Parce qu'ils croiront que j'ai tué Costello.

— Mais tu ne l'as pas tué.

— Tu t'imagines peut-être qu'ils vont avaler ça...

— Il le faudra bien puisque c'est la vérité.

— Ils auront du mal à trouver un meilleur suspect.

La jeune femme resta un instant silencieuse.

— Alors qu'est-ce que tu proposes ? dit-elle enfin.

— Je propose d'éviter les flics.

Il la vit secouer la tête dans le rétroviseur.

— Mais on a besoin d'eux, Reacher.

— Tu te souviens de ce que disait Leon ? fit-il sans la quitter du regard. Il disait toujours : « La police, ici, c'est moi. »

— Parce qu'il en faisait partie, comme toi autrefois. Mais tout ça, c'est de l'histoire ancienne.

— Pas si ancienne que ça, Jodie. Ni pour lui ni pour moi.

Il se retourna pour la regarder en face. Elle baissa les yeux sur la brûlure de sa chemise. Une tache noire, en forme de larme, la poudre tatouée à même le coton. Reacher défit les boutons. Baissa la tête, vit le même motif gravé sur sa peau, les poils brûlés, et une marque rouge vif. Il mouilla son pouce, le pressa contre la plaie et grimaça.

— Ils me cherchent ? Ils vont me trouver.

Jodie leva les yeux.

— Incroyable ! La même tête de mule que mon père.

Reacher l'observa. Elle était avocate, mais elle était aussi la fille de Leon. Elle savait... Elle finit par hausser les épaules en signe d'impuissance.

— Qui sont ces deux types ? demanda-t-elle.

— Les assassins de Costello.

— Alors, où va-t-on ?

Reacher se détendit. Esquissa un sourire.

— D'après toi, quel est l'endroit où ils nous chercheront le moins ?

— Je ne sais pas, moi. Manhattan ?

— Non, la maison, dit-il. Ils nous ont vus fuir. Ils ne s'attendent certainement pas à ce qu'on y revienne de si tôt.

— T'es vraiment cinglé, tu sais ?

— Il nous faut la valise. Leon a peut-être laissé des notes. Et puis il faut refermer la baraque. Si on laisse le garage ouvert, tu vas te retrouver à la tête d'une famille de ratons laveurs...

Reacher s'interrompit, un doigt sur la bouche. Un bruit de moteur. À deux cents mètres environ. Le crissement des pneus sur le gravier, une accélération hurlante, et une masse noire fila sous leurs yeux. Une Tahoe. À l'intérieur, deux types en costumes sombres, l'un au volant, l'autre affalé sur son siège. Reacher ouvrit la portière et écouta le bruit mourir lentement en direction de la ville.

Chester Stone attendait dans son bureau depuis plus d'une heure quand il se décida à appeler le responsable financier pour lui demander de contacter la banque et de vérifier si la somme avait bien été versée. C'était le cas. Crédit : un million cent mille dollars, virés cinquante minutes plus tôt par une société basée aux îles Caïmans.

— Tout est là, dit le directeur financier. Vous avez réussi votre coup.

Stone serra le combiné dans sa main en se demandant quel coup il venait de réussir au juste.

— Je descends, dit-il. Je veux voir les chiffres.

— Ils sont bons. Ne vous en faites pas.

— Je descends tout de même.

Il prit l'ascenseur et retrouva l'homme deux étages plus bas. Saisit le mot de passe. Le logiciel lança ses calculs, affichant une prévision de parfait équilibre six semaines plus tard exactement.

— Vous voyez ? Eurêka !

— Et les intérêts ? demanda Stone.

— Onze mille par semaine, six semaines. Plutôt costaud, non ?

— On peut payer ?

Le responsable financier hocha la tête avec assurance.

— Bien sûr qu'on peut. On doit soixante-treize mille dollars à deux de nos fournisseurs. On perd les factures, ils rempilent pour quelques semaines : ça nous fait un joli paquet de billets. Soixante-treize, moins onze par semaine sur six semaines, reste au moins sept.

— Relancez le calcul, dit Stone. Il faut toujours revérifier.

L'homme fit la moue, mais obéit. Au terme des calculs, la trésorerie affichait un excédent de sept mille dollars.

— Un peu juste, dit-il. Mais positif.

— Et avec quoi rembourse-t-on le prêt ? demanda Stone. Il nous faut un million cent dans six semaines.

— Aucun problème. J'ai tout prévu.

— Montrez-moi ça.

— D'accord. Regardez.

— Ces deux grossistes, fit-il en désignant une autre ligne sur l'écran, ils nous doivent un million cent soixante-treize mille dollars, ce qui couvre exactement le montant du prêt, plus les impayés, avec une échéance à six semaines à compter d'aujourd'hui.

— Et ils paieront à temps ?

— Jusqu'ici ils l'ont toujours fait, répondit le directeur financier.

Stone fixait l'écran, se demandant si les sept mille dollars d'excédent suffiraient à offrir un voyage en Europe à Marilyn. Sûrement pas. Pas un voyage de six semaines, en tout cas. Et puis elle se douterait de quelque chose, elle s'interrogerait. Il devrait passer aux aveux. Elle était suffisamment maligne pour lui faire cracher le morceau, tôt ou tard. Elle refuserait de partir et se retrouverait comme lui, six semaines sans pouvoir fermer l'œil.

La valise gisait toujours sur la pelouse. Elle portait un impact de balle sur une face. Mais aucun trou de l'autre côté. La balle avait dû traverser le cuir et le cadre de bois pour finir sa course au milieu des papiers. Reacher sourit et l'apporta à Jodie, dans le garage.

Ils refirent le trajet en sens inverse. Empruntèrent le passage couvert. Verrouillèrent la porte du garage avec la clef verte et passèrent dans la cuisine. Reacher porta la valise dans le séjour.

Il l'ouvrit et en sortit un paquet de dossiers qu'il posa sur le sol. Libérée, la balle alla rebondir sur la moquette. Une Parabellum neuf millimètres standard, entièrement gainée de cuivre. Le bois et les papiers l'avaient arrêtée. Elle avait traversé la moitié des dossiers. Reacher la soupesa dans la paume de sa main. Jodie l'observait depuis l'entrée. Il lui envoya le projectile, qu'elle rattrapa avec adresse.

— Tiens. Un souvenir.

Du bout des doigts, elle le jeta dans la cheminée, puis rejoignit Reacher sur la moquette, face à un océan de paperasse.

Il remarqua son parfum. Un parfum qu'il ne connaissait pas, mais qu'il trouva subtil et très féminin. Son sweat-shirt, trop grand pour elle, lui donnait l'air fragile. Lorsqu'elle se pencha sur les dossiers, ses cheveux tombèrent devant son visage, et il retrouva son odeur, une odeur qui n'avait jamais quitté sa mémoire.

— Que cherche-t-on au juste ? demanda la jeune femme.

— Je suppose qu'on le saura quand on aura trouvé.

Mais ils ne trouvèrent rien. Rien d'intéressant. La paperasse domestique quotidienne, dérisoire à présent que la vie avait quitté la maison. Le document le plus récent était le testament, isolé du reste, dans une enveloppe cachetée. Jodie la glissa dans son sac à main.

— Pas d'impayés ? demanda-t-elle à Reacher.

Il ouvrit un dossier sur lequel s'étalaient les mots : « EN INSTANCE ». Vide.

— Apparemment pas. Mais il y en aura sûrement. J'imagine qu'on reçoit des factures tous les mois ?

La jeune femme lui lança un regard amusé.

— Oui, tous les mois, dit-elle avec un sourire.

Reacher consulta un autre dossier : « SANTÉ ». Celui-ci contenait les feuilles de soins de l'hôpital et les courriers de l'assurance. Il parcourut l'ensemble.

— Bon sang, ça coûte si cher que ça ?

— Bien sûr, répondit Jodie. Qu'est-ce que tu crois ? Tu n'es pas assuré ?

Il la regarda, interdit.

— J'imagine que je serai pris en charge par les Anciens Combattants. Du moins pendant un certain temps.

— Tu devrais vérifier.

— Je me sens très bien, tu sais.

— Papa aussi s'est senti très bien. Pendant soixante-trois ans et demi.

Elle s'agenouilla à côté de Reacher et il vit son regard se voiler. Il lui prit la main.

— Fichue journée, n'est-ce pas ?

Jodie acquiesça d'un clignement d'yeux, avant d'esquisser un sourire désabusé.

— C'est le moins qu'on puisse dire. J'enterre mon père, me fais tirer dessus, enfreins la loi en refusant de faire une déclaration à la police, et me retrouve embarquée avec un cinglé de l'autodéfense. Tu sais ce qu'aurait dit papa ?

— Non ?

Elle pinça les lèvres et prit une voix grave pour imiter les intonations rauques de Garber :

— La routine, ma fille, la routine.

Reacher sourit et serra sa main dans la sienne. Puis il désigna l'en-tête d'une lettre au milieu de la paperasse.

— On va aller faire un tour dans cette clinique.

Dans la Tahoe la discussion s'animait : fallait-il ou non rebrousser chemin ? Avouer un échec à Hobie était impossible. Le plus raisonnable était peut-être de disparaître. Foutre le camp, tout simplement. Une idée séduisante. Mais les deux hommes savaient que Hobie finirait par les retrouver. Tôt ou tard. Et cette idée-là était beaucoup moins séduisante.

Alors ils réfléchirent aux moyens de limiter la casse. Ils savaient ce qu'ils avaient à faire. Ils s'arrêtèrent à plusieurs reprises sur la route, laissèrent s'écouler un laps de temps raisonnable, puis regagnèrent les rues embouteillées du sud de Manhattan, leur histoire bien ficelée dans leurs têtes.

— On n'a rien pu faire, dit le premier gars. On a poireauté des heures, c'est pour ça qu'on rentre si tard. Le problème, c'est qu'il y avait plein de soldats là-bas. Réunis pour une espèce d'enterrement. Et des fusils partout.

— Combien ? demanda Hobie.

— De soldats ? fit le second. Une bonne dizaine. Peut-être même quinze. Ils n'arrêtaient pas de bouger, difficile de les compter. Une espèce de garde d'honneur.

— La fille est repartie avec eux, poursuivit le premier gars. Ils ont dû l'escorter en revenant du cimetière, et puis elle les a suivis pour aller je ne sais où.

— Il ne vous est pas venu à l'idée de les filer ?

— Impossible. Ils roulaient au pas. Comme un convoi funèbre. Ils nous auraient tout de suite repérés.

— Et le type de Key West ?

— Il est parti très tôt. On l'a laissé filer. On surveillait la fille, cette Mme Jacob. Elle a été la dernière à partir, entourée de ses militaires.

— Alors ? Qu'est-ce que vous avez fait ?

— On est allés jeter un œil à la baraque, répondit le premier gars. Fermée à double tour. Alors on est retournés en ville pour consulter le cadastre. On trouve tout ce qu'on veut à la bibliothèque. La maison appartient à un certain Leon Garber. On a demandé à la bibliothécaire ce qu'elle savait de lui, et elle nous a tendu le journal local. Il y avait un article sur le type en page trois. Mort d'une crise cardiaque. Veuf, avec pour seule héritière sa fille Jodie, ex-Mme Jacob, jeune et brillante avocate chez Spencer, Gutman, Ricker et Talbot, à Wall Street. Elle habite sur Broadway.

Hobie hocha lentement la tête, en martelant le bureau de la pointe de son crochet.

— Qui était ce Leon Garber ? Pourquoi tous ces soldats à son enterrement ?

— Il appartenait à la police militaire, répondit le premier gars.

Le second confirma :

— Il a fini sa carrière avec plein d'étoiles et un nombre incalculable de médailles. Quarante ans de service, la Corée, le Vietnam...

Le crochet s'immobilisa. Le visage de Hobie s'était vidé de toute couleur, hormis le rose des cicatrices qui semblaient briller dans la pénombre.

— La police militaire..., répéta-t-il doucement.

Il resta un moment figé, ces trois mots sur les lèvres. Puis il souleva lentement son crochet et le fit tourner devant ses yeux, comme pour en examiner chaque détail à la lueur des rais de lumière filtrant par le store. Le crochet tremblait, il l'arrêta de sa main gauche.

— La police militaire, fit-il une dernière fois sans quitter l'objet des yeux.

Puis son regard se posa sur les deux gars assis sur le canapé.

— Sors de cette pièce, dit-il au deuxième.

Celui-ci jeta un bref coup d'œil à son partenaire et sortit en refermant doucement la porte. Hobie recula son siège, se leva. Fit le tour du bureau et vint se planter derrière le gars, qui se figea sur le canapé, sans oser se retourner.

Il faisait du 16 en encolure, soit environ treize centimètres de diamètre, si l'on compare le cou humain à un cylindre, et Hobie était friand de ce genre de comparaisons. Le J du crochet était de taille généreuse : douze centimètres environ. Il le leva d'un coup sec et accrocha le cou par-derrière. Puis il recula d'un pas et tira de tout son poids. Le gars porta ses doigts à sa gorge pour tenter de se dégager. Le crochet était relié à un manchon de cuir. C'était l'articulation du coude qui retenait l'ensemble. Hobie tira jusqu'à ce que, de rouge, le visage du gars vire au bleu. Puis il relâcha légèrement la pression et lui glissa à l'oreille :

— Ton copain avait la gueule écorchée. Explique-moi ça.

Le gars suffoquait, se débattait. Hobie fit pivoter le crochet, ramenant la pointe sous l'oreille.

— Explique-moi ça, répéta-t-il.

Ainsi placé, le crochet pouvait à tout instant s'enfoncer dans la chair. Le gars avait beau ne pas connaître grand-chose en anatomie, il savait que la mort se trouvait à un demi-centimètre.

— Je vais tout vous dire, siffla-t-il. Tout vous dire.

Hobie ne bougea pas, resserrant la pression à la moindre hésitation, si bien qu'il eut toute l'histoire en moins de trois minutes.

— Vous avez échoué, conclut-il.

— Oui, c'est vrai, hoqueta le gars. Mais tout est sa faute. Il s'est empêtré dans la porte. C'est un incapable.

Hobie tira sur le crochet.

— Par rapport à qui ? À un type très capable comme toi, par exemple ?

— Mais tout est sa faute. Moi je reste capable.

— Il va falloir me le prouver.

— Comment ? Dites-moi comment.

— Il y a une chose à faire. Très simple.

— Tout ce que vous voudrez.

— M'amener Mme Jacob ! hurla Hobie.

— Oui, monsieur !

— Il n'y aura pas de deuxième chance !

— D'accord ! D'accord ! Ce coup-ci, on réussira.

— Pas « on », « je ». Parce que tu vas me rendre un autre service, fit Hobie, soulignant chaque syllabe de la pointe de son crochet.

— Tout ce que vous voudrez.

— Débarrasse-toi de ton incapable, chuchota Hobie. Ce soir. Sur le bateau.

Le gars hocha la tête autant que le lui permettait la pression du métal sur son cou. Hobie relâcha son étreinte, écarta le crochet. Le gars s'effondra sur le canapé, toussant et crachant dans les coussins.

— Et ramène-moi sa main droite, souffla Hobie. Comme preuve.

La clinique dont le nom figurait sur les papiers de Garber n'était pas un établissement en soi, mais une simple entité administrative au sein d'un gigantesque hôpital privé qui desservait toute la partie sud du comté de Putnam. Au milieu d'un parc se dressait un immeuble blanc de dix étages, flanqué d'une série d'annexes consacrées aux spécialités. De petites allées serpentaient jusqu'aux cabinets des médecins et des dentistes. Tout ce que les spécialistes ne pouvaient traiter dans leur unité était transféré dans le bâtiment principal. Ainsi, le service « cardiologie » était une entité abstraite, dont le personnel variait en fonction du nombre de patients et de leur état. La correspondance de Leon montrait qu'il avait eu affaire à plusieurs services, des urgences à la réanimation, jusqu'à son ultime admission.

Un nom revenait sans cesse dans cette correspondance, celui du cardiologue, un certain Dr McBannerman, que Reacher se représenta immédiatement sous les traits d'un vieil homme. Mais Jodie lui apprit qu'il s'agissait d'une femme d'environ trente-cinq ans.

Ils attendirent une dizaine de minutes, puis le Dr McBannerman apparut et les invita à pénétrer dans son bureau. Grande, longs cheveux noirs, blouse blanche, un stéthoscope autour du cou, le visage grave.

— Bonjour, Jodie. Je suis vraiment désolée pour Leon.

Elle semblait sincère, mais Reacher perçut dans sa voix une pointe d'inquiétude. Elle redoute un procès. La fille du patient est avocate et, à peine l'enterrement terminé, la voilà qui rapplique. Jodie devina, elle aussi, et dit :

— Je suis juste venue vous remercier. Vous avez été formidable, jusqu'à la fin. Il n'aurait pas pu être mieux soigné.

Le Dr McBannerman se détendit. Elle sourit, et Jodie se tourna vers l'immense schéma du cœur humain qui s'étendait sur le mur.

— Alors, qu'est-ce qui a fini par lâcher? demanda-t-elle.

Le médecin eut un haussement d'épaules.

— Tout en même temps, à vrai dire. Le cœur est un gros muscle compliqué, qui bat sans relâche trente millions de fois par an. S'il atteint les deux milliards sept cents millions de battements, soit quatre-vingt-dix ans, on dit qu'il est âgé. S'il ne tient qu'un milliard huit cents millions de battements — soixante ans —, on parle de problèmes précoces. La seule chose dont nous soyons sûrs, c'est que, tôt ou tard, il jette l'éponge.

Elle se tut et regarda Reacher. L'espace d'un instant, il crut qu'elle venait de déceler chez lui un quelconque symptôme. Puis il comprit qu'elle attendait seulement les présentations.

— Jack Reacher, dit-il. J'étais un ami de Leon.

La femme hocha doucement la tête.

— Vous êtes donc le fameux commandant Reacher ? Leon parlait souvent de vous.

Elle l'observait avec un intérêt manifeste, examinant son visage, puis son torse. Reacher songea à une déformation professionnelle, à moins que le Dr McBannerman n'eût repéré sur sa chemise la brûlure laissée par le pistolet.

— Vous a-t-il parlé d'autre chose ? demanda Jodie. Il semblait très préoccupé ces derniers temps.

La femme la regarda, intriguée, comme si elle se disait : Mais tous mes patients sont préoccupés, ne serait-ce que par l'idée de mourir.

— De quoi aurait-il pu me parler ?

— Je ne sais pas au juste. Peut-être quelque chose en rapport avec d'autres patients ?

Le Dr McBannerman était prête à répondre non, puis elle parut soudain se souvenir de quelque chose.

— En effet... Il m'a dit qu'il avait une nouvelle mission.

— A-t-il précisé laquelle ?

— Non, il ne m'a donné aucun détail. Au début, ça semblait plutôt l'embêter. Comme si on l'avait chargé d'un travail pénible. Puis, peu à peu, il a eu l'air de s'y intéresser de près. De trop près. Son électrocardiogramme en témoignait, hélas.

— Cette histoire impliquait-elle un autre patient ? demanda Reacher.

La femme secoua la tête.

— Je l'ignore. Mais c'est fort possible. Ils passent beaucoup de temps ensemble dans la salle d'attente. Ils discutent. Ce sont des personnes âgées, vous savez. Elles sont souvent seules et s'ennuient beaucoup.

— Quand vous en a-t-il parlé la première fois ?

— Mars ? Avril ? Peu de temps après sa sortie de l'hôpital, en tout cas. Et peu de temps avant son séjour à Hawaii.

Jodie écarquilla les yeux.

— Il est allé à Hawaii ? Je n'en savais rien.

Le médecin confirma :

— Il a manqué une consultation et m'a expliqué qu'il

venait de passer quelques jours à Hawaii. J'ignore quel était le but de ce voyage.

— Était-il en état de le faire ? demanda Reacher.

— Absolument pas. Il savait sans doute que je le lui aurais formellement déconseillé. C'est pour ça qu'il ne m'en a rien dit.

— Quand a-t-il fait ce voyage ?

— Vers la mi-avril, je crois.

— Très bien. Pourriez-vous nous donner la liste de vos autres patients durant cette période ? Mars et avril. Des gens qu'il aurait pu rencontrer.

Le Dr McBannerman secoua négativement la tête.

— Désolée, mais c'est impossible. Secret médical.

Son regard plongea dans celui de Jodie, de médecin à avocat, de femme à femme, un regard qui disait : « Vous savez ce que c'est... » Jodie hocha la tête avec bienveillance.

— Peut-être pourriez-vous tout de même poser la question à votre secrétaire ? Lui demander si elle a vu papa discuter avec d'autres personnes. Comme ça, de vous à elle, oralement, en toute légalité.

Le médecin pressa le bouton de l'interphone et appela sa secrétaire. Celle-ci attendit à peine la fin de la question pour apporter sa réponse :

— Mais oui, tout à fait. M. Garber parlait tout le temps avec ce vieux couple charmant, vous savez, le monsieur à la valve défaillante. Le ventricule droit, vous vous souvenez ? Celui qui demande à sa femme de le conduire partout. Dans cette vieille voiture délabrée. Garber leur rendait une sorte de service, ça j'en suis sûre. Ils lui montraient tout le temps de vieilles photos, de vieux papiers...

— Les Hobie ? fit le Dr McBannerman.

— Oui, c'est ce nom-là. Ils s'entendaient comme larrons en foire, ces trois-là. Toujours fourrés ensemble. M. Garber et les époux Hobie...

Chapitre 6

Seul dans son bureau du quatre-vingt-huitième étage, Hook Hobie écoutait les bruits de l'immeuble et réfléchissait. Il était en train de changer d'avis. Il n'était pas du genre inflexible. Et il en était fier. Il admirait ses capacités d'adaptation, d'écoute : il savait apprendre, tirer la leçon des événements. C'était sa force.

Il était parti au Vietnam sans rien connaître de ces capacités. Sans rien connaître du tout, d'ailleurs, car il était encore très jeune. Non seulement très jeune, mais aussi issu d'un milieu confortable et conformiste qui ne laissait aucune place à l'aventure.

Le Vietnam l'avait transformé. Il aurait pu le briser, comme il en avait brisé tant d'autres. Partout autour de lui, les gars s'effondraient. Et pas seulement les gamins comme lui, mais également les plus âgés, des professionnels aguerris, avec plusieurs années de service derrière eux. Le Vietnam leur tombait dessus comme une masse. Certains se brisaient. D'autres résistaient.

Hobie fit partie de ceux-là. Il ouvrit les yeux, s'adapta. Écouta, apprit. C'était facile de tuer. Jusqu'alors, il n'avait connu de la mort que les lapins et les putois écrasés sur la route en face de la maison. Le jour de son arrivée au Vietnam, il vit huit cadavres américains. Une patrouille déchiquetée par un tir de mortier. Huit hommes, vingt-neuf morceaux. Plus ou moins gros. Un moment décisif. Ses camarades s'étaient mis à vomir, à geindre. Lui était resté indifférent.

Il avait entamé une carrière de commerçant. Tout le monde voulait quelque chose. Tout le monde se plaignait de manquer de quelque chose. C'était d'une simplicité enfantine. Il suffisait d'un peu d'attention. Tel soldat fumait, mais ne buvait pas. Tel autre adorait la bière, mais ne fumait pas. Prendre les cigarettes du premier et les troquer contre la bière du second. Organiser la transaction. Et se garder un petit pourcentage. C'était tellement facile, tellement évident, qu'il ne comprenait pas comment les autres n'y avaient pas pensé tout seuls. Il n'avait pas pris cette activité trop au sérieux, se disant que, tôt ou tard, ils comprendraient et se passeraient de ses services.

Mais jamais ils ne comprirent. Première leçon. Il savait faire des choses que les autres ne savaient pas faire. Il trouvait ce que les autres ne trouvaient pas. Que voulaient-ils d'autre ? Tout. Filles, nourriture, médicaments, disques, et n'importe quelle corvée sauf celle des chiottes. Bottes, insecticide, armes de poing, oreilles de Viêt-congs séchées en guise de souvenirs. Marijuana, aspirine, héroïne, aiguilles propres, et une bonne planque pour les cent derniers jours. Hobie écoutait, observait, stockait, écoulait.

Puis il avait fait une découverte capitale. Un nouveau concept dont il se souvenait toujours avec fierté. La base de tous les gros coups qu'il allait enchaîner par la suite. La réponse à deux problèmes fondamentaux. Le premier, c'était la somme de travail qu'exigeait son commerce. Il était parfois difficile de se procurer certains articles. Les filles saines se faisaient de plus en plus rares ; quant aux vierges, elles étaient introuvables. Se constituer un stock de drogue devenait risqué. Le reste aussi posait problème : les armes, les oreilles de Viets, les bottes, tout cela demandait beaucoup de temps.

Le second problème, c'était la concurrence. Il constata qu'il n'était plus seul sur le marché. D'autres s'étaient mis sur les rangs. Ses offres étaient parfois rejetées. On pouvait lui tourner le dos en prétendant trouver mieux ailleurs. Il en était choqué.

Savoir s'adapter. Il avait fait le tour de la question. Avait passé une soirée entière allongé sur son lit de camp, à méditer. Et il avait trouvé. Pourquoi s'épuiser à chercher des articles qui devenaient de plus en plus rares ? Pourquoi se rendre chez le toubib pour lui demander ce qu'il voulait en échange d'un crâne humain ? Pourquoi se mettre en quête de la chose pour la rapporter au toubib et obtenir le crâne ? Pourquoi tous ces objets ? Pourquoi ne pas se limiter au bien le plus courant et le plus accessible dans tout le Vietnam ?

Les dollars américains. Hobie s'était donc reconverti en prêteur sur gages. Plus tard, pendant sa convalescence, il y avait repensé en souriant. C'était une progression archiclassique. Les sociétés primitives commençaient par le troc, puis évoluaient vers une économie monétaire. La présence américaine au Vietnam avait débuté sous la forme d'une société primitive. C'était le moins qu'on pût en dire. Primitive, improvisée, désorganisée, plantée dans la boue d'un pays infect. Avec le temps, elle était devenue plus solide, plus mûre. Elle avait évolué, et il avait été le premier de son espèce à évoluer avec elle. Le premier, et très longtemps le seul. Là était sa fierté. La preuve qu'il était meilleur que les autres. Le plus malin, le plus imaginatif, le plus apte à s'adapter et à prospérer.

L'argent liquide était la clef de tout. Un type voulait des bottes, de la came ou une fille qu'un de ces bridés prétendait vierge ? Il pouvait se l'offrir avec l'argent que lui prêtait Hobie. Il pouvait satisfaire son envie le jour même et payer la semaine suivante, moyennant un petit pourcentage d'intérêts. Hobie pouvait rester immobile, grosse araignée paresseuse au milieu de sa toile. Aucun effort. Aucun tracas. Il avait énormément réfléchi à son nouveau business. Avait très vite compris le pouvoir psychologique des chiffres. De petits chiffres comme neuf paraissaient faibles et amicaux. Neuf pour cent était son taux préféré. Ça n'avait l'air de rien. Neuf, à peine un gribouillis sur un bout de papier. Un chiffre unique. Même pas dix. Rien du tout. C'était comme ça que ces imbéciles voyaient la chose. Mais neuf pour cent par semaine faisait quatre cent soixante-huit pour cent par an. Si on laissait courir sa dette une semaine supplémentaire, les intérêts grimpaient. Ces quatre cent soixante-huit pour cent se transformaient en mille pour cent à une vitesse fulgurante. Mais personne ne voulait le savoir. Personne, sinon Hobie. Ils voyaient tous le chiffre neuf, chiffre unique, faible et amical.

Le premier insolvable fut un type baraqué, féroce, avec un QI en dessous de la normale. Hobie lui avait souri. Avait effacé sa dette. Lui avait suggéré de récompenser tant de générosité en travaillant à ses côtés comme recouvreur. De ce jour, il n'avait plus jamais eu de mauvais payeur. La méthode dissuasive n'avait pas été simple à trouver. Un bras ou une jambe cassés ne servaient qu'à renvoyer le gars derrière les lignes, à l'hôpital militaire, où il restait bien à l'abri au milieu de belles infirmières blanches qui en pinçaient pour lui, pour peu qu'il sût mettre un peu d'héroïsme dans les circonstances de sa blessure. Une mauvaise fracture pouvait même lui valoir une invalidité et le réexpédier au pays. Où était la dissuasion là-dedans ? Alors Hobie avait offert à son recouvreur des aiguilles du Pendjab. C'était une invention viêt-cong, de petites aiguilles de bois enduites de bouse de buffle : un poison. Les Viêt-congs les plantaient dans le sol pour que les soldats américains marchent dessus : les pieds pourrissaient, la septicémie gagnait. Le recouvreur de Hobie préférait les enfoncer dans les testicules des insolvables. L'opinion généralement répandue parmi la clientèle de Hobie était que les conséquences d'un tel traitement ne valaient pas qu'on prît le risque de le subir.

Lorsqu'il avait perdu son bras et une moitié de son visage, Hobie était déjà un homme riche. Son autre grand coup avait été de rapatrier toute sa fortune. La chose n'aurait pas été donnée à tout le monde. Du moins pas dans les circonstances où il se trouvait. Une preuve supplémentaire de son génie. Comme le serait la suite de son histoire. Défiguré, mutilé, il avait gagné New York au terme d'un périple mouvementé, s'y était tout de suite senti chez lui. Manhattan était une jungle, semblable en bien des points à celle de l'Indochine. Alors pourquoi changer de méthode ? D'autant qu'il disposait désormais d'un solide capital. Il ne partait pas de zéro.

Il était resté usurier pendant de nombreuses années. Avait bâti son empire. Il avait le capital, il avait l'image. Les brûlures et le crochet jouaient pour le visuel. Plus une foule d'hommes de main. Il s'était nourri de générations d'immigrés et de malheureux. Avait lutté contre les Italiens. Et acheté le silence d'une armée de flics et de juges.

Puis il avait fait sa seconde grande découverte. Comme pour la précédente, tout était affaire de réflexion. Il s'était trouvé confronté à un problème : les proportions que prenait son affaire. Il avait des millions dans la rue, mais en petite monnaie. Des milliers de prêts individuels, cent billets par-ci, cent cinquante par-là, neuf ou dix pour cent par semaine, cinq cents ou mille par an. Des tonnes de paperasse et de soucis, ainsi qu'une pression permanente pour ne pas se laisser déborder. Jusqu'à ce qu'il comprît qu'il était possible de gagner davantage avec moins d'efforts. L'idée avait jailli comme un éclair. Cinq pour cent sur les millions d'une grosse société rapporteraient bien plus à la semaine que cinq cents pour cent sur de la petite monnaie. Il tenait la solution. Il avait gelé les projets en cours et serré les boulons pour récupérer tout ce qu'on lui devait. S'était offert des costumes, avait loué des bureaux. Et, du jour au lendemain, il s'était mis à prêter aux entreprises.

C'était une décision géniale. Il avait repéré cette zone en marge des pratiques commerciales coutumières. Trouvé un vivier d'emprunteurs qui dépassaient le déficit toléré par les banques. Un vivier énorme. Un vivier facile surtout. Des cibles faciles. Un type civilisé, en costume, venant mendier un million de dollars est beaucoup moins dangereux qu'un loqueteux avec un pitbull derrière la porte. Des cibles faciles à intimider. N'ayant aucune idée des dures lois de la vie. Il avait donné congé à ses recouvreurs, réduit sa clientèle à une poignée de sociétés, multiplié par un million la moyenne de ses prêts, et vu ses profits gagner des sommets inespérés.

Certes, il y avait bien parfois quelques problèmes, mais rien d'insurmontable. Il avait révisé la méthode dissuasive. Le point faible de ces nouveaux emprunteurs civilisés était leur famille. Femme, enfants, petits-enfants. En général, la menace seule suffisait. Parfois, il était nécessaire de passer à l'action. Le plus souvent, c'était amusant. Ces mères et filles des banlieues résidentielles offraient de bons moments. Un avantage supplémentaire. Décidément, une excellente affaire. Hobie savait que sa capacité d'adaptation était son meilleur atout. Il s'était promis de ne jamais l'oublier. C'est pourquoi, seul dans son bureau du quatre-vingt-huitième étage, il écoutait les bruits de l'immeuble, réfléchissait. Et changeait d'avis.

À quatre-vingts kilomètres au nord, dans sa villa de Pound Ridge, Marilyn Stone était, elle aussi, en train de changer d'avis. C'était une femme intelligente. Elle savait que Chester avait des problèmes d'argent. Ce ne pouvait être que cela. Pas une histoire d'adultère. Elle en était sûre. Dans ce cas-là, il y a des signes qui ne trompent pas, or ces signes n'étaient pas au rendez-vous. Chester n'avait aucun autre motif d'inquiétude. C'était donc bien une question d'argent.

Elle avait d'abord pensé attendre. Attendre qu'il ne puisse plus garder tout cela pour lui, qu'il se livre enfin. Attendre au moins encore une journée. Elle pouvait tout accepter : dettes, insolvabilité, faillite. Les femmes savent faire face à ce genre de choses. Mieux que les hommes. Elle prendrait des mesures pratiques, le consolerait, le sauverait.

Mais maintenant, elle changeait d'avis. Elle ne pouvait plus attendre. Chester se minait, dépérissait. C'était à elle de prendre l'initiative, de faire quelque chose. Inutile d'essayer de lui parler. Il cherchait toujours à cacher ses problèmes. Pour ne pas la contrarier. Il nierait tout en bloc et la situation empirerait. Il ne lui restait plus qu'à agir seule. Pour lui, et pour elle.

Première chose : prendre contact avec une agence immobilière. Quelle que soit l'ampleur des dégâts, ils auraient sans doute besoin de vendre la maison. Cela ne suffirait peut-être pas à résoudre le problème, mais c'était un début.

Une femme riche habitant Pound Ridge, comme Marilyn, a nécessairement des contacts dans l'immobilier. Beaucoup d'épouses désœuvrées officient comme agent immobilier à temps partiel afin d'occuper un peu leurs journées, souvent plus par curiosité que par goût du commerce. Marilyn en connaissait quatre. Elle choisit d'appeler une certaine Sheryl, celle qui lui semblait la plus professionnelle. Elle composa le numéro.

— Marilyn ? Je suis ravie de vous entendre. Que puis-je pour vous ?

Marilyn prit une ample respiration.

— Nous allons peut-être vendre notre maison, dit-elle. Je crois que Chester a de gros soucis. Je ne veux pas rentrer dans les détails, mais je pense que nous devons commencer à préparer l'avenir.

— Vous avez raison. C'est une sage décision. Beaucoup de gens attendent trop longtemps et sont obligés de vendre le couteau sous la gorge, à n'importe quel prix.

— Beaucoup de gens ? fit Marilyn, étonnée. Ça arrive si souvent ?

— Vous plaisantez ! Ça arrive tout le temps. Mieux vaut s'y prendre tôt et vendre au meilleur prix. Vous faites bien, croyez-moi. Mais ce sont souvent les femmes qui prennent ce genre de décisions. Nous acceptons mieux certaines réalités que les hommes, n'est-ce pas ?

Marilyn sourit. Elle ne se trompait pas : elle faisait le bon choix, et avec la bonne personne.

— Je pense qu'on peut mettre en vente à deux millions, poursuivit Sheryl, et conclure à un million neuf. C'est tout à fait jouable, et rapidement.

— C'est-à-dire ?

— Vu l'état du marché et la situation de la maison, mettons... six semaines.

De retour dans la voiture, Jodie décrocha le téléphone tandis que Reacher mettait le moteur en marche pour faire fonctionner la climatisation. Le Dr McBannerman avait consenti à donner l'adresse des Hobie, mais pas leur téléphone. Le vieux couple habitait au nord de Garrison, après Brighton, au bord de la voie ferrée. Jodie appela les renseignements, nota le numéro et le composa immédiatement. Après plusieurs sonneries, on décrocha enfin.

— Je suis bien chez Mme Hobie ?

— Oui ? répondit faiblement une voix de femme, hésitante. Jodie l'imagina : âgée, malade, frêle, les cheveux blancs, vêtue d'une blouse à fleurs, tenant d'une main tremblante un combiné démodé dans une vieille maison sombre qui sentait le renfermé et l'encaustique.

— Bonjour, je suis Jodie Garber, la fille de Leon Garber.

— Oui ? répéta la femme.

— Il est mort. Il y a cinq jours.

— Je sais, répondit la vieille dame. La secrétaire du Dr McBannerman nous l'a appris hier. Nous en sommes très peinés. C'était un homme très bon. Très gentil avec nous. Il nous avait offert son aide. Et il nous a beaucoup parlé de vous. Vous êtes avocate, n'est-ce pas ?

— Oui. Pourriez-vous me dire en quoi il vous aidait ?

— Quelle importance aujourd'hui ? Il était notre seul espoir.

— Peut-être pas, justement. Je pourrais sans doute vous aider.

— Je ne pense pas. Ce genre de choses ne sont pas du ressort d'un avocat, comprenez-vous ?

— Mais de quel genre de choses s'agit-il au juste ? Cela a-t-il un rapport avec l'armée ?

— Oui. C'est pourquoi je ne pense pas que vous puissiez nous aider. Nous avons déjà fait appel à des avocats, vous savez. Mais sans succès. Il nous faut quelqu'un de l'armée. Mais je vous remercie tout de même d'avoir appelé. C'est très gentil à vous.

— Attendez, fit Jodie. Je connais quelqu'un qui travaillait autrefois avec mon père. Il est avec moi. Il aimerait vous aider.

Il y eut un petit silence. Comme si la vieille dame avait besoin de réfléchir.

— Le commandant Reacher, poursuivit Jodie. Peut-être mon père vous a-t-il parlé de lui ? Ils ont servi ensemble pendant de nombreuses années. Quand il a compris que son heure approchait, mon père a cherché à le retrouver.

— Il a cherché à le retrouver ?

— Oui, il pensait sans doute qu'il pourrait finir ce qu'il avait entrepris pour vous, qu'il pourrait vous aider.

— Cette personne était aussi dans la police militaire ?

— Oui.

— Pourrait-il passer nous voir ? demanda soudain la vieille dame.

— Nous viendrons tous les deux. Voulez-vous tout de suite ?

Il y eut un nouveau silence. Respiration tremblante, hésitation.

— Non, mon mari vient de prendre ses médicaments et il se repose. Il est très malade, vous savez. Il faut que ce soit lui qui vous explique. C'est une longue histoire. Compliquée. Pourriez-vous passer demain à la première heure ?

Hobie pressa le bouton de l'interphone du bout de son crochet. Appela l'homme de la réception par son prénom, une familiarité inhabituelle, symptôme d'inquiétude.

— Tony ? Il faut qu'on parle.

Tony quitta le comptoir en chêne de la réception et vint prendre place sur l'un des canapés du bureau.

— C'est Garber qui s'est rendu à Hawaii, dit-il.

— Tu en es sûr ? demanda Hobie.

— Certain. Sur American Airlines, de White Plains à Chicago, et de Chicago à Honolulu, le 15 avril. Il est rentré le lendemain, le 16, mêmes vols. Il a payé avec sa carte American Express. Tout est dans leur ordinateur.

— Mais qu'est-ce qu'il est allé faire là-bas ? murmura Hobie, comme pour lui-même.

— On n'en sait rien, mais on peut le deviner, n'est-ce pas ?

Un lourd silence s'abattit sur le bureau. Tony fixait la moitié intacte du visage de Hobie, attendant une réponse.

— Hanoi a appelé.

— Merde ! Quand ça ? s'écria Tony.

— Il y a dix minutes.

— Merde, merde, merde !

— Trente ans, Tony. Et ça y est, c'est arrivé.

L'homme de la réception se leva, contourna le bureau. Écarta deux lamelles du store. Un rayon de soleil vint percer la pénombre de la pièce.

— Vous devez filer, maintenant. Ça devient vraiment trop dangereux.

Hobie ne répondit rien. Sa main gauche se resserra sur le crochet.

— Vous aviez promis, insista Tony. Phase 1, phase 2. On est à la phase 2, bon Dieu !

— Il va leur falloir encore un peu de temps, dit Hobie. À l'heure qu'il est, ils ne savent toujours rien.

Tony secoua la tête.

— Garber n'était pas un imbécile. Il savait quelque chose. S'il est allé à Hawaii, c'est qu'il avait une raison.

Hobie leva le crochet tout près de son visage. Le posa sur sa joue brûlée. Fit glisser l'acier le long de la cicatrice. Parfois, la fraîcheur soulageait la démangeaison.

— Et sur ce Reacher, on a trouvé quelque chose ? demanda-t-il.

— J'ai appelé Saint-Louis, répondit Tony. Il était lui aussi agent de la police militaire. Il a servi avec Garber pendant treize ans. Il y a eu une autre enquête sur lui, il y a dix jours. Je suppose que c'était Costello.

— Pourquoi ? La famille Garber paie Costello pour retrouver un vieux pote de l'armée ? Pour quoi faire, bon sang ?

— Aucune idée. Ce type est un marginal. Il creusait des piscines quand Costello l'a retrouvé.

— Un agent de la police militaire, murmura Hobie. À moitié vagabond...

— Il faut partir, répéta Tony.

— Je n'aime pas la police militaire, dit Hobie.

— Je sais.

— Alors qu'est-ce que ce type peut bien foutre dans cette histoire ?

— Il faut partir, fit Tony pour la troisième fois.

— Je m'adapte à toutes les situations, tu le sais. Tu me connais.

L'homme de la réception laissa retomber les deux lamelles du store. La pièce fut à nouveau plongée dans l'obscurité.

— Je ne vous parle pas de vous adapter. Je vous parle de faire ce que vous avez prévu depuis longtemps.

— D'accord, mais seulement après en avoir fini avec Stone.

— Six semaines, c'est beaucoup trop long. Garber est allé à Hawaii, vous vous rendez compte ! C'était un gradé, il connaissait la musique, sinon pourquoi serait-il allé là-bas ?

— D'accord, il connaissait la musique. Mais il est tombé malade, il est mort. Et la musique avec lui. Sinon pourquoi sa fille aurait-elle fait appel à un privé bedonnant et à ce clochard de Reacher ?

— Alors ? Qu'est-ce que vous suggérez ?

Hobie laissa le crochet glisser doucement sous le bureau. Posa son menton dans sa main valide. Et fit courir ses doigts sur la cicatrice. Une attitude qu'il adoptait à son insu, lorsqu'il s'agissait de paraître accommodant.

— Je ne laisserai pas tomber l'affaire Stone, dit-il. Il est là, prêt à se faire dévorer. Si je laissais tomber, je ne pourrais plus jamais me regarder en face. Ce serait une lâcheté. Il faut fuir, mais pas trop tôt, pas plus tôt que nécessaire, en tout cas. Pas comme un lâche. Je ne suis pas un lâche, Tony, tu le sais, n'est-ce pas ?

— Alors ?

— Alors, tu as raison, six semaines, c'est trop long. Il faut filer avant. Mais on ne partira pas sans le fric de Stone. On va accélérer le mouvement.

— Et comment ?

— Je vais vendre mes parts aujourd'hui. Quatre-vingt-dix minutes avant la clôture. Ça devrait suffire pour que les banques comprennent le message. Demain matin, Stone va débarquer ici dans tous ses états. Je ne serai pas là. Tu lui expliqueras ce qu'on veut et ce qu'on fera si on ne l'obtient pas. On aura les trois cents hectares dans deux ou trois jours, maximum. Entre-temps, je les aurai déjà revendus. Et tu auras fermé la boutique.

— C'est-à-dire ?

— Les deux petits cons payés à jouer les recouvreurs ne sont pas un problème. L'un des deux liquide l'autre dès ce soir. Tu travailles avec celui qui reste jusqu'à ce qu'il ait mis la main sur cette Mme Jacob. Puis tu les supprimes tous les deux. Ensuite, tu vends le bateau, les bagnoles, et on file sans laisser de traces. C'est l'affaire d'une semaine. Rien qu'une semaine. On peut bien s'accorder une semaine, non ?

Tony approuva d'un hochement de tête.

— Et qu'est-ce qu'on fait pour ce Reacher ? On n'a pas le temps de le retrouver. Pas en une semaine.

Calé dans son fauteuil, Hobie haussa les épaules. Écarta la main de son visage. Le crochet réapparut sur le bureau.

— Je ne vais pas perdre mon temps à le chercher. C'est lui qui va me trouver. Il y arrivera. Je connais les types de la police militaire.

— Et alors ?

Hobie sourit.

— Alors il mènera une longue et paisible existence. Trente ans minimum.

— Qu'est-ce qu'on fait maintenant ? demanda Reacher.

Ils étaient toujours sur le parking du Dr McBannerman. Le

soleil frappait le toit vert sombre de la Bravada, libérant le parfum subtil de Jodie. Reacher se retrouvait dans la peau de l'homme qui a la chance de voir se réaliser un vieux rêve. Combien de fois par le passé n'avait-il pas imaginé se trouver un jour tout près d'elle, quand elle serait devenue adulte ? Mais il n'y avait jamais cru. Il s'était dit qu'ils finiraient fatalement par se perdre de vue, qu'avec le temps ses sentiments s'estomperaient. Et il se retrouvait là, à quelques centimètres d'elle, en train de respirer son parfum et de regarder furtivement ses jambes sous la boîte à gants.

— J'ai un problème, dit-elle. Je ne pourrai pas aller chez les Hobie demain matin. On a trop de travail au cabinet en ce moment.

Quinze ans. Est-ce que quinze ans changent un être ? Reacher avait l'impression d'être resté le même. Avec davantage d'expérience, quelques rides aussi, mais fondamentalement le même. Mais elle, elle avait dû changer. Le lycée, la fac, le mariage, le divorce, le cabinet... Des années décisives. Il connaissait l'adolescente qu'elle avait été et la femme qu'il avait imaginée. Mais il ne connaissait pas celle qu'elle était réellement devenue.

— Ça t'ennuierait d'y aller tout seul ? lui demanda-t-elle.

— Absolument pas. Mais ce n'est pas le problème. Il faut te protéger.

— Ne t'inquiète pas pour moi, ça va aller.

— Où se trouve ton bureau ?

— À Wall Street.

— Et tu habites en bas de Broadway, c'est ça ?

— Je fais le trajet à pied, la plupart du temps.

— Tu ne le feras pas demain. Je te conduirai en voiture.

— Pourquoi ça ?

— Parce que, chez toi, tu seras en sécurité, mais dans la rue, ils peuvent te cueillir n'importe où. Et ton bureau ? C'est un endroit sûr ?

— Personne ne peut entrer sans rendez-vous et sans badge.

— Très bien. Je vais passer la nuit dans ton appartement, et demain je te conduirai jusqu'à la porte du cabinet. Ensuite, j'irai voir les époux Hobie. Tu ne quitteras pas le bureau jusqu'à ce que je revienne te chercher. D'accord ?

Silence. Reacher réfléchit rapidement à ce qu'il venait de dire.

— Il y a une chambre d'amis chez toi ? ajouta-t-il.

— Bien sûr, répondit la jeune femme.

— Alors, on marche comme ça ?

Elle hocha la tête, l'air ennuyé.

— Qu'est-ce qu'il y a encore ?

Alors elle se tourna vers lui. Elle lui souriait timidement.

— Il faut faire des courses...

— Des courses ? Quelles courses ? Il te manque quelque chose ?

— À moi non. Mais à toi...

— À moi ?

Reacher la dévisagea. Consterné.

— Des vêtements, Reacher. Tu ne peux pas rendre visite à ces gens habillé comme un plagiste qui aurait croisé un sauvage de Bornéo.

Puis elle se pencha vers lui et effleura du doigt la marque noire sur sa chemise.

— Il faut aussi trouver une pharmacie. Et soigner cette brûlure.

— Mais qu'est-ce que vous foutez ? hurla le responsable financier, à bout de souffle, en se retenant au chambranle de la porte.

Il avait emprunté l'escalier de secours pour descendre plus vite dans le bureau de Stone, qui le regardait sans comprendre.

— Je vous avais dit de ne surtout pas faire ça !

— Faire quoi ? demanda Stone.

— Vendre vos parts !

— Mais je n'ai rien vendu.

— Oh si, et un bon paquet encore. Et tout le monde fuit vos actions comme si elles étaient radioactives !

Le responsable financier reprit son souffle. Fixa son patron. Vit un petit bonhomme étriqué dans un ridicule costume britannique, assis à un bureau qui désormais valait plus à lui seul que l'actif de toute la société.

— Mais qu'est-ce qui vous a pris ? poursuivit-il. Autant acheter une page dans le *Wall Street Journal* pour dire : « Hé ! les gars ! ma boîte ne vaut plus un radis ! » J'ai eu les banques au téléphone. Nos actions ont surgi il y a une heure sur les écrans, et leur prix chute si vite que l'ordinateur n'arrive même plus à suivre ! Vous avez signé votre arrêt de mort, putain ! Vous venez de crier à la face du monde que vous êtes insolvable !

— Je n'ai pas mis une seule action en vente, répéta Stone.

L'homme le dévisagea avec un rire nerveux.

— Ah non ? Alors qui ? Le Père Noël ?

— Hobie, répondit Stone. C'est forcément lui. Mais pourquoi, bon sang ?

— Hobie ? Vous lui avez cédé des parts ?

— Je n'avais pas le choix.

— Vous voyez le résultat, maintenant ? Vous voyez ce qu'il manigance ?

Stone hocha la tête, terrifié.

— Qu'est-ce qu'on peut faire ? murmura-t-il.

— Pas « on ». Il n'y a plus de « on ». Moi, je démissionne. Débrouillez-vous tout seul.

— Mais c'est vous qui m'avez conseillé Hobie.

— Je ne vous avais certainement pas conseillé de lui céder des parts ! hurla le directeur financier. Si je vous conseille d'aller visiter le bassin des piranhas à l'aquarium, vous n'allez tout de même pas plonger la main dans l'eau ?

— Il faut que vous m'aidiez, implora Stone.

L'homme secoua négativement la tête.

— Non. Maintenant, vous êtes seul. Je vous conseille d'aller faire un tour dans ce qui était mon bureau. Il y a une demi-douzaine de lignes qui n'arrêtent pas de sonner. Vous n'aurez qu'à décrocher celle qui sonne le plus fort..., conclut-il en tournant les talons.

— Attendez ! cria Stone. J'ai besoin de votre aide.

— Contre Hobie ! Mais vous rêvez, mon vieux !

Sur ces mots, le responsable financier disparut dans le couloir. Stone se leva de son bureau et sortit derrière lui. Tout était silencieux. Sa secrétaire était partie. Plus tôt qu'elle n'aurait dû. Sur sa droite, le département des ventes : désert. Sur sa gauche, le service marketing : vide. Pas même un ronron de photocopieuse. Il appela l'ascenseur et descendit deux étages. Le directeur financier avait abandonné son bureau. Tiroirs ouverts. Affaires personnelles emportées. Ordinateur éteint. Tous les téléphones étaient décrochés, les combinés posés sur le bois. Stone en saisit un au hasard.

— Allô ? Ici Chester Stone.

Il répéta deux fois son nom dans le silence électronique. Puis une femme reprit la ligne et lui demanda de patienter. Il eut droit à un peu de musique.

— Monsieur Stone ? fit une autre voix. Ici le service des recouvrements.

Stone ferma les yeux, agrippa le combiné.

— Je vous passe le directeur.

Nouvelle musique. Violons baroques grinçant à l'infini.

— Monsieur Stone ? demanda une voix grave.

— Bonjour ! répondit Stone, incapable de trouver une autre entrée en matière.

— Nous sommes en train de prendre les mesures nécessaires. Je suis sûr que vous comprenez notre position.

— D'accord.

Il songea : Quelles mesures ? Poursuites judiciaires ? Prison ?

— Nous vendons votre créance, dit le banquier.

— Vous vendez ? répéta Stone. Je ne comprends pas.

— Nous n'en voulons plus. Je suis sûr que vous pouvez comprendre ça. Elle a dépassé les limites du raisonnable. Alors nous nous en débarrassons. C'est ce que font les gens sensés, non ? Quand on veut se débarrasser de quelque chose, on vend. Au plus offrant.

— Et à qui vendez-vous ? demanda Stone, abasourdi.

— À un trust des îles Caïmans. Nous avons reçu une offre.

— Ce qui nous met à...

— Nous ? Monsieur Stone, il n'y a plus de « nous ». Vous ne nous devez plus rien. Toutes les relations entre nous sont mortes désormais. Et je vous conseillerai de ne pas tenter de les ressusciter. Je prendrais cela comme une offense personnelle.

— Qui sont mes créanciers à présent ? articula péniblement Stone.

— Ce trust des Caïmans, répondit patiemment le directeur de la banque. Je ne doute pas qu'il prenne très rapidement contact avec vous afin de vous proposer un échéancier.

Jodie avait pris le volant. Reacher ne cessait de se retourner pour voir s'ils n'étaient pas suivis. Rien. Rien de suspect. Un après-midi de juin à la chaleur paresseuse. Ils lui avaient acheté des vêtements : pantalons de toile, chemises, chaussures. Il serait présentable. Jodie s'arrêta au feu rouge, à l'angle de Leonard et de Broadway.

— On est à trois rues de chez moi, dit-elle.

— Où te gares-tu d'habitude ?

— Dans le parking de l'immeuble.

— Très bien. Tu tournes à la prochaine, tu me déposes. Je vais voir si tout va bien. Et tu repasses me prendre sur le trottoir. Si je n'y suis pas, tu appelles les flics.

Elle le déposa dans Thomas Street. Il tourna le coin de la rue et trouva presque tout de suite son immeuble. Un immense bâtiment carré, hall fraîchement repeint, lourdes portes vitrées, une quinzaine de noms sur le panneau d'interphones. « JACOB/GARBER » était l'appartement n° 12 : les deux noms, comme si deux personnes l'habitaient. Il y avait du monde dans la rue, mais personne qui lui parût suspect. L'entrée du parking se trouvait plus loin sur le trottoir. La pente abrupte d'une rampe s'enfonçant dans l'obscurité. Reacher l'emprunta. Le parking était plongé dans le silence. Et à peine éclairé. Deux rangées de huit places, onze véhicules stationnés. Il parcourut toute l'allée. Personne. Remonta par la rampe, sortit. Se faufila entre les voitures, traversa la rue, et attendit. Jodie arrivait. Elle freina à sa hauteur. Il ouvrit la portière et monta.

— La voie est libre, dit-il.

Elle prit à droite, puis à gauche, et descendit la rampe. La lumière des phares dansait sur le mur. Elle s'arrêta dans l'allée centrale, fit une marche arrière jusqu'à son emplacement. Coupa le moteur et les phares.

— Comment est-ce qu'on accède aux étages? demanda Reacher.

Elle désigna une lourde porte.

— L'ascenseur est derrière.

Ils prirent les sacs de vêtements, fermèrent la voiture. Poussèrent la porte, appelèrent l'ascenseur.

— J'habite au quatrième.

Reacher appuya sur le cinquième.

— On descendra par l'escalier, fit-il. On ne sait jamais.

Ils empruntèrent l'escalier de secours pour gagner le quatrième. Reacher précéda Jodie sur le palier. Personne. Le couloir était désert. Appartement n° 10 à gauche, 11 à droite, et 12 en face.

— Allons-y, dit-il.

La porte de l'appartement de Jodie était blindée. Deux points de fermeture supplémentaires, un judas. La jeune femme sortit ses clefs et ouvrit. La longue barre d'acier libéra la porte. Reacher fut rassuré : tant qu'elle serait en place, personne ne pourrait entrer. Jodie posa son sac à main dans l'entrée et alluma. Elle demeura près de la porte pendant qu'il inspectait les pièces. Couloir, séjour, cuisine, chambre, salle de bains, deuxième chambre, deuxième salle de bains, dressing. Grands volumes, hauts plafonds. Il revint chercher Jodie dans l'entrée, détendu.

Mais elle, ne l'était pas. Il le comprit au premier coup d'œil. Elle évitait son regard et semblait plus crispée qu'elle ne l'avait été de toute la journée. Elle avait rentré les mains à l'intérieur des manches de son sweat-shirt et restait là, figée, sur le seuil du salon.

— Tout va bien ? lui demanda Reacher.

Elle baissa la tête un instant, puis la releva d'un coup sec, rejetant ses cheveux en arrière.

— Je crois que je vais prendre une douche. Ça ne pourra que me faire du bien.

— Foutue journée, n'est-ce pas ?

— Oui, incroyable.

Elle traversa la pièce devant lui, gardant ses distances. Lui fit un petit signe timide du bout des doigts.

— Quelle heure, demain ? demanda-t-il.

— 7 h 30.

— Ça marche. Bonne nuit, Jodie.

Il pénétra dans la chambre d'amis. Haute pièce au mobilier blanc. Il s'étendit sur le lit. Seul un mur les séparait. Un mur et neuf années. Qu'est-ce que c'était que neuf ans ? Quand elle avait quinze ans, il en avait vingt-quatre. À présent, il allait sur ses trente-neuf ans, elle devait en avoir trente, peut-être un peu moins. Mais l'âge n'était sans doute pas le problème. Alors c'était Leon. Elle était sa fille, elle le serait toujours. Quelque chose comme une petite sœur ou une nièce. Voilà pourquoi il se sentait coupable de la regarder comme il la regardait. Pourtant. Elle n'était que la fille d'un vieil ami, rien de plus. Un vieil ami qui venait de mourir. Alors pourquoi se sentir coupable ? Les images se bousculaient devant ses yeux. Il se voyait la prendre dans ses bras. Glisser ses mains sous le sweat-shirt trop grand. Impossible.

La petite sœur devait le voir comme un grand frère. La nièce comme un oncle. Son oncle préféré, peut-être, mais un oncle. Avec l'affection qu'on porte aux oncles préférés. Ceux avec qui l'on va déjeuner, avec lesquels on fait des courses. Un oncle préféré n'est pas là pour semer un trouble amoureux. L'idée seule semblait une trahison. Inceste psychologique.

Reacher s'efforça de la chasser de son esprit, de penser à autre chose. À des faits, du concret. Les deux types, par exemple. À présent, ils devaient avoir trouvé l'adresse de Jodie. Il y a des dizaines de manières de savoir où vit quelqu'un. Peut-être se trouvaient-ils déjà en bas de l'immeuble. Il en retraça mentalement le plan. La porte du hall : fermée. Celle du garage : fermée. L'appartement : verrouillé. Les fenêtres : fermées. Les volets : tirés. Pour cette nuit, ils seraient en sécurité. Mais le lendemain ? Il s'endormit en revoyant les deux hommes. Leur voiture, leurs costumes, leur carrure, leurs visages.

Sauf que, à ce moment précis, un seul des deux avait encore un visage. Ils avaient vu le port de New York s'éloigner derrière eux. Avaient ouvert la fermeture Éclair de la housse et uni leurs efforts pour jeter le corps de la secrétaire dans une eau noire et immobile. L'un des deux gars s'était retourné vers son partenaire, souriant, un mauvais jeu de mots sur les lèvres. Il avait reçu la première balle en pleine figure. Bruit mat du silencieux. Puis une autre balle, et encore une autre. Son corps s'était affaissé. Lentement. Son visage n'était plus qu'une blessure, un trou béant, sanguinolent. Sa main droite fut sectionnée à l'aide d'un couteau de boucher volé dans un restaurant. Il fallut s'y reprendre à cinq fois. Un travail brutal, bâclé. Malpropre. La main fut fourrée dans un sac plastique et le corps glissa dans l'eau sans un bruit, à moins de vingt mètres de l'endroit où avait disparu celui de la secrétaire.

Chapitre 7

Chose inhabituelle, Jodie se réveilla de bonne heure. D'ordinaire, elle dormait à poings fermés jusqu'à la sonnerie du réveil et avait toutes les peines du monde à retrouver la salle de bains. Mais ce jour-là, elle se réveilla d'elle-même, une heure plus tôt que d'habitude, le souffle court, le cœur palpitant doucement dans la poitrine.

La chambre d'amis, séparée de la sienne par une simple cloison, était agencée exactement comme la sienne. Ce qui signifiait que la tête de Reacher reposait à moins de cinquante centimètres de la sienne. Juste de l'autre côté du mur.

Elle l'aimait. Elle en était sûre. Absolument sûre. Elle l'avait toujours aimé, depuis le début. Mais était-ce possible ? Pouvait-elle l'aimer ? Combien de nuits n'avait-elle pas passées, plus jeune, à y songer ? Elle avait toujours eu honte de ses sentiments. Une différence d'âge de neuf ans, c'était indécent. Honteux. Elle le savait. Une adolescente de quinze ans n'a pas le droit de tomber amoureuse d'un ami de son père. Encore moins s'il est l'un de ses officiers. L'armée en aurait fait un cas d'inceste, ou presque. Autant tomber amoureuse de son oncle. Voire de son père. Et pourtant elle l'aimait. Elle en était sûre. Absolument sûre.

Cette photo jaunie qu'elle lui avait montrée, elle l'avait contemplée un nombre incalculable de fois. Elle avait passé son bras autour de sa taille. Des années durant, elle s'était rappelé ce contact. L'odeur de Reacher. Sa chaleur. Un souvenir qui n'avait jamais vraiment disparu. Pas plus que ses sentiments ne s'étaient évanouis.

Longtemps, elle s'était plu à croire à un coup de cœur d'adolescence. Une toquade. Puis elle avait dû se rendre à l'évidence. Elle l'avait perdu de vue, avait grandi, évolué, et ses sentiments, eux, n'avaient pas changé. Ils s'étaient juste détachés peu à peu de la réalité quotidienne. Comme ces banquiers ou ces avocats, elle en connaissait, qui rêvaient d'être danseurs ou joueurs de tennis. Un rêve qui appartient au passé, déconnecté de la réalité, mais qui suffit à définir celui qui l'a fait. Un avocat qui aurait aimé être danseur. Un banquier qui aurait aimé être un tennisman. Une jeune femme de trente ans qui aurait aimé vivre avec Jack Reacher.

La journée de la veille aurait dû être la pire de sa vie. Elle avait enterré son père, et avec lui ce qu'il lui restait de famille. Elle avait été attaquée par des hommes armés. Certains suivaient une thérapie pour moins que ça. Elle aurait dû rester prostrée dans le chagrin et la terreur. Mais non. La journée de la veille avait été le plus beau jour de sa vie. Reacher était apparu sur les marches, au-dessus de la pelouse, dans le soleil de midi. Elle avait senti son cœur s'emballer et l'émotion était revenue, plus forte, plus intense que jamais.

Mais c'était inutile, elle le savait. Il la regardait comme un grand frère regarde sa sœur, un oncle sa nièce. Comme si rien ne pouvait effacer ce fossé de neuf ans. Mais qu'étaient-ils, ces neuf ans, à présent qu'il en avait trente-neuf et elle trente ? Des milliers de couples se formaient malgré des différences d'âge bien plus importantes. Des hommes de soixante-dix ans épousaient des filles de vingt. Et une poignée d'années semblaient intimider Reacher ? Ou alors, il ne voyait en elle que la fille de Leon. La fille de son supérieur. La société, l'armée l'avaient empêché de la voir autrement. Elle lui en avait toujours voulu pour cela. Et lui en voulait encore. L'affection que Leon portait à Reacher, son obstination à le traiter comme un membre de la famille, l'avaient éloigné d'elle. Avaient rendu toute histoire impossible.

Ils avaient passé la journée de la veille en frère et sœur. Puis Reacher était devenu très sérieux, se comportant avec elle comme un garde du corps, comme si elle n'était plus pour lui qu'une responsabilité professionnelle. Il se souciait de sa sécurité, rien de plus. Elle n'y pouvait rien. Absolument rien. Il lui était déjà arrivé de draguer. Comme à toutes les femmes de son âge. C'était normal. Mais lui, comment l'aborder ? Que pouvait dire une sœur à son frère sans provoquer de scandale, voire de dégoût ? Il ne se passerait jamais rien entre eux, et elle n'y pourrait jamais rien.

Jodie s'étira dans son lit, ramena ses mains au-dessus de sa tête et les posa délicatement contre la cloison. Quoi qu'il en soit, il était là, chez elle ; au moins pouvait-elle rêver...

Le gars n'était pas dans l'eau depuis trois heures, que l'autre avait déjà ramené le bateau à quai, traversé la ville et regagné son lit. Le lendemain, il se leva à 6 heures. À 6 h 20, il était de nouveau dehors, dans la rue. Douche rapide et pas de petit déjeuner. Enveloppée dans le *Washington Post* de la veille, la main était glissée dans un sac en plastique d'une chaîne de supermarchés.

Il prit la Tahoe noire et doubla les camions de livraison rangés en double file. Il se gara au sous-sol et monta jusqu'au quatre-vingt-huitième étage. Tony était déjà à son poste, à la réception. Mais on sentait qu'il était seul. Le gars brandit son sac en plastique comme un trophée.

— J'ai quelque chose pour Hook, dit-il.

— Hook n'est pas là aujourd'hui, dit Tony.

— Génial..., fit l'autre avec amertume.

— Tu n'as qu'à la mettre dans le frigo.

Il y avait une petite cuisine derrière l'accueil. Sale et en désordre comme toutes les cuisines de bureau. Des traces de café sur le plan de travail, des tasses abandonnées. Le petit réfrigérateur était placé en dessous. Le gars écarta une bouteille de lait et un pack de bières pour fourrer le sac dans l'espace restant.

— La cible d'aujourd'hui, c'est Mme Jacob, annonça Tony dans l'embrasure de la porte. On a l'adresse. D'après ses voisins, elle part tous les jours à 7 h 20 et se rend à pied à son bureau.

— Qui se trouve... ?

— À l'angle de Wall Street et Broadway. Je conduis, et toi, tu la chopes.

Chester Stone était rentré chez lui à la même heure que d'habitude et n'avait rien dit à Marilyn. Il n'aurait pas pu, de toute façon. Tout s'était passé à une vitesse telle qu'il était resté comme pétrifié. Son univers s'était effondré comme un château de cartes, en l'espace de vingt-quatre heures. Il n'avait plus de prise sur les événements. Il résolut de faire comme si de rien n'était jusqu'au lendemain matin, quand il se rendrait chez Hobie pour tenter de le raisonner. Il refusait de croire qu'il était fini. La société existait depuis quatre-vingt-dix ans, trois générations de Chester Stone ! Elle ne pouvait pas disparaître du jour au lendemain. Il ne parla donc de rien ce soir-là.

Marilyn Stone non plus ne dit rien. Il était encore trop tôt pour annoncer à Chester qu'elle avait pris les devants. Elle préférait attendre un moment propice à la discussion. Question d'amour-propre. Elle vaqua à ses occupations habituelles, puis essaya de s'endormir, tandis que, étendu à ses côtés, son mari fixait le plafond de la chambre.

Reacher sortit de la douche, passa un peignoir et se rendit à la cuisine pour grignoter un morceau. Jodie s'y trouvait déjà. Elle portait un T-shirt trois fois trop grand qui lui arrivait juste au-dessus du genou. Un coton blanc très fin. Des jambes longues et lisses. Pieds nus.

— Salut, Reacher.

— Salut, Jodie.

Elle le regardait d'un drôle d'air.

— Ta brûlure ne s'arrange pas, on dirait. Tu as mis la pommade ?

— J'ai oublié.
— Va la chercher.
Il retourna dans la salle de bains, sortit le tube de son sachet. Le rapporta à la cuisine. Jodie le lui prit des mains, dévissa le bouchon. Concentrée, elle déposa une noix de pommade sur son index, fit un pas vers lui. Effleura la brûlure du bout des doigts. Droit comme un I, Reacher ne bougeait pas, regardait par-dessus sa tête. Elle était tout près de lui. Nue sous son T-shirt. La prendre dans ses bras. La soulever du sol et la serrer contre lui. L'embrasser tendrement, en commençant par le cou. Puis la bouche. Ses doigts décrivaient sur son torse des cercles minuscules. Il respirait son parfum. Sa peau. Il poussa un soupir, les poings serrés. Elle recula.
— Je t'ai fait mal ?
— ...
— Je t'ai fait mal ? répéta Jodie.
— Oui... un peu.
— Je suis désolée. Mais c'était nécessaire.
Déjà elle revissait le bouchon.
— Je vais me préparer, dit-elle. On n'est pas en avance.
— Très bien.
Il but un verre d'eau minérale, avala une banane et alla s'habiller dans sa chambre. Puis il se rendit dans le séjour, souleva le store, ouvrit la fenêtre. Et scruta la rue, quatre étages plus bas.
Le halo brillant des néons avait disparu, le soleil bondissait derrière les immeubles et semblait darder ses rayons jusque dans les moindres recoins. Aux noctambules avaient succédé des employés de bureau pressés, un café ou un muffin dans une main, un cartable dans l'autre. Des taxis impatients klaxonnaient aux feux rouges. L'odeur du fleuve flottait dans une brise légère.
L'immeuble se dressait sur Broadway Ouest. La circulation était en sens unique vers le sud, c'est-à-dire de gauche à droite sous les fenêtres. Le trajet que suivait ordinairement Jodie la faisait tourner à droite en sortant la résidence. Ainsi,

elle marchait dans le sens de la circulation. Et restait sur le trottoir de droite pour profiter du soleil. Elle passait six ou sept pâtés de maisons, traversait Broadway et longeait les deux derniers blocs sur le trottoir opposé. Puis elle tournait à gauche, jusqu'à son bureau de Wall Street.

Comment allaient-ils s'y prendre ? Se mettre à la place de l'ennemi. À la place des deux gars. Tout dans les muscles, rien dans la tête, une approche directe, volontaire et périlleuse, mais pas mieux préparée que ne le permettait leur enthousiasme d'amateurs. Leur stratégie était facile à deviner. Ils resteraient en planque dans une voiture trois rues plus haut, prêts à tourner sur Broadway. Ils seraient tous les deux à l'avant. L'œil rivé sur le passage piétons devant eux, s'attendant à la voir traverser à tout instant. Ils la suivraient, lentement. La rattraperaient, la dépasseraient. Puis le passager sortirait, l'empoignerait, ouvrirait la portière arrière, la pousserait à l'intérieur du véhicule et prendrait place à côté d'elle, sur la banquette. Un mouvement net, rapide. Une tactique élémentaire, simple. Très simple. Plus ou moins facile à réaliser, selon que la cible se méfie ou pas. Reacher l'avait éprouvée de nombreuses fois, avec des cibles plus imposantes et méfiantes que Jodie.

Il se pencha par la fenêtre. Compta trois ou quatre rues vers le sud. Ce serait l'une de celles-là.

— Je suis prête ! cria Jodie.

Ils descendirent ensemble les quatre-vingt-dix étages jusqu'au parking souterrain. Tony ouvrit la portière et s'installa au volant. Le gars monta à sa droite. Il démarra. La voiture gravit la rampe d'accès à la rue.

— Alors ? comment on fait ? demanda Tony.

Le gars sourit, l'air sûr de lui.

— C'est simple comme bonjour. Elle descend Broadway vers le sud. On l'attend à un carrefour, quelques rues après son immeuble. On la voit traverser, on la suit, on arrive à son niveau et le tour est joué, non ?

— Non, dit Tony. On va s'y prendre autrement.

— Pourquoi ? fit le gars, surpris.

— Parce que tu n'es pas très doué. Et si tu comptes t'y prendre comme ça, ça veut dire qu'il y a sûrement une meilleure solution. Tu as foiré à Garrison. Et tu vas encore foirer ce coup-ci. Elle sera certainement escortée par ce Reacher. Il t'a baisé là-bas, il te baisera ici. Alors tout ce que tu proposeras, on évitera soigneusement de le faire.

— Tu as sans doute une meilleure idée ?

— Oui, et je vais te l'expliquer dans le détail. En essayant d'être très, très clair.

Reacher referma la fenêtre. Jodie l'attendait dans le vestibule. Robe en lin, jambes nues. Elle portait un cartable, lourd à l'évidence. Elle le posa par terre, sortit de son sac à main l'enveloppe contenant les dernières volontés de son père et la glissa dans le cartable.

— Laisse-moi porter ça, lui dit Reacher.

— Pas question, je suis une grande fille, maintenant, lui répondit-elle avec un sourire. Et puis, garde du corps ne signifie pas sherpa.

Il acquiesça en silence et ouvrit la lourde porte blindée. Le palier était désert. Une fois dans l'ascenseur, il lui demanda :

— Qu'est-ce que tu transportes là-dedans ?

— Des dossiers financiers.

— C'est-à-dire ?

— Rééchelonnements de créances, la plupart du temps. En vérité, je suis plus une négociatrice qu'une avocate à proprement parler. Je serais plutôt un médiateur, un conseil, tu vois ?

Non, il ne voyait pas. Il n'avait jamais contracté aucune dette. Il n'aurait vu aucun mal à cela, mais, tout simplement, il n'en avait jamais eu l'occasion. L'armée lui avait toujours fourni le nécessaire : un toit et de quoi se nourrir. Pourtant, il avait connu des gars endettés : une maison hypothéquée, une voiture à crédit, et la banque faisant des saisies sur salaire.

Mais les affaires que traitait Jodie devaient être autrement plus importantes.

— Des millions de dollars ? demanda-t-il.

— Au moins. Plutôt des dizaines de millions, parfois des centaines, répondit-elle au moment où l'ascenseur atteignait le parking souterrain.

— Tu aimes ce travail ?

— Bien sûr, dit-elle.

— Et tu es bonne ?

— Oui, la meilleure de Wall Street, paraît-il.

Elle avait répondu sans forfanterie, sans fausse modestie non plus. C'est bien la fille de Leon, pensa Reacher.

— Reste ici, lui dit-il une fois arrivé à la porte du parking. Donne-moi les clefs, je reviens.

Il avança seul dans l'obscurité. Personne. Apparemment, du moins. L'air dégagé, il se dirigea vers une grosse Chrysler noire, garée deux places plus loin que la Bravada. S'allongea sur le sol, regarda sous les voitures. Rien. Se redressa, contourna la Chrysler, puis la voiture suivante. S'allongea de nouveau, entre le mur et le pare-chocs de la Bravada. Chercha des fils électriques là où il ne devait pas y en avoir. Pas de fils. La Bravada n'était pas piégée.

Il ouvrit la portière, se glissa à l'intérieur. Démarra. S'arrêta devant la porte. Jodie s'engouffra dans la voiture.

Le soleil du matin surgit dès le haut de la rampe. Le premier carrefour sur Broadway se trouvait à trente mètres. Reacher pila au feu, derrière trois autres véhicules. Plus loin, le flux ralentissait, comme s'il y avait un obstacle dans la rue. Peut-être un camion mal garé.

Le feu passa au vert. La Bravada franchit le carrefour. Rien de suspect. L'obstacle n'était qu'une barrière de sécurité placée devant une trappe ouverte. Dix mètres plus loin, un camion de la compagnie d'électricité. Nouveau feu rouge. Derrière quatre voitures.

Ce ne serait pas pour cette rue. Le sens de la circulation ne s'y prêtait pas. Ce serait la suivante.

Dans l'absolu, Reacher aurait aimé faire le tour du pâté de maisons et piéger les deux gars, histoire de leur poser deux ou trois questions. Mais le boulot de garde du corps consiste à défendre et non à attaquer. Un garde du corps qui mêle l'offensif au défensif est un mauvais garde du corps. Reacher le savait. Il avait l'expérience. Et puis il voulait éviter que Jodie s'inquiète outre mesure. Ce n'était pas ce qu'aurait souhaité Leon. Leon lui aurait demandé de la protéger, c'est tout. Et c'était ce qu'il comptait faire. La déposer devant la porte de son bureau, sans explications ni avertissements angoissants.

Le feu passa au vert. La première voiture démarra, immédiatement suivie de la deuxième. Puis de la troisième. Reacher avança. Jeta un œil à droite. Mais où étaient-ils donc ? Puis, soudain, ce fut le choc. Projetée vers l'avant, la Bravada alla s'encastrer dans la troisième voiture. Les airbags s'ouvrirent instantanément. Le corps de Jodie se souleva de son siège, violemment retenu par la ceinture, sa tête poursuivit sa course vers le pare-brise et rebondit contre l'airbag. Celui de Reacher se dégonflait déjà. Il regarda dans le rétroviseur et aperçut un gros 4 × 4, avec un type à l'intérieur. Un type qu'il n'avait jamais vu. Derrière eux, les voitures contournaient l'obstacle dans un hurlement de klaxons. Le type descendit de son 4 × 4. Les mains levées en signe d'excuse, manifestement apeuré, inquiet. Il avança vers la vitre de Reacher, tout en examinant l'amas de tôle froissée. Une femme sortit de la berline que la Bravada venait d'emboutir, l'air à la fois assommé et furieux. Droite sur son siège, Jodie se frottait le cou.

— Tu n'as rien ? lui demanda Reacher.

Elle réfléchit quelques instants avant de répondre :

— Non, je crois que ça va. Et toi ?

— Ça va aussi.

Comme fascinée, elle saisit entre deux doigts le ballon dégonflé.

— Alors, ça marche vraiment, ces machins-là ?

— C'est la première fois que j'en vois un en action.

— Moi aussi.

Des coups contre la vitre de Reacher. Le chauffeur du 4 × 4 tambourinait, impatient. Faisait signe de baisser le carreau, comme s'il s'inquiétait pour quelque chose.

— Merde ! s'écria Reacher.

Il enfonça la pédale de l'accélérateur. La Bravada bondit en avant, repoussant d'un bon mètre la berline de la femme.

— Mais qu'est-ce que tu fabriques ? hurla Jodie.

Le type avait une main sur la poignée de la porte. L'autre dans sa poche.

— Baisse-toi !

Il passa la marche arrière, recula violemment et alla heurter l'avant du 4 × 4, gagnant encore une trentaine de centimètres. Repasser en première, braquer à gauche. Nouveau fracas et pluie de verre brisé. Il jeta un œil vers Jodie et reconnut l'un des deux gars de Key West et de Garrison, accroché à la portière côté passager. Nouvelle marche arrière. Le gars ne lâchait pas. Première. Hurlement de moteur. Le gars tenait la poignée agrippée comme un cow-boy de rodéo. Reacher braqua, écrasa l'accélérateur. Le gars fut projeté contre le coffre de la berline.

— Attention ! cria Jodie.

Le conducteur du 4 × 4 essayait de briser sa vitre. Reacher était parvenu à rejoindre le flux des voitures, mais la circulation était dense. L'homme courait vite, une main dans sa poche. Reacher fit une embardée sur la gauche qui le porta à la hauteur d'une camionnette. L'homme courait toujours. Un coup de volant le précipita contre la camionnette. Sa tête heurta la tôle avec un bruit sourd. La camionnette pila. Reacher doubla à droite. Broadway n'était qu'un gigantesque embouteillage. Un patchwork de couleurs métallisées brillant au soleil, glissant à gauche, glissant à droite, rampant dans la fumée des pots d'échappement, dans le vacarme des klaxons. Reacher fit une nouvelle embardée qui le conduisit dans une petite contre-allée envahie de poubelles de restaurants. Cartons d'huile, boîtes vides, cageots de légumes pourris. Le capot s'encastra dans un amas de cartons qui rebondirent sur le pare-brise. Il éteignit le moteur et prit les clefs.

Il aida Jodie à s'extraire de la voiture.

— Comment as-tu deviné ? souffla-t-elle. Comment as-tu deviné que ce n'était pas un accident ?

Sans répondre, il lui tendit son sac à main et attrapa son lourd cartable.

— Marche, dit-il seulement. Ne t'arrête pas.

Ils prirent à gauche pour rejoindre Lafayette. Ils avaient le soleil dans les yeux. Derrière eux, le même concert de klaxons sur Broadway. Ils firent une cinquantaine de mètres en silence.

— Comment as-tu deviné ? répéta la jeune femme.

— Question de statistique. Quelle probabilité y a-t-il de se faire emboutir le jour où on apprend qu'on est poursuivi par deux tueurs ? Une sur un million, au mieux.

Jodie hocha la tête. Un léger sourire aux lèvres. Le menton haut, le dos bien droit. Aucune trace de choc. Elle récupérait vite. Décidément, elle était bien la fille de Leon.

— Tu as été formidable, dit-elle. Tu as réagi si vite.

— Non, répondit Reacher sans cesser de marcher. J'ai été nul. J'ai accumulé les erreurs. Ils ont changé le personnel. Je n'y avais même pas pensé. Je m'attendais à revoir les deux mêmes petits cons. Je n'ai pas imaginé qu'ils puissent faire appel à quelqu'un de plus malin. Et ce type est très fort. Le plan était excellent. Le coup de l'accident a failli marcher. Je n'ai rien vu venir. Quand je pense qu'on discutait tranquillement des mérites de l'airbag...

— Tu n'as rien à te reprocher.

— Si. Leon avait une règle d'or : faire les choses proprement. Ce matin, il aurait eu honte de moi.

Ils arrivaient sur Lafayette. Jodie marchait sur le bord du trottoir, guettant un taxi.

— Je suis désolé pour ta voiture, ajouta Reacher.

— Aucune importance. De toute façon, elle n'était pas à

moi, mais à la boîte. On m'en donnera une autre. À moins que je ne reprenne la même. Maintenant, je sais qu'elle supporte bien les chocs...

— Tu devrais faire une déclaration de vol. Appelle les flics et dis-leur qu'elle n'était plus au parking ce matin quand tu es descendue.

— C'est de la fraude, Reacher !

— Non, du bon sens. Rappelle-toi que je ne peux pas m'offrir le luxe d'un interrogatoire. Je n'ai même pas de permis.

Elle réfléchit un instant. Puis sourit. Comme une petite sœur souriant à son grand frère qui vient de faire une bêtise, songea Reacher.

— D'accord, dit-elle. Je les appellerai du bureau.

— Du bureau ? Après ce qui vient d'arriver, il n'est plus question de bureau, Jodie. Tu restes avec moi.

— Mais je dois absolument y aller. Et puis, sois logique : le bureau n'est pas plus dangereux maintenant qu'il ne l'était avant l'accident, pas vrai ? Il est aussi sûr qu'avant. Qu'y a-t-il de changé ?

Il la dévisagea. Eut envie de lui dire que tout avait changé. Que cette mystérieuse affaire entre Leon et le couple de la clinique avait lancé sur leur piste une bande de professionnels. À demi compétents, mais des professionnels tout de même. Et ce matin-là, ils avaient bien failli avoir leur peau. Il eut envie de lui dire qu'il l'aimait, qu'elle était en danger et qu'il ne voulait pas la savoir un seul instant loin de lui. Mais c'était impossible. Il s'était promis de garder le silence. De tout taire. L'amour, comme le danger.

— Tu devrais m'accompagner, lui dit-il.

— Pourquoi ? Tu as besoin d'aide ?

— Oui, j'ai besoin de toi pour interroger ce vieux couple. Ils te parleront plus facilement qu'à moi. Parce que tu es la fille de Leon.

— Tu veux que je t'accompagne parce que je suis la fille de Leon ?

Reacher répondit oui d'un hochement de tête. Elle héla un taxi.

— Mauvaise réponse, Reacher.

Il eut beau insister, il n'obtint rien de plus. Jodie avait pris sa décision, elle n'en changerait pas. Il parvint juste à la persuader de lui louer une voiture avec sa carte bancaire et son permis. Ils demandèrent au taxi de les arrêter devant une agence. Il attendit au soleil pendant un bon quart d'heure. Puis elle s'arrêta à sa hauteur, au volant d'une Taurus flambant neuve dans laquelle ils redescendirent jusqu'à Broadway. Ils passèrent devant son immeuble, puis sur les lieux de l'accident, trois rues plus bas. Les véhicules avaient été enlevés. Du verre brisé dans le caniveau, des taches d'huile sur l'asphalte. Rien de plus. Jodie continua vers le sud, arrêta la voiture devant la porte de son bureau. Laissa tourner le moteur.

— Tu passes me prendre vers 19 heures ?

— Si tard ?

— Je commence tard, je finis tard.

— Tu ne sors pas de cet immeuble, d'accord ?

Il la suivit des yeux jusqu'à l'entrée du bâtiment. Ses jambes nues dansaient dans la lumière. Elle se retourna, radieuse, lui fit un signe de la main. Puis disparut, le cartable en avant, dans le tourniquet. C'était un immeuble d'une soixantaine d'étages. Sûrement des centaines de bureaux là-dedans, loués par des dizaines de sociétés. Mais l'endroit paraissait sûr. Il y avait un long comptoir derrière le tourniquet. Une rangée de vigiles protégeaient une porte de verre blindée. Ils l'actionnaient grâce à un bouton placé sous le comptoir. Au-delà de la porte, les ascenseurs. Pas moyen d'y accéder sans passer par les agents de la sécurité. Tout dépendait de leur vigilance. Reacher vit Jodie s'entretenir avec l'un d'entre eux. Puis s'avancer jusqu'à la porte de verre et attendre quelques instants. La porte s'ouvrit. La jeune femme appela un ascenseur.

Reacher patienta jusqu'à ce qu'elle ait disparu. Franchit le tourniquet. Se présenta à l'accueil comme s'il faisait ça tous les jours. Choisit le plus vieux vigile de l'équipe. Les vieux sont en général les plus accommodants, alors que les jeunes font encore du zèle, espérant de l'avancement.

— Je suis attendu chez Spencer, Gutman, fit-il en consultant sa montre.

— Votre nom ? demanda le vieux.

— Lincoln, répondit Reacher.

Le type était lent, fatigué, mais il fit ce qu'il était censé faire. Sortit une liste d'un casier et l'examina.

— Vous avez rendez-vous ?

— Ils viennent d'envoyer un message sur mon bipper. Ce doit être très urgent.

— Lincoln. Comme la voiture ?

— Comme le président.

Le vieux hocha la tête en parcourant sa liste.

— Vous n'êtes pas sur ma liste, monsieur Lincoln. Je ne peux pas vous laisser monter.

— Je travaille chez Costello, dit Reacher. Ils ont besoin de moi là-haut, et visiblement de toute urgence.

— Je peux les appeler, dit le vieux. Qui vous a laissé le message ?

— Je ne sais pas. Certainement M. Spencer. En général, c'est lui qui me reçoit.

Le vieux prit un air outré. Rangea la liste dans son casier.

— M. Spencer est mort il y a dix ans. Alors si vous voulez entrer, débrouillez-vous pour obtenir un vrai rendez-vous, compris ?

Reacher hocha la tête. L'endroit était sûr. Il tourna les talons et regagna sa voiture.

Chapitre 8

Pour Chester Stone, la journée commença comme toutes les autres. Il se rendit au travail en voiture, à la même heure que d'habitude. Comme toujours, il se laissa bercer par la Mercedes. Beau soleil, normal au mois de juin. Trajet sans histoire jusqu'au centre-ville. Il se gara à sa place habituelle, dans le parking souterrain, et prit l'ascenseur. Ce fut alors que tout bascula.

Les locaux étaient déserts. À croire que sa boîte s'était volatilisée pendant la nuit. Pas trace des employés. Ils avaient tous quitté le navire, comme des rats. Un téléphone s'excitait, tout seul sur un bureau. Personne, évidemment, pour répondre. Les ordinateurs étaient éteints. Les écrans découpaient de lugubres carrés verts où se reflétaient les spots accrochés au plafond. Son bureau était certes toujours calme, mais pour le coup il y régnait un silence inquiétant.

— C'est moi, Chester Stone, dit-il, pour faire du bruit.

Aucun écho. La moquette épaisse et les panneaux d'aggloméré absorbaient les sons. Sa voix se perdit dans le vide.

— Merde !

Il était en colère. Surtout contre sa secrétaire. Il y avait longtemps qu'elle travaillait avec lui. Le genre d'assistante dont on attend qu'elle vienne à votre rencontre, par loyauté, vous pose discrètement la main sur l'épaule, regard compatissant à l'appui, et promette de rester, de tenir le coup, quoi qu'il advienne. Sauf qu'elle avait fait comme les autres. En apprenant que la boîte était en faillite et qu'on ne pourrait plus payer les salaires, elle avait débarrassé un carton de ses dossiers pour y mettre les photos de ses neveux, la malheureuse plante verte qui trônait sur son bureau et le contenu de ses tiroirs. Puis elle avait sauté dans le métro et rapporté le tout chez elle, dans son joli petit appartement, au diable vauvert. Oui, le petit appartement qu'elle avait meublé et décoré avec le salaire qu'il lui versait à l'époque où tout allait bien. Elle devait d'ailleurs s'y trouver, à l'heure actuelle, en train de siroter son café, glissée dans son peignoir, puisqu'elle avait, une fois n'est pas coutume, sa matinée libre. Peut-être regardait-elle les petites annonces dans le journal, histoire de dénicher un nouvel employeur...

— Merde !

Chester Stone fit demi-tour, quitta l'antre de la secrétaire, traversa les locaux dans l'autre sens. Reprit l'ascenseur, descendit au rez-de-chaussée. Sortit en plein soleil dans la rue, tourna à droite et se mit à marcher d'un pas vif, la rage au corps. Les Twin Towers dressaient leurs gigantesques silhouettes miroitantes. Il traversa l'esplanade en coup de vent, s'engouffra dans l'ascenseur. Il était en nage. La fraîcheur qui régnait dans le hall l'assaillit. Il monta directement au quatre-vingt-huitième étage, enfila l'étroit couloir et fit irruption, pour la deuxième fois en vingt-quatre heures, dans les bureaux de Hobie. Cuivre et boiseries de chêne.

L'homme de la réception était assis à son guichet. Derrière, un costaud sortit d'une petite cuisine, en tenant deux chopes dans la même main. Du café, à l'odeur.

— Je voudrais voir Hobie, dit Stone.

Ils ne lui prêtèrent aucune attention. Le grand type déposa une chope sur le comptoir, puis vint se carrer entre Stone et la porte. L'autre se pencha et orienta la chope de façon à pouvoir aisément en saisir l'anse.

— Je voudrais voir Hobie, répéta Stone en regardant droit devant lui.

— Je me présente : Tony, répondit le type de la réception.

Stone le dévisagea, interdit.

L'homme avait une marque sur le front, une ecchymose récente. Il avait les cheveux humides, lissés sur les tempes, comme si on y avait appliqué un linge humide.

— Je voudrais voir Hobie, insista Stone.

— M. Hobie ne sera pas là aujourd'hui. Mais je vais m'occuper de vous. Nous devons discuter de certaines choses, je crois ?

— En effet.

— Nous serons plus tranquilles dans le bureau.

Tony fit signe au costaud de venir le remplacer derrière le comptoir. Il pénétra dans la pièce, tint la porte à Stone. Comme la veille, celui-ci se retrouva dans la pénombre. Les stores étaient toujours baissés.

Tony se dirigea vers le bureau et se laissa choir dans le fauteuil de Hobie. Un grincement dans le silence. Stone lui emboîta le pas, puis s'arrêta net et regarda autour de lui, ne sachant trop où s'asseoir.

— Restez debout, dit Tony.

— Pardon ?

— Restez debout pendant notre entretien.

— Que je reste... ?

— Devant le bureau.

Stone obtempéra sans un mot.

— Les bras le long du corps. Tenez-vous bien droit, et rentrez les épaules.

Tony s'exprimait d'une voix neutre et détendue, où ne perçait aucune émotion. Le silence retomba dans la pièce. De nouveau, on perçut l'écho assourdi du brouhaha de l'immeuble. Stone entendait battre son cœur. Ses yeux s'habituèrent à l'obscurité. Il remarqua les griffures sur le bureau de Hobie. Elles composaient un motif agressif, profondément inscrit dans le bois. Le silence ajoutait à sa confusion. Il ne savait pas quelle contenance adopter. Il jeta furtivement un œil au canapé de gauche. L'humiliation était trop grande. Il ne pouvait pas rester debout. Surtout sur l'ordre d'un sous-fifre ! Il regarda le canapé de droite. Il savait qu'en temps normal il n'aurait pas dû se laisser intimider, mais s'asseoir d'office. S'avancer et prendre place sur le sofa de droite, ou bien celui de gauche. Traiter ce type par le mépris, et aller tranquillement s'asseoir, histoire de lui montrer qui commandait. Fais-le, bon sang, fais-le ! Mais il avait beau essayer de se raisonner, il restait cloué sur place, debout, à un mètre du bureau, figé d'indignation, pétrifié de rage et paralysé de peur.

— Vous portez la veste de M. Hobie. Veuillez l'enlever.

Ahuri, Stone baissa les yeux sur sa Savile Row. C'était la première fois de sa vie, il s'en rendit compte, qu'il mettait les mêmes vêtements deux jours de suite.

— C'est ma veste.

— Non, c'est celle de M. Hobie.

— Je l'ai achetée à Londres. C'est la mienne, je vous assure.

Tony sourit.

— Vous n'avez pas l'air de comprendre...

— Comprendre quoi ?

— Que désormais vous appartenez à M. Hobie. Vous êtes à lui, et tout ce que vous possédez lui appartient.

Stone écarquilla les yeux. Silence de mort dans la pièce, juste rompu par le bruit de fond de l'immeuble et les battements de son cœur.

— Alors, enlevez la veste de M. Hobie.

Stone le fixa de plus belle, incapable d'articuler un seul son.

— Ôtez-moi ce truc. On ne porte pas des habits qui ne sont pas à soi, insista Tony.

Il n'avait pas haussé le ton, mais l'on sentait poindre la menace. Stone s'anima soudain, comme malgré lui. Il enleva tant bien que mal la veste et la lui tendit par le col, comme on le fait, dans un magasin, d'un vêtement que l'on vient d'essayer et qui ne vous plaît pas.

— Mettez-la sur le bureau.

Stone la posa délicatement à plat sur le meuble. La laine s'accrocha aux esquilles provoquées par les éraflures dans le bois. Tony fouilla les poches, l'une après l'autre. Rassembla leur contenu, roula la veste en boule, la jeta sur un canapé.

Le stylo Mont Blanc, qu'il regarda en connaisseur, aboutit dans sa poche. Il ramassa les clefs, les étala sur le bureau, les examina méthodiquement, s'arrêta à celle de la voiture, qu'il saisit entre le pouce et l'index.

— Vous avez une Mercedes ?

Chester opina.

— Quel modèle ?

— 500 SEL.

— Neuve ?

— Elle a un an.

— Couleur ?

— Bleu nuit.

— Où est-elle ?

— À sa place habituelle, dans le parking de mon bureau.

— On ira la prendre tout à l'heure.

Tony déposa le trousseau dans un tiroir et s'attaqua au portefeuille. Il en étala le contenu devant lui et balança ensuite l'objet, devenu inutile, dans la corbeille en fer-blanc où il atterrit bruyamment. Une photo de Marilyn subit le même sort, mais plus silencieusement. Il rassembla les cartes de crédit et en fit une pile qu'il poussa sur le côté du bureau, tel un croupier avec des plaquettes sur une table de jeu.

— On devrait en tirer cent dollars, dit-il.

Il tria les billets, les classa.

— Que voulez-vous, au juste ? demanda Stone.

— Que vous enleviez la cravate de M. Hobie, répondit Tony en levant les yeux.

Stone poussa un soupir.

— Sérieusement, qu'attendez-vous de moi ?

— Que vous nous remboursiez dix-sept millions cent mille dollars. C'est le montant de votre dette.

Stone hocha la tête.

— Je le sais. Ne vous inquiétez pas, je vous paierai.

— Quand ?

— Laissez-moi le temps de me retourner.

— Bon, alors disons dans une heure.

Stone écarquilla les yeux.

— Accordez-moi un délai plus long.

— Vous avez une heure, pas une seconde de plus.

— Je ne peux pas rassembler une somme pareille en une heure !

— Je le sais, ni en une heure, ni en un jour, une semaine, un mois ou un an. Car vous n'êtes qu'un minable, incapable de mener sa barque.

— Hein ?

— Vous êtes lamentable, Stone. La honte de la famille. Vous avez réussi à couler l'entreprise montée par votre grand-père et développée par votre père. Tout ça parce que vous êtes un con !

Stone haussa les épaules.

— Bon, d'accord, j'ai eu des coups durs, mais ce n'est pas ma faute..., bredouilla-t-il.

— Enlevez cette cravate ! hurla Tony.

Stone sursauta. Il s'efforça de défaire le nœud.

— Enlevez-moi ça, espèce d'abruti !

Il arracha la cravate. La déposa, tout emmêlée, sur le bureau.

— Je vous remercie, dit Tony, sur un ton rasséréné.

— Mais, enfin, qu'est-ce que vous me voulez ? souffla Stone.

Tony ouvrit un tiroir, en sortit une feuille jaune couverte de pattes de mouche, une liste sans doute, terminée par une colonne de chiffres.

— Jusqu'à présent, nous contrôlons trente-neuf pour cent de votre société, dit-il. Nous en voulons douze pour cent de plus.

Stone fit un rapide calcul.

— Une participation majoritaire ?

— Exactement. Nous aurions alors cinquante et un pour cent du capital.

— Il n'en est pas question !

— Comme vous voudrez. Dans ce cas, versez-nous dix-sept millions cent mille dollars dans une heure.

Stone resta pétrifié, lançant des regards effarés autour de lui. La porte s'ouvrit, le costaud en costume chic entra et alla se camper derrière Tony, bras croisés.

— La montre, s'il vous plaît.

Stone regarda sa Rolex. Brillante comme l'acier, sauf qu'elle était en platine, et qu'il l'avait achetée à Genève. Il l'ôta de son poignet et la tendit à Tony, qui la déposa dans un autre tiroir, en hochant la tête.

— Bon, maintenant, enlevez votre chemise.

— Vous ne pouvez pas m'obliger à vous céder des parts supplémentaires.

— Je suis convaincu du contraire. Allez, enlevez votre chemise.

— Si vous pensez m'intimider...

— Allons donc, vous n'en menez pas large, monsieur Stone. Vous n'allez pas tarder à vous lâcher dans le pantalon de M. Hobie. Ce qui serait une grave erreur...

Stone ne répondit rien, fixant un point imaginaire entre les deux hommes.

— Douze pour cent, reprit Tony d'une voix douce. Il n'y a pas à hésiter. Elle ne vaut plus rien, votre boîte. Et, de toute façon, il vous restera encore quarante-neuf pour cent des parts.

— Il faut que j'en parle à mes avocats.

— Comme vous voudrez.

Désemparé, Stone regarda autour de lui.

— Où est le téléphone ?

— Il n'y en a pas ici. M. Hobie a horreur de ça.

— Alors ?

— Alors criez. Criez un bon coup. Qui sait, peut-être vous entendront-ils...

— Quoi ?

— Gueulez, monsieur Stone. Dites donc, vous êtes long

à la détente. Réfléchissez : vous ne pouvez ni téléphoner, ni quitter la pièce. Moralité, il ne vous reste plus qu'à gueuler.

— Je ne peux pas. Je ne vois pas où vous voulez en venir.

— Enlevez cette chemise !

Tremblant comme une feuille, Stone leva les bras, hésita. Puis ses mains déboutonnèrent précipitamment le vêtement.

— Et rangez-la comme il faut. M. Hobie est très soigneux.

Stone fit de son mieux. Il secoua la chemise pour la défroisser, puis la plia en deux.

— Nous voulons douze pour cent de votre affaire.

— Non.

Silence.

— L'efficacité, reprit Tony, nous y accordons une grande importance. Si vous vous étiez montré plus efficace, monsieur Stone, vous n'en seriez pas là aujourd'hui. Tout ce qu'on vous demande, c'est de signer un bout de papier.

— Je ne vous signerai rien du tout, espèce de salopard ! Je serai déclaré en faillite. Vous n'obtiendrez rien de moi, vous m'entendez. L'affaire ira devant les tribunaux, et...

— Il pourrait vous arriver des ennuis..., dit-il.

Stone baissa les yeux sur sa cravate, toujours posée sur le bureau.

— Enlevez le pantalon de M. Hobie ! hurla Tony.

— Il n'en est pas question ! répliqua Stone sur le même ton.

Le type qui se tenait derrière Tony plongea la main sous son bras gauche et en sortit un petit revolver noir. Bras tendu, il mit Stone en joue, visant la tête. Il contourna le bureau et approcha lentement, sûrement. Stone fixait le calibre. Son visage se trouvait dans la ligne de mire. Il se mit à trembler, à transpirer, louchant sur l'arme qui se rapprochait inexorablement. Le canon se posa sur son front. Le métal était dur, froid. Stone tressaillit, bascula, trébucha, essayant de ne pas perdre de vue le revolver. Il ne vit pas le gars serrer son poing gauche, ni partir le coup qui l'atteignit en plein ventre, lui coupa le souffle, le plia en deux et l'envoya à terre...

— Baisse ton froc, connard ! aboya Tony, tandis que l'autre lui flanquait un coup de pied.

Stone étouffa un cri et se tordit de douleur, gigotant comme une tortue sur le dos, haletant, saisi de haut-le-cœur, tirant sur sa ceinture... Il réussit à la détacher, déboutonna fébrilement le haut de son pantalon, ouvrit sa braguette, se débarrassa de ses chaussures et se retrouva presque nu.

— Debout, monsieur Stone, dit Tony.

Il se releva en titubant, tête basse, le souffle court, les mains sur les genoux, définitivement grotesque, avec ses jambes maigrelettes, toutes blanches et sans poils sortant de son caleçon court, et ses petites chaussettes noires.

— Vous avez compris, maintenant ?

Il fit signe que oui.

— Dites-le, monsieur Stone. Dites que nous pourrions vous amocher.

— Vous pourriez... m'amocher, hoqueta Stone.

— Mais nous ne le ferons pas. Ce ne sont pas des méthodes dignes de M. Hobie.

En larmes, Stone s'essuya le visage et se raccrocha à ce dernier espoir.

— Il préfère s'en prendre aux épouses, expliqua Tony. Question d'efficacité, vous saisissez ? Ça donne de bien meilleurs résultats. Aussi, à votre place, je m'inquiéterais pour Marilyn.

La Taurus de location était bien plus rapide que la Bravada. En juin, sur route sèche, il n'y avait pas de comparaison. Un véhicule stable. Et silencieux, de surcroît. Branché sur une radio locale très puissante, Reacher écoutait une certaine Wynonna Judd chanter *Pourquoi pas moi ?* D'ordinaire, il n'appréciait guère ces chanteuses de country au ton plaintif. Seulement celle-ci avait une voix superbe, la partie guitare était géniale, et les paroles lui allaient droit au cœur. Il imaginait Jodie lui demandant : « Pourquoi pas moi, alors que tu prends de l'âge ? Pourquoi pas moi ? » Il se mit à fredonner, de sa voix rocailleuse qui tranchait avec les envolées de la contralto, et lorsque la rengaine céda la place aux annonces publicitaires, il se dit que, si jamais un jour il avait une maison et une chaîne stéréo, comme tout le monde, eh bien, il s'achèterait le disque de *Pourquoi pas moi?*

Il remontait vers le nord, sur la nationale 9. La carte routière dépliée sur le siège passager indiquait que Brighton se trouvait à mi-chemin entre Peekskill et Poughkeepsie, un peu à l'ouest, sur les rives de l'Hudson. Il avait noté l'adresse des Hobie sur un papier à l'en-tête du cabinet du Dr McBannerman. Il roulait à 100, assez vite pour parvenir à destination en temps voulu, mais sans risquer de se faire arrêter par les flics au détour d'un virage. Ils devaient être planqués dans les fourrés, prêts à sortir leurs beaux carnets de contraventions pour faire gonfler les recettes fiscales de la municipalité.

Une heure plus tard, il se retrouva à hauteur de Garrison et continua dans la même direction jusqu'à ce qu'il tombe sur une route à grande circulation qui obliquait vers l'ouest et conduisait à Newsburgh. Normalement, il pourrait la quitter avant d'atteindre l'Hudson, et rejoindre ainsi Brighton par le nord. Moyennant quoi il ne lui resterait plus qu'à trouver la bonne rue, ce dont il s'acquitta sans trop de difficultés.

Restait à guetter noms et numéros sur les boîtes à lettres. Là, les choses commencèrent à se gâter. Les boîtes à lettres étaient regroupées par six, au bord de la route. Impossible de savoir à quelles maisons elles correspondaient. À vrai dire, on ne voyait quasiment pas les habitations, car elles se trouvaient toutes au bout d'un chemin mal goudronné qui coupait à travers bois.

Il découvrit néanmoins celle qu'il cherchait. Fixée à un poteau vermoulu autour duquel s'enroulaient épineux et liserons. C'était une grosse boîte verdâtre. Le numéro de la maison était peint en chiffres manuscrits, impeccables mais délavés. Elle débordait de courrier et ne fermait plus. Il prit les lettres, les posa sur le siège passager et referma la porte.

Par mesure de commodité, les boîtes à lettres étaient

regroupées d'un seul côté de la route, mais les chemins partaient dans les deux sens. Il s'engagea dans le premier qui se présenta.

Il y avait bien deux maisons, face à face. Un nom, sur la plaque apposée à la grille de la première : « KOZINSCKY ». Sous un panier de basket, accroché à l'entrée du garage de la seconde, une Pontiac Firebird rouge vif. Deux vélos sur la pelouse. Rien qui indiquât la présence de deux petits vieux, dont un infirme.

Le chemin sur sa gauche n'était pas non plus le bon. Il eut davantage de chance avec le deuxième à droite, une allée envahie par les herbes folles, qui filait vers le sud, parallèlement au fleuve. Fixée à la grille, une vieille boîte à lettres rouillée, datant de l'époque où le facteur n'hésitait pas à faire un détour pour vous apporter le courrier. Même teinte verdâtre, mais encore plus délavée. Même écriture soignée, fanée : « HOBIE ». Fils électriques et câble téléphonique s'entremêlaient aux plantes qui tombaient en rideau. Il s'engagea dans l'allée, se fraya un chemin au milieu de la végétation et s'arrêta derrière une antique Chevrolet, garée de biais sous un auvent. Un modèle familial, couleur terre et piqueté de rouille, avec un capot et un coffre larges comme un porte-avions.

Il coupa le contact, sortit dans le silence. Fit volte-face, attrapa le courrier et resta figé, les lettres à la main. Devant lui, une maison de plain-pied, orientée à l'ouest, aussi terne que la voiture, avec des murs en planches et un toit fatigués. Un jardin dans un état invraisemblable ; ce qu'il advient d'une propriété jadis bien entretenue laissée à l'abandon depuis quinze printemps de pluie et quinze étés de soleil. Plutôt nettoyer les lieux au lance-flammes que de faire appel à un jardinier.

Il se dirigea vers l'entrée, récoltant au passage des mauvaises herbes qui s'accrochaient à ses chaussettes et au bas de son pantalon. La sonnette était rongée par la rouille. Il frappa à la porte, attendit. Pas de réponse. Il recommença. Derrière, la jungle grouillait d'insectes. Il frappa de nouveau.

Attendit. Entendit craquer le plancher. Un bruit de pas précipités, qui s'arrêta brusquement. De l'autre côté de la porte, une petite voix de femme.

— Qui est là ?

— Jack Reacher, l'ami du général Garber, annonça-t-il.

La porte s'ouvrit en grinçant. À l'intérieur, tout était sombre. Reacher avança. Il distingua une vieille femme. Quatre-vingts ans environ, maigre comme un clou, les cheveux blancs, voûtée, portant une robe à fleurs qui s'évasait au-dessus d'un jupon de nylon, comme les dames des beaux quartiers dans les années 1950-1960, lorsqu'elles mettaient leurs gants blancs et leurs capelines pour se rendre à une garden-party.

— Nous vous attendions, fit-elle.

— J'ai pris le courrier. La boîte était pleine.

Il lui montra la pile d'enveloppes écornées.

— Merci. C'est très gentil à vous. À pied, ça fait une trotte d'aller jusque là-bas, et en voiture, on risque une collision. C'est une route très passante, vous savez, et les gens roulent comme des fous.

Reacher opina. C'était sans doute l'un des axes les plus tranquilles qu'il eût jamais vu : on pouvait s'endormir au milieu de la chaussée sans risquer de se faire écraser. Mais soit. La vieille dame semblait se désintéresser complètement de son courrier.

— Où voulez-vous que je dépose tout ça ?

— Dans la cuisine, si ça ne vous dérange pas.

Il découvrit un couloir obscur, lambrissé de panneaux lugubres. C'était encore pire dans la cuisine. Une petite fenêtre, avec une vitre jaune, des meubles grisâtres en contreplaqué et de vieux appareils électriques, tachetés de vert et de gris. Ça sentait la tambouille et le four chaud, mais enfin c'était propre et bien rangé. Une carpette usée jusqu'à la corde traînait sur le lino. De grosses lunettes chevauchaient une chope ébréchée. Il laissa les lettres à côté. Après son départ, elle lirait le courrier.

— Puis-je vous offrir du gâteau ?

Sur la cuisinière, une assiette en porcelaine recouverte d'un torchon usé. Elle lui avait préparé quelque chose.

— Avec un café ?

— Volontiers.

La vieille dame hocha la tête, toute contente, et s'activa, en frottant sa robe contre la porte du four. Un pouce tremblant appuya sur l'interrupteur d'une antique machine à café.

— Il n'y en a pas pour longtemps, dit-elle. Venez donc voir mon mari pendant que le café passe. Il est réveillé, maintenant, et il vous attend avec impatience.

Elle le conduisit dans un petit salon sur l'arrière de la maison. Un réduit de quinze mètres carrés où s'entassaient fauteuils, canapé et armoire vitrée remplie de figurines en porcelaine. Un vieux bonhomme était campé sur un siège. Il portait un costume de serge bleue très raide, usé, lustré et bien trop grand pour lui. Son col de chemise encerclant un cou livide et décharné. Son crâne parsemé de quelques touffes blanches et soyeuses. Ses poignets filiformes. Ses mains osseuses et maigres sur les bras du fauteuil. Et des tubes en plastique qui lui passaient par-dessus les oreilles et s'arrêtaient à la base du nez. Derrière lui, une bouteille d'oxygène trônant sur une desserte. Il leva les yeux et en aspira laborieusement une bouffée pour se donner la force de remuer.

— Commandant Reacher, dit-il. Enchanté de faire votre connaissance.

Reacher s'avança pour lui serrer la main. Une main froide, sèche, comme celle d'un cadavre qu'on aurait enveloppé dans de la flanelle. Le vieillard reprit un peu d'oxygène.

— Tom Hobie. Et voici Mary, mon épouse, une femme adorable.

— Enchanté. Mais je ne suis plus commandant, dit Reacher.

— Peu importe, vous avez servi sous les drapeaux.

Au milieu d'un mur, une cheminée de pierre. Le manteau était envahi de photographies, dans des cadres argentés. Des photos en couleurs, représentant pour la plupart un jeune homme en treillis. Et puis une autre, plus ancienne, en noir et blanc, montrant un soldat très différent, grand, raide et souriant ; un soldat de première classe qui appartenait à une autre génération de conscrits. Peut-être son hôte lui-même, avant ses premières défaillances cardiaques. Reacher l'ignorait. En tout cas, la photo ne lui ressemblait pas.

— C'est moi, dit le vieux en suivant son regard.

— Pendant la Seconde Guerre mondiale ?

L'homme opina. La tristesse voila son regard.

— Je n'ai pas quitté le pays. Pourtant, j'avais devancé l'appel. Mais comme j'ai le cœur fragile, ils n'ont pas voulu me laisser partir, et j'ai passé la guerre dans un magasin de fournitures militaires du New Jersey.

Reacher hocha la tête. Un bras dans son dos, Hobie tripotait la valve du cylindre pour augmenter le débit d'oxygène.

— Je vais chercher le café et le gâteau, dit la vieille dame.

— Puis-je vous aider ?

— Non, ne vous dérangez pas.

Elle s'éloigna lentement, dans un concert de frous-frous.

— Je vous en prie, commandant, asseyez-vous.

Reacher s'installa dans un petit fauteuil, suffisamment près du vieil homme pour entendre ce qu'il lui racontait.

— Et voilà, annonça Mme Hobie, depuis le couloir.

Elle poussait une table roulante sur laquelle était posé un service de porcelaine, avec un sucrier et un petit pot de lait.

— Comment prenez-vous votre café ?

— Noir, et sans sucre.

Elle remplit sa tasse en tremblotant, la lui tendit. La soucoupe grinça. Reacher eut ensuite droit à une tranche de gâteau sur une assiette. Qui trembla, elle aussi. La bouteille d'oxygène siffla. Le vieux répétait mentalement son histoire, la fractionnait en petits morceaux, emmagasinant chaque fois assez d'oxygène pour aller jusqu'au bout.

— J'étais imprimeur, dit-il. J'avais mon atelier, et Mary travaillait pour l'un des mes plus gros clients. Nous nous sommes rencontrés en 1947, et mariés la même année. Notre fils est né un an plus tard, en juin 1948.

Il se tourna, parcourut des yeux la rangée de photos.

— Notre fils : Victor Truman Hobie.

Un silence religieux retomba sur la pièce.

— J'ai le sens du devoir. On m'a déclaré inapte au service actif, et je l'ai regretté. Oui, je l'ai regretté amèrement, commandant. Mais enfin, j'étais content de servir mon pays comme je le pouvais. C'est dans cet esprit que nous avons élevé notre fils. Plus tard, il s'est porté volontaire pour le Vietnam.

Le vieux Hobie ferma la bouche, inspira une fois, deux fois, son oxygène, puis se pencha pour attraper un album relié de cuir posé à ses pieds. Il l'ouvrit sur ses genoux, en sortit un cliché et le tendit à Reacher d'une main mal assurée. C'était la photo aux couleurs passées d'un garçon, dans un jardin. Un gamin de neuf ou dix ans, râblé, le visage constellé de taches de rousseur, souriant de toutes ses dents, coiffé d'un récipient métallique, un fusil en plastique à l'épaule, le bas du jean rentré dans les chaussettes pour figurer des guêtres.

— Il a toujours voulu être soldat. Ç'a toujours été son but. Et moi, évidemment, je l'ai encouragé.

Nouvelle pause. Toussotement, oxygène. Silence.

— Étiez-vous pour ou contre la guerre du Vietnam ? demanda-t-il à brûle-pourpoint.

Reacher haussa les épaules.

— J'étais trop jeune pour me faire une opinion. Mais si j'avais su ce que je sais aujourd'hui, non, je n'aurais sans doute pas été d'accord.

— Pourquoi ?

— Mauvais endroit, mauvais moment, mauvaises raisons, mauvaises méthodes, mauvais chefs. L'opinion publique ne suivait pas, et on n'avait ni envie de gagner ni stratégie cohérente.

— Y seriez-vous allé ?

— Oui, je n'aurais pas eu le choix. Mon père aussi a fait

l'armée. Mais enfin, j'aurais envié ceux de sa génération. Il était plus facile d'être mobilisé pour la Seconde Guerre mondiale.

— Victor a toujours rêvé d'être pilote d'hélicoptère. Il était passionné par ces engins-là. À cause de moi, une fois de plus. Je lui avais payé un tour en hélico dans une fête foraine. Je m'en souviens, c'était un vieux Bell, utilisé pour répandre des insecticides. Il n'empêche que ça lui a donné envie de devenir pilote, et il s'est dit que c'était dans l'armée qu'il recevrait la meilleure formation.

Le vieil homme tira une autre photo de son album. On y voyait le même garçon, mais deux fois plus âgé, cette fois, un grand gaillard souriant, vêtu d'un treillis flambant neuf, debout à côté d'un hélicoptère de l'armée, un H-23 Hiller, un vieux clou qui servait à entraîner les novices.

— Tenez, enchaîna-t-il, le voilà à Fort Wolters, au Texas. C'est là qu'on forme les pilotes.

— Il a piloté des hélicos au Vietnam ?

— Il est sorti deuxième de sa promotion. Ça ne nous a pas étonnés, il a toujours été bon élève. Très doué pour les maths. La comptabilité aussi, il aimait ça. Je pensais qu'après ses études il me donnerait un coup de main, qu'il s'occuperait des papiers. Moi, j'avais du mal à l'école, je ne m'en cache pas. Je n'ai pas d'instruction. Aussi, j'étais ravi de le voir réussir. Il était brillant. Et très gentil, en plus. Oui, un garçon remarquable, avec un cœur d'or, le fils idéal. Notre seul enfant...

La vieille dame ne disait rien, ne buvait pas, ne mangeait pas.

— Il a obtenu son brevet de pilote à Rucker, en Alabama, ajouta Hobie. On a fait le voyage exprès pour assister à la cérémonie.

Il lui montra un autre cliché, le double de l'un de ceux qui étaient encadrés au-dessus de la cheminée. De l'herbe et du ciel jaunis, un grand garçon en treillis, la casquette rabattue sur les yeux, le bras passé sur l'épaule d'une femme portant une robe à motifs.

Un cliché mal cadré, pas très droit. Pris par un père et mari débordant de fierté et très ému.

— Victor et Mary, dit le vieil homme. Elle n'a pas changé depuis l'époque...

— Non, pas du tout, mentit Reacher.

— On l'adorait, notre garçon, ajouta doucement la vieille dame. Il est parti au Vietnam quinze jours après cette photo.

— En juillet 1968, coupa son mari. Il avait vingt-deux ans.

— Que s'est-il passé ?

— Il est revenu avec une médaille et deux citations. Il était évident qu'il ne se contenterait pas d'être comptable dans une imprimerie. Je le voyais déjà pilote d'hélicoptère dans l'industrie pétrolière. Dans le Golfe, par exemple. Ça paye bien, pour les anciens de l'armée.

— Malheureusement, il est retourné là-bas, ajouta Mme Hobie, au Vietnam...

— Oui, il a rempilé. Il n'était pas obligé. Mais il disait que c'était son devoir, que la guerre continuait, et que sa place était là-bas.

— Et alors ?

La réponse tarda.

— Il n'est pas rentré, dit enfin le vieux.

Silence oppressant, progressivement rempli par le tic-tac de la pendule.

— J'ai été anéanti.

La gorge serrée, il pompa et refoula l'oxygène dans un bruit de soufflet.

— Ça m'a complètement détruit. J'échangerais tout le temps qu'il me reste à vivre contre une journée avec lui.

— Oui, une seule journée avec lui..., répéta sa femme.

— Regardez-moi, reprit le vieux Hobie, je suis à moitié mort. Pourtant, voilà trente ans que je dis ça, et je ne plaisante pas, Dieu m'en est témoin.

— Quand a-t-il été tué ?

— Il n'a pas été tué, il a été fait prisonnier, corrigea le vieux.

— Ah bon ?

— Au départ, on nous a raconté qu'il était porté disparu, et on en a conclu qu'il était mort. Pourtant, il nous restait un faible espoir, auquel on se raccrochait. On n'a jamais eu confirmation de sa mort.

— On a attendu, reprit Mme Hobie. Pendant des années. Et puis on a voulu savoir. On nous a dit qu'il avait disparu en mission, que son hélicoptère avait été abattu au-dessus de la jungle, et qu'on n'avait jamais pu localiser l'épave.

— Alors on s'est fait une raison. Vous savez ce que c'est, il y a des tas de soldats qui n'ont pas de sépulture.

— Et puis ils ont construit le mur... Vous l'avez vu ?

— Le mur du Souvenir, à Washington ? Bien sûr. J'ai été bouleversé.

— Ils n'ont pas voulu graver son nom dessus.

— Pour quelle raison ?

— On ne nous a pas donné d'explication. On a eu beau insister, ça n'a servi à rien. Soi-disant qu'il n'est pas considéré comme décédé.

— Pourtant, tous ceux qui sont portés disparus figurent sur ce monument.

Le silence retomba dans la pièce. Le tic-tac de la pendule devint obsédant.

— Qu'en pensait le général Garber ? demanda Reacher.

— Il ne comprenait pas. Non, ça le dépassait complètement, cette histoire, et il continuait à mener son enquête lorsqu'il nous a quittés.

Duo de tic-tac et de pompe à oxygène.

— Mais nous, on sait bien ce qui s'est passé, dit Mme Hobie.

— Ah bon ?

— Il a été fait prisonnier, voilà tout.

— Et on ne l'a jamais libéré, enchaîna son mari.

— Les autorités militaires ne veulent pas l'admettre, mais il reste toujours des soldats américains prisonniers en Indochine. Les Viêts s'en servent comme monnaie d'échange, pour obtenir des crédits et bénéficier de l'aide internationale, ajouta la vieille dame.

— On en a la preuve, renchérit son époux.

Il sortit une autre photo. Plus récente que les précédentes, et aux couleurs plus vives. Prise au téléobjectif, sur fond de végétation tropicale. Des barbelés, maintenus en place par des poteaux de bambou. Un Asiatique en uniforme brun, le front ceint d'un foulard. Armé d'un fusil automatique, de type AK 47. Et puis un autre type, à l'arrière-plan. Un grand Blanc, d'une cinquantaine d'années environ, livide, maigre, le visage émacié, portant un treillis.

— C'est Victor, notre fils. La photo date de l'an dernier, expliqua Mme Hobie.

— Depuis le temps qu'on réclame de ses nouvelles ! On s'est adressés partout, en vain, jusqu'au jour où un monsieur nous a parlé de ces camps. Il n'y en a pas beaucoup, juste deux ou trois, où sont encore enfermés quelques prisonniers américains. La plupart d'entre eux sont morts de faim ou de vieillesse. Ce monsieur est allé exprès au Vietnam prendre des renseignements sur Victor. Il a réussi à l'approcher et à le prendre en photo. Il a même échangé quelques mots avec l'un de ses camarades. La nuit, en secret. Il risquait gros en faisant ça. Il lui a demandé le nom de celui qu'il avait photographié : Vic Hobie, pilote d'hélicoptère.

— Ce monsieur n'avait pas d'argent pour organiser son évasion, alors nous lui avons remis toutes nos économies pour qu'il puisse monter une expédition. Il ne nous reste plus rien. C'est pourquoi, lorsque plus tard nous avons fait la connaissance du général Garber, nous lui avons demandé d'essayer d'obtenir de l'État qu'il prenne les frais à sa charge.

Reacher regarda la photo, fixa le type au visage émacié et au teint livide.

— Qui d'autre a vu cette photo ?

— Seulement le général Garber. L'homme à qui nous nous sommes adressés au départ nous a dit de ne pas ébruiter l'affaire, parce que c'était un sujet très sensible, sur le plan politique, et que ça pouvait nous attirer des ennuis. Mais nous l'avons tout de même montrée au général Garber. Parce qu'il pouvait nous aider.

— Qu'attendez-vous de moi ?

L'oxygène circula bruyamment dans les tuyaux de plastique. Pour entrer, pour sortir. Le vieillard tétait le conduit.

— Je veux le retrouver, dit-il, je veux le revoir une fois, rien qu'une journée, avant de mourir.

Les petits vieux avaient fini de parler. Ils regardaient, l'œil embué, les photographies sur la cheminée. Reacher restait assis, silencieux. Le vieil homme se retourna, souleva à deux mains l'album posé sur ses genoux et le lui tendit. Reacher se pencha pour le saisir. Il crut d'abord qu'on lui demandait d'y ranger les trois clichés qu'ils venaient d'examiner ensemble, puis il comprit qu'on lui passait le relais. Presque un cérémonial... En somme, il prenait la suite de Leon.

Il n'y avait pas grand-chose dans l'album en question : outre les fameuses photos, quelques rares lettres de leur fils, et du courrier officiel des autorités militaires. De la paperasse attestant qu'ils avaient liquidé leurs économies par un chèque certifié de dix-huit mille dollars à l'ordre d'un certain Rutter, habitant le Bronx, pour qu'il effectue une mission de reconnaissance au Vietnam.

Le fiston, qui avait fait ses classes dans le Sud, commençait ses missives en évoquant brièvement l'endroit où il se trouvait : Dix, Polk, Wolters, Rucker, Belvoir et Benning. Puis un petit mot de l'Alabama, d'où il s'était embarqué pour l'Indochine. Un voyage d'un mois, à travers le canal de Panama et l'océan Pacifique. On trouvait aussi des télégrammes envoyés du Vietnam, huit la première année, six la suivante. Au bout de trente ans, le papier était tout sec et craquant comme du papyrus.

Sa correspondance n'était certes pas celle d'un homme de lettres. Il devait y avoir, dans le monde entier, des millions de parents qui conservaient précieusement des lettres de ce genre, envoyées par leur fils à des époques différentes, lors de conflits divers, écrites dans des langues variées, et qui parlaient toutes de la même chose : nourriture, temps qu'il fait, rumeurs sur les opérations militaires à venir et quelques phrases pour rassurer la famille...

Les réponses du ministère de la Défense suivaient les progrès de la technique : d'abord du courrier dactylographié sur une machine mécanique, avec des lettres décalées, collées ou trop espacées, et parfois des taches de rouge, lorsque le ruban avait sauté. Puis venait l'époque des machines électriques, à la frappe plus précise, plus uniforme. Et enfin le traitement de texte : résultat impeccable. Mais, chaque fois, c'était la même réponse : porté disparu, présumé mort. Condoléances. Rien de plus.

Leur histoire avec Rutter avait ruiné le couple de vieillards. Après avoir retrouvé le fameux camp, celui-ci se proposait de faire évader leur fils, en montant une opération pour la modique somme de quarante-cinq mille dollars. Ils n'avaient pas un sou.

— Allez-vous nous aider ? demanda la vieille. Désirez-vous savoir autre chose ?

Reacher croisa son regard et comprit qu'elle l'avait observé pendant qu'il feuilletait l'album. Il le referma et baissa les yeux sur la reliure de cuir fatiguée. Pour l'heure, une seule chose le tracassait : Pourquoi Leon ne leur avait-il pas dit la vérité ?

Chapitre 9

La situation se présentant sous un jour favorable, Marilyn se priva volontiers de déjeuner. Au fond, tout cela la laissait indifférente, ce qui était tout de même surprenant : c'était sa maison qu'elle vendait, celle qu'elle avait choisie avec tant de soin, d'enthousiasme et d'amour, quelques années auparavant à peine. La maison de ses rêves. Bien plus grande et confortable que tout ce qu'elle avait pu imaginer. Un paradis. Et voilà qu'elle s'efforçait de la transformer en un pavillon modèle ! Elle ne les voyait plus, ces pièces qu'elle avait elle-même décorées et dans lesquelles elle avait passé des heures à rire, dormir, manger, discuter avec Chester. Une seule chose comptait désormais : donner aux clients l'envie d'acheter sa villa.

Elle avait fait appel à des déménageurs pour déplacer les meubles d'une pièce à l'autre. Ils enlevèrent le buffet du vestibule, puis le fauteuil de Chester du salon. Non que ce fût une horreur : il s'agissait au contraire d'un meuble superbe. Le siège préféré de son mari, qui l'avait choisi comme le font les hommes en pareil cas, en quête de confort plus que d'esthétique. L'unique survivance de leur maison précédente. Chester l'avait posé près de la cheminée, un peu de biais. À la longue, Marilyn avait fini par s'y habituer. Le fauteuil donnait à la pièce un petit côté douillet qui la rendait moins impersonnelle. Raison de plus pour s'en débarrasser.

Elle leur demanda ensuite de virer le billot de boucher. Après mûre réflexion, car, évidemment, il agrémentait la cuisine d'une touche très professionnelle. Sauf que, sans cet étal, on voyait courir le carrelage jusqu'à la fenêtre. Sur neuf mètres. Avec un peu d'encaustique, il brillerait comme un miroir. Marilyn tenta de se mettre à la place de l'acquéreur potentiel : qu'est-ce qui ferait meilleure impression ? une cuisine fonctionnelle, ou une cuisine spacieuse ?

Jadis, la télé avait eu sa place dans le salon. Puis, progressivement, Chester s'était brouillé avec les postes de télévision. La vidéo avait mis un frein à son activité, il n'avait aucune envie de s'offrir le dernier téléviseur produit par ses concurrents et ne possédait qu'un antique récepteur, pansu comme un aquarium, et cerclé d'une espèce de chrome de pacotille. On en trouvait de meilleurs aux puces. Elle demanda aux déménageurs de l'emporter et de descendre à la place la bibliothèque qui se trouvait dans la chambre d'amis. C'était mieux comme ça. Avec seulement la bibliothèque et les canapés de cuir, la pièce faisait très intérieur d'intellectuels. Comme si l'on n'achetait pas seulement la maison, mais le mode de vie qui va avec...

Marilyn choisit soigneusement les livres qu'elle poserait sur la table basse. Puis on lui livra des fleurs. De pleins cartons de fleurs. Ensuite, un employé de l'agence de Sheryl apporta le panneau « À VENDRE », qu'il planta à côté de la boîte à lettres. Pendant ce temps les jardiniers s'activaient. Elle leur donna ses consignes, puis se dépêcha de rentrer avant que les tondeuses à gazon ne se mettent à vrombir. L'équipe de nettoyage arriva en même temps que le technicien de la piscine. S'ensuivit un moment de flottement. Mais Marilyn se reprit très vite, expliqua à chacun ce qu'elle attendait de lui et mangea quelque chose sur le pouce, ravie de constater que tout allait comme sur des roulettes.

Ils le raccompagnèrent jusqu'à la porte. Le vieil homme téta suffisamment d'oxygène pour parvenir à se mettre debout, puis roula doucement la bouteille devant lui, comme un Caddie. La vieille dame le précéda, froufroutant de tous ses jupons, sa robe balayant la porte et les murs de l'étroit vestibule. Reacher fermait la marche, l'album en cuir sous le bras.

— Y a-t-il encore des amis de Victor dans le coin ? demanda Reacher, une fois sur le perron.

— Est-ce vraiment important, commandant ?

Reacher eut un geste las. Il savait depuis longtemps que la meilleure façon de préparer les gens à une mauvaise nouvelle, c'est d'avoir l'air le plus sérieux possible, de faire bonne impression.

— J'ai besoin d'avoir des éléments sur son passé...

Les deux vieux restèrent perplexes. Mais, après tout, ce garçon était leur dernier espoir. La vie de leur fils reposait entre ses mains.

— Ed Steven, celui qui tient la quincaillerie, répondit M. Hobie. Victor et lui étaient inséparables à l'école. Mais ça remonte à trente-cinq ans. Je ne sais pas si c'est important...

Reacher opina, dubitatif.

— Ne vous inquiétez pas. Je vous appelle dès que j'ai du nouveau.

— On compte sur vous, déclara la vieille dame.

Il serra leurs mains frêles et fébriles, prit congé, s'engagea dans le chemin envahi par les herbes folles et regagna d'un bon pas la Taurus, son album photo sous le bras.

Il redescendit l'allée en marche arrière, arrachant l'herbe sur son passage, suivit le chemin jusqu'à la route et tourna à droite. On apercevait déjà la petite ville de Brown. La chaussée s'élargissait, devenant nettement plus carrossable. Station-service, caserne de pompiers, jardin public, Fédération des jeunes joueurs de base-ball, grande surface. Reacher avait manifestement atteint le centre de l'agglomération. Il ralentit, passa devant une pépinière où s'alignaient des rangées d'arbustes en pots arrosés par une pluie de jets d'eau, et parvint à une espèce de hangar peint en rouge sale. C'était le magasin de Steven. Il se gara à côté.

On entrait par une porte ouvrant sur un dédale de rayons remplis du genre d'articles qu'il n'avait jamais achetés : clous, vis, verrous, outils, appareils électriques, poubelles, bidons de peinture... Le tout convergeant vers les caisses, quatre en tout, qui formaient un carré sous une lumière fluorescente. Au milieu, un homme et deux jeunes, en jean, chemise et tablier de toile rouge. Grand et maigre, le type avait la cinquantaine. Les deux jeunes étaient visiblement ses fils.

— Ed Steven ?

Le type haussa les sourcils, grimace convenue du vendeur qui a l'habitude de traiter avec les commerciaux et de répondre aux clients.

— Puis-je vous parler de Victor Hobie ?

Reacher lut la stupeur sur son visage, puis la gêne. Steven détourna le regard, comme un homme soudain confronté à son passé.

— Il est mort au Vietnam, non ? dit-il.

— J'ai besoin de quelques renseignements sur lui...

— Ce sont ses vieux qui vous ont engagé ?

Autrement dit, tout le monde en ville connaissait le drame des Hobie, compatissait le cas échéant... et s'en fichait éperdument.

— J'aimerais savoir quel genre de type c'était. Vous étiez copains, tous les deux.

Steven le dévisagea. Regard inexpressif.

— Oui, c'est vrai... Mais il y a longtemps. Je ne l'ai revu qu'une seule fois après le lycée.

— Vous pourriez peut-être m'en parler un peu ?

— J'ai des choses à faire. Un camion à décharger, et...

— Si vous voulez, je peux vous donner un coup de main. Ça nous permettra de discuter.

Steven s'apprêtait à dire non, mais il se ravisa, évaluant d'un œil expert le gabarit de Reacher.

— D'accord. Suivez-moi.

Ils sortirent par une porte dérobée. Garée au soleil à côté d'un hangar ouvert, une camionnette poussiéreuse pleine de sacs de ciment. Dans la remise, des rayons vides. Reacher tomba la veste.

Les sacs de ciment, il en avait fait l'expérience, ne s'attrapent pas par le milieu, sans quoi ils plient et se déchirent, mais par en dessous et d'une seule main. Comme ils ne pesaient que cinquante kilos, il en transporta deux à la fois. Steven le regardait faire, comme s'il assistait à un numéro de cirque.

— Parlez-moi de Victor Hobie, grogna Reacher.

Adossé à un pilier, à l'abri du soleil, Steven eut un geste las.

— Ça remonte à un bout de temps... On étaient jeunes, nos pères appartenaient tous deux à la chambre de commerce. Le sien était imprimeur, le mien était le patron de cette boîte — à l'époque, ce n'était qu'une petite scierie. On a fait toute notre scolarité ensemble. On est entrés en même temps au jardin d'enfants, et on a obtenu notre diplôme de fin d'études le même jour. Après ça, je ne l'ai revu qu'une fois : il venait de passer un an au Vietnam et s'apprêtait à rempiler.

— Quel genre de type c'était ?

— Difficile à définir...

— Pourquoi ? Vous ne voulez pas en dire du mal ?

— Non, je ne vois pas ce qu'on pourrait lui reprocher. Mais vous me demandez mon avis sur un copain d'enfance que je n'ai pas vu depuis trente-cinq ans. Je risque de ne pas être très objectif...

Reacher s'immobilisa, un sac dans chaque main. Steven était toujours appuyé à son pilier : sec, dynamique, un tablier rouge noué autour de la taille, une caricature de l'homme d'affaires « yankee », prudent et avisé, comme en voit dans le nord des États-Unis. Le genre de type sérieux, qui a la tête sur les épaules.

— Oui, je comprends, dit-il. J'en tiendrai compte.

Steven opina, signe que les règles étaient claires désormais.

— Quel âge avez-vous ? demanda-t-il à Reacher.

— Trente-huit ans.

— Vous êtes du coin ?

— Non, pas vraiment.

— Alors il faut que je vous explique certaines choses. Vous vous trouvez dans une toute petite ville de banlieue, c'est là que nous sommes nés, Victor et moi, en 1948. On avait quinze ans quand Kennedy s'est fait descendre, seize quand les Beatles sont arrivés, et vingt au moment des émeutes de Chicago et de Los Angeles. Vous me suivez ?

— Oui, c'était une autre époque.

— Et comment ! Nous, on a grandi dans un autre monde. Dans le temps, jouer les caïds, c'était mettre des photos des joueurs de base-ball dans les rayons de son vélo, pour faire du bruit en roulant...

Reacher sortit un neuvième et un dixième sac de la camionnette. Il transpirait légèrement et craignait de ne pas être très présentable pour retrouver Jodie.

— Victor était très classique. Le genre de garçon qui ne s'écarte jamais de la norme, alors que nous, on frimait parce qu'on allait boire des milk-shakes le samedi soir et qu'on traînait dans la rue jusqu'à 9 heures.

— À quoi s'intéressait-il ?

— À la même chose que les autres. Il aimait le base-ball, ne jurait que par Mickey Mantle, adorait Elvis Presley et ne ratait jamais un épisode de *Lone Ranger*.

— Son père m'a dit qu'il rêvait d'entrer dans l'armée...

— Il n'était pas le seul. On commençait par jouer aux cow-boys et aux Indiens, et ensuite à la guerre.

— Vous avez fait le Vietnam ?

— Oh non, moi, ça m'a passé très vite, le goût de la bagarre. Remarquez, je n'avais rien d'un pacifiste. Au départ, personne ne l'était. C'était avant la période hippie et le mouvement contestataire. Le prestige de l'uniforme était intact, l'armée ne me faisait pas peur. On était sûrs de nous, on était des Ricains et on allait mater cette bande de Jaunes. Seulement ça faisait très ancien combattant, ces histoires d'opérations militaires en Indochine... Moi, ce que je voulais, c'était développer l'entreprise de mon père. J'avais l'impression de remplir aussi bien mon devoir de citoyen en donnant du boulot aux gars du coin qu'en allant patrouiller dans la jungle.

— Vous avez obtenu un sursis ?

— Ouais. On m'a appelé sous les drapeaux, mais comme j'allais m'inscrire en fac, j'ai bénéficié d'une dispense. Il faut dire que mon père connaissait des gens influents.

— Quelle a été la réaction de Victor ?

— Il n'a rien dit. On n'avait pas de différend là-dessus. Je n'étais pas opposé à la guerre du Vietnam, loin de là. Mais je pensais à mon avenir, et lui aussi. À la différence que lui envisageait de faire carrière dans l'armée : c'était plus stable, plus rassurant. Il ne faut pas oublier que son père a été réformé pendant la Seconde Guerre mondiale, alors que le mien était dans l'infanterie et s'est battu dans le Pacifique. Ça l'a sans doute marqué, il a dû vouloir rétablir l'équilibre. Il a dû se dire que c'était son devoir. Je sais bien, maintenant, ça paraît vieux jeu, le devoir. Mais à l'époque, on pensait tous comme ça, et Victor encore plus que les autres.

Reacher avait déjà transporté les trois quarts du chargement de la camionnette. Il se reposa quelques instants contre la portière.

— Vous le trouviez intelligent ?

— Plutôt, oui. Il marchait bien à l'école, sans pour autant faire des étincelles. Certains dans notre classe sont devenus avocats, médecins, etc. Victor réussissait bien, d'accord, mais à condition de bosser.

Reacher se remit à la tâche. Il avait rempli les rayons les plus difficiles d'accès et commençait à avoir des crampes dans les bras.

— Lui est-il arrivé d'avoir des ennuis ?

Steven s'impatienta.

— Des ennuis ? Vous voulez rire, il était sage comme une image ! Les petits voyous de l'époque passeraient pour des anges, aujourd'hui...

Il ne restait plus que six sacs à décharger. Reacher s'essuya les mains sur son pantalon.

— Comment l'avez-vous trouvé la dernière fois que vous l'avez vu ?

Steven réfléchit quelques instants :

— Un peu vieilli, comme s'il avait pris cinq ans d'un seul coup. Autrement il n'avait pas changé, c'était toujours le même garçon honnête et sérieux. On a organisé une fête en son honneur, car il venait d'être décoré. Le pauvre, il avait l'air très gêné. Ensuite, il est reparti au Vietnam, et on ne l'a plus jamais revu.

— Ça vous a fait quel effet ?

Steven laissa de nouveau s'écouler quelques secondes.

— Eh bien, ç'a été un choc. Pensez, je le connaissais depuis la maternelle ! Mais, au moins, il n'est pas revenu en chaise roulante, comme tant d'autres...

Reacher avait terminé. Il cala le dernier sac sur un rayon et s'adossa à un pilier, face à Steven.

— Dites-moi, que lui est-il vraiment arrivé ? Il y a un mystère là-dedans.

Steven sourit tristement.

— Il n'y a pas de mystère, il a été tué, voilà tout. Mais il y a trois choses que ses vieux refusent d'admettre.

— À savoir ?

— Tout d'abord, que leur fils est mort. Ensuite, qu'il a disparu dans une jungle impénétrable où on ne retrouvera jamais son corps. Enfin, qu'à l'époque les autorités ont fait preuve de malhonnêteté, en refusant de compter les disparus parmi les victimes. Il y avait peut-être une dizaine de types dans l'hélico lorsque les Viets l'ont descendu. Eh bien, ça faisait toujours dix noms qu'on ne citerait pas le soir au journal télévisé.

— Vous croyez ?

— Bien sûr. La guerre s'enlisait, et Johnson ne savait pas comment s'en sortir. Déjà que les gens de mon âge ont du mal à digérer ce qui s'est passé, alors, les vieux comme les parents de Victor...

Il se tut et balaya distraitement du regard la fourgonnette et les étagères remplies.

— Vous avez déchargé une bonne tonne de ciment, dit-il. Voulez-vous entrer vous débarbouiller et prendre un verre ?

— Non, il faut que j'aille manger quelque chose. Je n'ai pas déjeuné.

Steven eut l'air déçu. Il sourit.

— Mettez le cap au sud. Vous trouverez un petit resto après la gare. C'est là qu'on allait rouler des mécaniques le samedi soir.

L'endroit avait visiblement été rénové plusieurs fois depuis. Toit vert, façade de briques et enseignes lumineuses à chaque fenêtre. Reacher prit l'album avec lui et pénétra dans une atmosphère climatisée, parfumée au fréon, au hamburger et au détergent. Il s'assit au bar. Une serveuse joviale et enveloppée qui devait avoir dans les vingt ans lui donna des couverts, une serviette en papier et un menu de la taille d'une pancarte. Il commanda un gros steak haché braisé aux tomates, à point, avec des oignons et du chou en salade. Il but un grand verre d'eau glacée, puis ouvrit le dossier.

Il parcourut d'abord les lettres de Victor à ses parents. Il y en avait vingt-sept en tout, treize postées des divers centres de formation qu'il avait fréquentés, et quatorze du Vietnam. Elles confirmaient ce que lui avait dit Ed Steven : syntaxe correcte, orthographe sûre, style simple et concis. Une écriture sans originalité, semblable à celles de tous les Américains scolarisés entre les années 1920 et 1960, mais penchée à droite. Il était donc gaucher. Une fois qu'il avait noirci une feuille, il ajoutait quelques lignes au verso, en brave gars consciencieux à qui l'on avait appris qu'une lettre doit faire un peu plus d'une page. Un gaucher, bien élevé et scrupuleux, insignifiant, conventionnel et affreusement normal. À part ça, rien de particulier.

La fille lui apporta son plat. La salade trempait dans une espèce de vinaigre blanchâtre, au fond d'un bol en papier cannelé, et les oignons coupés en rondelles ressemblaient à du caoutchouc. Quant à la viande, elle était hachée tellement fin que l'on voyait à travers...

La photo prise à Rucker le jour où on lui avait décerné son

brevet de pilote était difficile à déchiffrer. Elle était mal cadrée, la visière de sa casquette projetait une ombre sur son visage. Il paraissait crispé, rentrait les épaules, bombait le torse. Fierté ? Timidité ? Reacher pencha pour la première hypothèse, à cause de la bouche. Pincée, la commissure des lèvres tombant légèrement, une bouche prête à s'esclaffer. C'était la photo d'un type parvenu au faîte de son existence. Ayant atteint tous ses objectifs, réalisé tous ses rêves. Quinze jours plus tard, Victor Hobie partait pour le Vietnam. Reacher compulsa la liasse de lettres afin de trouver le petit mot qu'il avait écrit sur sa couchette, avant que son bateau n'appareille. Des phrases sobres, au total un peu moins d'une page et demie. Une émotion contenue. En fait, il ne disait rien du tout.

Reacher régla la note et laissa deux dollars de pourboire à la serveuse pour la remercier d'être aussi enjouée. Aurait-elle envoyé à ses parents ce genre de platitudes, le jour de son départ à la guerre ? Non, de toute façon elle ne serait pas partie. En outre, l'hélicoptère de Victor avait été descendu au moins six ou sept ans avant sa naissance et, pour elle, le Vietnam appartenait aux cours d'histoire de la classe de première.

Il était trop tôt pour rentrer directement à Wall Street. Jodie lui avait donné rendez-vous à 19 heures : Reacher avait encore deux bonnes heures à tuer. Il se glissa dans la Taurus, étudia la carte et décida d'aller faire un tour au jardin botanique.

Il était 15 heures passées lorsque Marilyn déjeuna. Elle avait vérifié le travail de l'équipe de nettoyage. Le résultat était parfait. Ils avaient passé le tapis du vestibule à la vapeur. Non qu'il fût particulièrement sale, mais il fallait faire gonfler la laine pour effacer les marques laissées par les pieds du buffet. Un bon coup d'aspirateur par-dessus, et l'on n'y verrait que du feu.

Elle prit une douche, essuya le carrelage avec une serviette, se donna un coup de brosse et laissa sécher librement ses cheveux. Avec l'humidité, ils onduleraient joliment. Elle s'habilla d'une robe fourreau en soie rose, qu'il valait mieux porter sans rien dessous. Elle lui arrivait juste au-dessus du genou et la moulait à ravir, comme si elle avait été taillée sur mesure, ce qui était justement le cas, même si Chester n'en savait rien. Il croyait qu'elle l'avait dénichée dans un magasin de prêt-à-porter, et elle s'était bien gardée de le détromper, non tant à cause du prix, mais parce qu'il était un peu *hardi* de se faire faire une robe aussi affriolante... La robe produisait sur Chester un effet immédiat. Ce soir-là, elle allait avoir besoin de l'amadouer, et elle était prête à tous les subterfuges et à toutes les audaces...

Le téléphone sonna. C'était Sheryl.

— Marilyn ? La maison est en vente depuis une demi-journée, et vous avez déjà une touche.

— Qui est-ce ?

— Un type qui va s'installer dans la région avec sa famille. Il se promenait dans le coin, et il a vu la pancarte. Il est aussitôt venu me demander des renseignements. Je vous l'amène dans cinq minutes ?

— Déjà !

— Il faut se dépêcher, il repart demain dans le Middle West.

— D'accord, je vous attends.

Marilyn raccrocha, puis descendit en coup de vent dans la cuisine, claqua la porte du four, jeta un trognon de pomme dans la poubelle, fourra à la hâte une ou deux assiettes dans le lave-vaisselle, essuya l'évier avec une serviette en papier et contempla le résultat. Il ne lui restait plus qu'à régler le store de façon que le soleil fasse briller le carrelage.

Elle effectua une ultime inspection, vérifia chaque pièce, et se campa enfin devant la glace. Tout de même, cette robe fourreau... Qu'allait penser ce monsieur ?

On sonna. Elle sursauta. Et si elle se changeait ? Non, elle n'avait pas le temps. Pas même celui de passer une veste ?

Nouveau coup de sonnette. Elle prit une profonde inspiration, remua les hanches pour défroisser la robe, et alla ouvrir.

Elle vit à peine Sheryl et concentra immédiatement son attention sur l'acquéreur potentiel. La cinquantaine, plutôt grand, grisonnant, vêtu d'un costume noir. Il se tenait de profil et contemplait les massifs qui bordaient l'allée.

Elle regarda ses chaussures — Chester pensait que les chaussures d'un homme en disent autant sur ses moyens que son compte en banque. Apparemment, celui-là n'était pas à plaindre. Elle échangea un sourire complice avec Sheryl et tendit la main à l'homme.

— Entrez, je vous en prie.

Il pivota sur ses talons et lui fit face, la déshabillant du regard. Il avait la moitié du visage brûlé et couturé de cicatrices roses, luisantes, odieuses. Le sourire de Marilyn se figea. Se transforma en grimace : elle serrait non pas une main, mais un crochet métallique. Pas même une prothèse, mais un croc à l'acier étincelant, parfaitement poli.

Wall Street, 18 h 50. Reacher se rangea le long du trottoir et laissa tourner le moteur. Il scruta le triangle que formait l'esplanade à l'angle de la tour. Ne décela rien de suspect. Personne ne faisait le guet. Il n'y avait que des employés de bureau trottinant dans la rue, la veste sur le bras, et une serviette bourrée de documents à la main. La plupart s'engouffraient dans le métro, les autres se faufilaient entre les voitures pour arrêter le premier taxi disponible.

Rien à craindre non plus des véhicules en stationnement. Une fourgonnette de United Parcel Service, tout près de lui, et deux limousines dont les chauffeurs attendaient leurs passagers. L'effervescence anodine d'une fin de journée.

Elle sortit plus tôt que prévu. Poussa le tourniquet, déboucha sur l'esplanade. Reacher descendit de voiture et alla l'attendre au bord du trottoir. Un rayon de soleil caressait la chevelure de Jodie.

— Alors ? demanda-t-il tout de suite.

Elle avait appris quelque chose, cela se voyait dans ses yeux.

— Non, toi d'abord. Raconte-moi ce que tu as découvert.

Tout en conduisant, Reacher lui fit le récit de sa visite chez les Hobie. Jodie se rembrunit. Pendant qu'elle parcourait le rapport de Rutter et examinait la photo de l'homme au visage émacié, flanqué du soldat asiatique, il s'engagea dans le parking de son immeuble. Personne ne les avait encore jamais vus dans la Taurus. Si quelqu'un les guettait, il ne ferait sans doute pas tout de suite le rapprochement, ce qui laisserait à Reacher le temps de réagir. Mais tout était calme : personne dans le hall, ni dans l'ascenseur.

Ils pénétrèrent dans l'appartement de Jodie.

— Si je comprends bien, dit-elle, on est dans le collimateur des services secrets...

Reacher ne répondit pas, ôta sa veste, la posa sur le canapé. Puis se dirigea vers la fenêtre et entrouvrit les stores. Des rais de lumière zébrèrent la pièce.

— On a levé un lièvre avec ces camps, et la CIA ou je ne sais quelle agence gouvernementale essaie de nous faire taire, reprit la jeune femme.

Il traversa la cuisine. Ouvrit le réfrigérateur. Sortit une bouteille d'eau.

— Je ne comprends pas, on est en danger, et ça n'a pas l'air de t'inquiéter plus que ça.

Il but une gorgée. Un peu froide, à son goût.

— La vie est trop courte pour s'inquiéter, fit-il, philosophe.

— Tu ne crois pas ce que t'ont raconté ces petits vieux ?

— Si. Je suis sûr qu'ils m'ont dit la vérité.

— En tout cas, la photo prouve l'existence de ce camp.

— Je le sais, j'y suis allé.

Jodie ouvrit des yeux ronds.

— Quand ça ?

— Très récemment. Je m'en suis approché aussi près que Rutter.

— Alors ? Que comptes-tu faire ?

— M'acheter un flingue.

— On devrait plutôt aller voir les flics, ou alerter les médias.

— Tu veux bien m'attendre ici ? fit Reacher sans répondre.

— Où vas-tu ?

— Je te l'ai dit : acheter un calibre et une pizza.

— Reacher, tu connais la loi : il faut des papiers d'identité pour acheter une arme à New York. Et cinq jours, pour qu'on te délivre un permis.

— Tu parles ! Je peux trouver une arme n'importe où, et surtout à New York. Que veux-tu sur la pizza ?

— Tu as de l'argent ?

— Pour la pizza ?

— Non, pour le flingue.

— Ne t'inquiète pas, il me coûtera moins cher que la pizza. N'oublie pas de fermer à clef derrière moi, et attends de me voir dans l'œilleton pour ouvrir.

Il laissa Jodie plantée au milieu de la cuisine, stupéfaite. Redescendit par l'escalier de service et resta un moment sur le trottoir, le temps de s'habituer au décor. On vendait des pizzas, au carrefour. Il en commanda une grande, moitié câpres et anchois, moitié saucisson : il passerait la prendre dans une demi-heure. Puis il traversa Broadway et mit cap à l'est. Il connaissait assez New York pour savoir que tout y change plus vite qu'ailleurs — y compris les quartiers — et que l'on passe quasiment sans transition d'un immeuble bourgeois au squat d'un clochard. En marchant d'un pas vif, il se retrouverait bientôt dans un univers opposé à l'îlot résidentiel où habitait Jodie.

Il trouva ce qu'il cherchait en arrivant à proximité du pont de Brooklyn, dont les piliers projetaient des ombres inquiétantes sur la chaussée : un entrelacs de ruelles sordides, flanquées d'une cité hideuse. C'était le début de Lower East Side. Deux ou trois magasins pourris, un terrain de basket, avec des chaînes sous les anneaux, au lieu de paniers. Un air moite, pollué, un vacarme infernal. Il tourna le coin de la rue, s'adossa au grillage, et contempla la jonction des deux univers. Flot de voitures ininterrompu, défilé incessant de piétons, grappes humaines sur les bancs, bousculade sur les trottoirs — on marchait dans le caniveau pour éviter la foule. Une voiture ralentissait, un gosse filait parler au conducteur. Des billets changeaient de main, le gamin s'engouffrait dans un immeuble, en ressortait quelques instants plus tard, courait à nouveau vers la voiture et remettait un petit paquet au type qui démarrait sur les chapeaux de roues. L'adolescent se remettait alors en faction au bord du trottoir.

Parfois, le client était à pied. Mais la méthode était la même : c'était un mineur qui servait d'intermédiaire — trop jeune pour être inquiété. Reacher repéra trois immeubles qui paraissaient au centre de ce manège. L'un d'eux semblait alimenter les deux tiers du trafic. Il se remit en marche, tourna au carrefour. On apercevait l'East River depuis un terrain vague. Il passa sous le pont de Brooklyn, remonta vers le nord et se retrouva dans une petite rue étroite, derrière l'immeuble en question. Il dénombra onze escaliers de secours. Une voiture noire était garée devant le onzième. Un jeune, portable en main, était assis sur le coffre : c'était le guetteur. Dans la hiérarchie, il se situait juste au-dessus de ses petits frères qui assuraient les aller-retour sur le trottoir.

Le gars était seul. Reacher s'engagea dans la ruelle. Le truc consistait à marcher vite et à regarder au loin. Il jeta ostensiblement un œil à sa montre, fixa le bout de la rue. Il avançait au pas de course, ou presque. Au dernier moment, il fit semblant d'apercevoir le véhicule qui lui barrait le passage, comme s'il descendait brusquement de son nuage. L'autre l'observait. Reacher fit mine de contourner la voiture par la gauche, tout en sachant que c'était impossible. Il s'arrêta, l'air exaspéré. Se dirigea de l'autre côté. Et, au passage, décocha un magistral coup de poing au guetteur. Le garçon vacilla. Il le frappa à nouveau, pour faire bonne mesure, mais moins violemment : inutile de l'envoyer à l'hôpital.

Le guetteur s'écroula sur le capot de sa voiture. Reacher le fouilla et trouva effectivement une arme, mais pas de quoi crier victoire : un calibre 22, la copie chinoise de la copie russe d'un flingue qui, de toute façon, n'avait jamais dû fonctionner correctement. Il le jeta sous la voiture.

Il savait que la porte de derrière ne serait pas fermée. Quand les flics font une descente, ils arrivent toujours par la porte d'entrée, et il faut pouvoir filer en vitesse par l'autre côté, sans avoir besoin de chercher les clefs. Il l'ouvrit tout doucement, du bout du pied. S'arrêta dans le couloir, le temps de s'habituer à l'obscurité. À droite, une autre porte d'où s'échappait un rai de lumière.

À quoi bon attendre ? Ces gars-là ne risquaient pas de prendre une pause déjeuner. Reacher s'avança. Odeur de moisi, de sueur et d'urine. Tout était calme. L'immeuble était abandonné. Il perçut un murmure. Il y avait au moins deux personnes dans la pièce.

Il prit une ample respiration, puis enfonça la porte et fit irruption dans le local. Une ampoule diffusait une lumière glauque. Deux hommes. Des paquets sur la table. Du fric. Un revolver. Reacher envoya au premier un crochet qui le plia en deux, avant de l'achever d'un coup de genou, puis, dans le même mouvement, assomma son collègue d'une manchette sur le front. Il s'arrêta là. Il était venu faire ses courses, pas un carnage.

Il tendit l'oreille. Rien. Dehors, le guetteur dormait toujours. Reacher saisit l'arme. Un calibre 38 à canon court, un joujou inoffensif. Un flic de Louisiane lui avait dit un jour que ses gars n'avaient eu que des ennuis avec ce modèle. Il lui avait même raconté un suicide au 38 : le type avait dû s'y reprendre à cinq fois... Reacher s'était promis d'oublier les 38. Il s'accroupit près du premier lascar et entreprit de le fouiller.

Un trafiquant qui fait de bonnes affaires a les moyens de s'offrir de petits bijoux. Reacher en trouva justement un dans la poche intérieure gauche de celui-là : un Steyr GB automatique, le neuf millimètres préféré de ses anciens copains des Forces Spéciales. Avec dix-huit balles dans le chargeur. Il vérifia le mécanisme, puis réassembla l'automatique et le glissa sous sa ceinture, dans son dos.

— Je t'achète ton Steyr pour un dollar, souffla-t-il à l'homme étendu inconscient sur le sol. Si tu as quelque chose à redire, tu n'as qu'à remuer la tête.

Il se redressa en souriant, laissa un billet sur la table et tourna les talons. Il ne lui restait plus qu'à jeter un œil dans la voiture garée devant l'entrée. Il ouvrit la portière côté conducteur et actionna la manette du coffre. Dans celui-ci, il découvrit une boîte de balles neuf millimètres cachée sous des câbles électriques. Il la fourra dans un sac en plastique qui traînait par là et poursuivit son chemin. Quand il revint sur Broadway, la pizza l'attendait.

Tout se passa très vite, dès qu'elle eut refermé la porte. L'homme frappa violemment Sheryl d'un revers de cette chose qui lui tenait lieu de main. Marilyn vit le crochet décrire un arc de cercle et heurter en pleine face la femme de l'agence. Dans le même temps, une arme apparut dans la main valide de l'homme... Sheryl vacilla, tomba à la renverse sur le tapis, tandis que l'arme se braquait lentement sur Marilyn.

— Approchez, lui dit l'homme.

Elle demeura pétrifiée, les yeux tellement écarquillés d'horreur qu'elle croyait sentir craquer la peau de son visage. À demi assommée, Sheryl tentait de se relever. Un flot de sang s'échappait de son nez, à travers lequel on voyait sa lèvre supérieure gonfler. Elle parvint à se mettre à genoux, mais les forces lui manquèrent et elle retomba sur le tapis.

— Approchez, répéta l'homme.

Marilyn regardait fixement son visage. La peau tendue, barrée de cicatrices luisantes comme du plastique. Un œil couvert par une paupière épaisse, charnue, et l'autre fixe, froid, qui ne cillait pas. Elle n'était plus qu'à trente centimètres du revolver, tenu par une main lisse, aux ongles soignés. Elle esquissa un pas en avant.

— Approchez encore.

Elle obtempéra lentement. Le canon du revolver frôlait sa robe. Puis elle sentit le métal dur et froid à travers la soie.

— Encore.

Une peau de serpent, grise, ridée. La paupière de l'œil fixe se souleva et s'abaissa lourdement. Marilyn avança de quelques millimètres supplémentaires. L'homme pressa l'arme contre ses seins, lui arrachant une grimace. Porta le crochet à hauteur de ses yeux. La griffe métallique brillait dans la lumière. Une hideuse rotation de l'avant-bras la fit pivoter. Le croc acéré vint se poser contre le front de Marilyn. Elle tressaillit. Le métal glissa lentement sur l'arête du nez, sur les lèvres. Entrouvrit la bouche. Frappa doucement contre les dents, à petits coups répétés. Accrocha la lèvre inférieure, la tira en avant. Puis descendit le long du menton, du cou, remonta, repoussa la tête vers le haut. Leurs regards se croisèrent.

— Je m'appelle Hobie.

Marilyn sentait venir la nausée. Elle ne se rappelait pas avoir respiré depuis que l'homme avait passé le seuil de sa maison.

— Chester vous a parlé de moi ?

La tête déjetée, elle fixait le plafond, tandis que le revolver s'enfonçait entre ses seins. Il n'était plus glacé, mais tiède, réchauffé au contact de son corps.

— Non, souffla-t-elle. Pourquoi, il aurait dû ?

— C'est un garçon secret ?

Elle opina d'un clignement d'yeux.

— Il a une maîtresse ?

— Pas à ma connaissance.

— Qu'en savez-vous ? Maintenant, il est vrai qu'il n'a pas besoin d'aller voir ailleurs. Quand on a une femme aussi séduisante...

Nouveau clignement d'yeux.

— Je viens de vous faire un compliment. L'usage veut que vous répondiez quelque chose. Poliment.

Le croc de métal pressa sa gorge. Elle vacilla.

— Merci, souffla-t-elle.

Le crochet abandonna alors son cou pour descendre le long de ses seins. Suivre la forme de ses hanches. Longer la cuisse. Hobie gardait son œil valide planté dans le regard de Marilyn. Le revolver pénétrait sa chair. Le crochet descendit encore. Attrapa l'ourlet de la robe. Remonta le long de la cuisse. La pointe acérée contre la peau.

— Mettez votre main dans ma poche, dit alors Hobie. La main gauche, dans la poche droite.

Leurs visages se touchaient presque. Il sentait le savon. Marilyn obéit, à tâtons. Plongea la main dans la poche, sentit sous ses doigts un petit objet cylindrique. C'était un vieux rouleau de ruban adhésif. Hobie recula.

— Attachez-lui les poignets, dit-il en désignant Sheryl du menton.

Machinalement, Marilyn remua les hanches pour défroisser sa robe. Hobie sourit. Un rai de lumière brilla sur le revolver. Elle s'agenouilla à côté de Sheryl.

— Retournez-la.

Elle la tira par l'épaule, la fit rouler sur le ventre.

— Ligotez-lui les coudes.

Elle hésita. Hobie pointa l'arme. Brandit le crochet. Démonstration d'armement. Elle grimaça. Une mare de sang séchait sur le tapis, formant une large tache brune et visqueuse. Marilyn déchira le ruban d'un coup de dent, et entreprit de scotcher les bras de Sheryl derrière son dos.

— Serré.

Elle serra.

— Maintenant, asseyez-la.

Péniblement, Marilyn redressa le corps inerte. Sheryl remua un peu. Le visage ensanglanté, les lèvres boursouflées, le nez tuméfié.

— Collez-lui un morceau d'adhésif sur la bouche.

Elle déchira un nouveau bout de ruban. Sheryl clignait des yeux sans comprendre. Marilyn haussa les épaules, en signe d'impuissance, et plaqua le ruban sur ses lèvres. Elle entendit un gargouillis. Il venait du nez. Des yeux terrifiés s'écarquillèrent devant les siens.

— Elle ne peut plus respirer !

Elle se pencha pour arracher le scotch. Hobie écarta sa main d'un coup de pied.

— Vous lui avez cassé le nez. Elle ne peut plus respirer !

Il braquait son arme contre sa nuque.

— Mais elle va mourir !

— Ça ne fait aucun doute, répondit-il.

Marilyn leva vers Hobie un visage horrifié. Le sang bouillonnait dans le nez de Sheryl, bloquant sa respiration. Elle étouffait.

— Si je fais preuve de bonne volonté, vous me rendrez la politesse ?

Incapable de prononcer un mot, Marilyn hocha la tête, désespérément. Saisie de convulsions, Sheryl suffoquait. Hobie se pencha vers elle et promena le crochet sur le ruban adhésif qui obstruait sa bouche. De la pointe du croc, il y perça un trou.

L'air circula de nouveau dans un sifflement.

— J'ai fait preuve de bonne volonté. Maintenant, à vous, dit-il.

Sheryl respirait de son mieux, louchant sur son bâillon, comme pour suivre la faible progression de l'air dans sa bouche. Muette, Marilyn observait la scène.

— Amenez-la jusqu'à la voiture, dit Hobie.

Chapitre 10

Chester Stone était seul, prisonnier de la salle d'eau, au quatre-vingt-huitième étage. Tony l'avait contraint à s'y exiler. Sans violence, non. Il lui avait suffi de désigner l'endroit d'un index sévère, et Stone — tricot de peau, caleçon court et chaussettes noires — s'y était précipité. Des sons étouffés lui étaient parvenus depuis le bureau, puis plus rien. Les deux hommes avaient dû partir : il avait entendu des portes se refermer, le bruit plaintif de l'ascenseur.

Il s'assit sur le sol, le dos collé au carrelage de granit gris, les yeux dans le vide. La porte de la salle d'eau n'était pas fermée à clé. Il grelottait dans son tricot. Et puis il avait faim. Soif aussi.

Il tendit l'oreille. Silence. Il se leva pour aller boire au robinet. Ses dents heurtèrent l'embout métallique, l'eau avait un goût de chlore. Il se remplit la bouche, laissa le liquide imprégner sa langue desséchée. Puis il avala d'un coup et ferma le robinet.

Commença alors une longue attente. Une heure. Une heure à guetter le moindre indice, reclus derrière une porte qu'il pouvait ouvrir. Il ressentait une douleur aiguë là où le poing lui avait caressé les côtes, avant de terminer sa course un peu plus bas, dans le ventre, et de lui donner cette nausée persistante. Il se concentra sur la porte, pour chasser la souffrance. Des grondements sourds se propageaient dans le bâtiment, il n'était pas seul, les autres existaient mais loin, très loin. Le va-et-vient des ascenseurs, le bourdonnement de la climatisation, le chuintement de l'eau courant dans les canalisations, le vent à la fenêtre : autant de bruits qui se fondaient en un murmure presque imperceptible.

Il avait faim. Froid. Peur. Mal. Il se leva enfin, posa la main sur la poignée, à l'affût. Aucun bruit. Alors il ouvrit la porte. Le bureau désert était plongé dans la pénombre. Il le traversa jusqu'à la réception. Vide. Le ronflement d'un moteur de frigo dans la cuisine, sur sa droite. Une odeur de café froid.

Impossible de sortir. La porte d'entrée était fermée à clé. Une porte énorme, placage de chêne et blindage d'acier. La poignée résistait. Il resta un long moment devant cette porte, à tenter d'entrevoir l'ascenseur — la liberté — par la petite fenêtre qui y était ménagée.

Puis il se tourna vers le comptoir et vit un téléphone devant le fauteuil de Tony. Un appareil assez sophistiqué, avec une flopée de touches et un écran à cristaux liquides, qui affichait « HORS SERVICE ». Il décrocha : pas de tonalité. Essaya chaque touche, finit par tomber sur le bouton « ENVOI ». Il l'enfonça : « ENTREZ VOTRE CODE », demanda la machine. Il tapa n'importe quoi, et obtint à nouveau « HORS SERVICE »...

Sous le comptoir, des casiers : tous verrouillés. Il retourna dans le bureau de Hobie, se glissa entre les meubles. Rien sur les canapés. Pas trace de ses vêtements. Le plateau de chêne martyrisé par le crochet était nu, les tiroirs fermés à clé, eux aussi. Stone s'accroupit, ridicule dans son petit caleçon de coton, et tira sur les poignées. Sans résultat. Là, il aperçut la corbeille à papiers. Un cylindre de cuivre, qu'il renversa. Son portefeuille se trouvait à l'intérieur, vide, naturellement. Juste à côté, la photo de Marilyn. Il la ramassa. Elle lui souriait. Elle portait sa petite robe de soie si excitante. Du sur mesure, il le savait : c'était lui qui avait pris la communication quand le tailleur avait téléphoné. Elle ignorait qu'il était au courant. Il avait demandé au tailleur de rappeler. Il caressa la photo, la contempla longuement, puis la remit dans la corbeille, faute de poche où la ranger.

Tout à coup, il s'arracha à sa rêverie, bondit vers la baie vitrée. Écarta les lamelles du store. Rien, sinon l'East River sur sa gauche et, sur sa droite, le New Jersey. Aucun voisin à qui lancer des appels de détresse. Il abandonna la fenêtre et se mit à arpenter le bureau. Puis la réception. Situation désespérée. Il était en prison. Il se planta au milieu du bureau, hagard, secoué de frissons.

Son estomac criait famine. En outre, il n'avait aucune idée de l'heure. Il n'y avait ni montre ni pendule dans le bureau. Le soleil baissait vers l'ouest. Donc le soir tombait. Il se dirigea à pas de loup vers la porte d'entrée. Tendit l'oreille. Ne perçut que le brouhaha confus de l'immeuble et le ronron du réfrigérateur. Il pénétra dans la cuisine, hésita avant d'allumer. Puis se décida. Le tube au néon clignota, puis diffusa une lumière crue accompagnée d'un grésillement. La pièce était minuscule, équipée d'un évier en inox et d'un minuscule plan de travail abritant un petit frigo dans lequel étaient rangés une bouteille de lait, un pack de bières et un paquet enveloppé dans du papier journal. Il sortit le paquet, le posa sur le plan de travail, l'ouvrit. Il renfermait un sac en plastique. Stone l'attrapa par le bas. Secoua. Des doigts blêmes recourbés. Une chair sanguinolente et spongieuse, laissant apparaître un bout d'os et des veines bleues et vides, s'échappait du poignet. La main sectionnée tomba lourdement sur le comptoir. Le néon se mit à tourner dans la pièce. Stone s'était évanoui.

Une fois dans l'ascenseur, il posa par terre le carton de la pizza et rangea le pistolet au fond du sac de sport, avec la boîte de balles. Jodie guettait son retour. Elle lui ouvrit dès qu'elle l'aperçut par l'œilleton. Elle portait toujours sa robe de lin, légèrement froissée sur les hanches.

— Voici notre dîner, déclara Reacher.

Mais la jeune femme ne quittait pas le sac des yeux.

— Reacher, on ne peut pas garder tout ça pour nous. Il faut en parler à quelqu'un.

— Pas question.

Il posa le sac sur le sol et ferma la porte à clé.

— D'accord, dit-elle, après tout, tu as peut-être raison. Si c'est un coup des services secrets, mieux vaut ne pas mettre la police au courant.

— Exact. Maintenant, à table.

Ils s'installèrent dans la cuisine. Jodie avait mis la table : couverts, serviettes en papier et eau glacée, comme s'ils avaient toujours vécu ensemble. Il la sentait aller et venir près de lui et la voyait s'acquitter de ces tâches domestiques avec une grâce exquise qui le troublait, il respirait son parfum. La robe sans manches révélait des bras fermes et délicats. Il revit la façon dont elle lui avait passé le bras autour de la taille, quinze ans auparavant.

— Je ne resterai pas ici cette nuit, dit-il soudain.

— Si tu as des choses à faire, je viens avec toi. Sur ce coup-là, on fait équipe tous les deux, non ?

— Non, je n'ai rien de spécial à faire. C'est juste que... je ne peux pas rester.

— Pourquoi ?

Il prit une ample respiration avant de répondre :

— Ce ne serait pas une bonne idée.

— Je ne vois pas pourquoi.

— Parce que tu me considères comme un frère, ou un oncle. Et... que je ne suis ni l'un ni l'autre.

Elle ne cilla pas.

— Pardonne-moi, dit-il.

Elle le fixait toujours, les yeux écarquillés.

— Jodie, nous ne sommes pas frère et sœur. J'étais proche de ton père, mais je ne suis pas ton oncle et tu n'es pas ma nièce. Pour moi, tu es une femme, très belle, et c'est pour ça que je ne peux pas rester ici ce soir.

— Qu'est-ce qui t'en empêche ?

— Mais enfin, ne fais pas semblant de ne pas comprendre ! Je n'ai pas besoin de te faire un dessin, tout de même. Je ne peux pas continuer de faire semblant de te traiter comme ma petite sœur. Ça me rend dingue, de faire semblant !

Elle demeurait parfaitement immobile. Le dévisageait. Le souffle coupé.

— Depuis combien de temps ressens-tu ça pour moi ?

— Depuis toujours. Soyons réalistes, tu n'étais plus un bébé quand je t'ai rencontrée. Par l'âge, j'étais plus proche de toi que de Leon.

Elle ne dit rien. Reacher attendait les larmes. L'indignation. Le choc. Non, elle se contentait de le regarder. Il regrettait déjà d'avoir parlé. Aurait mieux fait de tenir sa langue. D'accord, il avait déjà vécu pire, mais, brusquement, il ne se souvenait plus ni où ni quand...

— Pardonne-moi, répéta-t-il.

Le sang semblait avoir quitté le visage de Jodie. Ses yeux bleus immenses restaient posés sur lui.

— Si je te comprends bien, tu me vois comme une femme ? Rien d'autre ?

Il hocha affirmativement la tête, penaud.

— Pas une petite sœur, ou une nièce ?

— Non, répondit-il.

— Bref, tu me désires. Sexuellement.

Reacher soupira, résigné.

— Bien sûr, sexuellement. Qu'est-ce que tu crois ? Je n'ai quasiment pas fermé l'œil la nuit dernière.

Elle se leva de sa chaise et demeura debout, immobile.

— Il fallait bien que je l'avoue, un jour, poursuivit-il. J'espère que tu ne m'en veux pas, c'est tout.

Elle ferma les yeux. Longtemps. Puis il vit un sourire se dessiner sur ses lèvres. Et, avant qu'il eût compris, elle était dans ses bras.

Victor Hobie obligea Marilyn à prendre le volant de la voiture de Sheryl. Il fit asseoir celle-ci sur la banquette arrière et prit place à côté d'elle. Elle avait les mains attachées dans le dos et respirait difficilement malgré le trou dans son bâillon. Il posa le crochet sur sa cuisse. Quant à l'arme, il en braquait de temps en temps le canon contre la nuque de la conductrice, histoire de lui rappeler sa présence.

Tony les attendait dans le parking souterrain. L'endroit

était désert en dehors des heures de bureau. Il s'occupa de Sheryl, et Hobie de Marilyn. L'ascenseur stoppa au quatre-vingt-huitième étage. Hobie déverrouilla la porte. Il y avait de la lumière dans la cuisine. Chester Stone était étendu sur le sol, en sous-vêtements. Marilyn se précipita. Hobie referma la porte à clé. Rangea le trousseau et le pistolet dans sa poche. Marilyn s'était arrêtée net, horrifiée. Il suivit son regard. Une main était posée sur le plan de travail, paume en l'air, doigts recourbés. Comme mendiant.

— Ne vous inquiétez pas, dit Hobie, elle n'est pas à lui. Mais c'est une idée : je pourrais lui en couper une, s'il ne se montrait pas coopératif.

Marilyn le dévisagea, pétrifiée.

— Ou bien vous amputer, vous, et le forcer à regarder, poursuivit-il. Voire lui demander de le faire à ma place...

— Vous êtes malade.

— Il le ferait, vous savez. Je peux lui demander n'importe quoi. Il est pathétique. Regardez-le, en caleçon et tricot de peau... Vous le trouvez séduisant, vous ?

Silence.

— Et vous ? Je suis sûr que vos sous-vêtements sont plus affriolants. Vous pourriez ôter votre robe et me laisser en juger ?

Marilyn le fixait toujours. Immobile.

— Non ? Dommage. Plus tard, peut-être. Alors, on va demander à la dame de l'agence.

Sheryl recula vers la porte.

— Montrez-moi un peu à quoi ressemblent vos sous-vêtements.

Sheryl secouait frénétiquement la tête. Sa respiration sifflait par l'orifice. Hobie s'approcha d'elle, la plaqua contre la porte, glissa son crochet sous la ceinture de sa jupe.

— Voyons un peu...

Le tissu se déchira d'un coup sec, les boutons roulèrent sur le sol. Sheryl vacilla, tomba à genoux. Hobie fit un signe à Tony, qui acheva de la déshabiller.

— Des collants ! J'ai horreur des collants. Je ne connais rien de moins romantique que les collants.

Il se pencha, le crochet mordit le nylon, le déchiqueta. Tony roula le tout en boule et le jeta à la poubelle, avec la jupe et les escarpins. Hoquetant sous l'adhésif, Sheryl recroquevilla sous elle ses jambes nues, tentant de rabattre les pans de son corsage sur ses cuisses.

— On s'amuse bien, non ? fit Hobie.

— Un peu ! renchérit Tony. Et ce n'est que le début...

Stone remua sur le carrelage. Marilyn s'agenouilla près de lui pour l'aider à s'asseoir. Hobie l'enjamba et alla prendre la main posée sur le comptoir.

— Elle appartenait à la dernière personne qui m'a contrarié.

Stone ouvrit et ferma les yeux, comme pour essayer de faire disparaître une vision. Puis il se tourna vers Sheryl. Il ne l'avait jamais vue. Hobie siffla la fin de la récréation.

— Allez, par ici, vous trois !

Tony força Sheryl à se relever et à avancer, pendant que Marilyn aidait Chester. Hobie fermait la marche. Ils traversèrent le bureau en direction de la salle d'eau.

— Entrez là-dedans.

Stone passa le premier. Les femmes le suivirent.

— Tony va dormir sur un des canapés du bureau, fit Hobie, s'adressant à Stone. Alors, ne vous avisez pas de sortir de cette pièce. Profitez-en plutôt pour discuter avec votre femme. Vous me signerez demain la cession des titres. Mieux vaut pour elle que tout se passe sans histoires, vous me comprenez ?

Stone demeura sans voix. Hobie laissa son regard s'attarder une dernière fois sur les deux femmes, puis agita la main coupée en signe d'au revoir. Et referma la porte.

La chambre de Jodie était baignée de lumière. Pendant cinq minutes, le soir, au moins de juin, le soleil s'insinuait entre les gratte-ciel de Manhattan pour venir frapper à sa fenêtre. Le store rougeoyait, les murs renvoyaient un éclat aveuglant. En parfaite harmonie avec l'humeur de Reacher. Couché sur le dos, il savourait sa joie.

Il avait attendu quinze ans ce bonheur. Sans l'espérer jamais. Et Jodie était là, blottie contre lui, la tête sur sa poitrine. Les yeux fermés, elle souriait. Il le sentait.

— Normalement, je devrais pleurer maintenant, murmura-t-elle. Je m'étais toujours dit que, si jamais ça arrivait, ensuite je fondrais en larmes.

Reacher la serra plus étroitement contre lui.

— Pourquoi ?

— À cause de toutes ces années perdues !

— Mieux vaut tard que jamais.

Elle se redressa sur un coude.

— Tu sais, tout ce que tu m'as raconté hier soir, j'aurais pu te le dire mot pour mot. Seulement, je n'osais pas.

— Moi non plus. Résultat, on a des années à rattraper.

— Tu as raison. Où en étions-nous, déjà ?

Reacher éclata de rire et la fit chavirer d'un coup de hanche.

Marilyn prit la situation en main. Elle se savait la plus forte. Chester et Sheryl restaient prostrés : ils avaient été brutalisés, et, à moitié nus, devaient se sentir très vulnérables. Elle ôta le bâillon de Sheryl, qui se mit à pleurer. Puis lui délia les bras, avant de jeter l'adhésif dans une poubelle. Lui massa les épaules, lava le sang coagulé sur son visage. Son nez tuméfié virait au noir. Impossible de la laisser dans cet état. Il fallait trouver un moyen de la faire soigner. Dans les prises d'otages qu'elle avait vues au cinéma, il y avait toujours un porte-parole qui s'arrangeait pour que les blessés soient hospitalisés sans que la police intervienne. Mais comment s'y prenait-il au juste ?

Elle donna un drap de bain à Sheryl, en guise de jupe, et tapissa le sol de serviettes. Le carrelage était glacial. Elle s'assit entre Chester et Sheryl, leur prit à chacun une main. Serra très fort. Chester répondit à sa pression.

— Pardonne-moi, dit-il enfin.
— Combien lui dois-tu ?
— Plus de dix-sept millions de dollars.
Marilyn ne lui demanda pas s'il les avait. S'il les avait eus, il ne se serait pas trouvé à moitié nu sur le carrelage de cette salle d'eau.
— Que veut-il, au juste ?
— Tout. Il veut toute la boîte.
Elle hocha la tête, le regard fixé sur les tuyaux sous le lavabo.
— Ce qui nous laissera avec...
— Rien du tout.
— Et la maison ? reprit Marilyn. Elle est toujours à nous, non ? Cette femme travaille dans l'immobilier. D'après elle, on peut en tirer pas loin de deux millions de dollars.
Stone jeta un œil en direction de Sheryl.
— La maison appartient à la société, répondit-il. Une astuce technique qui me permettait de la financer plus facilement. Hobie l'aura, comme le reste.
Marilyn ne répondit rien. À sa droite, vaincue par la fatigue, Sheryl s'était assoupie.
— Essaie de dormir aussi, dit-elle à son mari. Je vais réfléchir à une solution.
Il pressa à nouveau sa main dans la sienne, ferma les yeux.
— Pardonne-moi, répéta-t-il.
Elle resta silencieuse, les yeux dans le vide, concentrée.

Le soleil avait disparu de la pièce.
— Il faut que je te dise quelque chose, murmura Jodie.
Reacher attendit.
— D'un point de vue strictement professionnel, compléta-t-elle.
Un sourire radieux illuminait son visage, son regard pétillait. De quoi pouvait-il bien s'agir ? Le « point de vue professionnel » de Jodie était celui d'une avocate que l'on engage lorsque l'on doit une centaine de millions de dollars à quelqu'un.

— Je ne dois d'argent à personne, répondit-il. Et personne ne m'en doit.

— Je te parle en tant qu'exécutrice testamentaire de papa.

Normal. Lorsqu'on a une fille avocate, on la charge de ce genre de choses, songea Reacher.

— J'ai lu son testament, reprit Jodie. Aujourd'hui, au bureau.

— Alors ? Qu'as-tu découvert ? Tu es devenue milliardaire ?

Elle souriait toujours.

— Non, mais il t'a légué quelque chose.

Reacher hocha la tête, lentement. Oui, c'était bien Leon. Il était comme ça. Il ne l'avait pas oublié et lui avait réservé un petit souvenir. Mais quoi ? Ses médailles, peut-être ? Ou le Mauser qu'il avait rapporté de Corée ? De la belle mécanique, et...

— Il te lègue sa maison.

— Pardon ?

— Oui, la maison de Garrison.

— Tu plaisantes.

Jodie répondit non de la tête.

— Je n'arrive pas à y croire ! Je ne peux pas accepter. Qu'est-ce que j'en ferais ?

— Tu y vivrais, pardi. Que peut-on faire d'autre dans une maison ?

— Mais je ne suis pas du genre à vivre dans une maison, tu le sais. Ça ne m'est encore jamais arrivé.

— Il y a un début à tout.

Reacher réfléchit un moment en silence, puis dit :

— Non, Jodie, je ne peux pas accepter. Elle te revient, cette maison. C'est *ton* héritage.

— Je n'en veux pas. Il le savait. Je préfère habiter en ville.

— Dans ce cas, vends-la. Ça te fera de l'argent.

— Je n'ai pas besoin d'argent. Ça aussi, il le savait. Elle vaut moins que ce que je gagne en un an.

Reacher la considéra avec étonnement.

— Je croyais pourtant que les rives de l'Hudson étaient très cotées.

— Elles le sont.

Reacher baissa les yeux, gêné.

— Sa maison ? répéta-t-il. Tu savais qu'il voulait faire ça ?

— Pas vraiment, mais je savais qu'elle ne me reviendrait pas. Je pensais qu'il me demanderait de la vendre et de donner l'argent à une organisation caritative.

— C'est ce que tu devrais faire.

— Impossible, même si je le voulais. Je suis tenue de te la remettre, il te la lègue officiellement.

— Il me la lègue..., répéta mécaniquement Reacher.

— Il s'inquiétait pour toi. Surtout depuis que tu avais quitté l'armée. Il savait ce que c'est : on y passe sa vie, on croit que le monde s'arrête aux murs de la caserne, et puis un beau jour, on se retrouve dehors...

— Allons, Jodie, Leon ne savait pas comment je vivais.

— Il le devinait. Il n'était pas idiot. Il disait toujours : vagabonder d'une ville à l'autre, ça va bien pendant trois ou quatre ans. Mais quand on arrive à la cinquantaine...

Étendu sur le dos, Reacher haussa les épaules, les yeux fixés au plafond.

— Je n'y ai jamais pensé. Je vis au jour le jour, tu sais.

Jodie se pencha vers lui et déposa un baiser sur sa poitrine.

— Et puis j'ai l'impression de te voler, grogna-t-il. C'est *ton* héritage.

— Non, c'était sa maison à lui. Même si je la voulais, nous serions obligés de respecter ses volontés. Or je ne la veux pas. Il le savait. Il était libre d'en faire ce qu'il voulait. Et il te l'a laissée parce qu'il voulait que ce soit toi qui en profites.

Reacher se promena mentalement dans la maison. L'allée, les arbres, à droite le garage, le passage couvert, la cuisine, le salon, la vue sur l'Hudson. Les meubles. Il pourrait s'offrir une chaîne stéréo. Quelques livres. Une maison. Sa maison. Il essaya de prononcer les mots dans sa tête : *ma* maison. Une toute nouvelle expression...

Il se réveilla le premier, vers 7 heures du matin. Il avait passé une nuit excellente. De tous les lits qu'il avait connus, celui-ci était incontestablement le meilleur. Jodie reposait à ses côtés. Couchée sur le ventre, elle avait chassé le drap dans son sommeil. Ses cheveux flottaient sur ses épaules. Elle entrouvrit les paupières. Les referma. Les rouvrit.

— J'avais peur d'avoir rêvé, dit-elle d'une voix ensommeillée.

Il glissa un baiser sur sa joue. Puis sur sa bouche. L'enlaça. Et ils firent l'amour : quinze ans à rattraper, avant de s'attabler devant un solide petit déjeuner.

— Je dois aller dans le Bronx, déclara Reacher entre deux tartines.

— Rendre visite à Rutter ? Je peux t'y déposer, je vois à peu près où il habite.

— Tu ne travailles pas aujourd'hui ?

— Non.

— Je te croyais débordée, pourtant.

— En réalité, je peux m'accorder une semaine de congé. Je t'ai menti hier : c'est juste que je ne voulais pas me retrouver seule avec toi toute la journée. À cause de ce que j'éprouvais, tu comprends ? ajouta la jeune femme avec un sourire timide.

— Pourquoi n'avoir rien dit ?

— Et toi ?

— Mais j'ai parlé, moi !

— Oui, au bout de quinze ans...

Ils échangèrent un sourire, qui se transforma rapidement en fou rire. Puis Jodie partit s'habiller. Il la suivit, ramassant au passage ses propres vêtements, éparpillés sur le sol. En la voyant fouiller dans le placard, il se demanda s'il y en avait aussi dans la maison de Leon. Non, dans *sa* maison. Sans doute. Toutes les maisons ont des placards, non ? Encore faut-il avoir de quoi les remplir...

Reacher sortit le Steyr du sac de sport, le glissa dans la poche droite de sa veste et fourra une vingtaine de balles dans la gauche. Jodie vint le rejoindre avec l'album des Hobie.

— Prêt ? lui demanda-t-elle.

— Prêt.

Comme la veille, il passa devant, en éclaireur, pour vérifier que la voie était libre. Jusqu'alors, la sécurité de la jeune femme était essentielle. Désormais, elle devenait vitale. Tout était calme. Personne dans le couloir, ni dans l'ascenseur, ni dans le parking. Ils grimpèrent dans la Taurus. Jodie prit le volant.

— Direction le Bronx, dit-elle.

— D'accord, mais d'abord j'aimerais faire un tour au zoo.

— Au zoo ? Mais Rutter n'habite pas près du zoo.

— Ce n'est pas vraiment le zoo que je veux voir. Mais le jardin botanique. Il faut que je te montre quelque chose.

Jodie lui jeta un regard en coin, puis se concentra sur la circulation. Ils remontèrent vers le nord, empruntèrent le pont George-Washington, puis prirent à l'est et entrèrent dans le Bronx. Le parking du jardin botanique était quasiment vide.

— Et maintenant, qu'est-ce qu'on fait ? demanda-t-elle, une fois la voiture arrêtée.

Reacher prit l'album sous son bras.

— Attends de voir.

La serre avait été construite à grands frais en 1902, et rénovée à prix d'or quatre-vingt-dix ans plus tard, mais le résultat valait le détour. Un immense édifice à l'architecture flamboyante, armature métallique et verrière opaque.

À l'intérieur régnait une chaleur moite. Reacher conduisit Jodie dans la partie qui l'intéressait. Les plantes tropicales poussaient en massifs touffus, bordés de grilles et de murets. Des bancs étaient disposés de part et d'autre des allées. La verrière filtrait les rayons du soleil, diffusant une lumière tamisée, comme sous un ciel nuageux. Le terreau et les fleurs dégageaient une odeur âcre.

— Vas-tu m'expliquer ce qu'on fait ici ? demanda Jodie, mi-amusée, mi-impatiente.

Reacher trouva enfin le banc qu'il cherchait, recula, fit deux pas sur la gauche. Puis il prit la jeune femme par les épaules et l'amena exactement à l'endroit qu'il venait de quitter.

— Mets-toi sur la pointe des pieds, dit-il, et regarde droit devant toi.

Elle suivit ses instructions, le dos bien droit, les reins cambrés.

— Maintenant, dis-moi ce que tu vois.

— Rien du tout, répondit-elle. Enfin, si, des plantes exotiques.

Il ouvrit l'album, en tira la photographie du prisonnier américain au visage émacié et du soldat nord-vietnamien, et la lui mit sous les yeux.

— Compare ce que tu vois et ce qu'il y a sur la photo.

Jodie regarda alternativement le décor, puis le cliché. Elle pâlit.

— Mais cette photo a été prise ici ! Exactement à cet endroit. La végétation est exactement la même !

À son tour, Reacher revérifia : à gauche, une espèce de palmier, à droite, des fougères arborescentes... Les deux hommes avaient dû être photographiés au téléobjectif, et on avait trafiqué le cliché pour donner l'illusion d'une perspective.

La lumière elle-même correspondait en tout point à celle de la photo. Le dôme en verre dépoli donnait cet éclairage laiteux que l'on trouve dans la jungle, où l'humidité est intense. Le ciel est souvent couvert, au Vietnam, des pans de brume s'accrochent aux flancs des collines, la terre fume...

— Mais les barbelés ? Les piquets en bambou ? fit Jodie.

— Des accessoires. Trois piquets, dix mètres de barbelé, ce n'est pas la mer à boire à installer.

— Mais quand ont-ils fait ça ? Et comment ?

— Tôt le matin, peut-être. Avant l'ouverture. Sans doute ont-ils bénéficié de la complicité d'un employé. À moins qu'ils n'aient profité des travaux...

Le cadrage laissait à désirer. En examinant attentivement la photo, on apercevait quelques millimètres d'un banc dans le coin inférieur droit. Jodie le remarqua.

— Bravo, lui dit Reacher. Tu es un excellent détective.

— Je suis surtout folle de rage. Tu te rends compte que ce

Rutter a fait payer dix-huit mille dollars une photo truquée aux Hobie !

— Il a fait pire encore, dit Reacher. Il leur a donné de faux espoirs.

— Qu'allons-nous faire ?

— Lui rendre une petite visite.

Ils remontèrent dans la Taurus quinze minutes à peine après l'avoir quittée. Exaspérée, Jodie tambourinait des doigts sur le volant :

— Je ne comprends pas. Quand je t'ai dit que la photo prouvait l'existence de l'endroit, tu as été d'accord avec moi. Tu m'as même dit que tu le connaissais...

— C'est vrai. Je connaissais l'existence du jardin botanique et de la serre. J'en venais et je m'étais arrêté juste à côté du muret, là où il a pris la photo.

— Mais qui a-t-il cru tromper avec un procédé aussi grossier ? La serre du jardin botanique de New York ! On la voit sur des milliers de photos !

Reacher s'étira sur son siège.

— Question de psychologie, dit-il. Il suffit de montrer aux gens ce qu'ils ont envie de voir, c'est la base de toutes les arnaques. N'importe quel escroc te le dira. Les Hobie voulaient voir leur fils vivant. Il le leur a montré. Ils ont cassé leur tirelire pour se payer cette photo. Rutter est un malin : il leur fait dire à quelle unité appartenait Victor, se fait remettre un portrait de lui, et le tour est joué. Il peut leur resservir la bonne unité, le bon nom et la photo d'un grand gaillard autour de la cinquantaine.

— Comment as-tu deviné ?

— En faisant preuve de psychologie, moi aussi, mais dans l'autre sens. Je sentais que ça ne collait pas, et je voulais trouver la faille. C'est le treillis du mec qui m'a mis la puce à l'oreille. Une tenue de combat n'aurait jamais duré trente ans dans la jungle. Il y a longtemps qu'elle aurait été rongée par l'humidité.

— Mais qu'est-ce qui t'a donné l'idée du jardin botanique ?

— Où veux-tu trouver un décor pareil à New York, sinon au jardin botanique ?

— Et le soldat vietnamien ?

— Sans doute un étudiant. Peut-être même pas vietnamien. Ou le serveur d'un restaurant chinois. Rutter lui aura donné vingt dollars pour la pose. Et il devait avoir trois ou quatre figurants pour tenir le rôle du captif américain, deux Blancs et deux Noirs. Grand Blanc, petit Blanc, grand Noir, petit Noir. Vraisemblablement des clodos ramassés dans la rue, auxquels il a payé une bouteille de whisky. Il a dû prendre une douzaine de photos le même jour et les utiliser selon les cas. Tous les parents qui recherchaient un garçon blanc et corpulent ont dû avoir la même photo. Après quoi, il leur demandait de garder le silence sur ce secret d'État, pour s'assurer qu'ils ne compareraient pas leurs clichés.

— C'est dégueulasse.

Reacher acquiesça.

— Tu peux le dire. Les parents des disparus représentent un marché juteux. Il en profite, le salopard.

— Tu ne crois pas qu'il y existe encore des prisonniers américains au Vietnam ?

— Non, il n'y a plus de prisonniers là-bas.

— Comment peux-tu être aussi affirmatif ?

— Parce que ça ne tient pas debout, ces histoires de soldats retenus en otages au Vietnam, et échangés contre des dollars. À la fin de la guerre, les Nord-Vietnamiens ont envahi le sud du pays en suivant la piste Hô-Chi-Minh, ce qui était contraire aux accords de Paris, et leur interdisait du même coup d'espérer toute aide internationale. Ils n'avaient donc aucune raison de garder des prisonniers américains. Dès 1973, ils ont commencé à les relâcher, au compte-gouttes, certes, mais en 1975, quand on a quitté le pays, ils nous ont remis d'un seul coup une centaine de gars, pas vraiment la stratégie des preneurs d'otages. Sans compter qu'ils avaient hâte qu'on démine leurs ports, et qu'ils ne voulaient pas envenimer les relations.

— Peut-être, mais ils ont mis du temps à nous retourner les corps des soldats.

— Ils ne comprenaient pas pourquoi on y tenait tant. On voulait voir revenir deux mille cadavres. Eux, ils ont été en guerre pendant plus de quarante ans : avec les Japonais, les Français, les Américains, les Chinois. Ils ont essuyé des pertes terribles, et pour eux, deux mille corps, c'est une goutte d'eau dans la mer. D'autre part, ce sont des communistes. L'individu n'a pas chez eux la valeur que nous lui accordons. Mais ça ne veut pas dire qu'ils gardent encore des prisonniers dans des camps...

— L'argument ne me convainc pas.

— Ton père va me fournir un argument concluant. D'accord, il y a beaucoup de crétins au Pentagone, mais on y trouve aussi des gens comme lui, des gars honnêtes qui ne transigent pas. À ton avis, quelle aurait été sa réaction s'il avait appris qu'il y avait encore des Américains prisonniers au Vietnam ?

— Il ne serait sans doute pas resté les bras croisés.

— Il aurait remué ciel et terre jusqu'à ce nos gars rentrent à la maison ! Or, il n'a rien fait. Crois-moi, Jodie, ça prouve qu'il n'y a plus un seul Américain là-bas.

— Donc, selon toi, Victor Hobie est mort ?

— Oui. Mort au combat, et on n'a pas retrouvé son corps, voilà tout.

La voiture ralentit, prise dans un embouteillage.

— Dans ce cas, poursuivit Jodie, ce ne sont pas les services secrets qui nous poursuivent ?

— Non. De toute façon, ils ne nous auraient pas ratés deux fois, fais-moi confiance.

La jeune femme donna un brusque coup de volant, rangea la voiture sur le bas-côté. Se tourna vers Reacher.

— Alors ça ne peut être que Rutter ! s'exclama-t-elle. Son commerce est lucratif, et il est prêt à nous liquider pour éviter qu'on lui mette des bâtons dans les roues. Et qu'est-ce qu'on fait, toi et moi ? On va se jeter dans la gueule du loup !

— Que veux-tu ? répondit Reacher avec un sourire, la vie est pleine de risques...

Elle avait dû dormir plusieurs heures car elle se réveilla tout ankylosée. Il faisait froid. On entendait du bruit derrière la porte. Comme il n'y avait pas de fenêtre, elle ne savait même pas si c'était le jour ou la nuit. Le matin, peut-être, se dit-elle. Chester était toujours prostré près d'elle. Il n'eut aucune réaction quand elle se tourna vers lui. Quant à Sheryl, recroquevillée sur elle-même, elle respirait péniblement par la bouche. Marilyn se leva et colla son oreille contre la porte.

Il y avait deux hommes dans le bureau. Ils parlaient à mi-voix. Elle entendit aussi l'ascenseur, le grondement assourdi de la circulation, des sirènes... Un avion survolait le port et se dirigeait vers l'ouest. Sans doute un jet qui avait décollé de JFK.

Elle enfila ses escarpins et se dirigea vers le lavabo. Un coup d'œil dans la glace la rassura. Tout compte fait, elle ne s'en sortait pas si mal. Il y avait plus de vingt ans qu'elle n'avait pas dormi sur un carrelage de salle de bains. La dernière fois, c'était après une fête avec des copines de la fac. Elle n'avait pas plus mauvaise mine aujourd'hui qu'à l'époque. Elle se passa de l'eau sur le visage, remit un peu d'ordre dans ses cheveux et retourna écouter à la porte.

Il y avait bien deux hommes dans le bureau, mais Hobie n'en faisait pas partie. Aucun éclat de voix, aucun ordre. Elle repoussa du pied une des serviettes étalées sur le sol, respira profondément. Ouvrit la porte.

Les deux hommes se turent immédiatement et se tournèrent dans sa direction. Le dénommé Tony était vautré en travers du canapé, face au bureau. L'autre, un gars assez trapu qu'elle n'avait encore jamais vu, était assis sur une table basse. Pas trace de Hobie. Le store était toujours baissé, mais elle vit que dehors brillait un grand soleil. Il était donc plus tard qu'elle ne l'avait cru

— Bien dormi ? fit Tony, tout sourires.

Elle resta muette. Et planta ses yeux dans les siens jusqu'à ce que le sourire s'évanouisse sur ses lèvres. Un point pour moi, pensa-t-elle.

— J'ai discuté avec mon mari, déclara-t-elle enfin.

Tony attendait la suite. Elle le laissa attendre. Deux points pour moi.

— Nous sommes d'accord pour la cession. Mais ce sera compliqué, et ça prendra du temps. Vous n'avez pas l'air de bien évaluer la situation. Pour que ça marche, vous devrez vous montrer coopératifs.

— C'est-à-dire ?

— Je préfère en parler avec Hobie, plutôt qu'avec vous.

Le silence tomba sur le bureau. Quelques bruits assourdis lui parvenaient du monde extérieur. Elle se concentra sur sa respiration.

— D'accord, répondit enfin Tony.

Trois points pour moi.

— Pourriez-vous nous apporter du café ? Trois tasses, avec du lait et du sucre.

Nouveau silence. Tony fit un signe de tête et l'autre homme se leva pour se diriger vers la cuisine.

Quatre points pour moi.

L'adresse figurant sur la lettre correspondait à une misérable devanture de magasin, dans un quartier sordide à l'abri de toute rénovation future. Une baraque de planches, coincée entre deux bâtiments en briques, de quatre étages chacun, qui avaient dû être des ateliers ou des entrepôts avant de sombrer dans l'oubli. Sur la gauche, une vitrine crasseuse ; sur la droite, un rideau de fer à demi levé révélant un garage ; au milieu, une porte. Reacher aperçut une Lincoln Navigator flambant neuve dans le garage. Il reconnut le modèle car on avait fait de la publicité pour cet énorme véhicule au luxe insolent, et qui valait sans doute plus que la bicoque elle-même.

Jodie passa devant le bâtiment, sans se presser ni s'attarder, mais en roulant à allure modérée, comme il est normal dans une rue semée de nids-de-poule. Elle fit le tour du pâté de maisons. Il y avait une petite ruelle sur l'arrière, où des échelles d'incendie mangées par la rouille s'accrochaient au-dessus de monceaux d'ordures.

— Quel est ton plan ? demanda-t-elle à Reacher.

— On y va carrément, histoire de voir sa réaction. Ensuite, on avise, suivant qu'il sait ou non à qui il a affaire.

Elle se gara à l'ombre d'un entrepôt aux briques noircies. Du trottoir, on apercevait ce qui se trouvait derrière la vitrine : surplus de l'armée, vestes de camouflage poussiéreuses, bidons, rangers, radios de campagne, rations de survie, casques, certains des articles exposés étaient déjà dépassés du temps où Reacher était encore aspirant.

La porte de la boutique actionna une clochette. Personne dans le magasin. Un comptoir à droite, avec un accès au garage. Au fond, une porte verrouillée, équipée d'une alarme, donnant sur la ruelle. Cinq chaises alignées sur un rang, un parquet jonché de mégots et de canettes de bière vides... La pièce était glauque, mal éclairée, envahie par la poussière et la crasse.

Reacher avança. Une latte du parquet craqua sous son poids. Il aperçut une trappe ouverte, de l'autre côté du comptoir.

— J'arrive tout de suite ! lança un homme depuis la cave.

À sa voix, ce devait être un homme entre deux âges, à la fois surpris et irrité d'avoir de la visite. Jodie regarda Reacher. Il serra la crosse du Steyr dans sa poche.

Une tête apparut par la trappe, puis un torse corpulent. Des cheveux grisonnants et huileux, une barbe en broussaille, de petits yeux de fouine dans un visage épais. L'homme parvint à s'extraire de son trou. Il portait un vieux treillis couleur olive.

— Qu'y a-t-il pour votre service ?

Suivit un deuxième larron, puis un troisième, un quatrième, et enfin un cinquième. En tout cinq hommes taillés comme des armoires à glace, tatoués, et en tenue de combat. Ils s'assirent sur les chaises, croisant les bras sur leur ventre proéminent.

— Qu'y a-t-il pour votre service ? répéta le premier.

— Est-ce vous Rutter ?

Le gars opina. Il ne semblait pas reconnaître Reacher. Celui-ci glissa un regard en direction des quatre hommes assis. Un problème qu'il n'avait pas prévu.

— Qu'est-ce que vous voulez ? demanda Rutter.

Reacher adapta son plan à la situation.

— Un silencieux, répondit-il. Pour un Steyr GB.

Rutter eut l'air amusé.

— J'ai pas le droit de vous en vendre et vous avez pas le droit d'en acheter, chantonna-t-il.

Le ton sur lequel il avait prononcé cette phrase laissait clairement entendre qu'il rendait volontiers ce genre de service. Il ne paraissait pas méfiant, n'avait pas l'air de prendre Reacher pour un flic. Trop baraqué, trop bronzé. Pas comme ces petits pâlichons à la mine sournoise qui traînent dans les commissariats. En revanche, Jodie le mettait mal à l'aise. Elle ne le quittait pas des yeux.

— Tout dépend ce qu'on appelle le droit, dit-elle.

Rutter se gratta le menton.

— Évidemment, c'est pas donné..., commença-t-il.

Mine de rien, elle avait réussi à le déstabiliser. Il se demandait maintenant s'il avait affaire à une personnalité en vue qui craignait que l'on n'enlève ses enfants, à la femme d'un milliardaire pressée d'hériter, ou à une brave bourgeoise désireuse de mettre un terme définitif à un quelconque adultère. Manifestement, cette fille-là ne devait pas se laisser marcher sur les pieds.

— Un Steyr GB, reprit-il. Vous voulez la pièce d'origine, fabriquée en Autriche ?

— Oui, répondit Reacher.

Rutter claqua des doigts. L'un de ses acolytes se leva et redescendit à la cave. Il revint un moment après, avec un petit cylindre enveloppé dans un papier huileux et transparent.

— Deux mille dollars, et il est à vous, fit Rutter.

C'était presque honnête. On ne fabriquait plus ce pistolet. Les derniers modèles mis sur le marché avaient dû valoir entre huit et neuf cents dollars. Et le silencieux deux cents dollars. Deux mille dollars pour se le procurer illégalement dix ans plus tard, ce n'était pas du vol.

— Montrez-moi ça, fit Reacher.

Rutter essuya le petit cylindre sur son pantalon et le lui remit. Reacher le vissa sur le canon, non pas lentement, comme on voit dans les films, mais en l'insérant avec délicatesse et en le bloquant d'un demi-tour.

L'arme y gagnait en stabilité. On l'avait tout de suite en main.

— Il fonctionne ?

— Et comment ? C'est la pièce d'origine.

L'homme qui était allé chercher le silencieux était retourné s'asseoir. Quatre gars, cinq chaises. Pour se débarrasser d'un gang, il suffit d'éliminer le chef — Reacher le savait depuis la maternelle.

— Deux mille dollars, répéta Rutter.

— On va faire un essai.

Il n'y a pas de cran de sûreté sur un Steyr GB. La pression de sept kilos qu'il faut imprimer sur la détente suffit à empêcher tout tir accidentel. Reacher tira. La chaise vide vola en éclats.

Les quatre tatoués se figèrent. Rutter écarquilla les yeux. Profitant de la surprise, de sa main libre, Reacher le frappa au plexus, avant de le faucher d'un croche-pied.

— Les autres, à la trappe ! fit-il, tenant les quatre hommes en joue.

Personne ne bougea. Il tira une deuxième, puis une troisième balle. Une planche explosa devant leurs pieds, projetant des esquilles dans toute la pièce. Ils bondirent vers la cave et descendirent l'échelle à toute allure. Reacher referma la trappe. Pendant ce temps, Rutter s'était mis à quatre pattes. Mais un coup de pied l'envoya rouler contre le comptoir.

Jodie s'accroupit pour lui montrer la photo. Il cligna des yeux, remua les lèvres. Reacher s'accroupit à son tour et lui attrapa le petit doigt de la main gauche.

— J'ai quelques questions à te poser. Et je te conseille de me dire la vérité.

Rutter voulut se débattre, mais un coup de poing dans le ventre l'en dissuada.

— Tu sais qui on est ?

— Non.

— Où cette photo a-t-elle été prise ?

— Au Vietnam, dans un camp secret.

Reacher lui cassa le petit doigt. Il le tordit sur le côté avant de briser la phalange d'un coup sec. Beaucoup moins compliqué que par l'arrière. Rutter hurla. Reacher lui saisit l'annulaire.

— Où ça ?

— Au zoo.

— Qui est le garçon ?

— Un jeune que j'ai trouvé dans la rue.

— Et le mec ?

— Un pote à moi.

— Tu as eu combien de familles avec cette arnaque ?

— À peu près une quinzaine.

Reacher commença de tordre l'annulaire.

— C'est la vérité ! cria Rutter. J'ai dû en entuber quinze, au grand maximum, je le jure. Et puis d'abord, je vous ai rien fait, à vous ! Je sais même pas qui vous êtes.

— Et les Hobie, tu les connais ? Tu sais, le couple de petits vieux, à Brighton ?

Rutter parut réfléchir, puis Reacher lut l'ahurissement sur son visage : comment ces deux vieillards pathétiques avaient-ils pu lui envoyer pareille brute ?

— Tu es une ordure, pas vrai ?

Affolé, Rutter secouait la tête à toute vitesse.

— Allez, dis-le, que tu es une ordure !

— Je suis une ordure, gémit-il.

— Où est ta banque ?

— Ma banque ?

— Oui, ta banque, insista Reacher, tout en déboîtant posément la phalange.

— Tout près d'ici ! hurla Rutter.

— La carte grise de la Lincoln ?

— Dans le tiroir.

Reacher fit signe à Jodie. Elle se releva, passa derrière le comptoir, ouvrit tous les tiroirs. Puis trouva la carte grise, accompagnée du certificat de vente.

— Elle est à son nom, dit-elle. Il l'a payée quarante mille dollars.

Reacher attrapa Rutter par la nuque, puis lui souleva le menton, prêt à lui briser les cervicales.

— Je te la rachète un dollar, ton auto. S'il y a un problème, tu remues la tête.

Rutter ne bougea pas.

— Je vais t'emmener à ta banque dans ma nouvelle voiture. Tu vas me sortir dix-huit mille dollars en liquide, que je donnerai aux parents de Victor Hobie.

— Non, corrigea Jodie. Tu oublies les intérêts. À six pour cent sur un an et demi, ça fait dix-neuf mille six cent cinquante.

— D'accord, fit Reacher. Dix-neuf mille six cent cinquante dollars pour les Hobie. Et autant pour nous. Compris ?

Le regard implorant de Rutter cherchait le sien. Il ne comprenait pas.

— Je t'explique, fit Reacher. Tu les as roulés. Tu leur as promis de découvrir ce qui était arrivé à leur fils. Tu ne l'as pas fait. Maintenant, nous, on s'en charge. Et on a besoin d'argent pour nos frais. Compris maintenant ?

Rutter hocha docilement la tête.

— Tu n'as qu'à prendre ça comme un impôt. Un impôt sur les ordures.

Un quart d'heure plus tard, Rutter se tenait debout au guichet de son agence bancaire. Sa main blessée dans une poche, de l'autre il signait un chèque de trente-neuf mille trois cents dollars. Cinq minutes après, Reacher fourrait trente-neuf mille trois cents dollars en liquide dans son sac de sport. Et encore quinze minutes plus tard, il déposait Rutter dans la ruelle, avec deux billets de un dollar dans la bouche, un pour la voiture et l'autre pour le silencieux. Il ne lui restait plus qu'à suivre Jodie, qui ramenait la Taurus au bureau de location de La Guardia, et à regagner Manhattan dans leur nouvelle Lincoln Navigator.

Chapitre 11

La nuit tombe sur Hanoi douze heures plus tôt que sur New York. Ainsi, le soleil était encore haut lorsque Reacher et Jodie quittèrent le Bronx, alors qu'au même moment il glissait derrière les montagnes, au nord du Laos, à trois cents kilomètres à l'ouest de l'aéroport de Noi Bai. Le ciel avait pris des teintes orangées et aux longues ombres de la fin d'après-midi succédait la morne mélancolie d'un crépuscule tropical. Des relents de kérosène masquaient les odeurs de la ville comme de la jungle, et le grondement des réacteurs tournant au ralenti couvrait le vacarme des klaxons et le bourdonnement des insectes nocturnes.

Un Starlifter C-141 de l'US Air Force se trouvait sur l'aire de stationnement, à un kilomètre et demi des terminaux bondés de l'aérodrome civil. La passerelle arrière de l'engin était abaissée et ses moteurs tournaient suffisamment vite pour alimenter l'éclairage intérieur. Dans le hangar aussi, il y avait de la lumière. Des lampes à arc pendaient sous le toit de tôle ondulée.

Ce hangar avait les dimensions d'un stade. Pourtant, il était vide. À l'exception de sept coffres en aluminium. Chacun d'eux, d'une longueur de deux mètres, avait la forme d'un cercueil — et c'est exactement ce qu'il était. Ce qu'ils étaient tous. Alignés sur une seule rangée, posés sur des tréteaux et couverts du drapeau américain.

Neuf hommes et deux femmes se tenaient dans le hangar, près des sept cercueils. Vêtus de leurs uniformes de cérémonie, six des hommes formaient une haie d'honneur. Sur les cinq personnes restantes, il y avait trois Vietnamiens, deux hommes et une femme. Impassibles. Eux aussi portaient un uniforme, mais celui de tous les jours. Couleur olive, froissé, râpé, avec çà et là des insignes indiquant leur grade.

Les deux derniers étaient des Américains, habillés en civil, mais avec ce genre de vêtements qui laissent deviner un statut militaire plus clairement encore que ne le ferait un uniforme. La femme était jeune. Elle portait un chemisier kaki, une jupe qui lui arrivait en dessous du genou et de grosses chaussures marron. Quant à l'homme, grand, la cinquantaine grisonnante, il était vêtu d'un imperméable léger. Il tenait à la main une mallette au cuir usé.

Il fit un petit signe en direction de la haie d'honneur. Un signe presque imperceptible. Les six hommes obéirent à cet ordre muet et se scindèrent en deux groupes, trois de chaque côté du premier cercueil, qu'ils soulevèrent et hissèrent sur leurs épaules. Puis ils marchèrent au pas vers la porte du hangar, dans un silence que rompaient seulement le craquement de leurs bottes sur le béton et la longue plainte des moteurs qui tournaient.

Une fois sur l'aire de stationnement, ils gagnèrent la passerelle du Starlifter, la gravirent lentement. Le pilote les attendait. C'était une femme, vêtue d'une combinaison de vol. Un capitaine de l'US Air Force. L'équipage se tenait au garde-à-vous à ses côtés : copilote, mécanicien de bord, navigateur et opérateur radio. Une fois dans la carlingue, les soldats déposèrent précautionneusement le cercueil sur une étagère ménagée à cet effet, le fixèrent avec des sangles de caoutchouc, et saluèrent une dernière fois.

Il fallut une heure pour charger les sept cercueils. Pendant tout le temps que dura l'opération, les personnes demeurées dans le hangar n'échangèrent pas une parole. Puis elles suivirent le septième cercueil sur l'aire de stationnement, calant leur pas sur celui des soldats. Elles attendirent au pied de la passerelle dans la chaleur moite du début de soirée. L'homme à l'imperméable échangea une poignée de mains avec les trois officiers vietnamiens et salua l'Américaine d'un hochement de tête. Sans un mot. Il monta dans l'avion.

Lorsqu'il eut décollé, la garde d'honneur se dispersa dans le brusque silence qu'avait laissé derrière lui le rugissement des réacteurs. L'Américaine serra la main des trois Vietnamiens et se dirigea vers sa voiture. Les trois officiers partirent dans la direction opposée. La voiture de la femme était une berline japonaise repeinte dans un vert militaire. Elle la conduisait elle-même. Les deux hommes avaient pris place à l'arrière. Le trajet pour se rendre à Hanoi fut bref. La femme se gara dans une enceinte barrée par une chaîne, au pied d'un bâtiment assez bas. Les hommes sortirent sans un mot de la voiture et pénétrèrent dans le bâtiment par une porte sur laquelle ne figurait aucune inscription. La femme en emprunta une autre. Elle gravit rapidement les quelques marches qui la séparaient de son bureau. Regarda à droite et à gauche dans le couloir. Pénétra dans la pièce. Décrocha le téléphone et composa un numéro dont l'abonné se trouvait à dix-huit mille kilomètres de là. À New York.

Marilyn réveilla Sheryl et tenta de ramener Chester à la conscience avant que le costaud pénètre dans la salle d'eau pour leur apporter leurs cafés. Il les avait servis dans des chopes. Deux dans une main, une dans l'autre. Il se dirigea vers le lavabo et les aligna sur le rebord de granit, juste sous le miroir. Puis, sans prononcer une parole, il fit volte-face, ressortit. Tira la porte derrière lui. Fermement, mais sans la claquer.

Marilyn se leva pour aller chercher les chopes. D'une main tremblante, elle tendit la première à Sheryl. Chester prit la sienne d'un air absent. Sa femme resta debout, appuyée contre le lavabo, pour boire son café. Le sucre lui rendit un peu d'énergie.

— Où sont les titres ? murmura-t-elle.

Il leva vers elle un regard indifférent.

— À la banque. Au coffre.

Marilyn hocha la tête. Elle ne savait pas de quelle banque parlait Chester. Ni où elle se trouvait. Ni d'ailleurs ce qu'étaient véritablement des titres.

— Combien y en a-t-il ? demanda-t-elle encore.

— Mille, à l'origine, répondit-il avec un haussement d'épaules. J'en ai donné trois cents en garantie. Que j'ai dû céder temporairement à la banque.

— Et maintenant, c'est Hobie qui les a ?

Il confirma.

— Oui, il a racheté ma dette. La garantie va être transférée sur lui. Sans doute aujourd'hui. La banque n'en a plus besoin. Et je lui en ai promis encore quatre-vingt-dix. Qui sont toujours au coffre.

— Comment s'opère la cession ? Je veux dire... concrètement.

Nouveau haussement d'épaules.

— Je lui signe un papier, répondit Chester d'une voix lasse. Il prend les titres et va les enregistrer en Bourse. Et lorsqu'il en a cinq cent un à son nom, il devient majoritaire.

— Où se trouve ta banque ?

— À trois rues d'ici. Cinq minutes à pied. Et de la banque à la Bourse, il n'y a encore que cinq minutes. Soit au total dix minutes pour se retrouver sans le sou et à la rue.

Il but une gorgée de café, puis reposa sa chope sur le sol. Le regard fixé dans le vide. Sheryl restait immobile, amorphe. Elle n'avait pas touché à son café. Elle restait choquée. Le visage noir, gonflé, tuméfié. Les lèvres desséchées d'avoir respiré toute la nuit par la bouche.

— Essayez de boire, lui dit Marilyn. Ça vous fera du bien.

Elle s'assit près d'elle, referma ses doigts sur la chope et guida sa main jusqu'à sa bouche. Sheryl but une gorgée. Un peu du liquide chaud lui coula sur le menton. Elle leva vers Marilyn un regard énigmatique. Celle-ci sourit, à tout hasard. Un sourire encourageant.

— On va vous conduire à l'hôpital, lui dit-elle dans un souffle.

Sheryl ferma les yeux et hocha la tête, manifestement

soulagée. À genoux à ses côtés, Marilyn lui prit la main, fixant la porte. Et se demandant comment elle allait pouvoir tenir sa promesse.

— Tu comptes garder cet engin ? fit Jodie.

Elle parlait de la Lincoln de Rutter.

— Peut-être, répondit Reacher.

Elle n'avait quasiment pas servi. Noir métallisé, sièges en cuir, silencieuse, six cent cinquante kilomètres au compteur. Avec en prime l'odeur de plastique des voitures neuves.

— Plutôt vulgaire, tu ne trouves pas ?

— Comparé à quoi ? À cette chose minuscule que tu conduisais ?

— Oui, la Bravada était plus petite.

— Normal. Tu es plus petite que moi.

Jodie garda un moment le silence, puis dit :

— Cette voiture appartenait à Rutter. Elle est souillée.

L'embouteillage dans lequel ils se trouvaient les libéra enfin. Reacher passa la première.

— Cette voiture n'est qu'un outil, dit-il. Les outils n'ont pas de mémoire.

— Je hais ce type. Plus que j'ai jamais haï qui que ce soit.

— Je sais. Moi aussi. Pendant tout le temps où nous étions chez ce fumier, je n'ai pas arrêté de penser aux vieux Hobie. Tout seuls dans leur petite baraque de Brighton, avec ce drôle de regard dans les yeux. Voir son unique gamin partir à la guerre, c'est déjà quelque chose, mais se faire rouler ensuite par une petite frappe... La chronologie mise à part, ces gens-là auraient pu être mes parents. Et ce salaud a joué quinze fois le même tour. J'aurais dû frapper plus fort.

Ils roulaient vers le sud, sur la 2e Avenue. La circulation se fit fluide.

— Ce n'est pas lui qui nous traque, reprit Jodie. Il ne savait même pas qui nous étions.

— Non. De toute façon, ce ne pouvait pas être lui. Combien de photos truquées faut-il vendre pour sacrifier un 4 × 4 ?

On va tout reprendre depuis le début, Jodie. Deux employés à plein temps qu'on envoie à Key West, puis à Garrison. Sans compter les armes, les billets d'avion, la Tahoe qu'ils conduisent. Et un troisième qui surgit au volant d'un tout-terrain, rien que pour l'encastrer dans ta voiture. Ça fait pas mal de monnaie, tout ça. Et ce n'est sans doute que la partie visible de l'iceberg. Le jeu doit en valoir la chandelle. Peut-être des millions de dollars. Rutter n'a jamais gagné autant d'argent avec ses combines. Escroquer dix-huit mille dollars à des vieux, ce n'est pas encore la fortune.

— Alors qui ? s'exclama Jodie.

En guise de réponse, Reacher haussa les épaules et continua de garder un œil sur le rétroviseur.

Hobie reçut chez lui le coup de fil de Hanoi. Il écouta le bref rapport que lui fit la Vietnamienne et raccrocha sans avoir prononcé une seule parole. Puis il se leva, se planta au milieu du salon, pencha la tête sur le côté et son œil valide cilla, comme s'il essayait de distinguer quelque chose au loin.

Après quoi il traversa le salon et sortit sur la terrasse. Elle était suspendue à trente étages au-dessus du parc. Il détestait cette vue. Tous ces arbres lui rappelaient trop son enfance. Mais augmentaient la valeur de son appartement. Il n'était pas responsable des modes qui gouvernaient le marché. Juste là pour en profiter. Il pivota sur lui-même et se tourna vers la gauche, apercevant au loin l'immeuble qui abritait son bureau. Les Twin paraissaient plus petites vues d'ici. Puis il retourna dans le salon. Fit coulisser la baie vitrée. La verrouilla. Quitta l'appartement. Prit l'ascenseur. Et descendit jusqu'au parking souterrain.

Il n'avait fait faire aucun aménagement spécial dans sa voiture, une Cadillac d'un modèle récent. Contact et changement de vitesses se trouvaient à droite du volant. Pour faire pénétrer la clef dans son logement, il devait utiliser sa main gauche. Ce qui l'obligeait à une pénible acrobatie. Mais le reste allait tout seul. Il passait les vitesses avec son crochet.

Il sortit du garage et se retrouva sur la 5e Avenue. Là, il se sentit mieux. La climatisation de la Cadillac soulageait un peu les démangeaisons de ses cicatrices. Le mois de juin, avec son mélange de chaleur et d'humidité, était le pire de l'année. Il se demanda si la climatisation de la Mercedes de Stone serait aussi efficace que celle de la Cadillac. Non, certainement pas. L'air conditionné était souvent défaillant dans les voitures étrangères. Il connaissait un gars du Queens qui lui en donnerait un bon prix. Il devait l'appeler. Une corvée de plus sur la liste. Et peu de temps pour s'en acquitter.

Il se gara dans le parking souterrain, sur l'emplacement auparavant occupé par le 4 × 4. Ferma la Cadillac. Prit l'ascenseur. Tony se tenait à la réception.

— Hanoi a rappelé, lui dit immédiatement Hobie. La menace se rapproche.

Tony détourna le regard.

— Qu'y a-t-il ? lui demanda son patron.

— Il faut laisser tomber les Stone.

— On a encore un jour ou deux.

— Un jour ou deux, ça risque de ne pas être suffisant. Il y a des complications. La femme prétend avoir discuté avec son mari : ils sont d'accord pour signer, mais il y a des complications.

— Quelles complications ?

— Elle n'a pas voulu me le dire. Elle préfère vous en parler directement.

Hobie fixa longuement la porte de son bureau.

— C'est du bluff. Je ne peux me permettre aucune complication maintenant. J'ai déjà vendu les terrains. J'ai donné ma parole. La machine est en marche. Alors quelles complications, bon sang ?

Ses cicatrices le dévoraient. L'effet bienfaisant de l'air climatisé de la Cadillac s'était estompé. Il posa le crochet contre son front. Mais le métal était tiède.

— Et Mme Jacob ? demanda-t-il à Tony.

— Elle a passé toute la soirée chez elle avec ce Reacher. J'ai vérifié. Je les ai entendus rire ce matin. J'étais sur le palier. Ensuite ils ont pris la voiture. Ils sont peut-être retournés à Garrison.

— Je n'ai pas besoin d'elle à Garrison. J'ai besoin d'elle ici. Et de lui aussi.

L'homme de la réception demeura silencieux.

— Amène-moi Mme Stone.

Il pénétra dans la pénombre de son bureau pendant que Tony se dirigeait vers la salle d'eau. Il en ressortit quelques instants plus tard, poussant Marilyn devant lui. Elle avait les traits tirés. La robe fourreau paraissait absurde dans ce contexte. Comme si elle avait gardé pour se rendre au bureau la robe qu'elle portait la veille pour aller danser.

Hobie désigna un canapé avec son crochet.

— Asseyez-vous, Marilyn.

Elle resta debout. Le canapé était trop bas. Trop bas pour s'y asseoir décemment avec une robe arrivant à mi-cuisses. Trop bas aussi pour garantir l'avantage psychologique dont elle aurait besoin. Mais rester plantée devant le bureau n'était pas souhaitable non plus. Trop suppliant. Alors elle contourna les canapés pour se diriger vers la baie vitrée. Écarta deux lamelles du store et regarda dehors. Puis elle se tourna vers Hobie, l'obligeant à faire pivoter son fauteuil pour lui faire face.

— Alors, ces complications ? dit-il.

Elle le dévisagea un instant et prit une ample respiration.

— Je vais vous en parler. Mais d'abord je veux faire transporter Sheryl à l'hôpital.

Silence. Le hurlement d'une sirène au loin.

— Alors, ces complications ? répéta Hobie.

Mêmes mots, même voix, même intonation. Comme s'il n'avait rien entendu. Comme s'il acceptait de passer sur cette erreur.

— Non, d'abord l'hôpital, répondit Marilyn.

Il se tourna vers Tony.

— Amène-moi Stone.

Chester apparut, chancelant dans ses sous-vêtements, Tony derrière lui. Son pied heurta l'angle d'un canapé. Il grimaça de douleur.

— Alors, ces complications ? dit une nouvelle fois Hobie, s'adressant à lui.

Stone jeta dans la pièce des regards affolés, comme trop terrorisé et désorienté pour parler. Hobie attendait.

— Casse-lui une jambe, ordonna-t-il à Tony.

Il tourna la tête vers Marilyn. Nouveau silence. À l'exception du souffle haletant de Stone. Hobie fixait toujours Marilyn. Elle soutenait son regard.

— Allez-y ! dit-elle enfin. Cassez-lui une jambe ! Que voulez-vous que ça me fasse ? Il me laisse sans un sou. Il a foutu ma vie en l'air. Cassez-lui les deux jambes, si ça peut vous faire plaisir. Vous ne résoudrez pas plus vite le problème. Il y a des complications. Mieux vaut pour vous qu'on s'en occupe rapidement. Et on ne s'en occupera que lorsque Sheryl sera à l'hôpital.

Sur ces mots, Marilyn s'assit sur le rebord de la fenêtre, bras croisés, espérant offrir ainsi une image détendue, voire désinvolte. En réalité, elle essayait surtout de ne pas tomber.

— D'abord l'hôpital, répéta-t-elle.

Sa voix lui parut celle d'une autre. Une voix ferme, posée, résolue.

Hobie se mit à frapper machinalement le chêne du bureau de la pointe de son crochet. Un bruit sec, sonore. Stone ne le quittait pas des yeux. Mais Hobie le balaya du regard et s'adressa à Tony.

— Conduis cette salope à l'hôpital, dit-il avec aigreur.

— Chester va les accompagner, fit Marilyn. Pour vérifier. Il faut qu'il voie Sheryl entrer aux urgences. Moi, je reste ici. En otage.

Hobie cessa de marteler le bureau. Leva les yeux vers elle. Sourit.

— Vous ne me faites pas confiance ?

— Non. Je sais ce que vous allez faire : emmener Sheryl hors d'ici et l'enfermer ailleurs, Dieu sait où.

Hobie souriait toujours.

— Rien n'était plus éloigné de mes pensées. J'allais juste demander à Tony de la liquider et de la balancer à la mer.

Le silence se referma sur ces paroles. Marilyn frissonna intérieurement.

— Êtes-vous bien sûre de vouloir qu'elle aille à l'hôpital ? reprit Hobie. Si elle parle, si elle dit un seul mot de ce qui se passe ici, elle signe votre arrêt de mort. Vous en avez conscience ?

— Sachant que vous me tenez, elle ne dira rien à personne.

— Espérons-le pour vous.

— Je ne vous demande pas ça pour nous, mais pour elle. Elle a besoin de soins.

Marilyn dévisagea Hobie, traquant sur son visage odieux un quelconque signe de compassion. De responsabilité. Il lui retourna son regard. Il n'exprimait rien, sinon un peu d'humeur. En tout cas, aucune compassion. Elle avala sa salive, respira :

— Il lui faut une jupe, dit-elle. Elle ne peut pas sortir comme ça. Ça éveillerait les soupçons. L'hôpital appellerait certainement la police. Nous n'y avons intérêt ni l'un ni l'autre. Il faut que Tony sorte lui acheter une jupe.

— Vous n'avez qu'à lui prêter votre robe, repartit Hobie.

Il y eut un long silence.

— Elle ne lui irait pas.

— Ce n'est pas la vraie raison, n'est-ce pas ?

Marilyn ne répondit pas. Hobie eut un haussement d'épaules.

— D'accord, dit-il.

— Et des chaussures.

— Pardon ?

— Il lui faut des chaussures. Elle ne peut pas sortir pieds nus.

— Rien que ça ! Et après ?

— Après on négocie. Dès que Chester est de retour et me dit qu'il a vu Sheryl entrer seule aux urgences.

La main gauche de Hobie caressait la courbe du crochet.

— Vous êtes décidément une femme intelligente.

Je le sais, songea Marilyn. Voilà la première de vos complications.

Reacher posa le sac de sport sur le canapé blanc, ouvrit la fermeture Éclair. Retourna le sac. Les liasses de billets de cinquante s'éparpillèrent sur les coussins. Trente-neuf mille trois cents dollars en liquide. Il les divisa en deux, posant alternativement une liasse, puis l'autre, à gauche et à droite du canapé. Lorsqu'il eut terminé, deux tas impressionnants s'élevaient sous ses yeux.

— On va les mettre sur mon compte, dit Jodie. Ça attirera moins l'attention. On fera un chèque de dix-neuf mille six cent cinquante aux Hobie. Et on se servira de ma carte bleue pour utiliser notre moitié. OK ?

— OK, fit Reacher. Il nous faut deux billets d'avion pour Saint-Louis, Missouri. Et une chambre. Avec dix-neuf mille dollars en poche, on doit pouvoir descendre dans des endroits décents et voyager en première.

— Je ne connais pas d'autre façon de voyager, répondit Jodie en riant.

Elle se hissa sur la pointe des pieds pour l'embrasser.

— Plutôt amusant, non ? dit-elle.

— Pour nous, peut-être. Mais pas pour les Hobie, répondit Reacher.

Ils se rendirent à la banque et déposèrent l'argent sur le compte de Jodie qui rédigea immédiatement un chèque de dix-neuf mille six cent cinquante dollars au nom de M. et Mme Hobie. Elle le glissa dans une enveloppe. Puis ils rentrèrent. Jodie rangea l'enveloppe dans son secrétaire et fourra à la hâte quelques affaires dans un sac, pendant que Reacher appelait l'aéroport.

— On prend un taxi ? lui demanda-t-elle lorsqu'il eut raccroché.

— Non, la voiture de Rutter.

Le moteur résonna comme un coup de tonnerre dans le parking. Reacher appuya deux ou trois fois sur l'accélérateur et sourit.

— Le prix de leurs jouets, commenta Jodie.

Il la regarda sans comprendre.

— Oui. Tu n'as jamais entendu ça : ce qui fait la différence entre les hommes et les enfants, c'est le prix de leurs jouets.

— Ce jouet-ci m'a coûté un dollar, répondit Reacher en démarrant.

Ils laissèrent la Lincoln au parking de l'aéroport JFK. Avec le Steyr et son silencieux. Impossible de prendre un avion avec un gros calibre dans la poche. Il le cacha sous le siège du conducteur.

Quelques minutes plus tard, ils pénétraient dans une luxueuse classe affaires où on leur servit à boire avant même qu'ils n'aient pris place dans d'immenses sièges qui laissèrent Reacher sans voix...

Tony revint au bureau avec un grand sac de papier rouge et un autre plus petit, marron. Marilyn les porta dans la salle d'eau. Quelques instants plus tard, Sheryl sortit. La jupe était de la bonne taille. Elle la lissa sur ses hanches pour l'ajuster. Mais les chaussures n'allaient pas du tout avec la jupe. Et elles étaient trop grandes. Sheryl avança, les yeux vides, docile, comme le lui avait recommandé Marilyn.

— Qu'allez-vous dire aux médecins ? lui demanda Hobie.

Elle détourna le regard, se concentra sur le scénario imaginé par Marilyn.

— Que je suis rentrée dans une porte, répondit-elle.

Elle parlait d'une voix sourde et nasale. Faible, comme si elle était encore sous le choc.

— Vous allez appeler la police ?

Sheryl secoua négativement la tête.

— Non... Non, je ne vais pas faire ça.
— Qu'arrivera-t-il si vous le faites ?
— Je ne sais pas, fit-elle dans un souffle.
— Je vais vous le dire : votre amie Marilyn mourra, et dans d'horribles souffrances. Vous comprenez ?

Hobie éleva son crochet et la laissa le contempler un long moment, depuis l'autre bout de la pièce. Puis il quitta son siège. Contourna le bureau. Vint se placer dans le dos de Marilyn. Inclina la tête de celle-ci de la main gauche. Les doigts effleurèrent sa peau. Elle se raidit. L'arrondi du crochet caressa sa joue.

— Je comprends, articula péniblement Sheryl.

Il fallait faire vite. Si Sheryl était vêtue, Chester, lui, était toujours en sous-vêtements. Tony les fit attendre à la réception pendant qu'il appelait l'ascenseur. Les poussa à la hâte dans le couloir au moment où les portes s'ouvrirent. Une fois arrivé au garage, il s'assura que la voie était libre. Précipita Chester sur le siège arrière de la Tahoe, et Sheryl à l'avant. Il verrouilla les portières. Démarra en trombe. Gravit à toute allure la rampe d'accès.

Il connaissait peut-être deux douzaines d'hôpitaux rien que dans Manhattan. Il songea tout d'abord à Mount-Sinaï, sur la 100e, histoire de mettre un peu de distance entre le bureau de Hobie et Sheryl. Mais le temps était compté. Le trajet allait prendre une heure, peut-être plus. Alors il opta pour Saint-Vincent, au coin de la 11e Rue et de la 7e Avenue. Bellevue, à l'angle de la 27e et de la 1re, était géographiquement plus avantageux, mais grouillait toujours de flics. Décidément, Saint-Vincent était le bon choix. En outre, il y avait une immense esplanade devant l'entrée des urgences, à l'endroit où Greenwich Avenue coupait la 7e. Ils pourraient suivre Sheryl des yeux sans avoir besoin de s'arrêter trop près de l'hôpital.

Le trajet dura huit minutes. Tony se rangea le long du trottoir sur le côté ouest de la 7e et déverrouilla les portières.

— Dehors, dit-il.

Sheryl ouvrit la portière. Sortit en chancelant. Resta un moment immobile sur le trottoir. Hésitante. Puis se dirigea vers l'esplanade. Sans se retourner. Tony se pencha vers le siège passager, referma la portière. Puis se tourna vers Stone.

— Alors, regardez-la.

Stone la suivait déjà des yeux. Il la vit avancer en somnambule dans la foule. Elle marchait moins vite que les autres, traînant les pieds dans ses chaussures trop grandes. La main sur le visage pour dissimuler ses blessures. Près de l'entrée des urgences, trois infirmières. Elles fumaient une cigarette. Sheryl passa devant elles, lentement. Les portes s'ouvrirent. Elle pénétra dans l'hôpital. Les portes se refermèrent.

— Bien, dit Tony. Ça va ? Vous l'avez vue ?

— Oui, je l'ai vue, répondit Stone. Elle est entrée.

Tony jeta un œil dans le rétroviseur et démarra. Pendant ce temps, Sheryl ne cessait de se répéter ce que Marilyn lui avait dit de faire.

Reacher connaissait bien le trajet de l'aéroport de Saint-Louis au centre des Archives militaires. Il avait souvent été amené à y faire des recherches. Mais jamais en tant que civil. Ce qui faisait une énorme différence.

L'accès du public aux archives était strictement limité. Par le passé, Reacher avait adhéré à ce principe : les dossiers militaires peuvent être très directs dans leurs commentaires, il faut pouvoir les lire et les interpréter dans leur contexte. Reacher s'était toujours réjoui qu'ils fussent quasiment inaccessibles au public. Mais à présent, il *était* le public et se demandait comment accéder à ces millions d'informations classées dans des millions de dossiers. Avec la meilleure volonté du monde, le personnel des archives pouvait mettre des jours, voire des semaines, à trouver le renseignement demandé. C'était souvent le cas autrefois et, à l'époque, Reacher s'amusait de l'énergie que déployaient les uns et les autres pour mettre la main sur le bon dossier.

Jodie et lui pénétrèrent dans le bâtiment et se dirigèrent vers l'accueil. Une femme d'un certain âge se tenait au guichet. Elle portait un uniforme d'adjudant et paraissait plongée dans ces papiers qui absorbent toujours tellement les fonctionnaires quand on attend qu'ils lèvent enfin les yeux. Au bout d'un long moment, sans un mot, elle leur tendit deux formulaires et désigna du menton un stylo retenu par une chaînette à l'autre bout du guichet.

C'étaient des demandes d'autorisation. Jodie remplit la sienne sous son nom de femme mariée, Jacob, et demanda tous les renseignements disponibles sur le commandant Jack Reacher, police criminelle de l'armée américaine. Puis elle tendit le stylo à Reacher qui sollicita des informations sur le général Leon Jerome Garber, puis fit glisser les deux documents vers l'adjudant. Celle-ci y jeta négligemment un œil, appuya sur une sonnette et se remit illico à sa paperasse. Quelqu'un allait venir chercher les formulaires et entamer de longues et patientes recherches dans le labyrinthe des archives.

— Qui dirige les recherches aujourd'hui ? demanda soudain Reacher.

C'était une question directe. L'adjudant parut réfléchir à un moyen d'éluder la réponse, mais n'en trouva manifestement aucun.

— Le commandant Theodore Conrad, répondit-elle à contrecœur.

Reacher hocha la tête. Ce nom-là ne lui disait rien.

— Voulez-vous lui dire que nous aimerions le rencontrer et faire apporter les dossiers dans son bureau ?

Le ton était poli, mais sans appel. Il avait déjà fait ses preuves auprès d'autres adjudants. La femme décrocha son téléphone et fit ce que Reacher lui demandait.

— Il envoie quelqu'un vous chercher, dit-elle en raccrochant, visiblement étonnée que Conrad pût consentir pareille faveur.

— Inutile, répondit Reacher. Je sais où se trouve son bureau.

Il montra le chemin à Jodie. Le bureau du commandant Conrad se trouvait deux étages plus haut. L'homme les attendait sur le palier. Un uniforme d'été, un nom inscrit sur une petite plaque de plastique agrafée sur sa poitrine. Quarante-cinq ans environ. La mine sympathique, mais dissimulant peut-être un peu d'amertume. Être encore aux archives à quarante-cinq ans n'était pas le signe d'une brillante carrière. L'homme se porta à leur rencontre. S'arrêta. Un deuxième classe fonçait sur lui dans le couloir, deux dossiers sous le bras. Reacher sourit : finalement, certains dossiers se retrouvaient vite. Conrad prit ceux que lui tendait le soldat.

— Bien. Que puis-je pour vous ?

Il avait l'accent lent, limoneux, comme le Mississippi auprès duquel il avait grandi, mais agréable.

— Eh bien, nous avons vraiment besoin de votre aide, commandant. Et nous espérons qu'après lecture de ces dossiers vous aurez envie de nous l'apporter.

Conrad baissa les yeux vers les documents qu'il tenait à la main, s'effaça pour laisser Jodie et Reacher pénétrer dans son bureau et les invita à s'asseoir tout en feuilletant les deux dossiers. Il lui fallut une dizaine de minutes pour les parcourir.

— Très joli, dit-il en conclusion. Très impressionnant. Je présume que vous êtes le commandant Jack Reacher, et vous, Mme Jodie Jacob, la fille du général Garber. Est-ce que je me trompe ?

Reacher sourit.

— C'est bien ce que je pensais, reprit Conrad. Et vous croyez qu'être de la famille, si je puis dire, va vous faciliter l'accès aux archives de l'armée ?

— Jamais nous n'avons pensé une chose pareille, répondit Reacher. Nous savons que toutes les demandes sont traitées avec le même soin.

Conrad sourit à son tour, puis éclata franchement de rire.

— Vous bluffez bien. Vous devez jouer au poker ! s'esclaffa-t-il. En tout cas, vous devriez. Comment puis-je vous aider ?

— Qu'avez-vous sur Victor Truman Hobie ?

— Vietnam ?

— Vous le connaissez ? fit Reacher, étonné.

— Non. Jamais entendu parler. Mais avec Truman en deuxième prénom, il a dû naître quelque part entre 1945 et 1952, n'est-ce pas ? Auquel cas, il est trop jeune pour la Corée et trop vieux pour la guerre du Golfe.

Reacher acquiesça. Theodore Conrad commençait à lui plaire. Il aurait aimé sortir son dossier pour voir ce qui avait bien pu freiner sa carrière et le bloquer dans un bureau au fond du Missouri.

Conrad décrocha son téléphone et demanda le dossier Hobie. À peine cinq minutes plus tard, on frappait à la porte du bureau.

— Rapide, fit Jodie.

— Non, pas vraiment, répondit Conrad. Réfléchissez : le soldat m'entend dire H comme Hobie. Il se précipite dans la section H, localise le fichier, l'attrape et court avec jusqu'à mon bureau. Nos soldats sont censés recevoir un entraînement physique leur permettant de couvrir un kilomètre et demi en cinq minutes. Et il y a bien moins d'un kilomètre et demi entre la section H et ce bureau. Par conséquent, ce soldat s'est montré un peu lent. Je le soupçonne d'avoir été retardé par le délicieux adjudant de la réception.

Le dossier de Victor Hobie était jauni, racorni. Une fiche collée sur la première page indiquait les noms de tous ceux qui avaient demandé à le consulter. Elle n'en portait que deux.

— Deux demandes par téléphone : une du général Garber lui-même, au mois de mars dernier. Et une d'un certain Costello, depuis New York, au début de la semaine dernière. Qu'est-ce qui justifie ce subit intérêt ? demanda Conrad.

— C'est bien ce que nous espérons découvrir, répondit Reacher.

Un soldat qui a été au front a un épais dossier, à plus forte raison s'il a combattu trente ans auparavant. Trois décennies sont suffisantes pour que chaque note, chaque rapport, finisse par atterrir au bon endroit. Le dossier de Victor Hobie faisait bien cinq centimètres d'épaisseur. Un instant, Reacher revit le portefeuille plein à craquer de Costello. Il approcha son fauteuil du bureau et se tourna légèrement vers Jodie. Puis Conrad délia le ruban de tissu qui maintenait le dossier fermé et ouvrit celui-ci sur le bois ciré de son bureau. Comme s'il offrait un trésor à l'intérêt passionné de fins connaisseurs.

Marilyn avait donné des instructions précises. Sheryl les suivit à la lettre. Avant toute chose, elle devait *se faire soigner*. Elle attendit son tour, assise sur une chaise. Le service des urgences de l'hôpital Saint-Vincent était moins surchargé qu'à l'ordinaire. Au bout de dix minutes, elle fut reçue par un médecin — une femme, et si jeune qu'elle aurait pu être sa fille.

— Comment est-ce arrivé ? lui demanda celle-ci.

— Je suis rentrée dans une porte.

La femme ouvrit un rideau et invita Sheryl à pénétrer dans une petite cabine. Elle la fit asseoir sur la table d'examen et testa ses réflexes.

— Une porte, dites-vous ? Vous en êtes sûre ?

Sheryl hocha affirmativement la tête. Elle n'allait pas abandonner son scénario. Marilyn comptait sur elle.

— Elle était entrouverte, expliqua-t-elle. Je me suis retournée, je ne l'ai pas vue.

Sans répondre, le médecin braqua une lumière dans son œil gauche, puis dans le droit.

— Vous avez des troubles de la vision ?

— Un peu.

— Des maux de tête ?

— Vous ne pouvez pas imaginer.

La femme examina le formulaire d'admission.

— Bien, on va faire une radio des os de la face et un scanner. Je vois que vous êtes bien assurée. Je vais vous envoyer un chirurgien. Si vous avez besoin d'être opérée, mieux vaut que ce soit le plus tôt possible. Maintenant, vous allez vous coucher. Je vais vous donner un calmant.

Sheryl entendit alors la voix de Marilyn. Elle avait insisté : *Appelez avant les calmants, sinon vous allez oublier*.

— J'ai besoin de téléphoner.

— Nous pouvons appeler votre mari, si vous le souhaitez.

— Je ne suis pas mariée. Je veux appeler un avocat.

La femme la dévisagea un instant, puis haussa les épaules.

— D'accord, il y a des téléphones dans le hall. Mais faites vite.

Sheryl se dirigea vers la cabine qui se trouvait face à la rangée de chaises où attendaient les patients. Comme Marilyn le lui avait recommandé, elle demanda un PCV. Elle avait mémorisé le numéro. On décrocha à la deuxième sonnerie.

— Forster et Abelstein, à votre service, fit une voix tonitruante.

— J'appelle de la part de M. Chester Stone, dit Sheryl. Je voudrais parler à son avocat.

— C'est M. Forster lui-même. Ne quittez pas, s'il vous plaît.

Pendant que Sheryl attendait de parler à David Forster, quelques mètres plus loin, le médecin qui l'avait reçue était, elle aussi, en communication. Avec la police, service des violences conjugales.

— Ici l'hôpital Saint-Vincent, dit-elle. J'ai encore une cliente pour vous. Celle-ci prétend avoir rencontré une porte. Elle ne veut même pas reconnaître qu'elle est mariée, et encore moins qu'il lui a tapé dessus. Vous pouvez passer la voir quand vous voulez.

Le premier document figurant dans le dossier de Victor Hobie était son engagement dans l'armée. Sur le papier jauni aux bords roussis par les ans, une écriture de gaucher, la même graphie appliquée que Reacher et Jodie avaient vue dans sa correspondance à ses parents. Cette lettre-ci parlait de son désir de piloter des hélicoptères, rien de plus. À l'époque, pour un garçon souhaitant s'engager, il y en avait deux douzaines qui prenaient un aller simple pour le Canada. Alors les recruteurs de l'armée n'avaient pas fait la fine bouche et l'avaient expédié *illico* à la visite médicale.

Les examens auxquels étaient soumis les futurs pilotes étaient beaucoup plus poussés que les autres, et testaient surtout la vue et le sens de l'équilibre. Hobie les avait tous passés avec succès.

Le deuxième document était le reçu de ses billets pour Fort Dix, quinze jours plus tard. Le troisième émanait précisément de Fort Dix : c'était son engagement officiel dans l'armée américaine. Hobie avait suivi douze semaines d'entraînement à Fort Dix et subi six tests d'aptitude, avec un résultat nettement au-dessus de la moyenne.

Nouveau reçu de billets, pour Fort Polk cette fois. Là, il avait appris à manier les armes. Une fois encore avec succès. Puis il avait été envoyé à Fort Wolters, au Texas, où était située l'école de pilotage. Il y avait passé cinq mois. Wolters fournissait beaucoup de documents sur lui : il avait étudié la physique, l'aéronautique, la navigation, et avait manifestement déployé ses talents en mathématiques. Là, apparaissait un commentaire négatif. Celui d'un officier qui lui reprochait de monnayer ses services et de faire cirer ses bottes par quelques camarades rebelles aux équations. Reacher eut intérieurement un geste de mépris. Cet officier était un abruti. Hobie suivait un entraînement pour devenir pilote d'hélicoptère, pas pour être canonisé.

Les quatre derniers mois à Wolters avaient été consacrés au pilotage même. Les rapports de l'instructeur de Hobie, un certain Lanark, étaient rédigés sur un ton très anecdotique, bien loin de l'esprit militaire. Pour lui, apprendre à piloter un hélicoptère, c'était comme apprendre à faire du vélo. On se plantait, on se plantait, on se plantait, et puis soudain, on attrapait le coup, et on ne le perdait plus jamais. D'après Lanark, Hobie avait peut-être mis plus longtemps que les autres à attraper le coup, mais il avait fait des progrès fulgurants, était devenu un pilote « excellent », puis « extraordinaire ».

Hobie était sorti deuxième de Wolters, juste derrière un as, A. A. DeWitt. Les deux garçons avaient suivi ensemble l'entraînement de pointe de Fort Rucker, Alabama, où ils avaient passé quatre mois.

— J'ai déjà entendu ce nom-là : DeWitt..., dit Reacher.

— Il s'agit sans doute du général DeWitt, répondit Conrad. Maintenant, il dirige l'école de pilotes de Wolters. C'est un fou d'hélicos.

Reacher poursuivit sa lecture. Hobie était arrivé à Fort Belvoir, en Virginie, avec son camarade DeWitt. Ils y étaient restés deux semaines, dans une unité de combat, avant d'entamer une traversée de trente et un jours vers la baie de Long Mai, au sud de Qui Nhon.

Trente et un jours en mer. Un long mois. Les soldats rivalisaient d'expédients pour tromper l'ennui. Hobie s'était porté volontaire pour l'entretien des appareils, ce qui signifiait qu'il passait son temps à astiquer et à graisser les pièces des hélicoptères. Une fois en Indochine, il était devenu premier lieutenant. Une promotion méritée pour une bonne recrue. Reacher se rappela les mots de Ed Steven dans le hangar de sa quincaillerie : « Il marchait bien, sans pour autant faire des étincelles. »

Au Vietnam, Hobie et DeWitt avaient été les deux premiers bleus envoyés dans la jungle. Ils avaient effectué cinq missions en tant que copilotes, avant d'accéder enfin aux commandes. Alors les choses sérieuses avaient commencé. La seconde moitié du dossier n'était constituée que de rapports de missions sur papier pelure. Rédigés dans un langage sec, factuel.

Au début, les missions de combat avaient un caractère épisodique. La guerre faisait rage, mais Hobie passait beaucoup de temps à terre, à cause du mauvais temps, les brouillards et brumes du Vietnam rendant suicidaire toute sortie à basse altitude. Puis le temps s'était éclairci, et les rapports s'étaient succédé à une cadence ahurissante : trois, cinq, parfois sept sorties le même jour. Pour déposer, récupérer, approvisionner ou réapprovisionner les troupes au sol.

Les rapports étaient divisés en deux moitiés, au milieu desquelles s'intercalait le document signifiant la fin de la première période. Hobie était rentré au pays avec une médaille, des citations et l'envie de repartir. Puis venaient encore d'autres rapports, mais moins nombreux, ceux des missions qu'il avait effectuées lors de son retour au Vietnam. La dernière, la neuf cent quatre-vingt-onzième, était une mission spéciale. Il avait décollé de Pleiku pour une zone située près de An Khe. Les instructions concernaient deux hélicoptères. DeWitt pilotait l'autre. La mission consistait à récupérer trois hommes. Hobie était arrivé sur les lieux avant DeWitt. Avait posé son appareil sur une zone minuscule, embarqué les trois hommes, et redécollé immédiatement, sous le feu nourri de l'artillerie vietnamienne. Ses canonniers avaient riposté du mieux qu'ils pouvaient. Mais les moteurs étaient touchés. DeWitt précisait dans son rapport que le réservoir avait pris feu. L'hélicoptère s'était écrasé dans la jungle à six kilomètres de la zone d'atterrissage et à une vitesse estimée à cent trente kilomètres-heure par DeWitt. Ce dernier disait avoir vu une lueur verte à travers le feuillage, typique de l'explosion d'un réservoir en pleine jungle. Le mauvais temps avait empêché toute opération de sauvetage. Aucune trace de l'épave n'était visible dans cette forêt touffue, inaccessible. Les huit hommes qui se trouvaient à bord avaient été portés disparus.

— Mais pourquoi ? demanda Jodie. DeWitt a vu l'engin exploser. Pourquoi les porter disparus alors qu'ils étaient morts ?

Le commandant Conrad haussa les épaules.

— Personne n'en a l'absolue certitude. DeWitt a vu un éclair dans la jungle, c'est tout. Il aurait pu être causé par n'importe quoi. À l'époque, on ne parlait de morts au combat que lorsqu'on en était absolument certain. Lorsque quelqu'un avait vu les corps. Des avions de combat se sont abîmés en mer, et leurs pilotes ont été portés disparus : ils avaient pu s'en tirer et nager jusqu'au rivage. Je pourrais vous montrer un dossier dix fois plus épais que celui-ci, qui définit et redéfinit avec exactitude la façon de décrire les pertes humaines.

— Pourquoi ? demanda à nouveau Jodie. Par crainte de la presse ?

— Non, répondit Conrad. Ce n'était pas seulement la crainte de la presse. Les militaires mentaient, tout simplement. Et ce pour deux raisons. Premièrement, ils ne voulaient pas tromper les familles. Croyez-moi, il s'est passé beaucoup d'événements étranges. Certains soldats ont survécu à des choses à peine croyables. Ils sont revenus. Ou on les a retrouvés, des années plus tard. D'autres ont été faits prisonniers, et l'armée n'a publié de listes de prisonniers que bien après la fin de la guerre. On ne pouvait pas dire à des parents que leur fils était mort, alors qu'il risquait de réapparaître. Alors on a tout fait pour les déclarer disparus le plus longtemps possible.

Conrad s'interrompit un instant.

— La seconde raison, c'est que les militaires avaient peur, c'est vrai. Mais pas de la presse. Ils avaient peur d'eux-mêmes. Ils avaient peur de s'avouer qu'ils étaient vaincus, et salement.

En examinant le dernier rapport, Reacher releva le nom du copilote. Un sous-lieutenant nommé F. G. Kaplan. Il avait été le partenaire régulier de Hobie pendant toute la durée de son second séjour au Vietnam.

— Je pourrais voir le dossier de ce gars ? demanda-t-il à Conrad.

— La section K ? Oui, ça devrait prendre quatre minutes.

Ils attendirent en silence qu'un soldat apporte sur le bureau de Conrad l'histoire de la vie de F. G. Kaplan, un vieux dossier, épais, semblable en apparence à celui de Hobie. Avec, sur la couverture, la même fiche recensant les demandes de consultation. La plus récente était celle de Leon Garber, au mois d'avril. Reacher le consulta en commençant par la fin. Découvrit le même rapport de mission et les mêmes déclarations du témoin oculaire DeWitt.

Pourtant, le dossier Kaplan contenait un document supplémentaire. Deux ans après l'ultime rapport, le ministère de la Défense déclarait Kaplan mort en mission, à six kilomètres et demi à l'ouest de An Khe. L'hélicoptère dont il était le copilote avait été abattu par des tirs d'artillerie. Aucun corps n'avait été retrouvé, mais la mort devait être tenue pour certaine, afin que sa famille pût honorer sa mémoire et toucher les pensions qui lui revenaient. Reacher posa le document en évidence sur le bureau.

— Pourquoi lui et pas Hobie ? dit-il.

— Je l'ignore, répondit Conrad.

— Bien. On va rendre une petite visite au général DeWitt.

L'aéroport de Noi Bai, près de Hanoi, et celui de Hickam Field, près de Honolulu, se trouvent exactement sur la même latitude. Ainsi, le Starlifter de l'US Air Force transportant les sept cercueils suivit une route aérienne ouest-est entre le tropique du Cancer et le vingtième parallèle. Le vol dura dix heures. Lorsqu'ils amorcèrent leur descente, l'homme aux cheveux gris régla sa montre. Le Starlifter atterrit sur Hickam Field, le plus gros aérodrome militaire de Hawaii, partageant certaines pistes et le contrôle aérien avec l'aéroport international d'Honolulu. Les avions militaires devaient rester inaccessibles aux touristes. Surtout aux touristes japonais. Le Starlifter atterrit et roula donc jusqu'à une zone réservée avant de stopper à cinquante mètres d'un long bâtiment en ciment.

La garde d'honneur de Hickam se composait de huit hommes représentant les principaux corps de l'armée américaine. Ils avancèrent au pas jusqu'à l'avion. S'arrêtèrent. La passerelle s'abaissa dans un grincement sinistre. Puis les hommes pénétrèrent dans le ventre de l'avion. On libéra les cercueils des sangles en caoutchouc qui les avaient maintenus pendant le vol. Les huit hommes soulevèrent le premier. Le posèrent sur leurs épaules. Traversèrent la pénombre du fuselage. Reprirent la passerelle. Sortirent au grand soleil chargé de leur macabre fardeau. Parcoururent au pas les cinquante mètres qui les séparaient du long bâtiment. Y pénétrèrent. Posèrent le cercueil. Restèrent là un instant, tête basse. Puis firent demi-tour et reprirent au pas la direction de l'avion.

Il fallut une heure pour décharger les sept cercueils. L'homme aux cheveux gris ne quitta son siège dans le cockpit que lorsque l'opération fut terminée. Il utilisa l'escalier du pilote pour descendre. S'arrêta un instant en haut des marches. Et étira au soleil ses membres engourdis.

Chapitre 12

Stone dut attendre cinq minutes derrière la vitre fumée à l'arrière de la Tahoe. Il y avait du monde sur l'aire de chargement des camions. Tony guetta l'instant propice et profita d'un camion démarrant dans un nuage de fumée pour le faire sortir de la voiture et le pousser à la hâte vers le monte-charge. Une fois à l'intérieur, il pressa le bouton du quatre-vingt-huitième étage. Ils montèrent en silence, têtes basses, le souffle court. Lorsque les portes s'ouvrirent, Tony jeta un œil dans le couloir pour vérifier si la voie était libre. Oui, elle l'était.

Le costaud tenait la réception. Les deux hommes passèrent devant lui sans un regard et pénétrèrent directement dans la pénombre du bureau. Stores baissés. Silence. Hobie était assis à sa table, immobile, les yeux rivés sur Marilyn, recroquevillée sur l'un des canapés, les jambes repliées sous elle.

— Alors ? fit-il. Mission accomplie ?

— Je l'ai vue entrer aux urgences, dit Stone.

— De quel hôpital ? s'empressa de demander Marilyn.

Ce fut Tony qui répondit :

— Saint-Vincent.

Stone confirma d'un hochement de tête et surprit un sourire fugitif sur le visage de sa femme.

— Bien, conclut Hobie. Voilà pour la bonne action du jour. Maintenant, passons aux choses sérieuses. Quelles sont ces fameuses complications ?

Tony poussa Stone sur le canapé. Il tomba lourdement près de Marilyn et ne bougea plus, les yeux fixés dans le vide.

— Alors ? Je vous écoute, madame Stone, insista Hobie.
— Les titres..., commença Marilyn. Ils n'appartiennent pas directement à Chester.
Hobie la dévisagea un instant sans un mot.
— Si, ils lui appartiennent. J'ai vérifié.
— Oui, ils lui appartiennent sur le papier, mais il n'en a pas le contrôle. Il ne peut pas en user librement.
— Pourquoi ?
— Il doit passer par son conseil d'administration.
— Quel conseil d'administration ?
— C'est son père qui a pris cette décision avant de mourir. Il n'avait pas confiance en Chester. Il pensait qu'il serait incapable de gérer seul la compagnie, qu'il fallait le surveiller. Toute cession de parts doit être signée par les deux membres du conseil, ajouta Marilyn dans un souffle.
Silence. Hobie scruta le visage de Stone. Le regard de Marilyn ne quittait pas son œil valide. Elle y suivait la progression de son mensonge. Le regardait penser. Avaler cette invention qui collait si bien avec ce qu'il savait ou croyait savoir. L'entreprise de Chester capotait parce qu'il était un mauvais gestionnaire. Son père pouvait parfaitement s'en être rendu compte. Un père responsable qui avait protégé le patrimoine familial contre l'incurie de son fils en plaçant celui-ci sous la tutelle d'un conseil d'administration.
— Cette disposition est incontournable, dit encore Marilyn. Dieu sait si on a essayé, pourtant.
Hobie hocha la tête. Juste un tout petit mouvement, à la base du cou. À peine perceptible. Mais Marilyn le vit et comprit qu'elle avait gagné. Sa dernière phrase apportait au mensonge la touche d'authenticité achevant de le rendre crédible. La tutelle d'un conseil d'administration, on essaie de la briser. On la combat. Toute tentative visant à s'en défaire prouvait son existence.
— Qui sont les membres de ce conseil ? demanda calmement Hobie.
— Moi, répondit Marilyn. Et l'avocat de Chester.

— Vous n'êtes que deux ?

Marilyn confirma d'un hochement de tête.

— Ma signature vous est acquise. Tout ce que je veux, c'est qu'on en finisse avec cette histoire et que vous nous laissiez tranquilles.

— Vous êtes une femme intelligente, madame Stone.

— Le nom de l'avocat, demanda brutalement Tony.

— David Forster. Cabinet Forster et Abelstein.

— Comment allons-nous organiser cette rencontre ? demanda Hobie.

— Je vais appeler David. À moins que Chester ne le fasse. Mais, vu les circonstances, il serait préférable que je m'en charge.

— Faites. Convenez d'un rendez-vous pour cet après-midi.

— Ce ne sera pas aussi rapide. Il faudra compter un jour ou deux.

Le silence pénétra à nouveau la pièce. Rompu seulement par les bruits étouffés de la vie qui se poursuivait, ailleurs, dans le World Trade Center. Par les crissements et tapotements du crochet sur le bois du bureau. Hobie ferma les yeux. La paupière brûlée s'attarda un instant avant de s'abaisser, laissant apparaître un œil presque totalement blanc.

— Demain matin, dit-il. Dernier délai. Dites-lui que vous devez traiter cette affaire de toute urgence.

Puis les deux yeux se rouvrirent d'un coup.

— Maintenant, appelez-le.

Marilyn frémit et se laissa doucement glisser vers le bord du canapé : il fallait se lever. Elle parvint à se mettre debout. Ses jambes ne la portaient pas. Elle chancela légèrement tout en tirant sa robe sur ses cuisses. Chester lui effleura le coude. Un geste à peine esquissé. Une minuscule marque de soutien. Elle se raidit. Suivit Hobie jusqu'à l'accueil.

— Faites le 9 pour sortir, dit-il simplement.

Elle passa derrière le comptoir. S'assit. Son regard balaya

rapidement tous les boutons du téléphone. Pas de haut-parleur. Soulagée, elle décrocha. Appuya sur le 9.

— N'oubliez pas, madame Stone. Vous êtes une femme intelligente. Tâchez de le rester.

Il éleva le crochet au niveau de son visage. L'objet scintillait dans la lumière crue des spots. Il paraissait lourd. Très lourd. Amoureusement poli. Monstrueusement simple. Efficace. Hobie l'invitait à imaginer l'usage qu'il saurait en faire. Et elle imagina.

— Forster et Abelstein, claironna une voix dans l'appareil. À votre service.

— Ici, Marilyn Stone. Passez-moi M. Forster.

Elle avait la gorge sèche, la voix rauque. Quelques secondes de musique électronique, puis une autre voix, grave celle-là :

— Forster.

— David. Ici, Marilyn Stone.

Suivit un interminable silence qui pourtant ne dura que quelques secondes. Marilyn comprit que Sheryl avait réussi.

— Est-ce que nous sommes écoutés ? demanda posément Forster.

— Non, je vais bien.

Hobie posa le crochet sur le comptoir. L'acier brillait à quelques centimètres des yeux de Marilyn.

— Laissez-moi appeler la police, reprit Forster.

— Non, je voudrais juste réunir le conseil. Le plus tôt possible.

— Votre amie Sheryl m'a dit ce que vous vouliez. Mais ce n'est pas si simple. Nous n'avons pas le personnel pour traiter ce genre de demandes. Je vais devoir trouver un détective privé, ou quelque chose de ce genre.

— Je vous suggère demain matin, dit Marilyn. C'est une affaire extrêmement urgente.

— Laissez-moi appeler la police, répéta Forster.

— Non, David, la semaine prochaine, c'est vraiment trop tard. Nous devons agir aussi vite que possible.

— Mais je ne sais pas où m'adresser. Nous n'avons jamais eu recours à aucun détective.

— Ne quittez pas, David.

Marilyn plaqua sa main contre le combiné et leva les yeux vers Hobie.

— Si vous tenez absolument à le voir demain, ce sera à son bureau.

— Hors de question. Il faut que ça se passe ici, sur *mon* territoire, répliqua Hobie.

Elle écarta sa main.

— David, que diriez-vous d'après-demain ? Il faut absolument que ça se passe ici, je suis désolée. Il s'agit d'une négociation délicate.

— OK, mais j'ai besoin d'un peu de temps pour trouver l'homme qu'il vous faut. Je vais me renseigner.

— Formidable, David. Merci.

— Marilyn, je ne suis pas sûr de comprendre ce que vous escomptez dans cette manœuvre.

— Moi non plus. Vous savez bien que nous avons toujours regretté la façon dont mon beau-père avait arrangé les choses.

— À 14 heures, dit Forster. Après-demain. Je ne sais pas qui ce sera, mais je vais vous dénicher quelqu'un de bien. Ça vous convient ?

— Après-demain, 14 heures, répéta Marilyn, avant de lui donner l'adresse exacte. Merci, David.

Sa main tremblait en reposant le combiné.

— Après-demain. Quatorze heures, dit Hobie.

— Oui, il nous faut des vêtements. Nous sommes censés participer à une réunion de travail. On ne peut pas rester dans cette tenue.

Hobie eut un sourire.

— Pour ma part, je vous préfère dans cette tenue. Tous les deux. Mais, pour l'occasion, j'accepterai de prêter à nouveau mon costume à ce bon vieux Chester. Vous, vous resterez comme vous êtes.

Marilyn acquiesça sans discuter. Trop épuisée pour résister.

— Retournez dans la salle d'eau. Vous en ressortirez après-demain, à 14 heures. Si vous ne faites pas de bêtises, vous mangerez deux fois par jour.

Sans un mot, Tony accompagna le couple jusqu'à la salle d'eau. Referma la porte sur eux. Traversa le bureau obscur. Rejoignit Hobie à l'accueil.

— Après-demain, c'est beaucoup trop tard ! s'écria-t-il enfin. Bon sang, Hawaii va tout savoir aujourd'hui. Demain, au plus tard.

Hobie approuva.

— Oui, ça va être juste.

— Plus que juste ! Il faut partir, et tout de suite !

— Je ne peux pas, Tony. Je veux ces titres. Tout va bien se passer. Ne t'inquiète pas. Après-demain, à 14 heures, ils seront à moi ; à 17 heures, ils seront vendus. À l'heure du dîner, on sera loin. Et après-demain, tout sera terminé.

— Mais ils font venir un avocat. Un homme de loi. On ne peut pas le laisser entrer ici !

Hobie dévisagea longuement Tony.

— Sais-tu quel est le fondement de la justice, Tony ?

L'homme le regarda sans comprendre.

— Le fondement de la justice, c'est l'équité. L'équité et l'égalité. Ils produisent un homme de loi, on en produira un aussi. Pour le respect de l'équité.

— Bon sang, Hobie, on ne peut pas en laisser entrer deux ici !

— Si, on peut. Et je pense même qu'on doit.

Sur ces mots, il passa à son tour derrière le guichet et prit place à l'endroit où Marilyn s'était assise quelques instants auparavant. Le cuir de la chaise était encore chaud. Il attrapa l'annuaire dans un casier, sous le comptoir. L'ouvrit. Nota un numéro, pressa le 9 pour avoir la ligne. Puis, de la pointe de son crochet, en sept petits coups méthodiques, composa le numéro.

— Spencer Gutman, fit une voix au bout du fil. Que puis-je pour vous ?

Sheryl était étendue sur le dos, l'aiguille de la perfusion plantée dans une veine de la main gauche. Un sifflement dans les tempes. Le sang qui battait derrière les oreilles. Dans une poche carrée transparente, au-dessus de sa tête, le liquide était clair comme de l'eau, juste un peu plus épais. Son visage ne la faisait plus souffrir. La douleur s'était doucement estompée. Elle se sentait apaisée, somnolente. Elle faillit appeler l'infirmière pour lui demander de débrancher la perfusion, puisqu'elle ne souffrait plus. Puis elle comprit : c'était grâce au liquide qu'elle ne souffrait plus. Sa confusion lui arracha un sourire. Ses paupières se fermèrent, lourdement.

Puis elle perçut un bruit quelque part dans la chambre. Elle rouvrit les yeux. Vit le plafond. D'une blancheur aveuglante à cause de l'éclairage au néon. Baissa lentement son regard. Au prix d'un effort surhumain. Il y avait deux personnes au pied de son lit. Un homme et une femme. L'observant. Ils portaient des uniformes. Chemise bleue à manches courtes, pantalon noir, chaussures de marche. Des insignes agrafés sur leurs chemises. À leurs ceintures, matraque, menottes, talkie-walkie et holster. Des policiers. Plus très jeunes. Pas très grands. Un peu rondouillards.

L'homme perdait ses cheveux. Le plafond se reflétait sur son front dégarni. La femme avait des cheveux roux, presque orange. Permanentés. Elle était plus âgée que lui. Cinquante ans peut-être. Elle avait des enfants. Sheryl l'aurait juré, à voir l'expression qui flottait sur son visage. Celle d'une mère.

— On peut s'asseoir ? fit celle-ci.

Sheryl répondit oui d'un faible hochement de tête. Le liquide bourdonnait dans ses tempes. La femme approcha du lit une chaise dont les pieds grincèrent sur le carrelage. L'homme fit de même. Ils se tenaient tout près, mais Sheryl devait lutter pour parvenir à fixer leurs visages.

— Je suis l'agent O'Hallinan, dit la femme.

Sheryl opina. Ce nom lui plaisait. Les cheveux roux, la carrure robuste, normal avec un nom irlandais. À New York, beaucoup de policiers étaient d'origine irlandaise. Sheryl le savait. Certaines familles constituaient même de véritables dynasties de flics.

— Et moi, l'agent Sark, dit l'homme.

Il était pâle. D'une pâleur livide. Il ne s'était pas rasé depuis le matin, des ombres grises se dessinaient sur ses joues.

— Racontez-nous comment c'est arrivé, dit l'agent O'Hallinan.

Sheryl ferma les yeux. Elle n'arrivait pas vraiment à se souvenir. Elle se voyait entrer chez Marilyn. Remarquait une odeur de shampooing à moquette. Se disait que ce n'était pas une bonne idée : le client risquait de se demander pourquoi. Puis elle se retrouvait étendue sur le sol, le nez en sang, avec, dans la tête, une douleur intolérable.

— Comment est-ce arrivé ? fit à son tour l'agent Sark.

— Je suis rentrée dans une porte, répondit-elle dans un murmure.

Marilyn avait dit : « Pas la police. » Pas encore.

— Quelle porte ?

Sheryl n'en savait rien. Marilyn n'avait pas précisé.

— Celle du bureau, dit-elle au hasard.

— Votre bureau se trouve ici, à New York ? demanda l'agent O'Hallinan.

Pas de réponse. Sheryl se contenta de plonger un regard vide dans les yeux de la femme.

— D'après votre assureur, vous travaillez à Westchester, fit Sark. Chez un agent immobilier de Pound Ridge.

Elle confirma d'un timide hochement de tête.

— Comme ça, vous rentrez dans une porte à Westchester, et vous vous retrouvez à quatre-vingts kilomètres, dans un hôpital de New York ?

Sheryl ne répondit pas. Ses tempes sifflaient et bourdonnaient tour à tour.

— Nous pouvons vous aider, vous savez, reprit la femme.

Nous sommes là pour ça. Nous pouvons faire en sorte que ça ne se reproduise plus. Jamais. Mais il faut nous dire comment c'est arrivé. Il vous bat souvent ?

Sheryl la considéra, l'œil fixe, l'air égaré.

— C'est pour ça que vous êtes venue ici ? ajouta Sark. Nouvel hôpital, nouveau dossier, pas trace des fois précédentes, c'est ça ? Si nous allions poser la question à Mount Kisco ou à White Plains, qu'est-ce qu'on nous dirait ? Ils vous connaissent déjà là-bas, n'est-ce pas ?

— Je suis rentrée dans une porte, répéta Sheryl dans un souffle.

— Sheryl, nous savons que c'est faux, fit O'Hallinan en se levant pour saisir la radio que l'infirmière avait posée sur la table de chevet.

Elle la sortit de son enveloppe et l'éleva face au néon.

— Voici votre nez, vos pommettes, votre front et votre menton, fit-elle, pointant l'index sur les zones qu'elle désignait. Vous avez le nez et les pommettes cassés. Les os ont été enfoncés. Votre menton et votre front, eux, sont intacts. Le coup a donc été porté latéralement. Une batte de base-ball, peut-être ?

Sheryl contemplait le cliché au gris laiteux. Ses os y dessinaient des formes vagues. Les orbites de ses yeux lui parurent énormes. Le calmant bruissait dans sa tête. Elle se sentait faible, ensommeillée.

— Je suis rentrée dans une porte.

— Une porte est verticale, répondit patiemment l'agent Sark. Si vous aviez heurté une porte, comme vous le prétendez, vous auriez aussi des fractures au front et au menton...

— Nous pouvons vous aider, ajouta l'agent O'Hallinan. Racontez-nous ce qui s'est passé, et je vous jure que ça ne se reproduira plus.

— Je voudrais dormir maintenant, murmura Sheryl.

La femme se pencha vers elle et lui dit à l'oreille :

— Voulez-vous que je demande à mon partenaire de sortir et de nous laisser seules, toutes les deux ?

— Je suis rentrée dans une porte et maintenant, je voudrais dormir. S'il vous plaît.

L'agent O'Hallinan hocha la tête ; elle eut l'air de comprendre.

— Je vous laisse ma carte, dit-elle. Si vous souhaitez me parler lorsque vous vous réveillerez, n'hésitez pas.

Sheryl ne répondit rien. Elle dormait, ou faisait semblant. Les deux agents quittèrent la chambre et rejoignirent le médecin qui discutait avec une infirmière dans le couloir.

— Elle est rentrée dans une porte, soupira Sark. Une porte probablement bourrée et armée d'une batte de base-ball.

Le médecin secoua la tête d'un air navré.

— Mais, bon sang, pourquoi les protègent-elles ainsi ?

— Je l'ai vue arriver, fit l'infirmière. C'était vraiment bizarre. Je faisais une pause cigarette sur le trottoir, devant l'entrée des urgences. Elle est sortie d'une voiture, au coin de la rue. Et elle a fait le chemin seule, à pied. Elle portait des chaussures trop grandes pour elle, vous avez remarqué ? Il y avait deux mecs dans la voiture. Ils ne l'ont pas quittée des yeux tout le temps qu'elle marchait. Et dès qu'elle a été à l'intérieur, ils ont démarré en trombe.

— Quel genre de voiture ? demanda Sark.

— Grande... et noire.

— Vous avez relevé l'immatriculation ?

— Moi non, mais les caméras, sûrement.

— Les caméras ?

— Oui, les caméras de sécurité, au-dessus des portes de l'hôpital. On est censés se tenir juste en dessous quand on sort fumer une cigarette. Pour que l'administration puisse contrôler nos absences. Comme ça, tout ce qu'on voit, la caméra le voit aussi.

L'heure exacte à laquelle Sheryl était arrivée avait été notée sur sa fiche d'admission. Il fallut à peine une minute pour dérouler la bande vidéo jusqu'à cet instant. Une autre minute pour faire lentement reculer Sheryl jusqu'à une grosse Tahoe noire. L'agent O'Hallinan s'inclina vers l'écran.

— Ça y est, je le tiens.

Jodie choisit leur hôtel en feuilletant quelques guides de voyage dans une librairie. Reacher ne se sentait pas très à l'aise. D'ordinaire, le genre d'endroits dans lesquels il descendait ne figurait dans aucun guide.

— Tiens-moi ça, et ne perds pas la page, fit-elle en lui tendant le guide pendant qu'elle fouillait dans son sac pour en extraire son téléphone portable.

Il l'observait sans un mot. Jamais encore il n'avait appelé un hôtel pour réserver une chambre. Dans ses hôtels à lui, il y avait toujours des chambres disponibles, à n'importe quelle heure du jour ou de la nuit. Quand ils étaient occupés à cinquante pour cent, c'était vraiment la haute saison. Il entendit Jodie mentionner une somme qui lui aurait assuré un mois de séjour dans l'un de ces hôtels.

— Nous aurons la suite « Lune de miel », lui dit la jeune femme en éteignant l'appareil. Avec lit à baldaquin. Pas mal, non ?

Reacher sourit. Lune de miel...

— Ils servent à dîner dans ton palace ?

— Non, répondit Jodie en lui reprenant le guide. De toute façon, ce serait plus amusant d'aller dîner au restaurant. Français, ça te va ? ajouta-t-elle en parcourant le livre.

— Oui, ma mère était française.

Elle ralluma son portable et réserva une table dans le quartier historique de Saint-Louis, à deux pas de l'hôtel.

— Vingt heures, ça nous laisse le temps de nous rafraîchir un peu, conclut-elle.

— Maintenant, il faudrait appeler l'aéroport. On doit partir tôt demain matin.

Quelques instants plus tard, Jodie avait réservé deux places en classe affaire pour le Texas, aéroport de Dallas-Fort Worth, décollage à 8 h 30, et ils marchaient main dans la main au bord du Mississippi. Ils gagnèrent la vieille ville, où était situé leur hôtel, une grande et vieille demeure qui semblait s'étirer paresseusement à l'ombre des marronniers. Poussèrent une énorme porte, pénétrèrent dans un vaste hall, et Jodie se dirigea d'un pas assuré vers la réception. Reacher fixa longuement le comptoir en acajou. Dans les hôtels qu'il fréquentait habituellement, on recevait les clients derrière une fenêtre grillagée ou de l'autre côté d'une vitre pare-balles. Une élégante réceptionniste tendit à Jodie le reçu de sa carte de crédit et à Reacher une grosse clef en cuivre.

— Je vous souhaite un agréable séjour, monsieur Jacob, dit-elle.

La suite « Lune de miel » occupait toute la surface du dernier étage. Parquet de chêne ciré, tapis anciens. La suite se composait d'un salon où trônaient deux majestueux canapés recouverts d'un tissu au motif discret. La salle de bains jouxtait le salon et, au-delà, ouvrait sur la chambre. Jodie bondit sur le lit à baldaquin, radieuse. Reacher posa son sac de voyage sur le sol et resta là, immobile, à la regarder. Elle portait un chemisier dont le bleu soulignait celui de ses yeux. Le tissu semblait doux, peut-être de la soie. Les boutons faisaient penser à des perles. Les deux premiers étaient défaits.

— Qu'est-ce que tu regardes comme ça ? demanda-t-elle avec une mine espiègle.

— Toi.

Les boutons étaient vraiment des perles. Elles glissèrent entre les doigts malhabiles de Reacher quand il les libéra l'une après l'autre de leurs boutonnières...

O'Hallinan et Sark rentrèrent faire leur rapport. Ils se mirent tout de suite à l'ouvrage. L'heure tournait. La relève n'allait pas tarder. Un quart d'heure suffit à l'agent O'Hallinan pour rédiger le compte rendu de leur visite à l'hôpital Saint-Vincent : violence conjugale, la victime refuse de coopérer. Elle tira sur la feuille d'un coup sec pour la dégager du chariot de sa machine à écrire. Son calepin était ouvert devant elle. Restait la plaque de la Tahoe, dont elle avait griffonné le numéro. Elle décrocha le téléphone et appela le service des immatriculations.

— Une Tahoe noire, en effet, lui répondit l'employé. Enregistrée sous le nom de Cayman Corporate Trust, avec une adresse au World Trade Center.

L'agent O'Hallinan nota l'information sur son calepin en se disant que, pour l'ajouter au rapport, il allait falloir réintroduire le formulaire dans la machine. À ce moment, l'employé ajouta :

— Le même propriétaire a abandonné un tout-terrain noir en bas de Broadway hier. Suite à un accident de la circulation. C'est le poste 15 qui s'en est occupé.

— Vous savez qui au poste 15 ?

— Désolé, aucune idée.

L'agent O'Hallinan raccrocha. Elle s'apprêtait à appeler le poste 15 quand elle constata qu'il était l'heure de la relève. Elle n'obtiendrait rien de plus ce jour-là. Elle écrivit quelques mots sur un pense-bête qu'elle déposa dans la corbeille réservée au courrier. Déjà, Sark se tenait devant son bureau.

— C'est l'heure. Je t'offre une bière.

Ils prirent ensemble une longue douche dans la spacieuse salle de bains de la suite « Lune de miel ». Puis, enveloppé dans une serviette de toilette, Reacher alla s'étendre sur un canapé du salon et la regarda se préparer. Elle sortit une robe de soie d'un bleu sombre de son sac de voyage. La passa. Se sécha les cheveux avec une serviette, les peigna. Puis plongea à nouveau dans son sac pour y chercher le collier qu'il lui avait offert à Manille quinze ans auparavant.

— Tu veux bien m'aider ? lui demanda-t-elle en soulevant ses cheveux.

Il approcha, batailla quelque temps avec le fermoir. Ses doigts n'étaient pas habitués à ce genre d'exercice. Il dut s'y reprendre à deux fois. C'était un lourd collier doré. Sans doute pas en or véritable, songea-t-il, vu le prix qu'il l'avait payé. Encore qu'aux Philippines, on ne puisse être sûr de rien. Il retint son souffle, parvint à fermer le bijou. Embrassa son cou.

— Maintenant je suis prête, dit Jodie.

Reacher s'habilla à son tour. Jeta un œil dans le miroir. La vit à ses côtés : elle ressemblait à une princesse accompagnée de son jardinier.

Le restaurant se trouvait à quelques rues de l'hôtel. C'était une belle soirée de juin dans le Missouri, près du fleuve. L'air tiède et moite. Les étoiles scintillant dans un ciel qui avait la couleur de sa robe.

— On se sent plus en sécurité ici qu'à New York, n'est-ce pas ? dit Reacher. Ici, personne ne fait attention à nous.

— Comment le sais-tu ? Tu as vérifié ?

— Bien sûr, je vérifie toujours. On est en train de flâner dans la rue, sans être ni suivis ni épiés. À mon avis, ils n'ont que les deux gars que j'ai vus à Key West et celui qui conduisait le tout-terrain dans l'accident. Sinon, on en aurait déjà d'autres après nous. Il doit s'agir d'une toute petite équipe basée à New York.

Jodie hocha la tête.

— À mon avis, c'est Victor Hobie, dit-elle.

— Je ne crois pas.

— Moi, si. Je pense qu'il a survécu à l'explosion de son hélico, qu'il se cache quelque part et n'a aucune envie qu'on le retrouve.

— C'est aussi ce que je me suis dit, au début, répondit Reacher. Mais psychologiquement, ça ne colle pas. Tu as lu son dossier comme moi. Ses lettres aussi. Je t'ai raconté ce que m'avait dit son copain d'enfance, Ed Steven. C'était un gosse droit comme un I. Sans histoires, on ne peut plus normal. Je ne peux pas croire qu'il ait délibérément laissé ses parents sans nouvelles. Pendant trente ans. Pourquoi aurait-il fait une chose pareille ? Ça ne cadre pas avec ce qu'on sait de lui.

— Peut-être qu'il a changé, répliqua Jodie. Papa disait toujours que le Vietnam changeait les hommes. Et, en général, pas en bien.

— Non. Ce type est mort. À six kilomètres et demi, à l'ouest de An Khe, il y a trente ans.

— Faux. Il est vivant, il habite New York. Et il se cache.

Il se tenait sur la terrasse, adossé au garde-fou, tournant le dos au parc. Le portable à l'oreille, il était en train de vendre la Mercedes de Chester Stone au gars du Queens.

— Il y a aussi une BMW et une Cadillac. Disons, quarante mille dollars les trois, en petites coupures. Dans un sac. Demain.

Le gars siffla entre ses dents, comme le font toujours les trafiquants de voiture quand on leur parle gros sous. Puis il grommela un « oui » à peine audible.

Hobie éteignit le téléphone. Il gardait la Tahoe. Elle se revendrait bien dans le Sud. Et le Sud était sa destination. Il écarta le store et pénétra dans le salon. De sa main gauche, il ouvrit un petit carnet de cuir, le bloqua sur la table à l'aide de son crochet, puis appela l'un de ses débiteurs — un agent immobilier.

— Je veux rentrer dans mes fonds. Maintenant, fit-il sans même avoir besoin de se présenter.

Il entendit l'homme déglutir avec difficulté. Ensuite, plus rien. Silence. Puis le bruit sourd d'un corps qui se laisse choir dans un siège.

— Vous pouvez payer ?

Pas de réponse.

— Vous savez ce qui arrive à ceux qui ne peuvent pas payer ?

Nouveau silence. Nouvelle déglutition.

— Pas de souci, poursuivit Hobie, on va trouver une solution. J'ai deux propriétés à vendre. Une grande maison à Pound Ridge, et mon appartement de la 5e Avenue. Je veux deux millions de dollars pour la maison, et trois et demi pour l'appartement. Vous me trouvez les clients, oubliez votre commission, et moi, j'efface la dette. D'accord ?

L'homme n'avait guère le choix. Hobie lui faxa les coordonnées bancaires de la société des îles Caïmans et lui demanda d'y virer l'argent dans le courant du mois.

— Un mois, c'est un peu optimiste, bredouilla l'agent immobilier.

— Comment vont vos enfants ? rétorqua Hobie.

Silence. Déglutition.

— OK, dans un mois, l'affaire sera faite.

Hobie éteignit le portable et écrivit « 5 540 000 $ » sur la page où figuraient trois automobiles et deux résidences. Ensuite, il appela l'aéroport et demanda les horaires des vols pour la côte, le soir même ou le lendemain. Il y avait une multitude de possibilités. Il sourit.

Lorsqu'elle avait entendu Hobie quitter son bureau, Marilyn s'était enfin sentie libre de prendre une douche. Elle ne l'aurait pas fait en le sachant de l'autre côté de la porte. Celui qu'on appelait Tony la gênait moins. C'était un sous-fifre anxieux et docile. Hobie lui avait dit de veiller à ce qu'ils ne sortent pas de la salle d'eau. Il s'en tiendrait là. Les laisserait tranquilles. Quant à l'autre, le baraqué qui servait le café, il était aux ordres de Tony. Aussi se sentait-elle à peu près en sécurité. Mais elle demanda tout de même à Chester de se tenir près de la porte, la main sur la poignée. Au cas où.

Lorsqu'elle eut fini de prendre sa douche, elle lui suggéra d'en faire autant.

— Vas-y, ça te fera du bien.

Il se contenta de hocher la tête sans un mot. Lâcha la poignée de la porte. Resta un instant immobile. Puis ôta ses sous-vêtements et s'assit, nu, à même le sol, pour enlever chaussures et chaussettes. Marilyn vit une large ecchymose jaune sur ses côtes.

— Ils t'ont frappé ? murmura-t-elle.

Nouveau hochement de tête. Puis Chester se leva, entra dans la douche. Ouvrit les robinets à fond. Au bout de quelques instants, il eut le sentiment de ressusciter doucement.

— Ne ferme pas l'eau chaude, lui dit Marilyn. Ça réchauffe un peu la pièce.

Chester épongea son visage et s'enroula dans un drap de bain.

— Et puis, avec le bruit de la douche, ils ne pourront pas nous entendre, poursuivit Marilyn. Il faut qu'on parle.

Il haussa les épaules, comme s'il n'y avait finalement pas grand-chose à dire, puis se décida :

— Je ne comprends pas ce que tu mijotes. Il n'y a pas de conseil d'administration. Il va s'en apercevoir, et ça va le rendre fou furieux.

Marilyn fixa son mari à travers un épais nuage de vapeur.

— On a besoin d'un témoin.

— Un témoin de quoi ?

— De ce qui va se passer. David Forster va nous envoyer un détective privé. Hobie n'y pourra rien. On avouera qu'il n'y a jamais eu de conseil d'administration. On ira tous à ta banque et on lui donnera ses fichus titres. Mais dans un endroit public, avec un témoin. Un témoin qui sera aussi une sorte de garde du corps. Après, on n'aura plus qu'à partir.

— Et tu crois que ça va marcher ?

— Oui. Hobie a l'air impatient, comme s'il avait une date limite pour régler tout ça. Notre atout, c'est de faire traîner les choses. Ensuite, on aura notre témoin et garde du corps. Hobie sera trop pressé par le temps pour pouvoir réagir.

— Je ne comprends pas, répéta Chester. Tu veux dire que ce privé va témoigner que j'ai signé sous la contrainte ? Qu'on pourra poursuivre Hobie et l'obliger à me restituer les titres ?

Marilyn demeura un instant silencieuse. Stupéfaite.

— Non, Chester, dit-elle enfin d'une voix grave. On ne poursuivra personne. Hobie aura ses titres, et nous, on sera vivants.

Il tenta de distinguer son visage à travers la vapeur qui avait envahi la pièce.

— Tu n'y penses pas ! Et la compagnie ? Tout sera fini. Hobie sera majoritaire.

— Mais tu ne comprends donc rien, Chester ! Tout est déjà fini. Il n'y a plus de compagnie. La compagnie appartient au passé, à l'histoire, tu ferais mieux de te faire enfin à cette idée.

Ce n'est pas la compagnie que je cherche à sauver, Chester, mais nos vies !

Le porc aux pruneaux était un délice. Reacher se dit qu'en bon cordon-bleu français sa mère l'aurait apprécié. C'était le genre de restaurant où l'on ménageait aux clients une longue pause entre le plat principal et le dessert. Aucun garçon pour vous bousculer. Personne pour s'impatienter en lorgnant votre table. Un luxe que Reacher découvrait. Et qui ne lui déplaisait pas. Il se cala dans son fauteuil et étendit ses jambes sous la table, effleurant au passage les chevilles de Jodie.

— Pense à ses parents, reprit-il. Pense à lui enfant. Si tu ouvres une encyclopédie à la lettre F, comme « Famille américaine normale », tu vas sûrement trouver une photo des Hobie. Je sais que le Vietnam peut avoir changé sa personnalité. Eux aussi le savent. Ils ne s'attendaient pas à ce qu'il revienne jouer les gratte-papier dans l'imprimerie du père Hobie. Non, ils le voyaient sillonner le ciel du golfe Persique pour le compte de riches compagnies pétrolières. Alors pourquoi les abandonner ? Pourquoi ne pas donner signe de vie ? Pas un mot en trente ans. Impossible. Ce serait la pire des cruautés. Vois-tu dans son dossier un seul élément qui laisse soupçonner ça ?

— Il a peut-être fait quelque chose. Une chose dont il a honte, répondit Jodie. Il a peut-être participé à un massacre, ou quelque chose comme ça. Et il a eu honte de rentrer chez lui.

— Ce serait dans son dossier, Jodie. Et puis, de toute façon, il n'a pas eu l'occasion de faire quoi que ce soit de ce genre. N'oublie pas qu'il était pilote d'hélicoptère. Les combats terrestres, ce n'était pas son rayon.

Le serveur s'approcha de leur table afin de prendre la commande des desserts. Ils choisirent chacun un sorbet. Reacher attendit qu'il se soit éloigné pour poursuivre :

— Il est mort, Jodie. Tôt ou tard, on en aura la preuve. Et il ne me restera plus qu'à aller trouver ces deux vieux pour leur dire qu'ils ont perdu trente ans de leur vie à espérer pour rien.

— Et nous, qu'est-ce qu'on va dire? Qu'on a été attaqués par un fantôme?

Sept heures du matin à New York, soit 6 heures du matin à Saint-Louis. O'Hallinan et Sark passèrent cette heure de décalage dans leur bureau. Les messages de la nuit s'étaient amoncelés dans la corbeille du courrier : appels des hôpitaux, rapports des îlotiers. Tous les messages devaient être triés et évalués, en fonction de la position géographique et de l'urgence de l'appel. C'était une nuit new-yorkaise moyenne qui venait de s'écouler : vingt-huit sorties. Aussi l'agent O'Hallinan n'appela-t-elle le poste 15 qu'à 7 h 40. Elle composa le numéro. Le flic à la réception ne décrocha qu'à la dixième sonnerie.

— Bonjour. Le 15 a fait remorquer un véhicule tout-terrain noir suite à un accident sur Broadway, il y a deux jours. Ça vous dit quelque chose?

Elle entendit un froissement de papiers.

— Il est à la fourrière. Il vous intéresse?

— Oui. J'ai une femme avec le nez en compote à l'hôpital. Elle y a été conduite dans une Tahoe noire appartenant au même propriétaire.

— C'est peut-être elle qui conduisait. On avait trois véhicules impliqués dans l'accident, et juste un conducteur. Une femme. Le chauffeur du tout-terrain qui a provoqué l'accrochage a disparu. Et la Bravada qu'il a emboutie a filé dans une allée : conducteur et passager introuvables. Le tout-terrain appartient à une société financière.

— Des îles Caïmans? demanda O'Hallinan.

— Oui, c'est ça. Avec une adresse au World Trade Center. La Bravada est à une certaine Mme Jodie Jacob. Mais elle lui a été volée avant l'accident. Ce ne serait pas votre cliente au nez cassé, par hasard?

— Jodie Jacob? Non, la nôtre, c'est Sheryl quelque chose.

— Alors c'est sans doute elle qui conduisait le tout-terrain. Elle est petite ?

— Oui, je crois. Pourquoi ?

— À cause de l'airbag. En se déployant, il peut blesser une femme de petite taille. Ça arrive.

O'Hallinan remercia l'homme et raccrocha.

— Pourquoi prétendre être rentrée dans une porte quand on a eu un accident de voiture ? demanda Sark qui avait écouté la conversation.

O'Hallinan haussa les épaules.

— Aucune idée. Et pourquoi conduire la voiture d'une société du World Trade Center quand on travaille dans une agence immobilière à Westchester ?

— On vérifie tout ça ? demanda Sark.

— Pourquoi pas ?

Sept heures du matin à Saint-Louis. Le soleil jouait entre les colonnes du lit à baldaquin. Jodie s'était levée la première. Elle était sous la douche quand soudain Reacher entendit sonner son portable. Il hésita un instant, puis prit la ligne.

— Allô ?

Il y eut un silence, puis une voix masculine, hâtive et sèche :

— Qui est à l'appareil ? Je cherche à joindre Mme Jacob.

Reacher reconnut l'assistant qui lui avait donné l'adresse de Leon.

— Elle est sous la douche.

Nouveau silence interloqué.

— Je suis un ami, ajouta Reacher.

— Je vois, fit plus lentement la voix. Où êtes-vous ?

— À Saint-Louis, Missouri.

— Bon sang ! Voilà qui va encore compliquer les choses. Puis-je parler à Mme Jacob ?

— Je viens de vous dire qu'elle était sous la douche. Mais je peux peut-être prendre un message, fit Reacher en attrapant sur une table le bloc de papier à lettres et le crayon que les hôtels mettent à la disposition de leurs clients. Je vous écoute.

Le jeune homme se lança alors dans d'interminables circonlocutions, prenant soin de demeurer le plus vague possible, choisissant ses mots avec prudence. Il était question d'un rendez-vous pour le lendemain après-midi, à New York. Rien de plus précis. De toute évidence, un « ami » ne pouvait se voir confier aucun secret d'ordre juridique. Reacher n'eut pas besoin de noter.

— Je vais lui dire de vous rappeler. Ce sera préférable.

— Merci, pardonnez-moi de vous avoir interrompus...

— Interrompus dans quoi, puisqu'elle est sous la douche ? En revanche, vous auriez appelé il y a à peine dix minutes...

Sous le choc, l'assistant raccrocha. Jodie sortit de la salle de bains.

— Que se passe-t-il ?

— Ton secrétaire vient d'appeler. Je crains de l'avoir un peu choqué.

Elle pouffa :

— Reacher, ma réputation est en jeu. Tout le bureau va être au courant avant l'heure du déjeuner. Que voulait-il ?

— Il aimerait que tu rentres à New York.

— Il a dit pourquoi ?

— Non. Une affaire visiblement très confidentielle. Le rendez-vous est fixé à demain après-midi. Tu es très demandée, dis-moi...

— Tu en doutais ?

Parmi les milliers de coups de fil qui s'échangèrent ce jour-là à Wall Street, il y eut celui du cabinet Forster et Abelstein à un certain William Curry, détective privé. Après vingt ans dans la police, Curry avait pris sa retraite, à quarante-sept ans. Depuis deux ans, il travaillait comme privé afin de payer la pension alimentaire qu'il devait à son ex-femme, attendant avec impatience qu'elle se remarie ou qu'elle l'oublie. Il fut heureux qu'un cabinet comme Forster et Abelstein fît appel à lui, heureux mais pas surpris. Ces deux dernières années, il avait fait du bon boulot. Il savait qu'on le recommandait volontiers. En revanche, ce qui le surprit, ce fut la nature du travail qu'on lui proposa :

— Vous voulez que je me fasse passer pour vous ?

— C'est essentiel, répondit Forster. Ils attendent un avocat appelé David Forster, c'est ce qu'on va leur donner. Rassurez-vous, on ne vous posera aucune question technique. Tout ce qu'on vous demande, c'est d'être présent. Vous comprenez ?

— Je l'espère...

Le privé nota les noms des participants, ainsi que l'adresse où il devait se rendre. Puis Forster lui demanda ses tarifs. Curry les doubla pour l'occasion : face à une huile de Wall Street, il ne fallait pas avoir l'air bon marché. Ces gens-là n'apprécient un service que s'ils le paient. Cher. Curry le savait. Et puis, vu la nature de sa mission, il se dit qu'il n'allait pas les voler. Forster accepta son prix sans l'ombre d'une hésitation et s'engagea à lui poster immédiatement un chèque. Curry raccrocha et fonça vers sa penderie en se demandant ce qu'il allait bien pouvoir se mettre sur le dos pour ressembler à une huile de Wall Street.

Chapitre 13

Le trajet Saint-Louis - Fort Worth, soit neuf cents kilomètres, dura quatre-vingt-dix bonnes minutes. La classe affaires qu'avait réservée Jodie était bien différente de celle que Reacher et elle avaient connue au départ de New York. Avec leurs costumes en peau d'ange, leurs bottes en crocodile et leurs chapeaux de cow-boys, les hommes d'affaires texans, plus rudes et plus bruyants que leurs homologues de la côte Ouest, donnaient du fil à retordre aux hôtesses. Jodie portait une petite robe couleur rouille, façon Audrey Hepburn, et ils la reluquaient du coin de l'œil en évitant de croiser le regard de Reacher. Ils lorgnaient son teint hâlé, ses mains, son allure, devaient se dire qu'il avait peut-être gagné cette fille au jeu, avant de se raviser — ce genre de choses n'arrivait plus guère — et d'échafauder d'autres hypothèses. Quant à Reacher, parfaitement indifférent à l'attention qu'il suscitait, il savourait son café tout en réfléchissant aux moyens de pénétrer dans Wolters et de faire parler DeWitt.

Pour un agent de la police militaire, essayer de faire parler un général, c'est jouer à pile ou face. Côté pile, on se retrouve face à un gars qui a eu, par le passé, des problèmes avec telle ou telle unité, et qui s'en est sorti grâce à la police militaire — auquel cas il fait preuve de bonne volonté. Côté face, il s'est déjà fourré dans le pétrin, a déjà eu maille à partir avec la police militaire et ne lèvera pas le petit doigt pour vous aider. De toute façon, la pièce était pipée : toute institution qui se respecte méprise sa police. Reacher l'avait constaté cent fois, et la pièce tombait plus souvent sur face que sur pile. En outre, il était revenu à la vie civile, ce qui aggravait son handicap.

L'avion atterrit puis roula doucement jusqu'à la passerelle conduisant au terminal. Les Texans laissèrent galamment Jodie les précéder dans l'allée. Reacher se dit qu'ils avaient peut-être seulement envie de regarder ses jambes et qu'il ne pouvait pas les en blâmer. Il attrapa son sac de voyage, la rattrapa, passa un bras sur ses épaules et sentit une dizaine de paire d'yeux le fusiller dans le dos.

— Tu marques ton territoire ? fit la jeune femme en riant.

— Manifestement, c'est plus prudent.

— Ça doit être à cause de la robe. J'aurais dû mettre un pantalon.

— Tu serais habillée comme un conducteur de char russe, que ça n'y changerait rien, répliqua Reacher.

Jodie éclata de rire.

Entre le terminal climatisé et la station de taxis, la température augmentait brusquement d'une vingtaine de degrés. Juin au Texas, 10 heures du matin : 40 °C à l'ombre et hygrométrie maximum. Jodie ne regretta plus le pantalon. Elle sortit de son sac une paire de lunettes noires, qui achevèrent de la métamorphoser en une blonde Audrey Hepburn.

Le chauffeur de leur taxi n'ouvrit pas la bouche pendant les quarante minutes que dura le trajet. L'autoroute brillait au soleil, l'asphalte semblait fondre devant eux dans une brume de chaleur.

Fort Wolters était un immense campement planté au milieu de nulle part. Bâtiments soignés, décor impeccable, comme seule l'armée sait le faire. Une haute clôture traçait un périmètre de plusieurs kilomètres, sans la moindre touffe de mauvaise herbe au pied de ses piliers. De l'autre côté, des allées de ciment gris serpentaient entre les bâtiments. Les vitres semblaient cligner de l'œil au soleil. Le taxi longea un immense terrain sur lequel s'alignaient des hélicoptères autour desquels s'affairaient les pilotes à l'entraînement.

L'entrée principale, en retrait, était encadrée d'interminables mâts peints en blanc, au sommet desquels pendaient mollement les drapeaux. Une barrière rouge et blanche barrait l'accès. Reacher vit les vigiles de la police militaire observer depuis leur guérite l'arrivée du taxi. Ils portaient l'attirail complet, casque compris. Il sourit : cette étape-là serait facile.

Le taxi les déposa, puis fit immédiatement demi-tour. Reacher et Jodie s'avancèrent jusqu'à la guérite. Un sergent de la police militaire fit coulisser la vitre et les examina d'un air soupçonneux.

— Nous aimerions rencontrer le général DeWitt, dit Reacher. Pouvez-vous faire quelque chose pour nous, sergent ?

— Tout dépend qui vous êtes.

Reacher lui dit quelles avaient été ses fonctions par le passé, et qui étaient Jodie et le père de Jodie. L'instant d'après, le sergent avait décroché son téléphone.

— C'est bon, dit-il. Le général vous recevra d'ici une demi-heure.

La demi-heure nécessaire aux vérifications d'usage, songea Reacher.

— Il est comment, votre général ? demanda-t-il au sergent.

— Du genre SAS, monsieur, répondit l'homme avec un sourire.

Reacher sourit à son tour. Dans le jargon de la police militaire, SAS signifiait « Salopard À Souhait », une définition plutôt bienveillante de la part d'un sergent envers son général. Si Reacher savait s'y prendre, il obtiendrait peut-être un minimum de coopération. Ou bien rien du tout. Ce qui lui donna matière à réfléchir pendant qu'ils patientaient.

Trente-deux minutes plus tard, une Chevy verte s'arrêta près de la barrière, à l'intérieur de l'enceinte. Le sergent la désigna du menton à Reacher et à Jodie. Le chauffeur était un simple deuxième classe qui n'ouvrirait pas la bouche de tout le trajet. Il démarra doucement en direction des bâtiments. Reacher regarda défiler devant lui ces images familières. Il n'avait jamais mis les pieds à Wolters. Pourtant, il avait l'impression de connaître cette base, tant elle ressemblait aux dizaines d'autres qu'il avait fréquentées. Même disposition, même population, mêmes détails. L'architecture du bâtiment principal était identique à celle de la base berlinoise qui l'avait vu naître. Seul le climat différait.

La Chevy s'immobilisa au pied des marches. Reacher ouvrit sa portière et aida Jodie à descendre.

— Merci pour la balade, soldat.

Le garçon ne répondit rien. Raide, les yeux fixés droit devant lui, il respectait les consignes. Reacher et Jodie gravirent les marches et franchirent la porte. Un autre deuxième classe se tenait dans l'entrée, casque blanc, guêtres blanches, M16 étincelant en travers du torse.

— Reacher et Garber pour le général DeWitt, annonça Reacher.

Le soldat redressa l'arme d'un coup sec : ils pouvaient passer. Jodie suivit Reacher à l'étage. Là, assis à une petite table, un sergent de la police militaire manifestement débordé par la paperasse. Derrière lui, une porte en chêne avec une plaque indiquant le nom du général. Une très grosse plaque.

— Reacher et Garber pour le général, dit Reacher.

Le sergent hocha la tête, décrocha son téléphone. Enfonça une touche.

— Vos visiteurs sont là, monsieur.

Il écouta la réponse, raccrocha, se leva, ouvrit la porte. S'effaça et referma la porte sur Reacher et Jodie. La pièce avait les dimensions d'un court de tennis. Murs lambrissés de chêne, moquette impeccable. DeWitt était assis derrière son bureau. Une bonne cinquantaine, grand et maigre, cheveux gris coupés en brosse. Des paupières mi-closes sur un regard gris à la fois curieux et irrité.

— Asseyez-vous, dit-il. Je vous en prie.

Jodie et Reacher prirent place dans les sièges de cuir qui faisaient face au bureau. Autour d'eux, les murs étaient ornés de trophées, de médailles, d'insignes. De photos d'hélicoptères. Mais rien de personnel. Pas même la photo d'un enfant ou d'une femme.

— Que puis-je pour vous ?

Il avait ce ton monocorde que finissent par adopter les militaires à force de côtoyer aux quatre coins du monde des hommes venus de tous les États du pays. Mais il devait être natif du Middle West, Chicago, peut-être, se dit Reacher.

— J'ai été commandant dans la police militaire, fit-il.

— Je sais. Nous avons vérifié.

Réponse neutre. Ni hostilité. Ni sympathie.

— Je suis la fille du général Garber, renchérit Jodie.

DeWitt se contenta de hocher la tête.

— Nous sommes ici à titre privé.

Bref silence.

— En tant que civils, par conséquent, articula lentement DeWitt.

Reacher acquiesça. Un point pour lui.

— Au sujet d'un pilote nommé Victor Hobie. Il a servi avec vous au Vietnam.

DeWitt demeura impassible.

— Vraiment ? Ce nom ne me dit rien.

Refus de coopérer. Deux points pour lui.

— Nous cherchons à savoir ce qui lui est arrivé.

Nouveau silence. Puis DeWitt hocha lentement la tête, l'air amusé.

— Pour quoi faire ? S'agit-il d'un vieil oncle disparu ? Ou avez-vous retrouvé son journal intime entre deux *Playboy* de 1968 ?

Trois à zéro. Non coopératif et agressif. Le silence retomba sur le bureau. On distinguait au loin un bruit de pales d'hélicoptère. Jodie s'avança sur son siège. Sa voix était basse, posée.

— Nous sommes ici au nom de ses parents, monsieur. Ils ont perdu leur fils il y a trente ans, et n'ont jamais su ce qu'il lui était arrivé. Ils en pleurent encore, mon général.

DeWitt la fixa de ses yeux gris et secoua négativement la tête.

— Je ne me souviens pas de lui. Désolé.

— Il s'entraînait ici même avec vous, dit Reacher. Vous êtes partis ensemble pour Rucker, puis vous avez embarqué pour Qui Nhon. Vous avez passé une bonne partie de la guerre ensemble.

— Votre père était militaire ? demanda DeWitt.

— Oui, répondit Reacher. Trente ans de paras.

— Le mien était dans l'Air Force. Il pilotait les bombardiers qui quittaient l'Angleterre pour pilonner Berlin. Vous savez ce qu'il m'a dit quand j'ai choisi les hélicos ?

Reacher attendit.

— Il m'a donné un excellent conseil. Il m'a dit : ne te lie jamais avec un pilote. Ils se font tous tuer.

Reacher insista :

— Vous ne vous souvenez vraiment pas de lui ?

DeWitt se contenta de hausser les épaules.

— Pas même pour ses parents ? demanda Jodie. Vous trouvez normal qu'ils ignorent ce qu'est devenu leur fils ?

Le bruit des rotors s'évanouit dans le lointain. DeWitt fixa longuement la jeune femme. Puis posa les mains à plat sur son bureau et poussa un long soupir.

— Soit. Admettons que j'aie effectivement quelques souvenirs. Ils remontent surtout aux premières années. Plus tard, quand je les ai vus mourir les uns après les autres, j'ai préféré m'en tenir au conseil de mon père...

— Alors, comment était-il ? demanda Jodie.

— Pas comme moi, pour commencer. Ni comme personne d'autre de ma connaissance. Ce type était une contradiction ambulante. C'était un engagé volontaire, vous savez. Moi aussi, d'ailleurs, comme beaucoup de gars ici. Mais Vic n'était pas comme les autres. À l'époque, il y avait une grande différence entre les volontaires et les appelés. Les volontaires étaient tous des têtes brûlées, ils fonçaient, ils avaient le feu sacré. Pas Vic. C'était un engagé, mais aussi discret que le plus maussade des appelés. Seulement il pilotait comme s'il était né avec un rotor dans le cul.

— Alors il était doué ? fit Jodie.

— Plus que doué, répondit DeWitt. Le meilleur après moi, ce qui n'est pas peu dire, croyez-moi. Parce que moi, je suis vraiment né avec un rotor dans le cul. Et puis Vic était très fort côté bouquins. Il dominait tout le monde en cours.

— Quelle était son attitude par rapport à ça ? demanda Reacher. Monnayait-il ses services ?

Le regard de DeWitt quitta brusquement celui de Jodie.

— Je vois que vous vous êtes renseignés.

— Oui, aux Archives militaires, répondit Reacher.

— En effet, Vic monnayait ses services, reprit DeWitt. Si je me souviens bien, il y eut une petite polémique à ce sujet. On était censés aider les autres pour l'honneur, pour le bien de l'unité, etc. Vous vous souvenez de tout ce baratin, non ? Vic y était complètement indifférent. Pour lui, ce n'était qu'une équation de plus. Quelle est la charge maximale au décollage ? Combien de temps dois-je consacrer à tel exo pour qu'Untel cire mes bottes ? Les gars le trouvaient froid, insensible.

— L'était-il vraiment ? demanda Jodie.

— Totalement. C'est le type le plus glacial que j'aie jamais connu. À l'époque, ça me sidérait. Au début, j'ai cru que c'était dû à ses origines : il venait d'un bled où il ne se passait rien, où il n'avait jamais rien vu. Ensuite, j'ai compris qu'il ne ressentait rien, tout simplement. Absolument rien. C'était bizarre. Mais c'est ce qui a fait de lui un pilote de génie.

— Parce qu'il n'avait jamais peur ? fit Reacher.

— Exactement. Ce n'était même pas du courage, dans le sens où le courage est ce qui permet de surmonter la peur. Or Vic n'a jamais connu la peur. Au combat, il était meilleur pilote que moi. J'étais le premier à l'entraînement, mais quand on se retrouvait au charbon, c'était Vic le meilleur.

— C'est-à-dire ?

DeWitt hésita un instant, comme quelqu'un qui s'apprête à expliquer une notion difficile.

— On a dû tout apprendre par nous-mêmes, sur le tas. À vrai dire, on a reçu un entraînement de merde. Un peu comme si on nous avait propulsés en première division tout de suite après notre premier match en junior. C'est d'ailleurs ce que je m'emploie à changer ici. Jamais je n'enverrai au front des gars aussi peu préparés que nous l'étions.

— Hobie apprenait vite, c'est ça ?

— Il était le plus rapide d'entre nous. Vous connaissez le problème des hélicoptères dans la jungle ?

— Pas vraiment, avoua Reacher.

— Le premier problème, c'est la zone d'atterrissage. Vous avez des soldats qui se font canarder de tous les côtés, et il faut les sortir de là, vite fait. Ils utilisent des explosifs, des scies, des machettes, tout ce qui leur tombe sous la main pour dégager une zone d'atterrissage dans la jungle. Un Huey a besoin de quatorze mètres sur dix-sept pour se poser. Mais à force de couper et de tailler, les gars sont crevés, d'autant qu'on continue de leur tirer dessus et, bien souvent, leur zone d'atterrissage n'est pas assez large. Impossible de les sortir de ce merdier. Ça nous est arrivé deux ou trois fois, j'en étais malade. Et puis, un soir, je trouve Vic en train d'examiner les pales de son appareil. Quand je lui demande ce qu'il fabrique, il me répond : « C'est du métal. » Je me dis : Et alors ? Il les veut en bambou, peut-être ? Et je le laisse. Le lendemain, on rempile sur une nouvelle zone d'atterrissage dans la jungle. Évidemment, il manque un bon mètre de chaque côté, je ne peux pas descendre. Mais Vic descend quand même. Et taille les arbres à grands coups de pales. Le genre tondeuse géante, vous voyez ? C'était dingue. Les branches volaient dans tous les sens. Il a récupéré sept ou huit gars, et nous, on n'a plus eu qu'à se poser pour prendre les autres. Sa technique est vite devenue un classique. Il avait un esprit froid, logique, et il ne reculait devant rien. Cette manœuvre a sauvé des centaines de vies. Peut-être même des milliers.

— Impressionnant, fit Reacher.

— Il n'a pas inventé que ça. Quand les gars se précipitaient dans les hélicos, souvent on était trop lourds, on n'arrivait plus à décoller. Il fallait les faire redescendre à coups de crosse et les laisser crever sur place. Je vous le dis, ça faisait pas plaisir à voir. Alors, un jour, Vic les a tous laissés monter dans son engin, en sachant qu'il ne pourrait sûrement pas décoller. Mais il a poussé son manche en avant et s'est mis à glisser horizontalement jusqu'à ce que sa vitesse relative finisse par l'arracher au sol. Ça aussi, c'est devenu un classique, et c'est encore à lui qu'on le doit. Il s'est même mis à le faire à flanc de colline ou de montagne — chaque fois il piquait vers le fond, comme s'il allait s'écraser, et puis ça marchait : il remontait. Je vous l'ai dit, on a tout appris sur le tas. Et les bons trucs, on les tenait de Hobie.

— Vous aviez de l'admiration pour lui, dit Jodie.

— Oui, je n'ai pas honte de le dire.

— Que faisiez-vous de votre temps libre ? demanda Reacher. J'ai lu dans les rapports que vous ne pouviez pas toujours voler.

— On avait un temps de chiottes, vous n'avez pas idée. J'aimerais faire transférer ce camp ailleurs, près de Washington, par exemple, où il y a de la pluie, du brouillard. Ça ne sert à rien de s'entraîner au Texas ou en Alabama, si c'est pour combattre dans un temps de chiottes.

— Alors, que faisiez-vous de votre temps libre ?

— Moi ? Je faisais la bringue, ou je pionçais. Parfois, je prenais un camion et je partais refaire le plein des trucs qui nous manquaient.

— Et Vic ? demanda Jodie. Qu'est-ce qu'il faisait ?

DeWitt haussa les épaules.

— Je l'ignore. Il était toujours très occupé, il avait toujours quelque chose sur le feu, mais je ne sais pas quoi. Comme je vous l'ai dit, j'évitais de me mêler aux autres pilotes.

— Est-ce qu'il avait changé quand vous vous êtes retrouvés la deuxième fois ? demanda Reacher.

DeWitt esquissa un sourire.

— Tout le monde avait changé.

— Comment ça ?

— On avait la rage en plus. Même si on rempilait dans la foulée, il fallait attendre neuf mois minimum avant de repartir. Parfois un an. Et quand on revenait, tout s'était cassé la gueule pendant notre absence. Ce qu'on avait construit tombait en ruines, les tranchées étaient inondées, la végétation avait repoussé sur les zones d'atterrissage. Rien n'avait été entretenu. Ça filait la rage. Ou le cafard. Au choix.

— Vous croyez que Hobie était désabusé ? demanda Reacher.

— Je ne sais pas. Il a très bien pu tenir le choc. Autant que je me souvienne, il avait un grand sens du devoir.

— Quelle a été sa dernière mission ?

Le regard gris se vida de toute expression.

— Je ne me souviens pas.

— Il a été abattu, reprit Reacher. À quelques mètres de vous. Et vous ne vous souvenez de rien ?

— On a perdu huit mille hélicos au Vietnam. Huit mille, monsieur Reacher. Et j'ai l'impression de les avoir quasiment tous vus tomber. Alors pourquoi me souviendrais-je de celui-ci plus que des autres ?

— En quoi consistait cette mission ? insista Reacher.

— Pourquoi voulez-vous le savoir ? riposta DeWitt.

— Pour ses parents. J'aimerais pouvoir leur dire qu'il n'est pas mort pour rien.

Un sourire se dessina sur les lèvres du général. Un sourire amer, cynique et blasé.

— Impossible, dit-il. Ils sont tous morts pour rien. N'oubliez pas que nous avons perdu la guerre.

— C'était une mission secrète ?

Long silence.

— Pourquoi aurait-elle été secrète ? demanda enfin DeWitt d'une voix neutre.

— Il n'y avait que trois passagers à bord. Plutôt léger, non ?

— Je n'en ai aucun souvenir, répéta le général en regardant Reacher droit dans les yeux. Comment voulez-vous que je me souvienne ? Voilà trente ans que je n'ai plus entendu parler de ça...

— Pas trente ans, répliqua Reacher. Deux mois. En avril dernier, le général Garber a interrogé les archives au sujet de Hobie. Il vous a sûrement appelé ensuite. Pourquoi ne pas nous dire ce que vous lui avez dit ?

DeWitt sourit.

— Je lui ai dit que je ne me souvenais de rien.

— Pour ses parents, plaida Jodie, je vous en prie. Ils pleurent toujours leur fils disparu. Ils ont besoin de savoir.

DeWitt secoua négativement la tête.

— Je ne peux pas.

— Vous ne pouvez pas ou vous ne voulez pas ? interrogea Reacher.

DeWitt se leva lentement de son fauteuil et se dirigea vers la fenêtre de son bureau.

— Secret-défense, dit-il enfin. Je ne suis pas autorisé à faire le moindre commentaire. Garber m'a posé les mêmes questions, et je lui ai fourni les mêmes réponses. Mais je lui ai aussi suggéré de ne pas chercher si loin et de regarder plus près de lui. Je vous conseille d'en faire autant, monsieur Reacher. Regardez plus près de vous.

— Plus près de moi ?

DeWitt abandonna la fenêtre et se tourna vers lui.

— Avez-vous lu le dossier de Kaplan ?

— Le copilote de Hobie ?

Le général confirma d'un hochement de tête.

— Avez-vous lu le rapport de son avant-dernière mission ?

Reacher fit signe que non.

— Vous auriez dû. C'est un manque d'à-propos pour un ex-commandant de la police militaire. Mais ne dites à personne que je vous l'ai soufflé, je nierai formellement. Et c'est moi qu'on croira, pas vous, ajouta DeWitt en revenant s'asseoir à son bureau.

— Est-il possible que Victor Hobie soit vivant ? demanda Jodie.

— Aucun commentaire.
— Vous a-t-on déjà posé cette question ?
— Aucun commentaire.
— Vous avez vu le crash. Est-il possible qu'il y ait eu des survivants ?
— J'ai vu une explosion sous les arbres, dans la jungle, un point c'est tout. Son réservoir était presque plein. Tirez-en vos propres conclusions, mademoiselle Garber.
— A-t-il survécu ?
— Aucun commentaire.
— Pourquoi a-t-on déclaré officiellement Kaplan mort et pas Hobie ?
— Aucun commentaire.
Jodie hocha la tête. Réfléchit quelques instants, puis se ressaisit et, en bonne avocate, aborda ce témoin récalcitrant d'une autre manière.
— Simple supposition, général. Un jeune homme ayant le même caractère et le même bagage que Hobie survit à un accident comme celui-là. Est-il possible qu'il ne reprenne jamais contact avec ses parents ?
DeWitt se leva à nouveau. Manifestement mal à l'aise.
— Je n'en sais foutre rien, mademoiselle Garber. Je ne suis pas psychiatre. Et je vous répète encore une fois que j'ai évité de trop bien le connaître. C'était visiblement un type très droit, mais aussi très froid. Pour répondre à votre question et en finir, je pense que c'est tout à fait improbable. Cela dit, n'oubliez jamais que le Vietnam nous a tous transformés. Moi y compris. J'étais un chic type, autrefois.

L'agent Sark et l'agent O'Hallinan se gardèrent de confier à qui que ce fût leurs intentions. Ce genre de démarches n'entrait pas dans leurs prérogatives. Ils craignaient les complications administratives. L'agent Sark aimait marcher. Il gara la voiture à l'ombre de Trinity Church. À égale distance d'un million d'adresses postales possibles.
Quoique moins férue de sport, l'agent O'Hallinan était, elle

aussi, heureuse de faire un peu d'exercice. Mais elle voulait prendre son temps. Ne pas cavaler sur les talons de son coéquipier. Il accepta de ralentir le pas.

— Quel bâtiment ? demanda-t-il une fois au pied du World Trade Center.

— Sud, je crois.

Ils se dirigèrent vers l'entrée de la tour sud et pénétrèrent dans le hall. Les vigiles étaient tous occupés à renseigner des hommes d'affaires étrangers. O'Hallinan et Sark allèrent directement consulter le plan. Le Cayman Corporate Trust figurait sur la ligne du quatre-vingt-huitième étage. Ils s'engouffrèrent dans l'ascenseur sans que personne eût remarqué leur présence.

L'appareil s'immobilisa et les portes s'ouvrirent au son d'un carillon. Le plafond était bas, les couloirs étroits. La société qu'ils cherchaient se trouvait derrière une porte à poignée dorée. Sark l'ouvrit et s'effaça devant O'Hallinan. Elle vit un homme trapu, vêtu d'un costume sombre, derrière un luxueux comptoir de chêne. Sark demeura en retrait, immobile, offrant l'image d'une masse corpulente. Immuable. O'Hallinan avança jusqu'au guichet. Décida d'opter pour l'attaque frontale, comme elle l'avait vu faire par certains inspecteurs.

— Nous venons pour Sheryl.

— Il faut que je rentre à New York, dit Jodie.

— Pas question. Tu ne peux pas retourner là-bas toute seule. C'est à New York qu'est le danger. Tu viens avec moi à Hawaii.

— Je ne peux pas, Reacher. J'ai ce rendez-vous demain. Tu le sais, c'est toi qui as pris l'appel.

Ils se trouvaient dans le terminal de Dallas-Fort Worth. En quittant la suite « Lune de miel » de leur hôtel, ce matin-là, Reacher avait eu une révélation. Finie la lune de miel, mon vieux. Ta vie est en train de basculer, les problèmes commencent maintenant. Pour la première fois de son existence, il s'inquiétait pour quelqu'un, se sentait responsable. C'était certes un bonheur, mais aussi un souci.

— Je dois rentrer, Reacher. Je ne peux pas les laisser tomber.

— Appelle-les. Dis-leur que tu as un empêchement. Que tu es malade.

— Impossible. Mon assistant sait que je me porte comme un charme. Et puis j'ai ma carrière à défendre, Reacher ! Tu peux le comprendre, non ?

— Tu ne retourneras pas là-bas toute seule.

— Bon. Explique-moi ce qu'il y a de si important à Hawaii.

— La vérité, Jodie, fit-il en posant sur un comptoir d'enregistrement un épais fascicule. On va concilier les deux. Regarde. Avec le décalage horaire, on arrive à Honolulu à 15 heures. On reprend le vol de 19 heures pour New York, ce qui nous fait arriver à JFK demain à midi pile. Ton collègue a bien dit que cette fichue réunion se tenait l'après-midi, non ? Alors on y sera dans les temps.

— Mais il faut que je le prépare, ce rendez-vous. Je ne sais même pas de quoi il s'agit.

— Tu auras une ou deux heures devant toi. Tu travailles vite.

— C'est de la folie. Ça ne nous laisse que quatre heures pour Hawaii.

— Ce sera amplement suffisant. J'ai tout prévu.

— Reacher, on aura passé la nuit dans l'avion. Je ne peux pas arriver à un rendez-vous en sortant de l'avion, après une nuit blanche !

— On va prendre une classe affaires. Pourquoi se priver ? C'est Rutter qui nous l'offre. Tu dormiras comme un ange dans des fauteuils très confortables. Maintenant, prête-moi ton téléphone, veux-tu ?

Elle obtempéra avec un geste résigné. Il appela les renseignements internationaux, puis composa le numéro obtenu. La sonnerie retentit huit fois dans l'appareil. Enfin, il entendit une voix lente et ensommeillée lui répondre. Il était très tôt à Hawaii.

— Ici Jack Reacher. Vous serez au bureau toute la journée ?

Il écouta la réponse, éteignit l'appareil, l'air satisfait, et se tourna vers Jodie. Elle lui souriait. Ils se dirigèrent vers le comptoir d'une compagnie aérienne. Là, la jeune femme sortit sa carte bleue et réserva deux Dallas-New York via Honolulu en classe affaires. L'homme parut étonné qu'on pût mettre le prix d'une voiture dans un séjour de quatre heures à Hawaii. Il leur tendit les billets et, vingt minutes plus tard, Reacher prenait ses aises dans un énorme fauteuil de cuir, Jodie à ses côtés.

La procédure à respecter dans pareil cas avait été maintes fois répétée, même si elle n'avait encore jamais servi. L'homme trapu qui se trouvait à la réception posa négligemment sa main sous le comptoir et pressa simultanément deux boutons. Le premier verrouillait silencieusement la porte d'entrée. Le second faisait clignoter une lumière rouge sur l'interphone de Hobie.

— Qui dites-vous ? demanda l'homme.

— Sheryl, répéta l'agent O'Hallinan.

— Désolé, il n'y a aucune Sheryl ici. Nous ne sommes que trois salariés. Tous des hommes.

Son index enfonça une nouvelle touche, celle qui activait le micro et permettait à Hobie d'entendre depuis son bureau ce qui se passait à l'accueil.

— Avez-vous une Tahoe noire ?

— Oui, elle fait partie du parc automobile de la société.

— Et un véhicule tout-terrain aussi ?

— Oui, je crois. C'est pour une contravention ?

— C'est pour Sheryl qui est à l'hôpital, répondit l'agent O'Hallinan.

L'agent Sark approcha.

— Pouvons-nous voir votre patron ?

— Qui dois-je annoncer ?

— Les agents Sark et O'Hallinan, police de New York.

À ce moment-là, Tony ouvrit la porte du bureau et demeura dans l'embrasure, l'air interrogateur.

— Puis-je vous aider ? dit-il.

Dans les répétitions, les flics oubliaient le comptoir de la réception, se tournaient vers Tony et faisaient un ou deux pas vers lui. Ce fut exactement ce qui se produisit. Sark et O'Hallinan pivotèrent sur leurs talons et s'avancèrent vers la porte. Pendant ce temps, le gars sortit discrètement le fusil d'un placard, sous le guichet, et le planqua sur ses genoux.

— C'est au sujet de Sheryl, répéta O'Hallinan.

— Quelle Sheryl ? demanda Tony.

— Celle qui se trouve à l'hosto avec le nez en compote et les pommettes fracturées, répondit Sark. Celle qui est sortie de votre Tahoe près des urgences de Saint-Vincent.

— Oui, je vois, fit Tony. On n'a pas su son nom. Elle ne pouvait pas dire un mot vu l'état de sa figure.

— Que faisait-elle dans votre voiture ?

— On reconduisait un client à la gare de Grand Central quand on l'a trouvée sur le trottoir, l'air complètement égaré. Elle était arrivée par le train de Mount Kisko, et semblait vraiment paumée. On lui a proposé de la conduire à l'hôpital et on l'a laissée à Saint-Vincent. C'était sur notre route.

— Bellevue est pourtant plus près de Grand Central, rétorqua O'Hallinan.

— Il y a une circulation terrible dans ce coin-là, repartit Tony. Saint-Vincent nous a paru plus commode.

— Et vous ne vous êtes pas demandés ce qui avait pu lui arriver ? fit Sark.

— Bien sûr que si. Nous lui avons posé la question, mais elle n'était pas en état de parler, je vous l'ai dit.

O'Hallinan commençait à douter. Sark fit un pas vers Tony.

— Vous prétendez l'avoir trouvée sur le trottoir ?

— Oui.

— Devant la gare de Grand Central ?

— Oui.

— Et elle ne pouvait pas parler ?

— Non.

— Alors comment savez-vous qu'elle arrivait de Kisko ?

La seule difficulté, lors des répétitions, consistait à choisir l'instant opportun pour passer à l'attaque. Tout était affaire d'intuition. Ils partaient du principe que leur instinct les guiderait. Ce qui se produisit. Le fusil apparut au-dessus du comptoir.

— Pas un geste ! cria l'homme.

Le temps que Sark et O'Hallinan fassent volte-face pour voir l'arme braquée sur eux, Tony avait dégainé son neuf millimètres. Les deux agents levèrent les mains en l'air avec une brusquerie qui témoignait de leur frayeur. Le fusil vint se planter dans le dos de Sark, et le neuf millimètres dans celui de O'Hallinan. Ce fut alors qu'un troisième homme surgit dans le rectangle de pénombre que découpait l'encadrement de la porte.

— Je suis Hook Hobie, dit-il.

Les deux flics le fixèrent un instant, médusés, depuis le visage défiguré jusqu'à la manche vide. Leur regard s'arrêta sur le crochet.

— Lequel d'entre vous est O'Hallinan ? demanda Hobie.

La femme hocha la tête.

— Voilà donc Sark, fit-il en se tournant vers l'homme. Bien. Détachez vos ceintures. L'un après l'autre. Et rapidement.

Sark commença. Il fit vite. Baissa les mains, se débattit avec la boucle. La lourde ceinture atterrit à ses pieds avec un bruit sourd. Il releva aussitôt les bras.

— À vous, dit Hobie à O'Hallinan.

Elle fit de même. Revolver, menottes, matraque et talkie-walkie tombèrent sur la moquette. Hobie s'accroupit, passa le crochet dans les deux boucles et brandit les ceinturons, tel un pêcheur fier de sa prise. Sa main unique saisit les deux paires de menottes.

— Tournez-vous.

Sark et O'Hallinan obéirent.

— Les mains derrière le dos.

Un manchot peut menotter sa victime, si celle-ci se tient parfaitement immobile. Or Sark et O'Hallinan ne bougeaient pas d'un pouce. Hobie boucla séparément chaque poignet, puis resserra les quatre bracelets jusqu'à entendre gémir les deux flics. Ensuite, le crochet souleva les deux ceintures de manière à ne pas les laisser traîner par terre, et il regagna son antre.

— Entrez, lança-t-il.

Il passa derrière le bureau. Y étala les ceintures comme de précieux objets d'étude. Se laissa tomber dans son fauteuil. Attendit que Tony ait poussé devant lui les deux agents. Puis sortit les revolvers de leurs holsters. Les rangea dans un tiroir. Et se concentra sur les deux émetteurs-récepteurs, tripotant les boutons pour les entendre crachoter leurs parasites. Il les posa à l'extrémité du bureau, antenne tournée vers la fenêtre. Inclina la tête quelques instants, à l'écoute, puis passa aux matraques. Il en laissa une sur le bureau et saisit l'autre dans sa main. C'était le tout dernier modèle, avec poignée et embout télescopique.

— Comment est-ce que ça fonctionne ?

N'obtenant aucune réponse, il fit un signe de tête à l'homme au fusil qui planta l'arme dans les reins de Sark.

— J'ai posé une question, dit Hobie.

— On la balance, grommela-t-il. Avec un léger coup de poignet.

Hobie avait besoin de place. Il se leva. Balança la matraque en lui imprimant une légère secousse du poignet, comme s'il faisait claquer un fouet. L'embout télescopique jaillit, se verrouilla. Un sourire barra la moitié intacte de son visage. Il recommença. Nouveau sourire. Enchaîna une série de lancers verticaux, puis horizontaux autour du bureau. Avec de plus en plus d'adresse. De rapidité. Jusqu'au coup qui heurta de plein fouet le visage de O'Hallinan.

— Très intéressant, dit-il.

L'agent O'Hallinan chancela sous la violence du choc. Tony la renvoya vers l'avant du bout de son revolver. Ses genoux plièrent sous elle et son menton alla s'écraser contre le bois du bureau. Elle avait la bouche et le nez en sang.

— Que vous a dit Sheryl ? demanda Hobie.

Sark ne pouvait détacher ses yeux du visage de sa partenaire.

— Qu'elle était rentrée dans une porte, grogna-t-il.

— Alors qu'est-ce que vous foutez ici ?

L'agent Sark releva enfin la tête. Fixa Hobie droit dans les yeux.

— On ne l'a pas crue. Il était évident qu'elle avait été frappée. On a pisté la Tahoe, et on dirait qu'elle nous a conduits au bon endroit.

Suivit un long silence, entrecoupé seulement par les grésillements des émetteurs radio. Hobie hocha la tête.

— Pile au bon endroit, renchérit-il. Aucune porte là-dedans.

Sark hocha la tête à son tour. Il avait suffisamment de courage pour faire face. Le service des violences conjugales n'avait rien d'une planque et impliquait, par définition, de devoir affronter des hommes capables d'une rare violence. Sark savait aussi bien qu'un autre comment traiter avec ces gens-là.

— Vous commettez une grave erreur, dit-il posément.

— Que voulez-vous dire ? demanda Hobie avec un intérêt amusé.

— Nous venions pour Sheryl, rien de plus. On aurait pu en rester là. Vous auriez pu trouver un semblant de circonstances atténuantes. Dire qu'elle vous avait provoqué, par exemple. Mais violence sur agents dans l'exercice de leurs fonctions, ce sera beaucoup plus cher, vous le savez.

Il se tut, guettant la réaction de Hobie. Cette approche fonctionnait souvent. Le coupable était souvent sensible aux allusions à son avenir. Mais Hobie resta de marbre. Sark préparait la suite de son compliment quand la radio se réveilla, signant définitivement leur arrêt de mort.

« Cinq un, cinq deux, veuillez confirmer votre position. »

Sark était tellement conditionné qu'il esquissa un geste, aussitôt entravé par les menottes. La voix se tut, attendant une réponse. Hobie regardait dans le vague.

« Cinq un, cinq deux, veuillez donner votre position, s'il vous plaît. »

Sark fixait avec horreur les deux émetteurs-récepteurs.

— Ils ne savent pas où vous êtes, n'est-ce pas ?

— Si, répondit immédiatement le policier. Ils savent que nous sommes ici. Ils veulent confirmation, c'est tout. Le central vérifie toujours notre localisation.

Les appareils crachotèrent à nouveau :

« Cinq un, cinq deux, veuillez répondre, s'il vous plaît. »

Hobie ne quittait pas Sark des yeux. O'Hallinan tenta de se relever, l'œil rivé sur les talkies-walkies. Tony l'immobilisa avec son arme.

« Cinq un, cinq deux, vous me recevez ? »

La voix parut se noyer dans les parasites, puis annonça, parfaitement claire :

« Cinq un, cinq deux, nous avons une urgence à l'angle de Houston et Avenue D. Êtes-vous dans le secteur ? »

Le sourire de Hobie s'élargit.

— C'est à trois kilomètres d'ici, dit-il. Ils n'ont absolument aucune idée de l'endroit où vous vous trouvez, n'est-ce pas ?

Le sourire se creusa dans la chair. La moitié gauche du visage se plissa, suivant le singulier parcours des rides, tandis que le masque rigide de la droite demeurait parfaitement figé.

Chapitre 14

Pour la première fois de sa vie, Reacher se sentit à l'aise dans un avion. L'habitacle était impressionnant. Une véritable provocation pour les passagers des autres classes, qui devaient passer par là pour gagner leur place. L'air y était frais, et les rangées ne comprenaient que quatre fauteuils contre dix en classe économique. Reacher calcula que les sièges devaient être au moins deux fois plus larges et, en effet, ils paraissaient gigantesques. De véritables canapés. Il se laissa glisser au fond du sien, jambes tendues, sans rencontrer d'obstacle, actionna le bouton permettant d'incliner le dossier, s'installa confortablement et tourna la tête vers Jodie.

Une coupe de champagne à la main, elle semblait minuscule dans son fauteuil. Reacher observa un instant les bulles pétillant dans son verre et calcula qu'une journée passée à creuser des piscines équivalait à quatre-vingts kilomètres en classe affaires, soit, en vitesse de croisière, à peu près cinq minutes de voyage. Dix heures de travail se volatilisaient en cinq minutes. Bref, il dépensait son argent cent vingt fois plus vite qu'il ne le gagnait.

— Qu'est-ce que tu comptes faire quand toute cette histoire sera finie ? lui demanda soudain Jodie.

— Je ne sais pas.

Pourtant, depuis qu'elle lui avait fait part des dernières volontés de Leon, la question n'avait cessé de le hanter. Il songeait à cette maison qui lui semblait parfois chaleureuse et accueillante, et d'autres fois menaçante, comme ces petits hologrammes qui changent d'aspect selon l'inclinaison qu'on leur donne. Il la voyait alternativement paisible, inondée de soleil, au milieu de son grand jardin boisé. Ou comme un énorme boulet, qui l'obligerait à courir sans cesse. Il connaissait des propriétaires. Il avait à leur égard le même intérêt détaché que lui eussent inspiré des éleveurs de serpents ou des champions de danse de salon. Une maison contraignait à un certain style de vie. Même si on en héritait, comme c'était son cas, on se retrouvait entraîné dans toute une série d'obligations : taxes foncières, assurances, entretien, chaudière qui lâche à l'approche de l'hiver, cave inondée et toit à réparer. Oui, les toits, surtout, semblaient un problème récurrent chez les propriétaires de maison. Reacher avait appris avec étonnement qu'ils ont une durée de vie limitée. Et les fenêtres aussi, qui ne sont jamais de la dimension adéquate lorsqu'il s'agit de les changer...

— Tu vas chercher un travail fixe ? fit Jodie, l'arrachant à ses pensées.

Il voyait par le hublot le sud aride et brun de la Californie. Quel genre de travail ? se demanda-t-il. La maison lui coûterait quelque dix mille dollars par an, rien qu'en impôts et en entretien. Et puis elle était isolée, il devrait garder la voiture de Rutter. Assurance, vidanges, contrôle technique, vignette, essence. Soit, au bas mot, trois mille dollars annuels. Tout cela en plus de la vie courante. Et puis une maison crée des besoins, des envies. Il savait qu'il voudrait une chaîne hi-fi, l'intégrale de Wynonna Judd, ainsi qu'un nombre incalculable d'autres disques. Bref, il lui faudrait au moins trente mille dollars par an, ce qui supposait d'en gagner cinquante mille, avec les impôts et le coût des cinq aller-retour hebdomadaires entre la maison et un hypothétique lieu de travail.

— Je ne sais pas, répéta-t-il.

— Il y a tant de choses que tu pourrais faire.

— Comme quoi ?

— Tu as beaucoup de cordes à ton arc. Tu es un excellent enquêteur, par exemple. Le meilleur, disait papa.

— Dans l'armée, peut-être. Mais tout ça, c'est du passé.

— Le talent ne se perd pas. Il y a toujours de la place pour les meilleurs.

Jodie s'interrompit et leva la tête, comme frappée par une révélation subite.

— Tu pourrais reprendre l'affaire de Costello ! s'écria-t-elle. Il va laisser un vide, tu sais. Les avocats faisaient très souvent appel à lui.

— D'abord, je le fais buter, et ensuite je lui pique son job, c'est ça ?

— Tu ne l'as pas fait buter. Tu n'y étais pour rien. Réfléchis à cette idée : c'est une bonne agence.

Le regard de Reacher s'arrêta à nouveau sur les paysages infinis qui s'étendaient sous ses yeux. L'image du fauteuil de cuir de Costello vint rapidement s'y superposer. Il s'imagina dans ce grand bureau, passant ses journées au téléphone. Songea à ce que coûteraient l'agence de Greenwich Avenue, l'embauche d'une secrétaire, son assurance santé, ses congés, l'achat d'un nouvel ordinateur, de nouveaux téléphones. Tout cela pour jouir de la maison de Garrison. Il lui faudrait travailler dix mois d'affilée avant d'avoir un dollar devant lui.

— Décidément, je ne sais pas. Je préfère ne pas y penser pour le moment.

— Il le faudra bien, pourtant.

— Peut-être, mais pas tout de suite.

Jodie eut un sourire compréhensif et amusé quand elle le vit se plonger à la hâte dans la lecture du magazine de la compagnie. Somptueux magazine sur papier glacé, truffé d'articles parlant de tout et de rien. Publicités pour des services financiers, gadgets sophistiqués, descriptif de l'avion, page des mots croisés.

— Regarde un peu le 11 vertical, fit la jeune femme en se penchant sur l'accoudoir pour lire par-dessus son épaule.

— « Elles peuvent peser très lourd. » En quinze lettres. Aucune idée, conclut Reacher après réflexion.

— RESPONSABILITÉS.

Marilyn et Chester Stone étaient blottis l'un contre l'autre sur un canapé du bureau de Hobie. Celui-ci s'était enfermé avec les deux policiers dans la salle d'eau. Le costaud au costume sombre était assis sur l'autre canapé, face à eux, son fusil sur les genoux. Tony était vautré à côté de lui. Chester demeurait inerte, les yeux dans le vague. Marilyn se sentait glacée, affamée, terrifiée. Son regard ne cessait de balayer la pièce. On n'entendait pas un bruit dans la salle d'eau.

— Mais qu'est-ce qu'il fiche enfermé là-dedans avec eux ? demanda-t-elle à voix basse.

— Pour l'instant, il ne fait sûrement que leur parler, répondit Tony.

— De quoi ?

— Il doit leur demander ce qu'ils aiment ou pas. Je veux dire, question douleur physique. Il adore faire ça.

— Mais pourquoi, bon Dieu ?

Tony sourit.

— Il trouve plus démocratique de laisser les victimes décider de leur sort.

Marilyn frissonna.

— Pourquoi ne les laisse-t-il pas partir ? Ils ont pris Sheryl pour une femme battue, c'est tout. Ils ne savent rien de plus sur lui.

— Eh bien, ils ne vont pas tarder à apprendre. Il va leur demander de choisir un nombre. Les gens ne savent jamais s'il vaut mieux choisir un petit ou un grand nombre, puisqu'ils ignorent la règle du jeu. Ils pensent que c'est une sorte de loterie, qu'il suffit de tirer le bon numéro pour avoir la vie sauve. Alors ils passent un temps fou à se décider.

— Alors il ne va pas les relâcher ? Même plus tard ?

Tony secoua négativement la tête.

— Non. Il est très tendu en ce moment, vous savez. Ça va le décontracter. C'est sa thérapie.

Marilyn garda un long moment le silence. Puis, n'y tenant plus, posa la question :

— À quoi sert le nombre ?

— C'est le nombre d'heures qu'il leur reste à vivre, répondit froidement Tony. Ceux qui en ont choisi un grand deviennent dingues quand ils comprennent.

— Salauds !

— Un jour, un type a répondu cent, mais on a ramené sa peine à dix.

— Espèces de salauds !

— Mais vous, vous n'aurez à choisir aucun nombre. Il a d'autres projets pour vous.

Toujours le même silence dans la salle d'eau.

— C'est un malade, murmura Marilyn.

Tony haussa les épaules.

— Peut-être un peu. Mais je l'aime bien. Il a beaucoup souffert, vous savez. À mon avis, c'est pour ça qu'il est assez porté sur la douleur.

Marilyn dévisagea Tony avec horreur. Le silence retomba dans la pièce.

Le silence, puis des cris.

L'avion poursuivait sa course vers l'ouest. Il atteignit Oahu, à 15 heures. Reacher et Jodie furent les premiers dans la file des taxis. La température et l'humidité rappelaient le Texas, mais la proximité du Pacifique donnait à l'air un goût de sel. La lumière était plus douce aussi. Jodie sortit néanmoins ses lunettes de soleil pour observer les alentours de l'aéroport. Elle avait plusieurs fois accompagné son père à Hawaii, mais sans jamais s'y arrêter vraiment. Quant à Reacher, l'île lui avait aussi maintes fois servi d'escale.

Le premier taxi de la file était la réplique exacte de celui qu'ils avaient pris à Dallas-Fort Worth. Le chauffeur fut déçu : la course était la plus brève de sa carrière, un saut de puce de six cents mètres jusqu'à la base aérienne de Hickam. Il jeta un œil amer aux confrères rangés derrière lui.

— Vous aurez dix dollars de pourboire, dit Reacher.

L'argument ne parut pas porter.

Reacher aperçut, scotchée sur le tableau de bord, une photo de ce qu'il devina être la famille du gars. Une famille nombreuse, des enfants bronzés et souriants, tous alignés devant une jolie petite maison. L'espace d'un instant, il vit les Hobie, seuls dans leur pavillon de Brighton, entre le chuintement de la bouteille d'oxygène et le craquement du vieux plancher. Puis Rutter, la poussière et la crasse de son taudis du Bronx.

— Allez, vingt dollars si on part sur-le-champ.

— Vingt dollars ? répéta le taxi, incrédule.

— Trente. Pour vos gosses. Ils ont une bonne tête.

L'homme sourit dans le rétroviseur et démarra en trombe. Quelques minutes plus tard, il déposait ses clients devant une clôture identique à celle de Fort Wolters. Jodie descendit pendant que Reacher tirait de sa poche sa liasse de billets. Le premier était un billet de cinquante. Il le tendit à l'homme.

— Gardez la monnaie.

Puis il désigna la photo.

— C'est votre maison ?

Le chauffeur acquiesça.

— Elle tient le coup ? Pas trop de réparations ?

— Pensez-vous ! Elle est en excellent état.

— Et le toit ?

— Aucun problème.

Reacher hocha pensivement la tête.

— Merci. C'était juste pour savoir...

Il rejoignit Jodie. Le taxi s'éloigna dans un nuage de poussière. Une brise légère soufflait de l'océan. La jeune femme balaya les cheveux de son visage et jeta un coup d'œil circulaire autour d'elle.

— Alors ? Où va-t-on ?

— Au Central d'identification de Hawaii. L'un des plus gros départements de l'armée.

— Pour quoi faire ?

— Tu vas le voir tout de suite. Du moins, je l'espère...

Ils avancèrent jusqu'à la guérite. Le sergent qui se trouvait à l'intérieur les laissa patienter quelques secondes avant de faire coulisser la vitre. Reacher avança et déclina leurs identités.

— Nous sommes venus voir Nash Newman.

L'homme attrapa son téléphone et composa un numéro. Quatre chiffres. Appel intérieur. Il annonça les visiteurs, écouta la réponse et fit une drôle de mimique. Il couvrit le combiné de la paume de sa main et se tourna vers Jodie.

— Quel âge avez-vous, mademoiselle ?

— Trente ans, répondit Jodie, étonnée par la question.

— Trente ans, répéta le sergent dans le téléphone.

Puis il raccrocha.

— Il sera là dans un instant. Passez.

Ils se glissèrent entre un pan de la guérite et le gros contrepoids de la barrière, pour s'arrêter deux mètres plus loin, sur le bitume brûlant. Mais désormais il s'agissait du bitume de l'armée, ce qui faisait manifestement une énorme différence, à en juger par l'expression du sergent.

À cinquante mètres d'eux, se dressait un petit bâtiment avec une porte de service latérale. Un homme aux cheveux blancs en sortit, la poitrine bardée d'insignes. Il verrouilla la porte derrière lui et se dirigea vers le couple. Reacher se porta à sa rencontre. Jodie lui emboîta le pas. L'homme devait avoir cinquante-cinq ans. Grand, des traits nobles et beaucoup d'allure malgré les premiers caprices de l'âge.

— Général Newman, permettez-moi de vous présenter Jodie Garber, dit Reacher.

— Enchantée de faire votre connaissance, général, dit la jeune femme.

— Nous nous sommes déjà rencontrés, répliqua l'homme en serrant la main que lui tendait Jodie.

— Vraiment ?

— Vous ne pouvez pas vous en souvenir. Vous deviez

avoir trois ans à l'époque. Aux Philippines. Dans le jardin de votre père. Vous m'aviez servi un verre de punch. C'était un bien grand verre dans un bien grand jardin, et vous, vous n'étiez qu'une toute petite fille. Vous le teniez à deux mains, en tirant la langue, tant vous vous appliquiez pour ne pas tomber.

Jodie sourit.

— Je crains, en effet, de ne pas m'en souvenir. Trois ans, dites-vous ?

Newman hocha la tête.

— Voilà pourquoi j'ai demandé au sergent quel âge vous pouviez avoir. Je ne pensais pas qu'il vous poserait directement la question. Je me demandais seulement si vous pouviez être la fille de Leon Garber.

Sur ces mots, Newman se tourna vers Reacher et le gratifia d'une robuste bourrade.

— Jack Reacher. Bon sang ! Pas mécontent de te revoir !

Reacher saisit la main de Newman et la serra vigoureusement entre les siennes.

— Le général Newman a été mon instructeur, expliqua-t-il à Jodie. Il enseignait à l'institut médico-légal. C'est lui qui m'a tout appris.

— Reacher était un très bon élément. En tout cas, il faisait preuve d'un minimum d'attention, ce qui était plutôt rare.

— Et que faites-vous maintenant, mon général ? demanda Jodie.

— De l'anthropologie légale.

— De l'anthropologie ? Vous étudiez le mode de vie de certaines tribus ? Leurs croyances, leurs rites ?

— Non, ça, c'est l'anthropologie culturelle, répondit Newman. Moi, je m'occupe d'anthropologie légale.

— L'étude des restes humains... pour trouver des indices, dit Reacher.

— Eh oui, je joue aux osselets, fit le général avec un sourire.

Ils parlaient tout en se dirigeant vers le bâtiment. Un jeune homme les attendait dans l'entrée. La trentaine, un uniforme de lieutenant sous sa blouse blanche. Newman fit les présentations.

— Voici le lieutenant Simon. Il s'occupe du labo avec moi.

Simon paraissait discret, réservé. Reacher lui trouva l'air d'un rat de laboratoire, réfractaire à toute intrusion dans sa routine. Il disparut avec un hochement de tête, et Newman conduisit Reacher et Jodie jusqu'à son bureau.

— Asseyez-vous, dit-il. On va bavarder.

— Vous êtes une sorte de médecin légiste, alors ? demanda Jodie.

Le général prit place derrière son bureau avec un geste vague de la main, comme pour indiquer une nuance.

— C'est-à-dire que, nous autres anthropologues ne sommes pas médecins. Nous avons étudié l'anthropologie, voilà tout. Notre domaine, c'est la structure physique du corps humain. Nous travaillons tous sur des cadavres, mais les cadavres *frais*, si je puis dire, sont pour le médecin légiste, et nous nous réservons les squelettes. Quand je vous dis que je joue aux osselets !

Jodie hocha la tête.

— Évidemment, la frontière entre nous n'est pas toujours aussi tranchée, poursuivit Newman. Imaginons un cas de mutilation. Le légiste sollicitera notre aide. Nous pourrons étudier les marques de scie sur les os, évaluer la force du criminel, découvrir le type de scie utilisé, savoir si le coupable était gaucher ou droitier... Mais dans quatre-vingt-dix-neuf pour cent des cas, je travaille sur des squelettes. De vieux squelettes tout secs. Les légistes ne comprennent rien aux vieux squelettes. Je me demande parfois ce qu'on leur apprend à la fac de médecine.

Le bureau était frais et calme. Pas de fenêtre, une lumière douce, de la moquette sur le sol. Des fauteuils confortables, une belle pendule sur un meuble bas... Elle affichait déjà 15 h 30. Ils n'avaient plus que trois heures et demie avant le vol pour New York.

— Général, nous ne sommes malheureusement pas venus pour une visite de courtoisie, dit Reacher. Mais pour une raison précise.

— Puisque tu parles de courtoisie, Reacher, aie celle de ne plus me donner du « général ». Appelle-moi Nash et dis-moi ce qui vous amène.

— D'accord, Nash. Nous avons besoin de votre aide.

— Au sujet des disparus ? demanda Newman avant de se tourner vers Jodie et d'ajouter : C'est ma spécialité. Je ne fais que ça depuis vingt ans.

— Oui, répondit la jeune femme. Il s'agit d'un cas précis. Qui nous intéresse plus ou moins directement.

Newman hocha lentement la tête.

— C'est bien ce que je craignais, dit-il. Il y a quatre-vingt-neuf mille cas recensés ici, mais je parie que je connais celui qui vous intéresse.

— Quatre-vingt-neuf mille ? s'exclama Jodie.

— Quatre-vingt-neuf mille cent vingt exactement. Deux mille deux cents disparus au Vietnam, huit mille cent soixante-dix en Corée, et soixante-dix-huit mille sept cent cinquante pendant la Seconde Guerre mondiale. On n'a jamais abandonné aucun dossier, et je vous garantis qu'on ne le fera jamais.

— Comment se fait-il qu'il y en ait autant ?

Newman haussa les épaules. Son visage se fit grave.

— La guerre, dit-il, rien que la guerre. Certains survivent, d'autres meurent, d'autres encore sont portés disparus. Parfois il ne reste rien à retrouver. Un tir d'artillerie peut ramener un homme à ses molécules. Il est tout simplement désintégré. Parfois, il y aura une légère trace rouge dans l'air, comme un brouillard ; parfois même pas. D'autre part, même si les restes d'un corps existent, le mouvement des chars amis et ennemis qui passent et repassent sur le champ de bataille finissent par enterrer les morceaux. Et le type est définitivement perdu. C'est encore pire avec les avions. Il y a eu de nombreux combats au-dessus de l'océan. Un avion tombe à la mer, et tout son équipage disparaît à jamais, quels que soient les efforts déployés pour le retrouver.

— Quatre-vingt-neuf mille..., répéta Jodie. Je pensais que la question des disparus ne concernait que le Vietnam. Soit environ deux mille soldats.

— Vous avez raison, il n'y a pas que le Vietnam, mais nous nous occupons surtout des disparus de cette guerre-là. Deux mille deux cents cas exactement. Ce qui n'est pas énorme, si on y réfléchit. La Première Guerre mondiale en faisait plus en une journée, et elle a duré quatre ans. Des hommes et des garçons pulvérisés, disséminés dans la boue. Le Vietnam, c'était autre chose. En partie à cause de la guerre de 1914-1918. L'opinion n'aurait plus supporté une boucherie pareille. Et puis, n'oubliez pas que nous avons perdu au Vietnam, ce qui fait une grosse différence. C'est la seule guerre que nous ayons perdue. Alors on met les bouchées doubles pour lever certaines interrogations.

— Alors, quel est exactement votre travail ici ? demanda Jodie. Vous attendez qu'on vous expédie des squelettes retrouvés là-bas, vous les identifiez, et vous rayez les noms sur la liste des disparus ?

— À vrai dire, nous ne nous contentons pas d'attendre, répondit Newman. Dès que nous en avons la possibilité, nous menons nous-mêmes les recherches. Et, malgré tous nos efforts, nous ne parvenons pas toujours à identifier les corps... Les sites de découverte sont souvent d'immenses chantiers. On nous envoie les ossements d'un autochtone, mêlés à des restes d'animaux. À charge pour nous de retrouver là-dedans un bout d'Américain. On fait le tri ici. Parfois, il ne reste de notre soldat qu'une poignée d'os qui tiendrait dans une boîte à cigares. Nous avons ici une centaine de squelettes non identifiés. Le ministère de la Défense se refuse à toute erreur. Il exige un taux de certitude très élevé, parfois tout simplement impossible à atteindre.

— Comment vous y prenez-vous pour entamer vos recherches ?

— Tout est bon. Mais nous partons souvent du dossier médical. Supposons que notre ami Reacher soit porté disparu. S'il s'est cassé le bras dans son enfance, nous confronterons ses vieilles radios et les marques retrouvées sur ses fragments osseux. Si c'est la mâchoire que nous retrouvons, nous ferons des recoupements avec ses radios dentaires.

Jodie ne put s'empêcher de jeter un regard vers Reacher. Elle l'imagina réduit à un petit tas d'os jaunis égarés dans la jungle, déterrés et comparés à de vieilles radios prises trente ans auparavant. Et frémit. Un silence de plomb tomba sur le bureau. Rompu seulement par le tic-tac de la pendule. L'heure tournait.

— Leon est venu ici en avril, n'est-ce pas ? dit Reacher.

Newman confirma :

— Oui, il m'a rendu visite. Il n'aurait jamais dû entreprendre pareil voyage dans son état. Mais j'ai été heureux de le revoir une dernière fois. C'était un homme exceptionnel, ajouta-t-il en se tournant vers Jodie. Je lui devais beaucoup.

La jeune femme hocha la tête. Ce n'était pas la première fois qu'on lui parlait de son père en ces termes, et ce ne serait sans doute pas la dernière.

— Il vous a interrogé au sujet de Victor Hobie, reprit Reacher.

— Oui, Victor Truman Hobie.

— Que lui avez-vous dit ?

— Absolument rien. Et je ne vous en dirai pas davantage.

La pendule marquait 15 h 45.

— Pourquoi ?

— Tu sais fort bien pourquoi, Reacher.

— Secret-défense ?

— C'est le moins qu'on puisse dire.

Exaspéré, Reacher s'agita sur sa chaise.

— Vous êtes notre dernier espoir, Nash. Nous avons fait tout ce chemin...

— Je ne peux pas.

— Ne dites pas ça !

Silence.

— Bien, reprit le général Newman, imaginons que tu me poses des questions. Si l'un de mes anciens élèves débarque ici afin de m'interroger sur mes observations, et que je lui réponds d'une façon purement académique, je ne vois pas où est le mal.

Reacher eut l'impression de voir les nuages se dissiper devant lui. Jodie lui lança un regard. Et lui, un coup d'œil à la pendule. Seize heures : il leur restait moins de trois heures.

— Merci, Nash. Donc vous connaissez bien ce dossier ?

— Je connais bien tous les dossiers. Et celui-ci tout particulièrement, depuis le mois d'avril.

— Il est classé secret-défense ?

Le général se contenta de hocher la tête.

— À un niveau qui excluait Leon ?

— Ce qui signifie un niveau très élevé, n'est-ce pas, Reacher ? fit Newman d'un air insistant.

— Qu'est-ce que Leon attendait de vous ?

— Il était dans le noir le plus absolu, répondit Newman. N'oublie pas ça. Et il voulait que nous localisions le lieu du crash.

— Quatre kilomètres à l'ouest de An Khe, c'est ça ?

Newman hocha la tête.

— J'étais navré pour Leon, dit-il. Rien ne justifiait qu'il ne pût accéder à ce dossier, et pourtant je ne pouvais pas lever le secret. Mais je lui devais beaucoup, bien plus encore que je ne peux vous le dire. Alors j'ai accepté de retrouver l'endroit.

Jodie se pencha vers lui.

— Comment se fait-il qu'on ne l'ait pas trouvé plus tôt ? Tout le monde semble savoir à peu près où il se situe.

Newman haussa les épaules.

— Tout cela est très compliqué, vous savez. Encore une fois, n'oubliez pas que nous avons perdu cette guerre. Les Vietnamiens dictent leur loi, là-bas. Nous menons un programme de recherches conjoint, mais ce sont eux qui mènent la danse. À coups de manipulations, d'humiliations. Nous ne sommes pas autorisés à porter nos uniformes, car la vue des uniformes américains traumatiserait les populations. Ils nous obligent à louer leurs hélicos pour nos déplacements, soit des millions et des millions de dollars dépensés chaque année pour circuler dans des tas de ferraille moitié moins rapides et sûrs que ne le sont nos appareils. La vérité, c'est que, d'une certaine manière, on leur *rachète* ces ossements. Ce sont eux qui fixent le prix et la mise à disposition. Résultat, aujourd'hui les États-Unis déboursent plus de trois millions de dollars pour chaque identification. Ça me rend malade.

16 h 05. Newman poussa un soupir, perdu dans ses pensées.

— Donc vous avez localisé l'endroit ? reprit Reacher.

— Nous devions le faire plus tard, répondit le général. Nous savions à peu près où le crash avait eu lieu, et ce qu'on allait trouver. Ce n'était pas vraiment une priorité. Mais, par amitié pour Leon, je me suis rendu là-bas et j'ai négocié une date plus proche. Putain de négociation. Plus j'insistais, plus ils résistaient.

— Mais vous avez trouvé finalement ? demanda Jodie.

— Oui, nous avons contacté DeWitt à Wolters, et il nous a aidés à obtenir une localisation précise. Le bout du bout du monde. Je peux vous garantir que, dans toute l'histoire de l'humanité, personne n'avait jamais mis le pied là-bas. Ce fut un voyage de cauchemar. Un site inaccessible, donc intact et magnifique. Tous les endroits accessibles ont été pillés depuis trente ans. Les villageois ont pris les plaques, les cartes d'identité, les casques, tout un tas de souvenirs. Mais ce qu'ils cherchaient surtout, c'était le métal. Ils se précipitaient là où les appareils s'écrasaient pour trouver or et platine.

— Quel or ? demanda Jodie.

— Celui des circuits électriques, par exemple. Les F-4 Phantom avaient cinq mille dollars de métaux précieux dans leurs connexions. Quand vous achetez des bijoux à Bangkok, il y a toute chance pour que le métal provienne d'un chasseur bombardier américain.

— Qu'avez-vous trouvé là-bas ? fit Reacher.

— Des squelettes, naturellement, et un hélicoptère en morceaux, rouillé, mais identifiable. Les vêtements avaient pourri et disparu depuis longtemps. Mais il ne manquait rien. Ils avaient tous leurs plaques. On a rapporté le tout à Hanoi, puis rapatrié les corps, avec les honneurs. On en revient tout juste. L'opération a duré trois mois en tout. En termes de temps, c'est l'une de nos meilleures recherches. Et l'identification définitive ne sera qu'une formalité, puisqu'on a les plaques. Cette fois, pas besoin de jouer aux osselets. On ouvre et on referme. Je regrette juste que Leon n'ait pas vu ça. Ça lui aurait rendu un peu de sérénité.

— Les corps sont ici ? demanda Reacher.

— Oui, derrière cette porte.

— On peut les voir ?

— Vous ne devriez pas, mais... soit, répondit Newman en se levant de son bureau pour se diriger vers la porte du laboratoire.

Le lieutenant Simon passa dans le couloir à cet instant.

— On va au labo, lui dit le général.

— Bien, monsieur.

Le lieutenant retourna s'enfermer dans son bureau pendant que Newman sortait de sa poche un trousseau de clefs. Il ouvrit la porte et s'effaça pour laisser passer Reacher et Jodie.

À peine le lieutenant Simon entendit-il la porte se refermer qu'il décrocha son téléphone. La sonnerie retentit longtemps dans le vide. C'était déjà le milieu de soirée, dix mille kilomètres plus loin, vers l'est. À New York. On décrocha enfin.

— Reacher est ici, chuchota Simon. En ce moment. Avec une femme. Ils sont dans le labo.

— Qui est la femme ?

— Jodie Garber. La fille du général Garber.

— Alias Mme Jacob.

— Que dois-je faire ?

Il y eut un long silence au bout du fil.

— Tu les raccompagnes à l'aéroport. La femme a un

rendez-vous demain après-midi à New York. Ils vont essayer d'attraper le vol de 19 heures. Veille à ce qu'ils ne le ratent pas.

Sur ces mots, Hobie raccrocha.

Le laboratoire était une vaste pièce au plafond bas, aux murs aveugles, éclairée par de longs néons. Malgré la ventilation, il y régnait une drôle d'odeur de désinfectant et de terre. Une vingtaine de tables couvertes de carrelage s'alignaient sur deux rangées. Un peu étroites, elles faisaient penser à des tables à encoller. Sur sept d'entre elles, on avait posé les couvercles de sept cercueils en aluminium. Et sur sept autres, les sept cercueils en question. Reacher se tint immobile, interdit, tête basse. Et, pour la première fois depuis deux ans, il se mit au garde-à-vous.

— C'est affreux, murmura Jodie.

Il lui prit la main.

— Je vous remercie, dit doucement Newman. J'apprécie qu'on fasse montre de respect dans cet endroit.

— Comment pourrait-il en être autrement ? demanda la jeune femme, les larmes aux yeux.

— Alors, Reacher, que vois-tu ? dit le général.

— Je vois sept cercueils, répondit lentement Reacher. J'en attendais huit. Il y avait huit personnes à bord de l'hélicoptère. Cinq membres d'équipage, et trois soldats récupérés. Ça figure dans le rapport de DeWitt. Cinq et trois font huit.

— Et huit moins un font sept, dit Newman.

— Vous avez fouillé le site ?

— Non.

— Pourquoi ?

— À toi de le deviner.

— Je peux ? fit Reacher en avançant vers l'un des cercueils.

— Je t'en prie. Dis-moi ce que tu vois. Concentre-toi, et on verra ce que tu as retenu de mes cours.

Le cercueil devant lequel s'était arrêté Reacher contenait une boîte en bois, plus courte de vingt centimètres, en longueur comme en largeur.

— Voilà ce que les Vietnamiens nous imposent, dit Newman. Ils nous vendent ces boîtes et nous obligent à les utiliser. Alors on les glisse dans nos propres cercueils dans le hangar de l'aérodrome, à Hanoi.

La boîte en bois n'avait pas de couvercle. On s'était efforcé d'y reconstituer un squelette. Un crâne jaune, au sourire grotesque. Une dent en or. Les vertèbres du cou soigneusement alignées. En dessous, omoplates, clavicules et côtes rangées au-dessus du bassin. Les os des bras et des jambes réunis sur les côtés. Et autour des vertèbres une chaînette de métal courant jusqu'à l'omoplate gauche.

Reacher sollicita du regard la permission de Newman, puis s'inclina et souleva la chaîne du bout des doigts. Elle résista, les maillons s'accrochaient aux os. Il parvint à la dégager et à saisir la plaque.

— Kaplan, lut-il. Le copilote.

— Comment est-il mort ? demanda Newman.

Reacher reposa délicatement la chaîne sur les côtes. Chercha des indices. Le crâne était entier. Les membres et le torse paraissaient intacts. En revanche, les lombaires avaient été brisées.

— Il est mort quand l'hélicoptère s'est écrasé. Sans doute sur le coup. Un choc énorme dans les reins. Traumatisme interne et hémorragie.

— Il était attaché à son siège, dit Newman. Comment un hélico piquant du nez a-t-il pu lui briser les reins ?

Reacher réfléchit. Il se sentait revenu des années en arrière, sur les bancs de l'amphithéâtre, quand il craignait de décevoir le grand Nash Newman. Sa main effleura les os. Il ne pouvait pas se tromper. C'était forcément un choc dans les reins.

— L'hélico est parti en vrille, dit-il. Il est tombé dans les arbres et s'est cassé en deux, entre la cabine et la queue. La cabine a heurté le sol par l'arrière.

Newman hocha la tête.

— Excellent. C'est exactement ce que nous avons découvert. L'arrière de la cabine a touché le sol en premier. Son harnais ne l'aura pas sauvé, mais son siège l'aura tué.

Reacher passa au cercueil suivant. Même crâne rieur, accusateur. Cette fois, la nuque était brisée.

— Tardelli, lut-il sur la plaque d'identité.

— Canonnier tribord, dit Newman.

Le squelette de Tardelli était en miettes. Les canonniers d'un hélico se tiennent dans l'ouverture de la porte, à découvert, et jonglent avec leurs énormes mitrailleuses. Au moment du crash, Tardelli avait dû valser dans toute la cabine.

— Nuque brisée, dit Reacher.

Il retourna l'horrible crâne jaune. Fendu comme une coquille d'œuf.

— Et traumatisme crânien. Mort sur le coup.

— Il avait dix-neuf ans, fit Newman.

Il y eut un silence. On ne sentait plus que l'odeur de la terre.

— Jette un œil au suivant, dit le général.

Là, une seule blessure, au niveau du thorax.

— Bamford, lut Reacher.

— Le chef d'équipage, reprit Newman. Il devait être assis à l'avant, mais tourné vers l'arrière, face aux trois types qu'ils avaient récupérés.

Le squelette de Bamford était entier et intact, à l'exception d'une fracture étroite et nette traversant toute la partie supérieure du corps. Une tranchée creusée dans son torse. Le sternum avait été enfoncé jusqu'à la colonne vertébrale. Trois côtes étaient parties dans la foulée.

— Qu'en dis-tu ?

Reacher plongea la main dans la boîte pour mesurer la blessure. On pouvait y glisser deux doigts.

— Il a été frappé latéralement par un objet plat, mais peu aiguisé. Le cœur a dû s'arrêter net. L'hélice ?

Newman hocha la tête.

— Excellent. L'hélice s'est prise dans un arbre et les pales sont rentrées dans la cabine. L'une d'elles l'a presque fendu en deux.

Les ossements du cercueil suivant n'avaient pas du tout la même apparence. Certains étaient jaunes, comme les autres, mais la plupart étaient blancs, usés, friables. La plaque était presque noire. Reacher l'inclina entre ses doigts pour orienter l'inscription vers la lumière : Soper.

— Canonnier bâbord, dit Newman.

— Il y a eu le feu. Une plaque brûlée. Des os calcinés.

— Calcinés ? répéta le général.

— Oui, les composés organiques se sont consumés, ne laissant que les composés non organiques. La combustion rétrécit les os, les blanchit, les rend cassants, friables...

— Excellent, commenta Newman.

— C'est l'explosion du réservoir dont DeWitt nous a parlé, dit Jodie.

Le général confirma :

— Les indices sont clairs. Ces os n'ont pas été soumis à un long incendie, mais à une brusque explosion. Le carburant s'est répandu de manière aléatoire, ce qui explique la répartition inégale des os calcinés. Soper n'a eu que le bas du corps brûlé.

Suivit un long silence. Ils imaginèrent la terreur qui avait dû s'emparer de ces hommes. Moteur hoquetant, balles ennemies, perte de vitesse, réservoir percé, incendie, arbres, appareil coupé en deux, hurlements, hélice, crash final, froissement de tôle, dispersion des corps dans la jungle. Les orbites vides de Soper semblaient les mettre au défi d'imaginer.

— Regarde le suivant, dit Newman.

Il contenait les restes d'un certain Allen. Aucune trace de brûlure. Un squelette jauni avec une plaque brillante autour d'un cou brisé. De belles dents blanches. Alimentation saine. Un front large et intact. Mais le dos écrasé.

— Allen faisait partie des trois hommes récupérés, dit Newman.

Reacher hocha tristement la tête. Le sixième cercueil était celui de Zabrinski. Mort carbonisé.

— Sans doute un grand gaillard, dit Newman. La combustion peut réduire les os de moitié. Alors ne prends pas ce type pour une demi-portion.

Reacher effleura le tas d'os. Ils étaient légers, cassants. Pas trace de blessure.

— Il a brûlé vif, conclut Reacher.

— Oui, j'en ai peur, confirma Newman.

Le septième et dernier cercueil abritait les restes d'un dénommé Gunston. Reacher crut tout d'abord qu'on n'avait pas retrouvé son crâne. Puis il le vit, dans le fond de la boîte. Une infinité de morceaux. Pour la plupart gros comme un ongle.

— Qu'en penses-tu ? demanda Newman.

Reacher secoua la tête.

— Je ne veux plus rien penser, répondit-il dans un soupir. J'en ai assez vu.

— Les pales de l'hélice l'ont frappé au visage. Il faisait partie des trois hommes récupérés. Il était assis en face de Bamford.

— Cinq plus trois, résuma calmement Jodie. L'équipage se composait donc de Hobie, Kaplan, Bamford, Soper et Tardelli. Et ils avaient récupéré Allen, Zabrinski et Gunston.

Newman confirma :

— C'est ce qu'indiquent les dossiers.

— Et Hobie ? Où est-il ? demanda Reacher.

— Quelque chose t'a échappé, dit le général. Manque d'à-propos pour un ex-premier de la classe.

Reacher lui décocha un regard oblique. DeWitt lui avait dit la même chose : « Manque d'à-propos pour un ex-commandant de la police militaire. » Avant d'ajouter : « Regardez plus près de vous. » Soudain, il eut une illumination.

— Ils étaient de la police militaire, c'est ça ?

Newman sourit.

— Lesquels ?

— Deux d'entre eux. Allen, Zabrinski et Gunston. Deux d'entre eux arrêtaient le troisième. C'était une mission spéciale. La veille, Kaplan avait déposé deux policiers militaires dans la jungle. Son avant-dernière mission en solitaire, celle dont je n'ai pas lu le rapport. L'hélico venait les récupérer, plus celui qu'ils avaient arrêté.

Newman hocha la tête.

— Exact. Pete Zabrinski et Joey Gunston étaient les bons. Et Carl Allen le méchant.

— Qu'est-ce qu'il avait fait ?

— Secret-défense, dit Newman. Tu as une idée là-dessus ?

— Une arrestation éclair comme ça ? Je ne sais pas. Il avait dessoudé un officier peut-être ?

Interloquée, Jodie dévisagea Reacher.

— Oui, ça arrivait de temps en temps, lui expliqua-t-il. Un lieutenant du genre tête brûlée se met en tête d'enlever une position particulièrement dangereuse. Les gars n'ont pas envie de laisser leur peau pour un type qui court après les médailles. Alors il crie « En avant ! » et il prend une balle dans le dos, ou une grenade. La grenade est plus efficace : pas besoin de viser et, en fait de traces, elle ne laisse pas grand-chose...

— C'était ça ? demanda Jodie à Newman.

— Je vous l'ai dit : secret-défense, répondit celui-ci. Mais il y a sûrement de ça. À en croire les archives, Carl Allen n'était pas vraiment un saint.

— Mais pourquoi le secret-défense ? Quoi qu'il ait fait, voilà trente ans qu'il est mort. Il y a prescription, non ? insista la jeune femme.

Reacher examinait à nouveau le squelette d'Allen.

— On a sûrement dit à sa famille qu'il était mort en héros, lui répondit-il. Une autre version de l'histoire provoquerait un scandale. Et le ministère de la Défense a horreur des scandales.

— Exact, dit Newman.

— Mais où est Hobie ?

— Quelque chose t'échappe encore, Reacher.

— Mais où, bon Dieu ? Où ?

— Observe bien les os.

L'horloge du labo marquait 17 h 30. Ils avaient encore une bonne heure devant eux. Reacher prit une ample respiration et parcourut en sens inverse la rangée de cercueils. Gunston, Zabrinski, Allen, Soper, Bamford, Tardelli, Kaplan. Six crânes grimaçants et un buste sans tête. Il s'arrêta devant chaque cercueil, étudia chaque squelette. Crâne, cou, côtes, bras, bassin, jambes, pieds. 17 h 45. 17 h 50. Anxieuse, Jodie ne le quittait pas des yeux. Il recommença tout depuis le début : Gunston, le flic, Zabrinski, l'autre flic. Allen, le criminel. Soper, canonnier. Bamford, chef d'équipage. Ce fut là qu'il découvrit la solution. Dans la boîte de Bamford. Il ferma les yeux. C'était tellement évident. À la hâte, il passa à nouveau devant les six autres boîtes. Pour refaire ses comptes. Dix-huit heures. Il avait trouvé.

— Il y a sept corps, dit-il. Et quinze mains.

Dix-huit heures à Hawaii font 23 heures à New York. Seul dans son appartement au-dessus de la 5e Avenue, Victor Hobie s'apprêtait à se coucher. D'ordinaire, il ne se couchait pas si tôt, préférant lire ou regarder une cassette jusqu'à 1 ou 2 heures du matin. Mais ce soir-là, il se sentait fatigué. Il s'était beaucoup dépensé, physiquement et nerveusement. Il se dirigea vers la salle de bains. Le précédent propriétaire avait installé un immense miroir au-dessus du lavabo. Il regarda son image, et ce qu'il vit lui fut intolérable. Son bras absent ne le dérangeait pas. Il avait appris à tout faire d'une seule main, y compris un nœud de cravate, l'une de ses fiertés. Non, c'était son visage qu'il abhorrait. Ses brûlures. Si le bras était une blessure, la figure était une plaie. Il se tourna de trois quarts pour ne plus la voir.

— La gauche ou la droite ? demanda Jodie. Laquelle a-t-il perdue ?

Reacher se tenait au-dessus du cercueil de Bamford, fouillant parmi les os.

— La droite, dit-il. La main supplémentaire est une main droite.

Newman rejoignit Reacher, se pencha sur le cercueil et isola deux bouts d'os d'une douzaine de centimètres chacun.

— Il a perdu plus qu'une main. Voici le radius et le cubitus de son bras droit. Ils ont été sectionnés sous le coude, sûrement par une pale de l'hélice.

— Je ne comprends pas, Nash, dit Reacher. Pourquoi n'avez-vous pas fouillé la zone pour retrouver son corps ? Il était mutilé, il avait peut-être reçu d'autres blessures. Ou des brûlures, comme l'autre. Il a pu s'extraire de l'épave en pissant le sang, à moitié en feu, et se traîner sur quinze ou vingt mètres dans la jungle pour y mourir. Pourquoi ne l'avez-vous pas recherché ?

— Je te retourne la question : à ton avis, pourquoi ne l'avons-nous pas recherché ?

Reacher dévisagea fixement Nash Newman. Un des hommes les plus brillants qu'il lui ait été donné de rencontrer. Si précis et méticuleux qu'il pouvait, avec trois centimètres de crâne, vous raconter la vie et la mort de son propriétaire. Si méthodique et consciencieux qu'on lui avait confié le plus gros projet de recherche de toute l'histoire de l'armée. Comment Nash Newman avait-il pu négliger de rechercher Hobie ? Soudain, Reacher ferma les yeux.

— Bien sûr, Nash, dit-il lentement. Vous *saviez* qu'il avait survécu, n'est-ce pas ? Vous le *saviez*. C'est pour ça qu'il était inutile de le rechercher.

Newman hocha la tête.

— Exact. Je savais que Hobie avait échoué dans un hôpital militaire à quatre-vingts kilomètres du lieu du crash, trois semaines plus tard. Tout est dans le dossier de l'hôpital. Il était brûlant de fièvre, quasi mort de faim, avait la moitié du visage brûlée, un bras en moins et des vers dans son moignon. Il tenait des propos incohérents, mais on a pu l'identifier grâce à sa plaque. Une fois rétabli, il a raconté son histoire. Et dit qu'il était le seul survivant. Voilà pourquoi je savais ce que nous allions trouver là-bas. Et pourquoi le projet n'était pas prioritaire, jusqu'à ce que Leon vienne me demander d'accélérer les choses.

— Que s'est-il passé ensuite ? demanda Jodie. Pourquoi tout ce secret ?

— La zone de combat se rapprochait. Il a fallu évacuer l'hôpital. Hobie a disparu la nuit précédant le transfert à Saigon.

— Disparu ? fit Reacher, stupéfait.

— Oui, disparu. Il s'est volatilisé. On a retrouvé son lit vide et on ne l'a plus jamais revu.

— Ça n'explique toujours pas le secret-défense, dit Jodie.

Newman haussa les épaules.

— Je laisse à Reacher le soin de vous éclairer sur ce point. C'est son domaine plus que le mien.

Reacher prit dans sa main les os de Victor Hobie. Le radius et le cubitus de son bras droit, arrondis à une extrémité, sauvagement sectionnés à l'autre. Hobie qui avait eu l'idée d'élaguer les arbres à coups de pales pour faciliter les atterrissages en pleine jungle et sauver des vies avait vu son bras emporté par une hélice.

— C'était un déserteur, dit Reacher. Techniquement parlant. Un soldat en fuite. Mais l'armée a dû décider de ne pas le poursuivre. Que faire d'autre ? On aurait rattrapé un type qui avait eu un parcours exemplaire, exécuté neuf cent quatre-vingt-onze missions, et déserté après avoir été amputé et défiguré ? C'était impossible. Impossible d'envoyer au trou un héros blessé. Impossible aussi d'avouer qu'on laissait courir un déserteur. Alors qu'on condamnait toujours les autres. Les faibles, les trouillards, ceux qui n'avaient rien pour eux. Il ne pouvait pas y avoir deux poids, deux mesures. Du moins pas officiellement. Alors le dossier de Hobie a été refermé et classé secret-défense.

Jodie hocha la tête.

— C'est pour ça qu'on n'a pas inscrit son nom sur le Mur, fit-elle, songeuse. On savait qu'il était vivant.

Reacher posa délicatement les os dans le cercueil de Bamford.

— C'est tout de même difficile à croire, Nash. Ce type n'avait pas une mentalité de déserteur. Tous ses antécédents le prouvent. Supposons, ajouta Reacher après un instant de réflexion, qu'il n'ait pas vraiment déserté, qu'il ait tout bonnement perdu la tête, à cause des drogues qu'on lui donnait, de la douleur, de la guerre, et qu'il se soit perdu dans la nature en sortant faire un tour.

Newman secoua négativement la tête.

— Il a déserté.

— Qu'en savez-vous ?

— Je le sais. La guerre change les gens.

— Pas à ce point.

Newman approcha de Reacher et lui dit tout bas :

— Il a tué un infirmier. Le type l'a surpris et a tenté de l'arrêter. C'est dans son dossier. Hobie l'a frappé au visage avec une bouteille. Il lui a fracassé le crâne. Ils l'ont mis dans le lit de Hobie. Il est mort avant l'arrivée à Saigon. C'est ça le secret, Reacher. Ils n'ont pas seulement laissé s'enfuir un déserteur. Mais un meurtrier.

Le labo resta un long moment plongé dans un profond silence. Reacher posa les deux mains sur le cercueil de Bamford, comme pour s'aider à tenir debout.

— Je n'arrive pas à le croire.

— Tu devrais, répondit Newman. Car c'est la vérité.

— Je ne peux pas annoncer ça à ses parents. Ils n'y survivraient pas. Et puis, il est peut-être mort par la suite, en traversant la jungle. Il était encore très malade, n'est-ce pas ?

— En quoi cela t'aiderait-il ? demanda Newman.

— Je pourrais dire à ses parents qu'il est effectivement mort. Sans m'attarder sur les détails.

— Tu prends tes désirs pour des réalités, Reacher.

— Acceptez-vous d'étudier son dossier médical ? Si sa famille me le remet, acceptez-vous d'y jeter un coup d'œil ?

Il y eut un silence.

— Je l'ai déjà, répondit Newman. Leon me l'a apporté. La famille le lui avait confié.

— Il est vivant. Et à New York ! s'exclama Jodie. Tu n'as toujours pas compris ?

— Non, je veux qu'il soit mort. Je ne peux pas me pointer chez ses parents pour leur dire que leur fils est non seulement un déserteur, mais un assassin. Et qu'il a oublié de se manifester en trente ans. Je veux qu'il soit mort.

— Il n'est pas mort, dit Newman.

— Il pourrait l'être, non ? dit Reacher. On a peut-être déjà retrouvé son squelette. Allez-vous étudier son dossier, oui ou non ? Faites-le pour moi, je vous en prie, Nash.

— Reacher, il faut partir, dit Jodie.

— Nash, faites-le pour moi, répéta Reacher.

— Je ne peux pas, répondit Newman. Le dossier est classé secret-défense, bon sang ! J'aurais mieux fait de ne pas vous parler. Je ne vais pas ajouter un nom à la liste des disparus. On me paie pour réduire cette liste, pas pour l'allonger !

— Nash, vous pouvez le faire, insista Reacher. À titre privé. C'est vous le chef, ici. Je vous en prie.

Le général Newman poussa un long soupir.

— D'accord, dit-il. Je le ferai pour toi.

— Quand ?

— Demain à la première heure, ça te va ?

— Appelez-moi dès que vous aurez fini, OK ?

— OK. Mais je te le répète : tu prends tes désirs pour des réalités. Donne-moi un numéro où te joindre.

Jodie lui donna celui de son portable. Newman l'inscrivit dans la manchette de sa blouse de laboratoire.

— Merci, Nash, dit Reacher. Je vous revaudrai ça.

— Tu perds ton temps, murmura Newman.

— Reacher, nous sommes en retard. Il faut partir, implora Jodie.

Il hocha la tête. En sortant du labo, ils rencontrèrent le lieutenant Simon qui s'offrit aimablement de les accompagner à l'aéroport.

Chapitre 15

Malgré la première classe, le vol de retour fut sinistre. C'était le même avion, vérifié, nettoyé, parfumé, ravitaillé, avec un nouvel équipage. Reacher et Jodie occupaient les sièges qu'ils avaient quittés quatre heures auparavant. Reacher avait de nouveau pris place près du hublot, mais la sensation n'était plus la même. Son siège était toujours deux fois plus large que les autres, toujours aussi moelleux et recouvert d'un cuir somptueux, mais s'y installer ne lui procura aucun plaisir.

Ils avaient décollé sous un extravagant soleil tropical s'embrasant derrière les îles. Puis avaient volé vers la nuit. Le grondement des moteurs avait faibli jusqu'à devenir un chuintement feutré ; stewards et hôtesses se déplaçaient en silence. Il n'y avait qu'un seul autre passager dans la cabine. Assis deux rangées derrière eux, de l'autre côté de la travée. Un homme mince, grand, vêtu d'une chemisette de coton à rayures claires. Son avant-bras droit était posé sur l'accoudoir. Il avait fermé les yeux.

— Quelle taille fait-il ? demanda soudain Jodie.

Reacher se pencha et jeta un rapide coup d'œil en direction de l'homme.

— À peu près un mètre quatre-vingt.

— Comme Victor Hobie alors. Tu te rappelles son dossier ?

Il hocha la tête. Jeta un regard oblique à l'avant-bras. Peau blanche. Malgré la pénombre, il distingua nettement l'articulation du poignet. Muscles longilignes, taches de rousseur et poils décolorés. L'os du radius était visible, jusqu'au coude. Hobie en avait perdu quinze centimètres dans l'accident. Reacher réfléchit : à vue d'œil, du poignet au coude, environ trente centimètres.

— Il a été amputé à peu près au milieu de l'avant-bras, non ? fit Jodie, rejoignant ses pensées.

— Un peu plus. Il a sans doute fallu rogner le moignon et limer la fracture. S'il a survécu.

L'homme se retourna dans son sommeil et ramena son bras sur ses genoux, le dérobant aux regards, comme s'il se sentait observé.

— Il a survécu. Il est à New York. Et il se planque, repartit la jeune femme.

Reacher posa son front sur le plastique frais du hublot.

— Pourtant, j'aurais juré que non...

Il garda les yeux ouverts bien qu'il n'y eût rien à voir au-dehors, sinon un ciel de nuit plongeant jusqu'aux eaux noires de l'océan.

— Pourquoi refuses-tu de l'admettre ?

Il abandonna le hublot et garda les yeux fixés sur un siège vide devant lui.

— Pour des tas de raisons.

— Lesquelles ?

— Toutes. Je me suis trouvé dans une situation professionnelle presque banale pour moi. J'ai suivi mon instinct et, manifestement, il m'a trompé.

Jodie posa doucement sa main sur le bras de Reacher.

— Se tromper, ce n'est pas la fin du monde.

— Ça dépend. Si je me trompe dans mes pronostics sur le championnat de base-ball, ça n'a pas grande importance : après tout, ce n'est pas ma partie. Mais supposons que je sois un journaliste sportif — ou un joueur professionnel. Supposons que le base-ball soit ma vie. Alors là, c'est la fin du monde...

— Où veux-tu en venir ?

— Au fait que ce genre de déductions sont censées être ma

partie. Ma vie même. Je n'étais pas mauvais dans le temps. Je pouvais toujours me fier à mon instinct.

— Mais là, tu n'as rien eu à te mettre sous la dent.

— Foutaises. J'ai eu de quoi cogiter. Beaucoup plus d'éléments que dans d'autres affaires. J'ai rencontré ses parents, lu ses lettres, parlé avec son copain d'enfance, consulté son dossier. Tout concordait : il ne pouvait pas se comporter comme il l'a fait. Je me suis gouré sur toute la ligne, et ça me fout en rogne parce que je vois où ça me mène.

— Où ça ?

— À la porte des Hobie. Pour tout leur raconter. Ça va les tuer. Si tu les avais rencontrés, tu comprendrais. Ils vénéraient leur fils. Ils vénéraient le patriotisme, servir son pays, et tout le tremblement. Maintenant, il ne me reste plus qu'à leur annoncer que leur fils adoré est un meurtrier, un déserteur, un salaud qui les a laissés se ronger les sangs pendant trente longues années. Je vais sonner chez eux et les tuer, Jodie. Je ferais aussi bien d'appeler tout de suite un corbillard.

Reacher se tut et se tourna à nouveau vers la vitre obscure du hublot.

— Et ensuite ? demanda la jeune femme.

Il pivota brusquement sur lui-même et lui fit face.

— Et ensuite, quoi ? L'avenir, tu veux dire ? Eh bien, j'ai une maison maintenant, il faut que je trouve un boulot. Quel boulot ? Détective, n'y pensons plus, si je suis capable de me planter à ce point-là. Mes compétences s'effondrent pile au moment où j'ai besoin de trouver du travail. Je ferais mieux de rentrer creuser des piscines à Key West pour le restant de mes jours.

— Tu es trop dur avec toi-même. Tu as eu une mauvaise intuition, c'est tout.

— L'intuition doit être bonne. Avant, la mienne l'était toujours. Je pourrais te citer une douzaine de cas où je me suis fié à mon intuition, sans rien de rationnel. Et elle m'a sauvé la vie plus d'une fois.

Jodie acquiesça sans répondre.

— Si l'on s'en tient aux statistiques, j'aurais dû être dans le vrai, reprit Reacher. Sais-tu combien d'hommes ont officiellement été portés disparus après le Vietnam ? Seulement cinq. Deux mille deux cents disparus sont morts, tout le monde le sait. Nash finira un jour ou l'autre par les retrouver et il pourra les rayer de sa liste. Mais il reste cinq cas atypiques. Trois d'entre eux sont passés à l'ennemi : ils se sont installés dans des villages et sont devenus des Vietnamiens parmi d'autres. Un ou deux autres ont disparu en Thaïlande. Cinq exceptions sur un million de soldats. Victor Hobie est l'une de ces exceptions, et je me suis trompé sur lui.

— Tu ne t'es pas vraiment trompé. Tu as mené ta déduction à partir de l'ancien Victor Hobie, c'est tout. Du Hobie d'avant la guerre, d'avant le crash. La guerre change les hommes. Le seul témoin de ce changement, ç'a été DeWitt. Et il a préféré faire l'autruche.

Reacher secoua la tête.

— J'ai tenu compte de ce que nous a raconté DeWitt, du moins j'ai essayé. Je n'ai pas voulu croire que la guerre avait changé Hobie à ce point.

— C'est peut-être le crash qui l'a changé, plus que la guerre. Réfléchis. Quel âge avait-il ? Vingt et un ans ? Vingt-deux ? Il y a eu sept morts dans l'accident : il s'est peut-être senti coupable. C'était lui qui pilotait l'hélico, non ? Il a été défiguré, il a perdu un bras, il a sans doute été brûlé aussi. C'est suffisant pour traumatiser n'importe qui, à plus forte raison un jeune homme. Et puis, dans cet hôpital de campagne, il était probablement abruti par les calmants et terrorisé à l'idée de retourner au combat.

— On ne l'aurait pas renvoyé se battre, répondit Reacher.

— Certes, mais peut-être qu'il n'était plus capable de raisonner. Quand on est sous morphine, on plane un peu, non ? Peut-être a-t-il cru qu'on allait le renvoyer là-bas. Qu'on allait le sanctionner pour le crash de l'hélicoptère. On ne sait rien de son état mental à l'époque. Il a voulu s'enfuir, a frappé un infirmier à la tête. Puis il s'est rendu compte de ce qu'il avait fait, et il a été atterré. Voilà mon intuition à moi, et depuis le début : ce gars se planque parce qu'il se sent coupable. Il aurait dû se faire connaître, personne ne l'aurait accusé de rien. Il a trop de circonstances atténuantes. Mais il a préféré se cacher, et plus le temps passait, plus il lui était difficile de refaire surface.

— Là encore, je me suis trompé, dit Reacher. Tu le décris comme un type irrationnel. Un gars hystérique, presque délirant, qui perd les pédales. Alors que moi, je le voyais carré, très équilibré, très rationnel au contraire. J'ai perdu mon flair.

Le ronflement des moteurs enfla imperceptiblement. À plus de neuf cents kilomètres-heure, l'avion semblait immobile. Un spacieux cocon figé dans le ciel nocturne.

— Alors, que vas-tu faire ? répéta Jodie.

— À quel propos ?

— À propos de l'avenir.

— Je n'en sais rien.

— Et à propos des Hobie ?

— Je n'en sais rien non plus.

— Tu pourrais essayer de le retrouver. Le convaincre qu'il ne sera pas poursuivi. Le persuader de reprendre contact avec ses parents.

— Comment veux-tu que je le retrouve ? Aujourd'hui, j'ai l'impression que je ne retrouverais pas mon nez sur ma figure. Et puis tu veux tellement me réconforter que tu oublies quelque chose...

— Quoi ?

— Ce type ne veut pas qu'on le retrouve. Tu l'as dit, il veut rester planqué. Même si au départ il ne savait pas ce qu'il faisait, il a fini par y prendre goût. Il a fait assassiner Costello, Jodie. Et il nous a envoyé ses tueurs. Il y a de quoi rester planqué !

L'hôtesse éteignit les lumières de la cabine. De toute façon, Reacher déclarait forfait. Il fit basculer le dossier de son siège et essaya de dormir, en se répétant : « Victor Hobie a fait assassiner Costello. Il y a de quoi rester planqué ! »

Trente étages au-dessus de la 5e Avenue. Il se réveilla peu après 6 heures du matin. Une heure normale pour lui — tout dépendait de la violence du cauchemar. Trente ans, ça fait presque onze mille jours, donc onze mille nuits : depuis onze mille nuits il rêvait de l'incendie.

Le cockpit se détache de la queue de l'appareil. Heurte la cime des arbres. Bascule vers l'arrière. L'appareil se disloque, le réservoir explose. Le carburant commence à se répandre. Toutes les nuits, il le voit arriver sur lui avec une effrayante lenteur. Brillant, miroitant dans l'air gris de la jungle, il forme des gouttes géantes et difformes. Qui se tordent, se métamorphosent, grossissent, comme en apesanteur. La lumière les rend presque belles. Les couleurs de l'arc-en-ciel. Elles arrivent sur lui avant la pale de l'hélice. Chaque nuit il détourne la tête — même mouvement convulsif. Mais chaque nuit le liquide éclabousse son visage. On dirait de l'eau. L'eau devrait être froide. Or cette eau-là est tiède. Gluante. Elle empeste. L'essence inonde le côté gauche de son crâne. Se répand sur ses cheveux, coule sur son front. Une goutte descend lentement vers son œil.

Quand il redresse la tête, il s'aperçoit que l'air s'est embrasé. Le feu est déjà sur lui. Les flammes viennent dévorer toutes ces gouttelettes, ces petites rivières sur son corps. Tout brûle et pourtant sa peau est figée, comme de la glace. Puis l'ombre noire de la pale qui tombe en arc de cercle. Elle vient trancher la poitrine de Bamford, finit sa course contre son avant-bras, et le sectionne net. Au milieu.

Il revoit la scène en détail. Le bord de la pale a un profil effilé. La moitié de son avant-bras tombe. La montre encore attachée au poignet. La main et la montre s'éloignent. Il lève son bras blessé et tente de toucher son visage pour comprendre pourquoi cette peau si froide sent le brûlé.

Hobie comprit plus tard en quoi ce geste lui avait sauvé la vie. Les flammes qui embrasaient son visage avaient cautérisé le moignon. La chaleur avait séché la chair, obturé les artères. S'il n'avait pas touché sa joue en feu, l'hémorragie l'aurait tué. C'était un exploit, en quelque sorte. Même dans la situation la plus extrême, il avait fait ce qu'il fallait. Un professionnel de la survie, voilà ce qu'il était. Il en avait tiré une assurance implacable.

Il était resté conscient une vingtaine de minutes. S'était extirpé du cockpit, avait rampé loin de l'épave. Il savait qu'il était le seul survivant. Il avait atteint les sous-bois. À genoux, en s'appuyant sur le poing qui lui restait, comme un singe. Il avait penché la tête vers le sol et pressé sa peau brûlée contre la terre. À ce moment-là seulement, il avait commencé à souffrir. Et résisté encore vingt minutes avant de s'évanouir.

Il ne se rappelait presque rien des trois semaines qui avaient suivi. Il ne savait ni où il était allé, ni ce qu'il avait mangé ou bu. Les souvenirs lui revenaient par éclairs, pire que l'amnésie totale. Il se voyait couvert de sangsues. Sa peau brûlée partait en lambeaux. Sa chair exhalait une odeur putride. Des choses, des créatures vivantes grouillaient sur son moignon à vif. Puis l'hôpital. Un matin, il s'était réveillé flottant sur un nuage de morphine. La sensation la plus extraordinaire de sa vie. Mais il avait continué de feindre la douleur. Pour ne pas être renvoyé au combat.

On avait appliqué des pansements spéciaux sur son visage. Et nettoyé sa blessure infestée d'asticots. Bien des années plus tard, en lisant un article sur l'avancée de la recherche, il avait compris que les vers lui avaient sauvé la vie. On utilisait des asticots dans un traitement révolutionnaire. Comme ils mangeaient sans arrêt, ils détruisaient les chairs nécrosées avant que la gangrène pût s'en emparer. Les expériences menées en laboratoire avaient été concluantes. Hobie avait souri. En précurseur.

L'évacuation de l'hôpital l'avait pris de court. On ne l'avait pas prévenu. Il avait surpris une conversation entre officiers. Il était parti aussitôt. Il n'y avait pas de gardes. Juste un infirmier. Celui-ci lui avait coûté la précieuse bouteille d'eau qu'il lui avait brisée sur le crâne, mais ne l'avait pas retardé plus d'une demi-minute.

Et, une fois franchie la clôture de l'hôpital, le long voyage de retour avait commencé. Première urgence : retrouver son argent. Il était enterré à quatre-vingts kilomètres de là environ, près du dernier camp de base. Dans un cercueil. Le cercueil était juste un hasard : la seule boîte assez grande qu'il avait dénichée à l'époque. Mais un hasard qui s'était révélé un trait de génie dans les semaines qui avaient suivi. Toute sa fortune était en billets de cinquante, de vingt et de dix dollars, le tout pesant quatre-vingt-cinq kilos. Un poids plausible pour un cercueil. Et pour presque deux millions de dollars...

Entre-temps, le camp de base avait été abandonné. Hobie était parvenu à le retrouver. Et là, il avait affronté pour la première fois son infirmité : comment un manchot s'y prend-il pour déterrer un cercueil ? D'abord, avec une obstination inflexible. Ensuite, avec de l'aide. Il avait déjà déblayé pas mal de terre quand les Viêts l'avaient débusqué. Le couvercle du cercueil était déjà nettement visible. Une patrouille lui était tombée dessus, il s'était cru fini. Mais non. Bien au contraire. Il avait fait à cette occasion une découverte essentielle, l'une des plus importantes de sa vie. À sa vue, les Viêts avaient reculé, effrayés, murmurant entre eux, interdits. Et Hobie avait compris qu'ils ignoraient qui il était. Ou plutôt *ce qu'il était*. Ses terribles brûlures avaient détruit son identité. Il portait une liquette d'hôpital déchirée, maculée de crasse. Il n'avait pas l'air d'un Américain. Méconnaissable, il n'avait même pas l'air d'un être humain. Son aspect odieux, son comportement extravagant et la vision du cercueil avaient produit sur la patrouille un effet extraordinaire. La peur atavique de la mort, des cadavres et de la folie paralysant les soldats. Hobie avait immédiatement compris quel parti tirer de la situation : s'il se comportait comme un dément et s'accrochait à son cercueil, ces gens-là feraient n'importe quoi pour lui. Ainsi l'escouade viêt-cong avait-elle fini de déterrer le cercueil à sa place. L'avait chargé sur une charrette tirée par un buffle. Lui-même avait pris place sur la charrette, et s'était lancé dans un baragouin frénétique, le doigt pointé vers l'ouest. Ils l'avaient emmené à plus de cent cinquante kilomètres de là, vers le Cambodge, où il était arrivé quatre jours plus tard, passant de groupe en groupe.

Deux mois après, il était en Thaïlande. En passant la frontière, il avait eu l'impression de quitter l'âge de pierre. En Thaïlande, il y avait des routes, des véhicules. Les gens réagissaient différemment aussi. Cet infirme défiguré qui se promenait avec un cercueil provoquait la pitié plus que la crainte. De camionnettes bringuebalantes en camions hors d'âge, il avait atteint en deux semaines le point de rendez-vous de toutes les épaves d'Extrême-Orient : Bangkok.

Il y avait vécu un an. Avait tant bien que mal enfoui le cercueil dans le jardinet de la bicoque qu'il avait louée. Une fois son argent en sécurité, il avait consulté des médecins. Bangkok n'en manquait pas. Vestiges de l'empire, imbibés de gin, mais assez compétents les jours sobres. Ils n'avaient pas pu faire grand-chose pour son visage. Un chirurgien avait reconstruit sa paupière de sorte qu'il pût presque totalement la fermer. Rien d'autre. En revanche, son bras avait été minutieusement appareillé. On avait rouvert la plaie afin de limer les os, de leur donner une forme arrondie et lisse. Recousu les muscles, rabattu la peau et refermé le tout. Hobie avait dû laisser cicatriser un mois avant d'aller trouver l'homme qui fabriquait les prothèses.

Celui-ci lui avait proposé divers modèles. Une main en bois fort bien sculptée et peinte par sa fille, une sorte de griffe à trois dents qui ressemblait à un outil de jardinage... Hobie avait préféré un simple crochet d'acier. Sans qu'il sût pourquoi, le crochet l'attirait. L'homme avait passé une semaine à le forger et à le polir. Puis l'avait soudé à une sorte d'entonnoir métallique dont il s'était servi pour découper un morceau de cuir aux bonnes dimensions. Avait sculpté une réplique en bois du moignon, qu'il avait utilisée comme un moule pour le cuir, avant de l'imprégner de résine pour le faire durcir. Il y avait cousu boucles et lanières, l'avait soigneusement ajusté et avait demandé cinq cents dollars pour sa peine.

Au début, sa prothèse avait irrité Hobie : il la trouvait inconfortable, incontrôlable. Puis il avait fait des progrès et, à force d'entraînement, avait fini par s'en débrouiller. Un an plus tard, alors qu'il avait déjà déterré le cercueil et pris son billet sur un cargo à destination de San Francisco, il avait tout oublié de cette deuxième main. Mais son visage continuait de le tourmenter.

Une fois en Californie, il avait prélevé une petite partie de l'argent du cercueil pour acheter un break d'occasion. Un trio de dockers effrayés avait chargé le cercueil dans le break, et Hobie avait traversé tout le pays en voiture, jusqu'à New York. Il y était encore, vingt-neuf ans après. Sa prothèse *made in* Bangkok reposait à côté du lit, sur le sol, depuis onze mille nuits.

Il se tourna sur le ventre. Tendit la main. Ramassa l'objet. Puis il s'assit, posa le crochet sur ses genoux et attrapa sur la table de nuit la chaussette de bébé. Celle qu'il enfilait sur son moignon. 6 h 10. Une nouvelle journée.

William Curry s'éveilla à 6 h 15. Une habitude qu'il avait conservée du temps où il relevait l'équipe de nuit des inspecteurs de la brigade. Il avait hérité de l'appartement de sa grand-mère, Beekman Street, deuxième étage. Ce n'était pas un grand appartement, mais il était bien situé par rapport aux commissariats du quartier. Curry y avait emménagé après son divorce. Sa retraite de policier partait intégralement dans les charges, la pension alimentaire, ainsi que dans la location, récente, d'une pièce faisant office de bureau sur Fletcher. Ses revenus de détective lui étaient donc indispensables. Un jour, lorsqu'il aurait acquis un peu de notoriété, que son activité se serait développée, il serait un homme riche.

Il sortit de son lit, se leva, s'étira. Gagna le coin cuisine et alluma la cafetière. Prit une douche. Ouvrit le placard, une tasse de café à la main, et resta planté là, à scruter les vêtements pendus devant lui. Costumes de flanelle gris, vestes de sport à carreaux, vestes en lin trop vite fripées. Rien de tout cela ne convenait le jour où il était censé incarner David Forster, avocat aux honoraires ruineux. Alors il opta pour son costume de mariage.

C'était un complet Brooks Brothers noir, acheté quinze ans auparavant pour les grandes occasions : mariages, enterrements et baptêmes. La mode étant un éternel recommencement, il n'avait pas l'air trop anachronique. Quoique un peu trop grand désormais, Curry ayant fondu depuis le départ de sa femme et la fin des petits plats cuisinés. Les jambes du pantalon étaient sûrement un peu trop larges, mais c'était aussi bien parce qu'il avait prévu de porter deux étuis de revolver aux chevilles. William Curry croyait aux vertus d'une préparation méticuleuse. David Forster lui avait affirmé qu'il n'y aurait pas de casse. Mais quand on a été flic à New York dans les années 1970-1980, on a tendance à ne pas se fier à ce genre d'assurances. Il avait donc décidé de s'armer de deux petits revolvers dissimulés sous le bas de son pantalon et de garder son 357 dans le dos.

Il rangea son costume dans une housse en plastique, y ajouta une chemise blanche et la plus discrète de ses cravates. Fourra les trois armes dans un sac, avec les balles et une paire de chaussures. Il avait prévu de se changer après le déjeuner. Inutile de se promener déguisé en pingouin toute la matinée.

Il ferma à clef la porte de l'appartement et gagna son bureau à pied, le sac à la main. En chemin, il s'arrêta pour acheter un muffin allégé.

Marilyn Stone se réveilla à 7 heures. Les yeux larmoyants, accusant la fatigue. Ils n'avaient pu regagner la salle d'eau qu'au milieu de la nuit. Le costaud en complet sombre était en train de la nettoyer. Il en était sorti de mauvaise humeur et les avait fait attendre jusqu'à ce que le sol soit sec. Ils étaient restés assis dans le noir, pétrifiés, gelés et affamés, mais trop écœurés pour réclamer à manger. Tony avait ordonné à Marilyn de lui préparer un lit sur l'un des canapés. Elle avait obéi, humiliée de devoir faire le lit de cette brute qui la reluquait en souriant chaque fois qu'elle se penchait dans sa robe trop courte.

La salle d'eau était glaciale et empestait le désinfectant. Les serviettes avaient été pliées et groupées près du lavabo. Marilyn les avait étalées sur le carrelage en deux ou trois épaisseurs, où Chester et elle s'étaient recroquevillés sans échanger une parole. Derrière la porte, le bureau était silencieux. Puis, contre toute attente, elle avait fini par s'endormir.

Lorsqu'elle se réveilla, il y avait du bruit dans le bureau. Elle était en train de se débarbouiller quand le costaud apporta le café. Elle prit sa tasse sans un mot. L'homme déposa l'autre sur le bord du lavabo. Chester resta couché par terre, inerte. Il ne dormait pas. Le type l'enjamba pour sortir.

— C'est bientôt fini, lui dit Marilyn.

— Ça ne fait que commencer, tu veux dire. Qu'est-ce qui va se passer maintenant ? Et ce soir, où serons-nous ?

Elle s'apprêtait à répondre : « À la maison, Dieu merci », mais elle se rappela soudain qu'à 14 h 30, ils n'auraient plus de maison.

— À l'hôtel, je suppose.

— Ils ont pris mes cartes de crédit, rétorqua Chester. Tu ne comprends donc pas qu'on ne va pas s'en sortir. On est témoins de ce qu'ils ont fait à ces flics ! Et à Sheryl. Tu crois qu'ils vont nous laisser partir comme ça ?

Marilyn baissa les yeux. Il avait enfin pris la mesure de la situation. Un souci supplémentaire : il allait être fiévreux et survolté toute la journée. Ça ne ferait que compliquer les choses.

Il ne lui fallut que cinq minutes pour réaliser un impeccable nœud de cravate. Puis il passa sa veste. Laça ses chaussures avec la même rapidité que s'il avait eu ses deux mains.

L'astuce consistait à coincer le bout du lacet sur le plancher avec le crochet.

Puis il commença par la salle de bains. Ramassa tout le linge sale, le fourra dans une taie d'oreiller, le déposa près de la porte d'entrée. Ôta les draps du lit, les rangea dans une autre taie. Vida sa penderie dans une valise, fourra tous ses effets personnels dans un sac de supermarché, porta les taies d'oreiller et le sac au vide-ordures. Les jeta, claqua bruyamment l'abattant. Traîna la valise jusque dans l'entrée de l'immeuble, fit un détour par la loge du gardien, y laissa un trousseau de clefs pour le type de l'agence immobilière. Descendit au parking en prenant l'escalier, rangea la valise dans le coffre de la Cadillac. S'installa au volant, mit le contact avec sa main gauche. Prit la 5e en sortant du parking, et ne se détendit que lorsqu'il fut loin de l'immeuble, en sécurité dans la circulation anonyme du centre-ville.

Hobie avait trois emplacements réservés au sous-sol du World Trade Center. La Tahoe n'y était plus, le tout-terrain non plus, si bien qu'ils étaient tous libres. Il se gara dans celui du milieu, laissa la valise de vêtements dans le coffre. Il avait prévu de laisser la Cadillac dans le parking longue durée de l'aéroport de La Guardia. Et de prendre un taxi pour JFK, sa valise à la main, comme n'importe quel voyageur pressé d'attraper sa correspondance. On mettrait longtemps à constater que la voiture avait été abandonnée et on vérifierait les listes de passagers de La Guardia, pas celles de JFK. Certes, c'était un sacrifice, mais Hobie ne rechignait jamais à la dépense lorsqu'une contrepartie valable était en jeu. En l'occurrence, la contrepartie était sa vie — il ne pouvait en imaginer de meilleure.

Quelques instants plus tard, il pénétrait dans ses bureaux. Il trouva Tony à la réception, l'air harassé, un café à la main.

— Le bateau ? demanda tout de suite Hobie.

— Chez le courtier maritime. Il fera un virement.

— Quoi d'autre ?

Tony eut un sourire ironique.

— On va avoir plus d'argent que prévu à transférer. Le premier règlement des intérêts vient d'arriver du compte de Stone. Onze mille dollars, à la bonne date. Consciencieux, le petit crétin, non ?

Hobie sourit à son tour.

— Déshabiller Pierre pour habiller Paul, sauf que maintenant Pierre et Paul sont une seule et même personne. Vire ces onze mille dollars aux Caïmans.

Tony acquiesça.

— Simon a rappelé de Hawaii. Ça y est, ils ont pris leur avion. En ce moment, ils sont quelque part au-dessus du Grand Canyon.

— Et Newman ? Il a trouvé ?

— Non, pas encore. Il va commencer à examiner le dossier ce matin. C'est Reacher qui l'a poussé à le faire. Un malin, apparemment.

— Pas assez, répondit Hobie. On a cinq heures de décalage avec Hawaii, non ?

— Oui. Mettons qu'il commence à 9 heures, qu'il y passe deux heures, ça fait du 16 heures chez nous. On sera loin.

Nouveau sourire de Hobie.

— Je t'avais dit de ne pas t'inquiéter...

Quand Reacher se réveilla, sa montre indiquait 7 heures, heure de Saint-Louis, soit 3 heures du matin à Hawaii, 6 heures dans l'Arizona ou le Colorado, et déjà 8 heures à New York. Il s'étira dans son fauteuil, se leva, passa devant Jodie. Elle était lovée sur son siège. Une hôtesse était venue la couvrir d'une fine couverture de laine. Profondément endormie, elle respirait lentement, des mèches de cheveux étalées sur le visage. Reacher demeura un instant immobile dans l'allée, à la regarder dormir. Puis il alla se dégourdir les jambes.

Il traversa tout l'avion. La classe économique était plongée dans la pénombre. Les gens dormaient, pour la plupart. Puis il s'arrêta au seuil de la classe affaires. Là, quelques cadres en costume, la cravate en bataille, travaillaient encore. La classe moyenne, songea-t-il. Loin d'être des malheureux, mais tout aussi loin des sommets de la hiérarchie. Dans l'armée, ils auraient été commandants ou colonels. Lui avait fini commandant. S'il avait poursuivi sa vie militaire, il serait passé colonel. C'est Leon qui m'a fait, c'est encore lui qui change le cours de ma vie. Leon avait donné un coup d'accélérateur à sa carrière. Il ne l'avait pas fabriquée, mais l'avait accompagnée pour en faire ce qu'elle était devenue. Puis la carrière avait pris fin, cédant la place à l'errance. Désormais, l'errance allait cesser à son tour, toujours à cause de Leon. Et pas seulement de Jodie. Leon lui léguait sa maison. Ce legs l'attendait : un endroit où ancrer sa vie. Avant, toute installation lui avait paru une idée abstraite. Comme ces pays lointains où l'on sait qu'on ne mettra jamais les pieds. Car le voyage est trop long. Les billets trop chers. La seule pensée de se couler dans un mode de vie aussi étranger à ce qu'il était lui semblait au-dessus de ses forces. Le legs de Leon le kidnappait. L'emmenait à la frontière de ce pays étranger. Il pouvait entrevoir la vie qui l'attendait de l'autre côté. Soudain, l'idée de faire machine arrière devenait absurde, la distance à parcourir pour rebrousser chemin infranchissable. Faire de l'errance un choix délibéré changerait le sens même de cette errance. Elle n'avait de charme que comme un consentement passif à la seule perspective s'offrant à lui. Sans alternative. Or Leon lui offrait une alternative. Et pas n'importe laquelle. Elle se dressait là-bas, sur les rives de l'Hudson, calme et accueillante. Elle l'attendait. Leon avait dû rédiger son testament en souriant : Voyons un peu comment tu vas te tirer de ça, Reacher.

Son regard s'arrêta sur les ordinateurs portables et les agendas rebondis posés sur les tablettes des passagers autour de lui. Il grimaça intérieurement. Comment franchir la frontière sans se laisser happer par tout ça ? Costumes, cravates, gadgets en plastique noir et attachés-cases en lézard ? Il frissonna et s'immobilisa près du rideau séparant la classe affaires du reste de l'avion. Il suffoquait. Il se revit, un an auparavant, descendre d'un camion à un carrefour, près d'une ville dont il n'avait jamais entendu parler, dans un État où il n'était jamais venu. Il avait fait un geste d'adieu au chauffeur, enfoncé ses mains dans ses poches et commencé à marcher au milieu de nulle part. Le soleil brillait, ses pas soulevaient de la poussière sur la route. Il souriait, heureux de sa solitude, sans avoir la moindre idée de sa destination.

Mais une autre image lui revint aussi en mémoire, celle du jour où, neuf mois plus tard, à court d'argent, il avait sérieusement réfléchi à sa situation. Même les motels et les snacks les plus misérables lui devenaient inaccessibles. Il avait pris ce boulot à Key West, comptant y passer une quinzaine de jours. Puis s'était mis à travailler également le soir, comme videur au topless bar. Et il y était encore trois mois après, quand Costello était venu l'interroger. En réalité, l'errance avait fini là. Inutile de le nier. *Il s'était déjà remis à travailler*. Restait désormais à décider où, pour qui, et pour quel salaire. Il sourit. C'est comme la prostitution, songea-t-il. Difficile de revenir en arrière. Il se détendit un peu, écarta le rideau et repassa en classe affaires. Le type à la chemise rayée s'était réveillé. Il le regarda. Lui fit un petit signe de tête. Jodie aussi était réveillée. Elle ébouriffait ses cheveux pour les remettre en place. Il se pencha vers elle, l'embrassa.

— En forme ? lui demanda-t-il.

— Plus que je ne l'aurais cru. Où étais-tu ?

— J'ai été faire un tour en classe éco, l'autre moitié du monde.

— Tu avais besoin de réfléchir ? J'avais déjà remarqué ça chez toi, il y a quinze ans. Tu pars toujours te promener quand tu as à cogiter.

— Vraiment ?

— Bien sûr. Tu sais, je n'arrêtais pas de t'observer. Dans les moindres détails. N'oublie pas que j'étais amoureuse de toi.

— As-tu remarqué d'autres manies ?

— Tu serres le poing gauche quand tu es tendu ou en colère. Alors que ta main droite reste molle. Quand tu t'ennuies, tu fredonnes. Et le bout de ton nez remue un peu quand tu parles. Et là, tu es parti réfléchir à la maison. À la maison et à moi. Ça te travaille, hein ? Cette maison et moi, on te ligote comme les Lilliputiens ligotent Gulliver. Tu te souviens ?

— Bien sûr. De minuscules bonshommes profitent de son sommeil pour l'attacher avec une multitude de petites cordes.

— Tu te sens ligoté ?

Il hésita un instant avant de répondre :

— Pas par toi.

Mais son silence avait été un peu trop long.

— Je sais ce que c'est, dit Jodie. J'ai été mariée. On est obligé de tenir compte de l'autre. Et on nc peut pas s'empêcher de s'inquiéter pour lui.

Reacher sourit.

— Je m'y habituerai.

— Et à la maison ?

— Je ne sais pas. Ça me fait bizarre.

— Tu sais, Reacher, c'est une affaire entre Leon et toi. Je veux que tu saches que, pour ma part, je ne te demande rien. C'est ta vie. Ta maison. Il faut que tu fasses exactement comme tu le sens.

Il opina. Sans répondre.

— Alors tu vas partir à la recherche de Hobie ? reprit la jeune femme.

— Peut-être, répondit-il en haussant les épaules. Mais ce n'est pas gagné.

— Il doit y avoir des pistes, des dossiers médicaux. Il a sûrement une prothèse. Et s'il a été brûlé, ça doit bien figurer quelque part. Et puis un grand brûlé avec un bras en moins, ça ne doit pas passer inaperçu.

Reacher acquiesça.

— Je pourrais aussi attendre qu'il me retrouve, dit-il. Et m'installer à Garrison jusqu'à ce qu'il m'envoie ses tueurs.

Il observa son reflet brouillé sur le hublot et comprit : Je suis en train d'admettre qu'il est vivant. D'admettre mon erreur. Puis il se tourna à nouveau vers Jodie.

— Peux-tu me prêter ton portable aujourd'hui ? Si Nash trouve quelque chose, il m'appellera.

Jodie soutint un long moment son regard, ouvrit la fermeture Éclair de son sac. Sortit le téléphone. Et le lui tendit.

— Bonne chance, lui dit-elle.

— Jusqu'alors, je n'ai jamais eu besoin de compter sur la chance.

Nash Newman n'attendit pas 9 heures du matin pour entamer ses recherches. C'était un homme méticuleux, attentif aux moindres détails, tant dans sa vie privée que dans ses activités professionnelles. Cette recherche n'avait rien d'officiel. Il ne pouvait donc pas l'effectuer sur son temps de travail. Un problème privé se réglait à des heures privées.

Il se leva à 6 heures du matin et observa la lueur rougeâtre du soleil tropical qui commençait à poindre derrière les montagnes. Il prépara du café. S'habilla. À 6 h 30, il était au bureau. Il avait prévu de consacrer deux heures au dossier Hobie, de prendre son petit déjeuner au mess et de commencer son travail à 9 heures.

Il ouvrit un tiroir et en sortit le dossier médical de Victor Hobie. Leon Garber l'avait patiemment constitué en interrogeant médecins et dentistes du comté de Putnam. Il avait réuni les résultats de son enquête dans un vieux dossier de la police militaire, fermé par une sangle de toile usée.

Newman la desserra et ouvrit le dossier. Il était mince. Un garçon en excellente santé, bien nourri, soigné par des parents attentifs. Quelques grippes, une bronchite à l'âge de huit ans. Aucun accident. Aucune fracture. Des soins dentaires minutieux. Le gosse avait grandi à l'époque de la guerre aux caries, d'où une importante quantité de radios dans son dossier. Des clichés assez clairs et nombreux pour autoriser une identification.

Newman les emporta dans la salle où étaient conservés les cercueils. Se dirigea vers un ordinateur, dans le fond de la pièce, l'alluma et cliqua sur « RECHERCHER ». Une fenêtre s'ouvrit, affichant un questionnaire détaillé. Il inscrivit les renseignements du dossier dans les cases correspondantes et lança la recherche. Le disque dur se mit à ronronner dans le silence matinal et le logiciel entreprit son patient parcours à travers la base de données.

Ils atterrirent avec dix minutes d'avance sur l'horaire, un peu avant midi, heure de la côte Est. L'avion frôla les eaux scintillantes de Jamaica Bay avant de se poser pour rejoindre lentement le terminal. Jodie régla sa montre et se leva avant l'arrêt de l'appareil, indiscipline que seule la classe affaires autorisait.

— Dépêchons-nous. Je suis déjà en retard, dit-elle à Reacher.

Ils retrouvèrent la grosse Lincoln noire sur le parking, payèrent les cinquante-huit dollars dus. Et démarrèrent.

— Tu crois que j'aurais le temps de prendre une douche, demanda la jeune femme.

Reacher répondit en enfonçant l'accélérateur. Vingt minutes plus tard, ils étaient dans Manhattan et dix minutes après devant l'immeuble de Jodie.

— Douche ou pas douche, dit Reacher, j'inspecte d'abord l'appartement.

La méfiance revenait avec le retour à New York.

— D'accord, mais fais vite.

Ils garèrent la voiture dans le parking souterrain, prirent l'ascenseur jusqu'au cinquième et redescendirent au quatrième par l'escalier de secours. L'immeuble était silencieux et désert. L'appartement comme ils l'avaient laissé. Il était 12 h 30.

— Dix minutes, dit Jodie. Ensuite tu me déposes au bureau, d'accord ?

— Comment iras-tu à ta réunion ?

— On a un chauffeur. Il m'y conduira.

Elle traversa le salon d'un pas vif tout en commençant à se déshabiller.

— Tu veux manger un morceau ? cria Reacher.

— Pas le temps !

Elle passa cinq minutes sous la douche et cinq minutes dans son dressing, d'où elle ressortit vêtue d'une jupe anthracite avec veste assortie.

Reacher l'attendait dans l'entrée, son porte-documents à la main. Il le lui tendit.

— Merci, dit-elle avant d'ajouter : Tiens, prends mes clés, comme ça tu pourras rentrer quand tu veux. Je te téléphonerai du bureau pour que tu viennes me chercher.

Il ne leur fallut que sept minutes pour gagner le cabinet d'avocats. Jodie sortit de la voiture à 12 h 55.

— Bonne chance ! cria Reacher dans son dos. Mène-leur la vie dure !

Elle lui fit un signe de la main et s'engagea dans le tourniquet. Un vigile la salua alors qu'elle gagnait l'ascenseur. À 13 heures, elle entrait dans son bureau, son assistant sur les talons, un mince dossier sous le bras. Il le posa sur le bureau. Elle l'ouvrit et feuilleta les huit pages qu'il contenait.

— Qu'est-ce que ça veut dire ? Je n'ai jamais entendu parler de ces sociétés. Quant à la somme à recouvrer, elle est dérisoire.

— Cette fois, c'est le créancier qui vous a engagée, et non le débiteur. Le créancier sait que, si vous assistez le type qui lui doit de l'argent, vous pourrez lui créer de gros ennuis. Alors il préfère vous avoir de son côté. Ça veut dire que la rumeur circule, madame Jacob, ça veut dire qu'on vous craint. Vous voilà célèbre... et redoutée. Félicitations.

Chapitre 16

Reacher redescendit lentement Broadway, emprunta la rampe du parking et gara la voiture sur l'emplacement réservé dans l'immeuble de Jodie. Puis il ressortit, toujours par la rampe, se dirigea vers un bar, commanda un café serré au comptoir et alla s'asseoir à une petite table au plateau chromé.

Qu'allait-il dire au vieux couple ? S'il voulait faire preuve d'humanité, mieux valait ne rien dire du tout. Raconter qu'il avait fait chou blanc. Rester dans le vague. C'était le plus charitable : y aller, leur prendre la main, leur apprendre que Rutter les avait trompés, leur rembourser l'argent, décrire une longue et vaine recherche restée inaboutie. Et essayer de les convaincre que leur fils était mort depuis longtemps. Que personne ne pourrait jamais leur dire ni où, ni quand, ni comment. Puis partir, les laisser en paix pour le peu de temps qu'il leur restait à vivre — un couple parmi ces millions de parents qui avaient vu leur enfant mourir dans l'une des plus sinistres guerres qu'ait connue ce siècle.

Reacher but son café d'un trait, une main cramponnée au bord de la table. Il allait leur mentir. Par gentillesse. Un sentiment auquel il n'avait guère eu à faire appel au cours de sa carrière. Jamais il n'avait dû annoncer un décès aux familles. Il en connaissait, pourtant, à qui c'était arrivé. Après la guerre du Golfe, il avait vu se former de petites équipes, composées de l'officier commandant l'unité du soldat défunt et d'un policier militaire. Ils allaient trouver les familles pour leur annoncer une nouvelle que la vue de deux hommes en uniforme sonnant à la grille laissait déjà deviner. Il savait que la gentillesse était essentielle dans ce genre de missions. Mais celles qu'on lui avait confiées à l'armée avaient toujours été bien différentes. Tout y était toujours simple et clair, bon ou mauvais, légal ou illégal, vrai ou faux. Et deux ans après avoir quitté la vie militaire, il se retrouvait dans la même situation, mais avec, en outre, l'obligation de mentir.

Non, il faut retrouver Victor Hobie. Sa main lâcha lentement le bord de la table pour venir effleurer la cicatrice, sous sa chemise. Il avait un compte à régler. Il sortit du bar. À l'aplomb de Broadway, le soleil inondait l'avenue. Il traversa pour regagner l'immeuble de Jodie. Fatigué. Il n'avait dormi que quatre heures dans l'avion. Il se revit, inclinant le dossier de son siège. Il avait pensé à Victor Hobie avant de fermer les yeux. « Hobie a fait assassiner Costello. Il y a de quoi rester planqué ! » Il entendit Jodie lui dire : « Costello tente un raccourci, mais il soulève la mauvaise pierre et ça alerte quelqu'un. » Oui, Costello avait dû marcher sur les plates-bandes de Hobie.

Reacher se figea sur le trottoir, le cœur battant. Leon. Costello. Ils s'étaient rencontrés. Costello s'était rendu à Garrison et avait parlé à Leon juste avant sa mort. « Trouvez-moi Jack Reacher, je voudrais qu'il enquête sur un dénommé Victor Hobie. » Professionnel, Costello avait écouté attentivement. Puis il était rentré à New York et avait étudié la question. Et, après réflexion, il avait tenté un raccourci. Et cherché Hobie avant de se lancer sur la piste de Reacher.

Celui-ci descendit en courant la rampe conduisant au parking, sauta dans la Lincoln et remonta Broadway et Greenwich Avenue en slalomant entre les taxis. Onze minutes plus tard, il arrivait au bureau de Costello. Il laissa la voiture devant l'immeuble.

La porte était fermée. Il jeta un œil autour de lui et, discrètement, tourna le bouton. Elle s'ouvrit. Elle était restée déverrouillée, comme si le bureau était ouvert. À l'intérieur, le parfum de la secrétaire s'était presque complètement évanoui. Toujours allumé, l'ordinateur attendait son retour.

Reacher déplaça la souris. Sur l'écran apparut la fiche Spencer, Gutman, Ricker et Talbot, celle qu'il avait lui-même consultée en cherchant qui se cachait derrière Mme Jacob. Il cliqua sur la liste principale sans trop y croire. Il ne se souvenait pas d'y avoir lu le nom de Hobie. Il la fit défiler du début à la fin, sans rien trouver. Pas de noms, rien que des sigles. Il quitta le bureau de la secrétaire pour aller fouiller celui de Costello. Près du fauteuil, il aperçut une corbeille pleine de papiers froissés. Il s'accroupit, les éparpilla sur le sol. Quelques pochettes tachées de graisse, qui avaient dû servir à emballer des sandwichs, et des notes trop récentes, rien qui remontât à la rencontre avec Leon, douze ou treize jours avant l'assassinat du privé.

Reacher découvrit le calepin dans le premier tiroir de gauche. La moitié des pages avaient été arrachées. Il s'assit dans le fauteuil de Costello pour le feuilleter. Tomba sur le nom de *Leon Garber*. Sur *Mme Jacob, SGR & T*. Un peu plus loin, *Victor Hobie*, souligné deux fois, d'une main nerveuse. À côté, Costello avait griffonné *CCT*? ? Une flèche reliait *CCT*? ? à *9 heures du matin*. Reacher en déduisit que Costello avait dû prendre rendez-vous avec Victor Hobie dans un endroit appelé CCT, à 9 heures du matin. Sans doute le matin du jour où on l'avait tué.

Il retourna à l'ordinateur. L'écran affichait toujours la liste. Il la fit défiler et lut tous les sigles compris entre B et D. CCT apparut entre CCR & W et CDAG & Y. Il ouvrit le fichier : en face de CAYMAN CORPORATE TRUST — Fonds d'Investissement des îles Caïmans — figurait une adresse au World Trade Center. Le propriétaire de la société n'était autre que M. Victor Hobie. Reacher avait les yeux fixés sur l'écran lorsque la sonnerie du téléphone retentit.

Il regarda l'appareil posé sur le bureau. Il était silencieux. Alors il comprit que la sonnerie provenait de sa poche et plongea précipitamment la main dedans pour en sortir le portable de Jodie.

— Allô ?

— J'ai du nouveau, fit Nash Newman.

— Je vous écoute.

Newman parla longtemps. Léger grésillement rappelant les dix mille kilomètres qui les séparaient. Ronron du disque dur. Au bout de quelques minutes, interdit, Reacher écarta le téléphone de son oreille et laissa son regard errer dans la pièce.

— Tu es toujours là ? demanda Newman.

Il entendit un lointain grommellement, déformé par l'électronique. Puis approcha à nouveau l'appareil de son visage.

— Vous en êtes sûr ? demanda-t-il.

— Absolument sûr. Je suis catégorique.

Reacher resta muet. Il contempla le bureau vide et silencieux. Les murs gris clair qui viraient au bleu ciel sous l'effet d'un rayon de soleil réfracté par le verre dépoli de la fenêtre.

— Tu n'as pas l'air très heureux de ce que je t'apprends, fit Newman.

— Je n'arrive pas à le croire. Vous vous rendez compte de ce que ça signifie ? Vous vous rendez compte de ce qu'il a fait ? Je retourne tout de suite aux archives, à Saint-Louis.

— À ta place, c'est aussi ce que je ferais. C'est un cas d'urgence.

— Merci, Nash.

Il raccrocha, fourra le téléphone dans sa poche et sortit du bureau de Costello en laissant la porte grande ouverte derrière lui.

Tony pénétra dans la salle d'eau avec, sur un bras, une housse de teinturier contenant le costume de Stone et, sur l'autre, une chemise, pliée dans du papier de soie. Il lança un regard à Marilyn, accrocha le cintre de la housse au rail du rideau de douche et jeta la chemise sur les genoux de Chester. Puis il tira de sa poche une cravate qu'il laissa tomber sur la chemise.

— Tous en scène ! Soyez prêts dans dix minutes.

Il sortit en refermant la porte derrière lui. Chester était assis sur le sol, la chemise dans les bras, la cravate sur les genoux. Marilyn se pencha vers lui, déchira le papier de la chemise, la déplia. Déboutonna le col.

— C'est bientôt fini, dit-elle, comme si elle prononçait une formule rituelle.

Chester lui jeta un regard absent et se leva. Il enfila la chemise par la tête. Elle se plaça devant lui pour lui nouer sa cravate.

— Merci.

Elle l'aida à passer le costume, lissa les pans de la veste.

— Tes cheveux, dit-elle.

Il s'avança vers le miroir et revit l'homme qu'il avait été dans une autre vie. Il se recoiffa avec les doigts. La porte de la salle d'eau s'ouvrit à nouveau et Tony entra, le stylo Mont Blanc à la main.

— Nous vous le prêtons pour la signature.

Chester acquiesça et glissa le stylo dans la poche intérieure de sa veste.

— Prenez ça aussi, poursuivit Tony. Il faut sauvegarder les apparences avec les avocats...

C'était la Rolex. Chester la passa à son poignet pendant que Tony quittait la pièce. Debout devant le miroir, Marilyn essayait de se recoiffer. Elle ramena ses cheveux derrière ses oreilles. Pinça la bouche comme si elle venait de mettre du rouge à lèvres. Simple automatisme.

— Tu es prêt ? demanda-t-elle à son mari.

Il haussa les épaules.

— Et toi ?

— Oui, moi, je suis prête.

Le chauffeur de Spencer, Gutman, Ricker et Talbot était le mari de l'une des plus anciennes secrétaires du cabinet. Il avait été licencié lorsque sa société avait fusionné avec un concurrent gourmand. Âgé de cinquante-neuf ans, sans emploi et peu qualifié, il avait investi toutes ses indemnités dans une imposante Lincoln. Sa femme avait adressé à la direction du cabinet une note dans laquelle elle démontrait, chiffres à l'appui, qu'il était plus avantageux d'embaucher son mari que de recourir aux services d'un loueur. La direction avait fermé les yeux sur ses erreurs de calcul et engagé le bonhomme. C'était donc lui qui attendait Jodie lorsqu'elle sortit du bâtiment. Il baissa sa vitre.

— Vous savez où on va ? lui demanda-t-elle, une main sur la portière.

— J'ai tout noté, répondit l'homme en tapotant le bloc posé à côté de lui sur le siège passager.

Elle grimpa à l'arrière. Elle aurait préféré s'asseoir près de lui, mais il n'appréciait pas, elle le savait. Faire monter les gens à l'arrière renforçait son statut de chauffeur et, selon lui, légitimait son embauche. Il en allait de même du costume sombre et de la casquette dénichés dans une boutique spécialisée de Brooklyn.

Il vérifia dans le rétroviseur que Jodie était bien installée, et démarra. Prit à gauche dans Broadway, tourna à droite dans Trinity Street et parvint à hauteur du World Trade Center. Là, il ralentit et s'arrêta au niveau de l'esplanade.

— Je vous attendrai ici, dit-il.

Jodie sortit de la voiture et hésita quelques instants. Les trottoirs étaient bondés. Il était bientôt 14 heures : les gens avaient fini de déjeuner et rentraient au bureau. Depuis que Reacher veillait sur elle, c'était la première fois que Jodie se retrouvait seule dans un lieu public. Elle emboîta le pas à un groupe d'hommes d'affaires pressés qu'elle suivit jusqu'à la tour sud.

Elle avait lu dans le dossier qu'elle devait se rendre au quatre-vingt-huitième étage. Elle se posta donc dans la file devant un ascenseur, juste derrière un homme vêtu d'un complet noir manifestement trop grand pour lui. Il portait une mallette en skaï. Dans l'ascenseur, elle se tassa derrière lui. Les gens indiquaient le numéro de l'étage où ils se rendaient à la personne la plus proche des boutons. Le gars au costume noir demanda le quatre-vingt-huitième.

Elle sortit derrière lui quand l'ascenseur ouvrit ses portes. Il était 14 heures pile. Ils se retrouvèrent tous deux dans un couloir désert, jalonné de portes identiques. Jodie partit dans un sens, le gars au costume dans l'autre. Et ils tombèrent nez à nez devant une porte de chêne dont la plaque annonçait « CAYMAN CORPORATE TRUST ». On avait ménagé une petite fenêtre de verre au milieu de la porte. L'homme posa la main sur la poignée.

— Je suppose que nous allons à la même réunion, fit Jodie, étonnée.

— J'en ai l'impression, répondit-il en s'effaçant devant elle.

Un énorme comptoir en chêne trônait à la réception où flottaient les odeurs caractéristiques des bureaux : produits de photocopieuse, café chaud, plastique. Jodie se tourna vers l'homme et lui tendit la main.

— Jodie Jacob. Spencer et Gutman. Pour le créancier.

Il sourit, serra la main tendue vers lui.

— David Forster, fit-il. De Forster et Abelstein.

La jeune femme se figea.

— Vous n'êtes pas David Forster. Je le connais très bien, fit-elle d'une voix blanche.

L'homme au costume se crispa dans un pesant silence. Jodie détourna le regard et aperçut le gars qui s'était agrippé à la poignée de sa portière le jour de l'accident sur Broadway. Il était assis derrière le comptoir et la fixait droit dans les yeux. Sa main gauche pressa un bouton. La porte d'entrée se verrouilla. Dans le même temps, sa main droite disparut sous le guichet pour réapparaître aussitôt armée d'un fusil de chasse. Le gars au costume trop grand laissa tomber sa mallette en skaï et leva les mains en l'air. Immobile, Jodie ne quittait pas l'arme des yeux.

L'homme qui les tenait en joue pressa un autre bouton. La porte du bureau s'ouvrit. Et Jodie vit apparaître le type qui avait embouti sa Bravada. Celui-là aussi était armé. D'un pistolet automatique.

Celui qui tenait le fusil contourna le comptoir et passa devant Jodie pour aller se placer derrière le gars au costume noir. Il lui enfonça le canon de l'arme dans les reins. Puis glissa une main sous sa veste et en sortit un revolver qu'il brandit comme une pièce à conviction.

— Un accessoire inhabituel pour un avocat, fit l'homme à l'automatique.

— Il n'est pas avocat, répliqua l'autre. La femme dit qu'elle connaît bien David Forster : ce n'est pas lui.

L'homme à l'automatique eut un sourire ironique.

— Je me présente : je m'appelle Tony, dit-il. Donnez-vous la peine d'entrer.

Il s'effaça pour laisser passer Jodie tout en braquant son arme sur elle, tandis que le gars au fusil poussait le faux Forster vers la porte. Ils pénétrèrent dans un bureau spacieux où les stores dispensaient une lumière tamisée à peine suffisante pour y voir clair. Là, ils distinguèrent deux personnes assises sur un canapé. Un homme et une femme. L'homme portait un costume impeccable et une cravate. La femme, une robe de cocktail chiffonnée. L'homme leva sur Jodie un regard absent. La femme un regard terrifié.

Il y avait un autre homme, assis derrière un bureau. Cinquante-cinq ans peut-être. Jodie le dévisagea. Son visage était partagé en deux, comme par une décision arbitraire. À droite, une peau ridée et des cheveux clairsemés, grisonnants sur la tempe et sur le crâne. À gauche, des tissus cicatrisés, roses, épais et brillants, évoquant le moulage en caoutchouc d'une tête de monstre. Le tissu cicatriciel couvrait partiellement son œil gauche. La paupière formait un bourrelet de chair rose qui faisait un peu penser à un pouce estropié.

Il portait un costume élégant et bien coupé sous lequel on devinait une forte carrure et un torse d'athlète. Son bras gauche reposait sur le bureau. Un poignet de chemise immaculé, une main aux ongles soignés. Son bras droit aussi était posé sur le bois, exactement dans la même position que le gauche. Même beau tissu, même manche blanche mais aplatie, vide. À l'exception d'un crochet à l'acier si poli qu'il brillait sur le chêne.

— Hobie, dit Jodie.

L'homme confirma d'un lent hochement de tête. Une seule fois. Puis leva son crochet comme pour la saluer.

— Enchanté de faire votre connaissance, madame Jacob. Je suis seulement désolé qu'il m'ait fallu attendre si longtemps.

Il sourit.

— Et que notre rencontre doive être si brève.

Il fit un signe de tête à Tony qui poussa la jeune femme à côté du faux David Forster. Ils attendirent, debout l'un à côté de l'autre.

— Où est votre ami Jack Reacher ?

— Je l'ignore, répondit Jodie.

Il la fixa un long moment.

— Bien. On s'occupera de Reacher plus tard. Maintenant, asseyez-vous, reprit-il en désignant du crochet le canapé qui faisait face à celui sur lequel était assis le couple.

Jodie obtempéra, abasourdie.

— Laissez-moi vous présenter M. et Mme Stone, poursuivit Hobie. Chester et Marilyn pour les intimes. Chester dirigeait une société appelée Stone Optical. Il me doit plus de dix-sept millions de dollars. Qu'il va me rembourser sous forme d'actions.

La jeune femme coula un œil en direction des Stone. Ils avaient tous deux l'air affolés.

— Maintenant, posez vos mains sur la table basse. Tous les trois. Penchez-vous en avant et écartez les doigts. Je veux voir six petites étoiles de mer.

Jodie obéit. Les Stone l'imitèrent, mécaniquement.

— Mieux que ça.

Tous trois firent glisser leurs mains vers le centre de la table jusqu'à être immobilisés dans cette posture, le poids du corps dans les doigts. Hobie se leva, contourna le bureau et vint se poster devant le gars au costume trop grand.

— Apparemment, vous n'êtes pas David Forster, dit-il.

L'homme ne répondit pas.

— Je l'aurais parié, continua-t-il. Avec un costume pareil... Qui êtes-vous ?

Pas de réponse. Jodie jeta un regard oblique en direction de l'homme. Tony levait son revolver et le pointait vers sa tête. Le tenant à deux mains, il l'arma avec un bruit métallique. Crispa son doigt sur la détente. La jeune femme vit ses phalanges blanchir.

— Curry, avoua précipitamment le type. William Curry. Je suis détective privé. Je travaille pour Forster.

— Très bien, monsieur Curry, dit Hobie avec le même lent mouvement de la tête.

Il fit le tour du canapé et s'arrêta juste derrière Mme Stone.

— Vous m'avez trompé, Marilyn.

Sa main gauche prit appui sur le dossier du canapé, il se pencha pour atteindre le col de la robe de la pointe du crochet. Ramena sa prise vers les coussins. Glissa le crochet sous le menton de Marilyn, lui tapotant la mâchoire comme un coiffeur qui redresse la tête d'une cliente avant de se mettre à l'ouvrage. Puis le passa dans ses cheveux, d'avant en arrière, à plusieurs reprises. Marilyn gardait les yeux fermés.

— Vous m'avez trompé, répéta-t-il. Et je n'aime pas être trompé. Surtout par vous. Je vous ai protégée, Marilyn. J'avais certains projets pour vous, mais je crois que désormais Mme Jacob va vous remplacer dans mon cœur. On ne m'avait pas dit à quel point elle était jolie.

Le crochet s'arrêta soudain et un mince filet de sang coula des cheveux de Marilyn sur son front. Hobie fixait Jodie, sans ciller.

— Oui, poursuivit-il. Je crois que vous serez mon petit cadeau d'adieu new-yorkais.

Sur ces mots, il plaqua son crochet contre la nuque de

Marilyn et renvoya violemment sa tête vers la table basse. Puis il fit volte-face.

— Êtes-vous armé, monsieur Curry?

— Je l'étais, vous le savez. Vous m'avez pris mon arme.

L'homme au fusil tendit le revolver à Hobie.

— Tony?

Tony obéit à cet ordre implicite et entreprit de fouiller Curry : épaules, aisselles, hanches, cuisses. Soudain ses mains descendirent à toute vitesse vers les chevilles. Le détective tenta de se dégager, mais le canon du fusil vint se planter à la volée dans son estomac. Le souffle coupé, il se plia en deux. Le type frappa à nouveau, sur la tempe cette fois, et d'un coup de crosse. Curry tomba à genoux et Tony le renversa d'un coup de pied.

— Pauvre con ! lâcha-t-il avec un ricanement de mépris.

Il s'accroupit, fouilla sous les jambes du pantalon et en sortit deux petits revolvers.

— Debout, monsieur Curry, dit Hobie.

Le détective parvint péniblement à se mettre à quatre pattes. Sonné. Jodie le vit cligner des yeux. Il secoua la tête, tendit la main vers le dossier du canapé et réussit à se relever. Hobie s'approcha à un mètre de lui. Puis lui tourna le dos, faisant face à Jodie, Chester et Marilyn, comme s'ils étaient son public. Il leva la paume de sa main gauche et se mit à la tapoter avec la courbe de son crochet, de plus en plus fort.

— C'est un problème de mécanique élémentaire, expliqua-t-il. L'impact produit sur le bout du crochet se transmet au moignon : c'est l'onde de choc. Elle se diffuse dans ce qu'il reste du bras. Évidemment, le manchon de cuir, fabriqué par un expert, réduit au maximum les effets désagréables. Mais on ne peut rien contre les lois de la physique, n'est-ce pas ? Si bien qu'au bout du compte, la question qui se pose est celle-ci : qui la douleur atteint-elle le premier, lui ou moi ?

En une fraction de seconde, il pivota sur la pointe du pied et le crochet s'abattit sur le visage du détective. Curry chancela.

— Je vous ai demandé si vous étiez armé, lui murmura Hobie. Il fallait dire la vérité, il fallait dire : « Oui, monsieur Hobie, j'ai un revolver à chaque cheville. » Mais vous ne l'avez pas fait. Vous avez essayé de me tromper. Et comme je l'ai dit à Marilyn, je n'aime pas qu'on me trompe.

Le coup suivant partit dans le corps.

— Arrêtez ! cria Jodie en se redressant sur le canapé. Pourquoi faites-vous ça ? Qu'est-ce qui vous est arrivé ?

Plié en deux, Curry cherchait son souffle. Hobie se tourna vers Jodie.

— Ce qu'il m'est arrivé ? répéta-t-il.

— Oui, vous étiez un type bien avant. Nous savons tout sur vous.

Hobie secoua la tête, lentement.

— Oh, non, vous ne savez pas tout.

Un coup de sonnette retentit dans l'entrée. Tony jeta un œil à son patron, tout en fourrant l'automatique dans sa poche. Il glissa l'un des deux petits revolvers de Curry dans la main gauche de Hobie et plongea l'autre dans la poche intérieure de sa veste. Puis il sortit. L'homme au fusil recula et trouva un angle lui permettant de tenir en joue les quatre prisonniers.

— Pas un mot, souffla-t-il.

Ils entendirent la porte d'entrée s'ouvrir, quelques paroles étouffées, un bruit de verrou. Quelques instants plus tard, Tony était de retour, un paquet sous le bras et le sourire aux lèvres.

— Ouvre, dit Hobie.

Tony déchira l'enveloppe. Jodie reconnut les motifs caractéristiques qui figurent sur les titres. Il feuilleta la liasse en souriant. Hobie alla s'asseoir dans son fauteuil et posa le petit revolver sur le bureau.

— Prenez place, monsieur Curry. À côté de votre collègue avocate.

Le détective se laissa tomber lourdement près de Jodie. Puis il se pencha et fit glisser ses mains sur la table basse, comme les autres. Hobie balaya la pièce d'un geste circulaire du crochet.

— Regardez attentivement autour de vous, Chester, dit-il. M. Curry, Mme Jacob et votre chère épouse Marilyn. Tous de braves gens, j'en suis sûr. Trois existences avec leurs mille petits soucis, et leurs triomphes. Trois vies, Chester, qui à présent sont entre vos mains.

Stone releva la tête, regarda ses compagnons, puis braqua ses yeux dans ceux de Hobie.

— Allez chercher le reste des titres, ordonna Hobie. Tony vous accompagnera. Un aller-retour sans coup fourré et ces trois-là vivront. À la moindre alerte, ils meurent. Compris ?

Stone consentit en silence.

— Choisissez un chiffre, Chester, reprit Hobie.

— Un.

— Choisissez deux autres chiffres.

— Deux et trois.

— Fort bien. Marilyn aura le trois, si vous décidez de jouer les héros.

— Vous aurez les titres, répondit Stone.

— J'y compte bien. Mais il faut d'abord me signer la cession.

Hobie ouvrit un tiroir, y jeta le petit revolver. En sortit une feuille de papier et l'agita en direction de Stone. Celui-ci se leva, tremblant. Contourna le bureau, sortit le Mont Blanc de sa poche et apposa sa signature au bas du document.

— Mme Jacob ici présente sera notre témoin. Elle est membre du barreau de New York, après tout.

Jodie resta un long moment immobile. Elle jeta un regard au type au fusil, puis à Tony, et à Hobie derrière son bureau. Elle se leva. S'avança, fit glisser la feuille sur le bois, prit le stylo de Stone. Signa et inscrivit la date sous son nom.

— Merci, fit Hobie. Maintenant retournez vous asseoir. Et plus un geste.

La jeune femme regagna sa place et reprit sa position sur la table basse, pendant que Tony attrapait Stone par le coude pour le faire avancer vers la porte.

— Cinq minutes aller, cinq minutes retour, lança Hobie. Ne jouez pas les héros, Chester.

La porte se referma doucement derrière eux. Jodie souffrait, ses épaules la brûlaient, les muscles de son cou étaient douloureux. Elle lisait la même souffrance sur le visage des autres.

Hobie fit un signe à l'homme au fusil et ils échangèrent leurs places. L'œil fixé sur sa montre, il se mit à arpenter le bureau tandis que l'autre promenait son arme de droite à gauche, comme un projecteur du haut d'un mirador.

Cinq minutes aller, cinq minutes retour, soit dix minutes. Il s'en était écoulé vingt : Chester et Tony n'étaient toujours pas revenus. Hobie allait et venait, sans cesser de regarder l'heure. Il finit par sortir attendre à la réception. L'homme au fusil le suivit jusqu'à la porte du bureau. L'arme pointée vers les prisonniers, mais la tête tournée vers son patron.

— Vous croyez qu'il va nous laisser partir ? chuchota Curry.

Jodie haussa les épaules, se hissa sur le bout des doigts et arrondit les épaules pour soulager la tension de ses muscles.

— Je ne sais pas, murmura-t-elle.

— Il a tué deux flics, souffla Marilyn. On était témoins.

— La ferme ! cria le type depuis la porte.

Ils entendirent le grincement de l'ascenseur et le heurt étouffé de l'arrêt à l'étage. Suivit un moment de silence. La porte d'entrée s'ouvrit. Ils perçurent la voix de Tony, puis celle de Hobie, sonore, manifestement soulagée. Il rentra dans le bureau, un paquet sous le bras, souriant de toute la moitié encore mobile de son visage. Coinça le paquet sous son coude droit, déchira le papier d'emballage sans cesser d'avancer. D'autres titres — Jodie reconnut à nouveau les motifs. Hobie passa derrière son bureau et les jeta sur le tas des trois cents actions qui s'y trouvait déjà. Debout, immobile, Stone considérait trois générations de travail répandues en vrac sur le chêne scarifié du bureau. Marilyn leva la tête et se redressa peu à peu, s'aidant de ses bras, sur le plateau de la table basse. Elle n'en pouvait plus.

— Maintenant vous avez tout, dit-elle posément. Vous pouvez nous laisser partir.

Hobie sourit.

— Marilyn, vous n'êtes pas stupide à ce point, n'est-ce pas ?

Tony éclata de rire. Le regard de Jodie passait de l'un à l'autre. Ils étaient arrivés au bout d'un long processus. Quel qu'il fût, le but qu'ils s'étaient fixés était tout proche désormais. Le rire de Tony trahissait un soulagement proportionnel à la tension qu'il avait endurée.

— Vous oubliez Reacher, fit-elle avec le calme d'un joueur d'échecs avançant une pièce.

Le sourire de Hobie se figea instantanément. Il posa le crochet sur son front, le passa sur ses cicatrices, acquiesça.

— Reacher. Oui. La dernière pièce du puzzle. Il ne faudrait pas l'oublier, celui-là. Il est toujours quelque part dans la nature. Mais où, madame Jacob ?

Jodie hésita, puis répondit :

— Où au juste, je n'en sais rien. Mais il est ici, à New York. Et il vous trouvera.

Hobie croisa son regard. La dévisagea, méprisant.

— Vous croyez peut-être me faire peur ? ricana-t-il. Mais je *veux* qu'il me trouve. Il possède quelque chose dont j'ai besoin. Une chose vitale pour moi. Alors vous allez m'aider, madame Jacob. Vous allez l'appeler et l'inviter ici sur-le-champ.

La jeune femme garda un instant le silence.

— Je vous ai dit que je ne savais pas au juste où il se trouvait, répondit-elle enfin.

— Essayez chez vous. Il doit y être à l'heure qu'il est. Vous voyez, nous savons beaucoup de choses, y compris que votre avion a atterri à 11 h 50. Exact ?

Jodie le dévisagea sans comprendre. Il eut un hochement de tête suffisant.

— Nous vérifions ce genre de détails, reprit-il. Un garçon du nom de Simon — que vous avez rencontré, je crois —

travaille pour nous. Il vous a mis dans le vol de 19 heures à Honolulu. Un coup de fil à JFK nous a fourni l'heure d'arrivée. D'après lui, ce vieux Jack Reacher avait l'air tout retourné, il doit l'être encore. Et fatigué. Comme vous. Vous avez l'air fatiguée, madame Jacob, vous savez ? Votre ami Reacher est probablement couché dans votre lit, en train de récupérer, pendant que vous vous amusez avec nous. Alors appelez-le et dites-lui de venir se joindre à nous.

Jodie baissa les yeux sans répondre.

— Appelez-le. Comme ça, vous pourrez le revoir une dernière fois avant de mourir.

Elle fixait le plateau maculé d'empreintes de la table basse. Oui, elle avait envie de l'appeler. Oui, elle avait envie de le revoir. Comme elle en avait toujours eu envie pendant les quinze années où la vie les avait séparés. Son sourire narquois, ses cheveux ébouriffés, le bleu rieur de ses yeux. Et ses mains, ses gigantesques mains, elle aurait tant voulu les voir serrer la gorge de Hobie.

Son regard balaya la pièce. Un timide rayon de soleil était parvenu à se glisser entre les lamelles du store pour se poser sur le bureau. Chester Stone était inerte. Marilyn tremblait. Curry, pâle comme la mort, respirait difficilement à côté d'elle. L'homme au fusil avait l'air détendu. Reacher l'aurait cassé en deux sans ciller. Elle vit Tony aussi, qui ne la quittait pas des yeux. Et Hobie qui attendait, souriant, en caressant son crochet. Elle se tourna vers la porte. L'imagina voler en éclats sous les coups de Reacher. Elle voulait voir ça. Plus que tout au monde.

— D'accord, dit-elle dans un souffle. Je vais l'appeler.

— Dites-lui que je n'ai plus que quelques heures à passer dans cette ville, reprit Hobie. S'il veut vous revoir vivante, mieux vaut qu'il se dépêche. Parce que vous et moi avons un petit rendez-vous dans la salle d'eau, d'ici une demi-heure.

Elle frissonna et se leva en prenant appui sur la table basse. Ses jambes se dérobaient sous elle, ses épaules étaient en feu. Hobie se dirigea vers elle, la prit par le coude et la conduisit à la réception.

— C'est notre seul téléphone, déclara-t-il. Je n'aime pas les téléphones.

Il prit place dans le fauteuil et, du bout de son crochet, pressa la touche 9. Puis lui tendit l'appareil.

— Approchez-vous, que je puisse entendre ce qu'il va vous dire. Marilyn m'a déjà trompé avec le téléphone. Ça ne se reproduira pas.

Contraignant Jodie à se pencher, il colla son visage contre le sien. Il sentait le savon. Il plongea sa main unique dans sa poche. En sortit le petit revolver que Tony y avait glissé. L'enfonça dans les côtes de la jeune femme. Elle écarta légèrement le combiné de son oreille afin qu'il pût entendre. Hésita une fraction de seconde lorsque son regard se posa sur la touche d'accès direct à la police. Puis composa le numéro de son domicile. Six longues sonneries. En écoutant chacune d'entre elles, Jodie se répétait intérieurement : « Décroche ! Je t'en prie, décroche ! » Puis le répondeur se mit en route, et ce fut sa propre voix qui lui parvint.

— Il n'est pas là, conclut-elle en pâlissant.

Hobie esquissa son demi-sourire habituel.

— C'est bien dommage, dit-il.

— Il a mon portable ! s'écria-t-elle alors. Ça vient de me revenir.

— OK, appuyez sur le 9 pour sortir.

Elle composa le numéro de son portable. Quatre sonneries modulées. « Réponds, réponds, réponds, réponds ! » Soudain, un déclic.

— Allô ?

Elle retint un instant son souffle.

— Salut, Jack ! Où es-tu ?

Elle entendit sa question précipitée, chargée d'angoisse, résonner dans sa tête. Reacher ne répondit pas tout de suite. Laissant s'installer un silence qui lui parut durer une éternité.

— À Saint-Louis, dit-il enfin. J'ai repris l'avion. Il fallait que je retourne aux archives.

Elle en eut le souffle coupé. Saint-Louis ?

— Tout va bien ? demanda-t-il.

Hobie colla sa bouche contre l'oreille de Jodie.

— Dites-lui de rentrer immédiatement à New York. Le plus vite possible.

Elle hocha nerveusement la tête, tandis qu'il enfonçait plus profondément le revolver dans ses côtes.

— Il faudrait que tu reviennes tout de suite. J'ai besoin de toi ici, le plus tôt possible.

— J'ai une place sur le vol de 18 heures. Je serai à New York vers 20 h 30. Ça ira ?

Hobie grimaça contre sa joue.

— Tu ne peux pas partir plus tôt ? Tout de suite, par exemple ?

Elle l'entendit échanger quelques mots étouffés avec quelqu'un. Sans doute Conrad, se dit-elle. Elle revit le bureau du commandant, bois sombre et cuir râpé, et le soleil brûlant du Missouri par la fenêtre.

— Plus tôt ? répéta alors Reacher. D'accord. Je pense pouvoir être à New York dans deux heures. Où es-tu ?

— Au World Trade Center, tour sud. Quatre-vingt-huitième étage.

— Il va y avoir de la circulation. Disons deux heures et demie.

— D'accord.

— Tu es sûre que tout va bien ? répéta Reacher.

Hobie brandit le revolver sous les yeux de Jodie.

— Très bien. Je t'aime.

Il coupa la communication du bout de son crochet. La jeune femme reposa lentement le combiné sur sa base. Pétrifiée, encore sous le choc, elle resta là, une main posée à plat sur le comptoir, l'autre tremblant en l'air, à quelques centimètres du téléphone.

— Deux heures et demie, susurra Hobie, parodiant la

compassion, eh bien, madame Jacob, on dirait que la cavalerie va arriver trop tard !

Il s'esclaffa, rangea le revolver dans sa poche. Se leva. Saisit le bras de Jodie. Et l'entraîna vers la porte du bureau. Mais la main de la jeune femme se cramponnait au comptoir. Alors il la frappa, d'un revers de crochet. La courbe d'acier l'atteignit à la tempe. Ses genoux plièrent sous elle. Elle lâcha prise et s'affaissa. Il la traîna par le bras jusqu'au bureau. La laissa choir sur la moquette. Referma la porte derrière eux.

— Retournez sur le canapé, gronda-t-il.

Le rayon de soleil jouait maintenant sur la moquette, prêt à partir à l'assaut de la table basse. Jodie rampa jusqu'au canapé et se hissa à sa place. Les élancements dans sa tempe. La douleur dans l'épaule tordue par Hobie. L'homme au fusil qui la fixait. Tony qui braquait son automatique sur eux. Et Reacher, si loin d'elle, comme il l'avait été presque toute sa vie.

Hobie avait regagné son bureau. Sa main gauche ramassait méthodiquement les titres pour en former une pile, qu'il égalisait en en tapotant le flanc à l'aide de son crochet.

— Le coursier ne va pas tarder, annonça-t-il gaiement. Du coup, les promoteurs auront leurs actions, et moi mon argent. D'ici une demi-heure, tout sera fini. Pour moi comme pour vous.

Jodie comprit qu'il ne parlait qu'à elle. Il l'avait choisie comme canal d'information. Curry et les Stone la regardaient elle, pas lui. Elle détourna les yeux, fixa la moquette. Hobie se leva à nouveau, contourna le bureau et vint prendre le fusil des mains de l'homme qui le braquait sur eux.

— Va me chercher du café, lui ordonna-t-il.

Le gars obtempéra, refermant lentement derrière lui la porte qui donnait sur la réception. Le silence tomba dans la pièce. Respirations lourdes, rumeur assourdie du bâtiment. Hobie tenait le fusil de la main gauche. Pointé vers le sol. Le balançait doucement à bout de bras. Détendu. Jodie vit Curry commencer à jeter des coups d'œil autour de lui. Vérifier la position de Tony : il avait reculé d'un mètre pour sortir de l'angle de tir du fusil. La jeune femme sentit que Curry éprouvait chacun de ses muscles. Se déplaçait, imperceptiblement. Elle vit ses bras se contracter. Ses yeux se poser à nouveau sur Tony, à trois mètres environ, face à lui. Sur Hobie, à deux mètres sur la gauche. Elle vit ses phalanges blanchir sous son poids tandis qu'il se hissait lentement sur le bout des doigts.

— Non, souffla-t-elle. Pas maintenant.

Leon avait toujours balisé sa vie avec quelques règles de base. Une pour chaque situation. Quand Jodie était petite, ces règles la rendaient folle. Mais il avait une règle suprême, qui s'appliquait aussi bien aux bulletins scolaires qu'aux missions militaires : Réussir du premier coup. Or Curry n'avait pas la moindre chance de réussir du premier coup. Il était pris en étau entre deux armes. S'il bondissait vers Tony en sautant par-dessus la table basse, il recevrait une balle en pleine poitrine, et probablement aussi une décharge de chevrotine qui tuerait également les Stone. Et s'il sautait d'abord sur Hobie, Tony hésiterait sans doute à tirer, de peur de blesser son patron. Mais Hobie, lui, n'hésiterait pas : le fusil réduirait Curry en bouillie. Et elle avec, puisqu'elle se trouvait dans la ligne de mire, juste derrière lui.

Autre règle d'or de Leon : Savoir admettre l'impossible.

— Attendez ! souffla-t-elle à Curry.

Le détective hocha légèrement la tête. Elle vit ses épaules retomber. Replia ses doigts sur la table basse et prit appui sur ses phalanges. Elle entendait la respiration oppressée de Marilyn Stone en face d'elle. Elle avait fermé les yeux.

— Qu'est-ce qu'il fabrique ? murmura Hobie. Il va mettre combien de temps à m'apporter un café ?

Tony lui jeta un regard mais ne répondit rien, continuant de braquer son automatique sur les prisonniers, et plus précisément sur Curry. Hobie posa le fusil, canon en l'air, contre le dossier du canapé devant lui. Leva le crochet, passa l'acier sur ses cicatrices.

— Bon Dieu, mais qu'est-ce qu'il fout ? Allez lui donner un coup de main !

Sur le coup, Jodie ne comprit pas à qui il s'adressait. Puis elle vit qu'il braquait sur elle son œil valide.

— Moi ? dit-elle, alors que la douleur martelait toujours sa tempe.

— Pourquoi pas ? Rendez-vous utile. Faire le café, c'est un boulot de femme, après tout.

Elle hésita.

— Je ne sais pas où est la cuisine.

— Je vais vous montrer.

Il la fixait, attendant qu'elle se décide. Elle acquiesça, soudain heureuse de pouvoir bouger un peu. Raidit ses doigts sur la table, recula ses mains, se redressa lentement. Elle eut une faiblesse, son menton heurta le bord de la table. Puis elle parvint à se lever, traversa la pièce en chancelant. Hobie attrapa le fusil, la guida dans la pénombre. Posa la main sur la poignée de la porte. L'ouvrit.

« Repère la porte d'entrée et le téléphone. » Elle n'avait cessé de se répéter cette phrase en traversant le bureau. Si elle réussissait à sortir dans le couloir, elle avait une chance. Sinon, restait la touche d'appel d'urgence. Décrocher le combiné, presser le bouton. Même si elle n'avait pas le temps de parler, le circuit automatique permettrait aux flics de les localiser. « La porte ou le téléphone. » Elle avait répété les deux mouvements dans sa tête. Un, regarder en face : la porte. Deux, regarder à gauche : le téléphone. Mais une fois à la réception, elle ne regarda ni l'une ni l'autre. Hobie stoppa net devant elle. Elle avança à sa hauteur et vit l'homme censé préparer le café.

Il était trapu, plus petit que Hobie et Tony, plus large aussi. Vêtu d'un costume sombre. Étendu sur le dos, dans l'axe de la porte. Les jambes raides, les pieds tournés vers l'extérieur. La tête, bloquée par une pile d'annuaires téléphoniques, formait un angle insolite avec le corps. Le bras gauche levé dans un salut parodique et grotesque. Sectionnée au niveau du poignet, la main droite reposait sur la moquette. À une vingtaine de centimètres du bras. Jodie entendit un grognement rauque. Se tourna. Vit Hobie lâcher le fusil et attraper la poignée de porte. Les cicatrices gardaient leur couleur rose vif, mais le reste de son visage avait pris une teinte livide.

Chapitre 17

Reacher avait été prénommé Jack par son père. Cet homme du New Hampshire, résolument rebelle à toute fantaisie, était entré à la maternité un mardi du mois d'octobre, le lendemain de la naissance, avait tendu à sa femme un petit bouquet de fleurs et dit : « On l'appellera Jack. » Pas de deuxième prénom.

La mère de Reacher n'avait élevé aucune objection. Elle aimait cette rudesse chez son mari. Et puis Jack serait plus facile à prononcer que Joe. En effet, l'aîné avait été prénommé Joe par son père. Pas Joseph, juste Joe. Pas de deuxième prénom, non plus. Et ce prénom Joe, si bref, abrupt, lui posait des problèmes. Elle adorait l'enfant, mais devait batailler avec son accent français pour prononcer correctement le J. Ce qui donnait le plus souvent *Zhoe*. Jack serait plus facile. Plus proche du Jacques français.

Pourtant, paradoxalement, personne n'appela jamais Reacher par son prénom. Joe était toujours appelé Joe, et Jack, Reacher. Sa mère elle-même avait pris cette habitude. Sans savoir pourquoi. Elle passait la tête par la fenêtre et criait : « Zhoe et Reacher, À table ! » Et les deux bambins arrivaient en courant.

Le même phénomène s'était répété à l'école. C'était d'ailleurs le premier souvenir de Reacher. Ce petit garçon sérieux et appliqué ne comprenait pas pourquoi on inversait son nom et son prénom. On appelait son frère par son prénom, et lui par son nom de famille. Comme tous les fils de militaire, ils avaient changé d'école une douzaine de fois au cours de leur scolarité. Et partout, on l'avait appelé Reacher. Jamais Jack.

Il avait fini par s'y faire, sans vraiment souffrir de cette identité réduite à deux syllabes patronymiques. Il était Reacher, comme il l'avait toujours été, et le serait toujours, pour tout le monde. Les femmes de sa vie ne l'avaient, elles non plus, jamais appelé autrement. Toutes. Jodie comme les autres. Lorsqu'il était apparu en haut de l'escalier dans le jardin de Leon, elle avait levé les yeux vers lui et lancé : « Salut, Reacher ! » Malgré quinze longues années d'absence, elle n'avait pas hésité un instant.

Or, au téléphone, elle venait de lui dire : « Salut, Jack ! » Le son de son prénom lui était parvenu comme une alarme. Puis elle lui avait immédiatement demandé : « Où es-tu ? » Il avait compris. Elle était en danger. Mais elle était aussi la fille de son père : elle avait trouvé un moyen de le prévenir en glissant dans son appel un élément inhabituel : « Jack ! »

Reacher avait dissimulé la peur qui s'était emparée de lui à cet instant. Première chose : mentir. Dans toute guerre, la victoire repose sur la maîtrise du temps et de l'espace. Ce qui suppose de ne livrer à l'ennemi que de fausses informations. Les bons stratèges supposent que toutes leurs communications sont espionnées et en profitent pour induire l'ennemi en erreur.

Reacher n'était pas à Saint-Louis. Qu'aurait-il été faire dans le Missouri alors qu'il existait des téléphones et qu'il avait désormais établi une relation cordiale avec Conrad ? Il l'avait appelé depuis le trottoir de Greenwich Avenue, lui avait dit ce dont il avait besoin, et Conrad l'avait rappelé trois minutes plus tard : par chance, le dossier qui intéressait Reacher se trouvait dans la section A, la plus proche du bureau du commandant. Celui-ci lui en avait donné lecture, puis avait raccroché. Douze minutes s'étaient écoulées.

Ensuite, Reacher s'était engouffré dans la Lincoln, avait foncé sur la 7e Avenue et s'était garé à deux rues au nord des Twin. Il avait traversé l'esplanade au pas de course et se trouvait déjà dans le hall de la tour sud quand Jodie l'avait appelé. Quatre-vingt-huit étages au-dessus. La voix qu'elle avait entendue était celle du vigile, et non celle de Conrad. Reacher avait éteint le téléphone et pris l'ascenseur jusqu'au quatre-vingt-neuvième étage. Supposant que la configuration des bureaux devait être la même au quatre-vingt-neuvième et au quatre-vingt-huitième.

En sortant de l'ascenseur, il avait essayé de recouvrer son calme. Pas de panique, prépare ton plan. L'étage était silencieux et désert. D'étroits couloirs éclairés par des plafonniers. Une petite fenêtre à environ un mètre soixante-dix sur chaque porte de bureau. Une plaque indiquant le nom de la société. Une sonnette.

Il avait trouvé la sortie de secours et descendu l'escalier quatre à quatre. Béton poussiéreux et rampe métallique. Derrière chaque porte coupe-feu, un extincteur. Au-dessus de l'extincteur, une armoire vitrée rouge, avec une hachette fixée au fond.

Une fois au quatre-vingt-huitième étage, il avait rapidement découvert la porte du Cayman Corporate Trust. Chêne clair, plaque de cuivre et sonnette. Avait doucement posé la main sur la poignée et tenté d'ouvrir. La porte était verrouillée. Il avait jeté un œil par le carreau. Aperçu une pièce de réception déserte, violemment éclairée. Un comptoir sur la droite. En face, une porte fermée. Sa gorge s'était serrée.

Jodie était certainement là. Dans cette seconde pièce. Il le sentait. Elle était seule, prisonnière, et avait besoin de lui. Il aurait dû être à ses côtés. L'accompagner à ce rendez-vous. Se douter qu'il s'agissait d'un coup monté. Puis il avait cru entendre la voix de Leon dans sa tête : « Ne t'occupe pas de savoir pourquoi il y a de la casse. Répare. »

Alors il s'était écarté de la porte, avait jeté un œil à droite et à gauche, dans le couloir. Vide. S'était placé sous l'un des plafonniers. Avait levé le bras et dévissé l'ampoule en se brûlant les doigts. Puis avancé à nouveau jusqu'à la porte. La réception était toujours éclairée, mais la partie du couloir où il se trouvait était plongée dans le noir. Autre règle : Voir sans être vu. Et il avait attendu, l'œil collé au carreau.

Au bout d'un moment, la porte intérieure s'était ouverte et un gars trapu vêtu d'un costume sombre était sorti de la seconde pièce. C'était celui qu'il avait éjecté du bar de Key West. Celui qui leur avait tiré dessus à Garrison. Le même encore qui s'était agrippé à la portière de la Bravada le jour de l'accident sur Broadway. Reacher avait frappé un coup discret. Le gars était venu plaquer son visage contre le carreau. Alors Reacher s'était redressé de toute sa hauteur, avait collé son épaule contre la vitre et dit tout bas :

— UPS.

L'homme avait ouvert sans hésiter. Et une main avait violemment saisi sa gorge, au niveau de la trachée. Exécuté avec suffisamment de rapidité et de force, ce geste bloque la voix de l'adversaire avant qu'il ait pu émettre le moindre son. Reacher avait enfoncé ses doigts dans la peau tout en retenant l'homme, pour empêcher qu'il fît du bruit en tombant. Lorsqu'il avait été évanoui, il l'avait traîné dans le couloir jusqu'à une porte coupe-feu. Et projeté sur le palier de l'escalier de secours. Le gars s'était effondré sur le béton avant de reprendre ses esprits en toussant.

— Tu as le choix, avait murmuré Reacher. Tu m'aides ou tu y passes.

Face à pareille alternative, une seule option s'impose. L'homme l'avait refusée. Il s'était lentement redressé sur ses genoux, avec l'intention évidente de se battre. Reacher lui avait alors assené au sommet du crâne un coup assez fort pour lui ébranler les cervicales. Puis il avait reculé et reformulé sa proposition :

— Aide-moi ou je te bute.

Le gars avait secoué la tête, prit son élan et plongé dans les jambes de Reacher. Leon disait toujours : « Pose la question une fois, deux fois, mais, pour l'amour du ciel, pas trois ! » Il avait repoussé l'homme d'un coup de genou dans la poitrine, l'avait attrapé par-derrière, serrant sa gorge au creux de son coude gauche, avait placé la main droite sous son menton et tiré d'un coup sec. Lui brisant la nuque.

Un de moins. Mais il n'avait pas lâché le moindre renseignement. Or, dans toute guerre, les renseignements sont une force décisive. L'instinct de Reacher lui soufflait toujours qu'il devait s'agir d'une petite équipe. Mais était-elle composée de deux, de trois ou de cinq adversaires ? Deux types ou cinq, ce n'était pas vraiment la même chose. Il avait réfléchi un instant, puis son regard s'était posé sur la hachette dans sa petite vitrine rouge. Faute d'informations, il fallait créer une diversion qui inquiète l'ennemi, le déstabilise. Il avait brisé la vitre, sorti la hachette et fait ce qu'il avait à faire...

Il avait vérifié que le couloir était désert avant de traîner le corps sanguinolent vers le bureau. Avait ouvert la porte sans faire de bruit, l'avait refermée derrière lui, puis avait disposé le cadavre et la main coupée au centre de la pièce. Ensuite, il était allé s'accroupir derrière le comptoir en dégainant son Steyr. Et avait attendu.

L'attente lui avait paru longue. Il sentait les légères trépidations du béton sous ses pieds, les vibrations des ascenseurs qui s'arrêtaient et repartaient. Le bourdonnement de la climatisation. L'écho des bourrasques de vent contre la façade. Puis il avait entendu des bruits de pas, avait bandé ses muscles.

D'où il était placé, Reacher ne pouvait voir la porte du bureau. Mais il l'avait entendue s'ouvrir. Avait perçu le bruissement feutré de quatre pieds sur la moquette. Les pas s'étaient arrêtés brusquement, comme il l'avait imaginé. Là, il avait attendu les trois secondes nécessaires pour obtenir l'effet de surprise. Trois secondes pendant lesquelles on regarde, on voit, on refuse de comprendre ce que l'on voit, les yeux répètent l'information, et alors, alors seulement, on comprend. Reacher avait compté silencieusement un, deux, trois, avant de ramper derrière le comptoir. Il avait avancé les mains, puis les épaules. Enfin les yeux.

L'homme au visage brûlé déposait une arme sur le sol et

saisissait la poignée de la porte. Mais il se tenait du mauvais côté de Jodie. C'est-à-dire derrière elle. Elle avait beau être beaucoup plus petite que lui, Reacher ne pouvait tirer sans risquer de la blesser.

Soudain, un deuxième homme apparut derrière eux dans l'embrasure de la porte. Le conducteur du 4 × 4 qui avait provoqué la collision sur Broadway. Il s'arrêta. Regarda. Un Beretta dans la main droite. Passa devant Jodie, fit un pas ou deux. À découvert.

Reacher pressa la détente. Le visage de l'homme explosa littéralement sous l'impact. Un jet de sang, accompagné de minuscules fragments d'os, éclaboussa le plafond et le mur derrière lui. Jodie se figea, toujours dans la ligne de mire. L'homme au crochet réagit avec une rapidité surprenante pour un quinquagénaire infirme. Sa main gauche ramassa le fusil pendant que son bras droit enserrait la taille de la jeune femme.

Avant même que le corps décapité eût touché le sol, il la ramenait vers lui. Resserrait sa prise, la soulevait et la traînait vers le bureau. L'écho du coup de feu résonnait encore.

— Combien ? hurla Reacher.

— Plus qu'un ! répondit-elle dans un cri.

L'homme au crochet était donc seul désormais. Mais il braquait déjà son fusil sur Reacher. Il profita du mouvement de balancement qu'il lui avait imprimé pour le réarmer. À demi étendu derrière le comptoir, Reacher était exposé. L'homme n'avait qu'une fraction de seconde pour tirer. Il saisit l'occasion sans hésiter. Le comptoir vola en éclats. Reacher baissa la tête, mais une gerbe d'esquilles de bois et de métal lui sauta au visage. Comme abattue par la masse d'un forgeron. Du front jusqu'à la mâchoire. À la violence du choc succéda une douleur lancinante. Il roula sur lui-même, assommé, tandis que l'homme reculait toujours vers la porte du bureau, se servant de Jodie comme d'un bouclier. Il arma à nouveau son fusil. Cloué au mur, immobile, Reacher vit le canon se lever lentement vers lui. Il braqua son Steyr du mieux qu'il put, mais c'est Jodie qu'il tenait dans sa ligne de mire. Seule la main gauche de l'homme était à découvert. Celle qui pointait le fusil sur lui, le doigt crispé sur la détente. Toujours inerte contre le mur, Reacher fixa Jodie pour graver son visage dans son esprit avant de mourir. Soudain, une femme aux cheveux blonds surgit derrière eux et donna à l'homme un violent coup d'épaule qui le fit tituber. Il pivota sur lui-même et la frappa à toute volée avec le canon de son fusil. Reacher aperçut l'éclair d'une robe rose, puis la femme s'effondra sur le sol.

L'arme se braquait à nouveau dans sa direction. Mais maintenant Jodie se débattait comme une furie. Déséquilibré, l'homme avança, buta contre le corps à la main coupée. Il tomba, entraînant la jeune femme dans sa chute, et le fusil partit contre le cadavre dans un vacarme assourdissant. Une mare de sang se forma sur la moquette. L'homme parvint à se mettre à genoux. Mais cette fois, Reacher le tenait en joue. Alors il abandonna le fusil, plongea la main dans une poche de sa veste et brandit un petit revolver. Jodie continuait de s'agiter. À droite, à gauche, à droite, à gauche, furieusement, sauvagement. Impossible de tirer sans risquer de la tuer. Reacher sentit un filet de sang couler dans son œil gauche. La douleur battait dans son front. Il ferma son œil aveuglé. Vit le petit revolver s'enfoncer dans les côtes de Jodie. Le souffle coupé, la jeune femme s'immobilisa. Le visage de l'homme surgit derrière sa tête. Odieux sourire.

— Lâchez ce flingue, fit-il d'une voix haletante.

Reacher continua de tenir le sourire grimaçant au bout de son silencieux, le crâne traversé de douleurs fulgurantes.

— Je vais la tuer, dit l'homme.

— Et je vous tuerai après, répondit Reacher. Si elle meurt, vous êtes mort.

Le type le regarda fixement. Et acquiesça.

— Impasse, dit-il.

Reacher confirma d'un hochement de tête. La douleur empirait. Impasse ? S'il tirait le premier, le revolver planté dans les côtes de Jodie risquait de faire feu. C'était trop risqué.

Il se releva lentement, le Steyr toujours braqué sur l'homme. Tira un pan de sa chemise et s'essuya le visage de sa main libre. À son tour, l'homme se releva, forçant Jodie à l'imiter. Elle tenta de se dégager, mais il resserra son étreinte, fit pivoter le crochet et en pressa la pointe contre sa taille.

— Maintenant on négocie, dit-il.

Immobile, Reacher épongeait son œil sans répondre. La douleur hurlait sous son front.

— Non, on ne négocie pas.

Dans un même geste, le crochet et le revolver s'enfoncèrent davantage dans la chair. Jodie suffoqua. Un Smith et Wesson modèle 60. Un canon d'acier, calibre 38, cinq balles. Le genre d'arme qu'une femme porte dans son sac à main ou qu'un homme peut cacher sur lui. Sous ses cheveux ébouriffés, les yeux de la jeune femme ne quittaient pas Reacher. Et c'étaient les plus beaux qu'il eût jamais vus.

— Personne ne refuse de traiter avec Victor Hobie.

— Vous n'êtes pas Victor Hobie. Vous êtes Carl Allen, espèce de salaud.

Silence. La douleur martelant le crâne. L'interrogation dans le regard de Jodie.

— Vous n'êtes pas Victor Hobie. Mais Carl Allen, répéta Reacher.

Le nom flotta un instant dans l'air fétide de la pièce. Et l'homme parut accuser le coup. Il recula, enjambant le cadavre à demi pulvérisé, et entraîna Jodie avec lui vers le bureau. Reacher les suivit d'un pas mal assuré, sans cesser de braquer son arme sur l'homme. Dans la pénombre, il entrevit des stores baissés, un mobilier de salon et trois personnes, debout : la femme en rose, qui était revenue à elle, et deux gars en costume. Trois paires d'yeux rivés sur lui. Lui, son revolver, son front, le sang qui gouttait sur sa chemise. Ils se dirigèrent comme des robots vers deux canapés qui se faisaient face. S'assirent, posèrent leurs mains sur une table basse. Six mains, trois visages tournés vers lui, exprimant tous la surprise, l'espoir, la terreur.

— Vous vous trompez, dit enfin l'homme au crochet.

Sans lâcher son otage, il alla prendre position derrière l'un des canapés. Reacher avança au même pas. Puis s'arrêta face à lui, braquant l'homme par-dessus la tête des trois autres.

— Non, je ne me trompe pas. Carl Allen. Né le 18 avril 1949 dans une quelconque banlieue de Boston. Petite famille normale. Incorporé à l'été 1968. Soldat de deuxième classe. Noté en dessous de la moyenne. Toutes disciplines confondues. Envoyé au Vietnam comme troufion. Si la guerre transforme les êtres, elle a fini de faire de vous un salaud. Vous vous êtes lancé dans divers trafics, la drogue, les filles, tout ce qui vous tombait sous la main. Puis vous vous êtes improvisé usurier. Et là, vous êtes devenu un véritable crotale. Vous avez vécu comme un roi pendant un bon moment. Un jour, l'un de vos supérieurs vous a arraché à ce cocon confortable pour vous envoyer au front. La jungle. La vraie guerre. Sous les ordres d'un officier qui voulait vous mater. Finies, les petites magouilles. Alors, à la première occasion, vous avez abattu l'officier. Et dans la foulée, le caporal-chef. Mais les autres vous ont dénoncé. Pas banal, non ? Vos copains ne vous aimaient pas beaucoup, n'est-ce pas ? Sans doute vous devaient-ils un peu de monnaie. Bref, ils vous ont donné, et deux policiers, Gunston et Zabrinski, sont venus vous arrêter. Arrêtez-moi si je me trompe...

L'homme ne répondit rien. Reacher déglutit. La douleur dans sa tête était à la limite du tolérable.

— Ils sont arrivés dans un hélico piloté par un jeune gars, un certain Kaplan, poursuivit-il. Qui est revenu le lendemain. Cette fois, en tant que copilote d'un as des as : Victor Hobie. Gunston et Zabrinski vous avaient arrêté. Vous avez tous embarqué. Mais l'appareil a été touché par les tirs ennemis. Il s'est écrasé. Hobie est mort dans le crash, ainsi que Kaplan, Gunston, Zabrinski et trois autres gars. Vous, vous avez survécu. Vous étiez gravement brûlé, vous aviez perdu votre main, mais vous étiez vivant. Et votre cervelle malfaisante était intacte. Vous avez troqué votre plaque contre la première que vous avez trouvée. C'était celle de Victor Hobie. Dès lors, Carl Allen et son passé criminel ont cessé d'exister. À l'hôpital militaire, les médecins ont pensé avoir affaire à Victor Hobie. C'est son nom qui figure dans les registres. Ensuite, vous avez tué un infirmier et vous vous êtes enfui. Vous ne vouliez pas retourner au front. Vous saviez qu'une fois de retour dans votre unité vous seriez démasqué. Donc vous avez tout bonnement disparu. Nouveau nom, nouvelle vie. Une identité sans tache. Et maintenant, avez-vous quelque chose à dire ?

— Foutaises, grinça Allen en resserrant son étreinte sur Jodie.

Reacher secoua la tête. Sa vision se zébrait d'éclairs douloureux.

— Nash Newman vient d'identifier le squelette de Victor Hobie, reprit-il. Il se trouve dans un cercueil, à Hawaii, avec votre plaque autour du cou.

— Foutaises ! répéta Allen.

— On a pu l'identifier grâce à ses dents : les parents Hobie emmenaient régulièrement leur gosse chez le dentiste, ce qui a fait un joli paquet de radios. Pour Newman, il n'y a aucun doute. Le squelette qui porte votre plaque a la même dentition que Victor Hobie.

Allen gardait le silence.

— Ça a marché pendant trente ans. Jusqu'à ce qu'à force d'obstination, les parents Hobie trouvent quelqu'un qui s'intéresse au cas de leur fils. Maintenant, ça ne marchera plus. Il va falloir répondre de vos crimes, Allen. Et devant moi.

Carl Allen grimaça un sourire méprisant qui acheva de le défigurer.

— Pourquoi devant vous ?

— Parce que je représente vos victimes. Victor Hobie, pour commencer. Un héros auquel on n'a pas rendu les honneurs parce que, à cause de vous, on l'a rangé parmi les déserteurs et les assassins. Je représente aussi ses parents, qui ont vécu trente années d'horreur. Et Gunston et Zabrinski. Deux lieutenants de la police militaire. Ils avaient vingt-quatre ans. À vingt-quatre ans, j'étais moi-même lieutenant dans la police militaire. Ils sont morts pour être allés vous arrêter. Je les représente aussi. Voilà pourquoi vous devez répondre de vos crimes devant moi. Parce que ce sont des salauds comme vous qui tuent les mecs comme moi.

Allen demeura un instant interdit. Puis il enfonça plus profondément encore le crochet et le revolver dans les côtes de Jodie.

— D'accord, j'étais Carl Allen. Je le reconnais. J'étais Carl Allen et, un jour, ç'a été fini : je suis devenu Victor Hobie. J'ai été Victor Hobie pendant très longtemps, plus longtemps que je n'avais été Carl Allen. Mais, apparemment, Hobie aussi, c'est fini. Maintenant, je vais être Jack Reacher.

— Comment ?

— Voilà le marché : ton nom contre la vie de cette femme.

— Comment ? répéta Reacher, éberlué.

— Je veux ton identité. Je veux ton nom. Un demi-vagabond. Sans famille. Personne ne cherchera jamais à te retrouver.

— Et alors ?

— Alors tu meurs, dit Allen. Je ne peux pas prendre le risque de laisser courir un autre Jack Reacher, n'est-ce pas ? C'est un marché équitable. Ta vie contre celle de la femme.

Jodie fixait Reacher.

— Je refuse le marché, dit-il.

— Alors je vais la tuer.

Reacher secoua à nouveau la tête. La douleur irradiait violemment derrière ses yeux.

— Vous ne la tuerez pas, fit-il, articulant péniblement. Réfléchissez, Allen. Pensez à vous. Vous la tuez, je vous tue. Vous êtes à trois mètres de moi. Je vise la tête. Vous appuyez sur la détente, j'appuie aussi. Elle meurt, vous mourez un centième de seconde plus tard. Réfléchissez. C'est l'impasse.

Il dévisageait Allen, malgré la pénombre, malgré la douleur. Un cas de figure classique, cette impasse. Mais il y avait un problème. Voire un sérieux défaut dans son analyse. Il le comprit en un éclair. Au même instant qu'Allen — il le lut dans ses yeux.

— Mauvais calcul, lança celui-ci. Pour l'instant, nous sommes dans une impasse. Mais seulement pour l'instant. Tant que tu es là, debout devant moi. Mais combien de temps vas-tu tenir debout ?

La douleur cognait à tout rompre dans le crâne de Reacher.

— Le temps qu'il faudra, répondit-il. Je ne suis pas pressé. Un demi-vagabond n'a pas de rendez-vous.

Allen sourit.

— Les paroles d'un brave, fit-il, ironique. Mais tu saignes, tu t'en rends compte ? Sais-tu seulement que tu as un bout de métal fiché dans le crâne. Je le vois d'ici.

Jodie confirma d'un hochement de tête désespéré, les yeux écarquillés d'horreur.

— Monsieur Curry, retournez-vous. Vérifiez. Et dites-lui ce que vous voyez, ordonna Allen.

L'un des deux gars assis sur le canapé au-dessus duquel Reacher braquait son arme, se retourna, se mit à genoux et tendit le cou. Ce qu'il vit lui arracha une grimace horrifiée.

— C'est un clou. Un clou de charpentier. Vous avez un clou dans la tête.

— Un clou qui vient du comptoir de la réception, compléta Allen.

Curry se rassit et Reacher sut qu'il disait vrai. Une fois nommée la cause de la douleur, cette dernière doubla, tripla, quadrupla, pour exploser enfin et se ficher comme une vrille atroce dans son front, à trois centimètres au-dessus des yeux. L'adrénaline l'avait masquée un certain temps. Mais les effets de l'adrénaline sont éphémères. Reacher essaya de ne pas y penser, de toute la force de sa volonté. Mais la souffrance à la fois vicieuse, insidieuse, nauséeuse et tranchante comme une lame de rasoir, ne se laissait pas oublier. Du col à la taille, sa chemise était inondée de sang. Son œil gauche cligna, aveuglé.

— Je vais très bien, dit-il. Ne vous en faites pas pour moi.

— Les paroles d'un brave, répéta Allen. Mais tu souffres et tu perds beaucoup de sang. Tu ne me survivras pas, Reacher. Tu te crois coriace. Mais à côté de moi tu n'es rien. J'ai rampé hors de cet hélicoptère avec une main arrachée. Les artères sectionnées. Brûlé vif. J'ai survécu trois semaines dans la jungle. Dans cet état. Et je suis arrivé à rentrer chez moi. Libre. Après quoi, pendant trente ans, j'ai pris le risque de vivre. C'est moi le plus coriace ici. Mentalement et physiquement. Tu ne me survivrais pas, même si tu n'avais pas ce clou fiché dans ton putain de crâne !

Jodie gardait les yeux fixés sur Reacher. Ses cheveux avaient de pâles reflets dorés lorsqu'un rayon de lumière parvenait à se glisser entre les lamelles du store. Il voyait ses yeux. Sa bouche. Son cou. Son corps contracté sous la poigne d'Allen.

La douleur tambourinait sous son front. Sa chemise ensanglantée lui collait à la peau. Du sang dans la bouche. Un goût métallique. Ses épaules se mirent à trembler. Le Steyr parut peser plus lourd dans sa main.

— Et je suis motivé, reprit Allen. J'ai travaillé dur pour avoir ce que je possède. Et je compte bien le garder. Je suis un pro de la survie. Tu crois que je vais te laisser m'abattre ? D'autres ont essayé, et tu vois, je suis toujours là.

Reacher vacilla.

— Si on montait un peu les enchères ? lança Allen.

Sur ces mots, il souleva Jodie de toute la force de son bras unique, lui enfonçant toujours le revolver dans les côtes. La hissa jusqu'à disparaître totalement derrière elle. Puis le crochet se déplaça et, au lieu de la taille, enserra la poitrine. Labourant les seins. Jodie suffoqua. Sentit l'acier remonter jusqu'à son visage et la pointe s'enfoncer dans l'épiderme de sa joue.

— Je pourrais l'ouvrir en deux. Déchirer sa frimousse sans que tu puisses rien y faire. Sauf te sentir encore plus mal. Quand on a peur, elle empire, non ? la douleur ? Tu te sens partir, c'est ça ? Tu es au bout du rouleau, Reacher. Tu vas tourner de l'œil. Et quand tu seras par terre, il n'y aura plus d'impasse, crois-moi.

Reacher frissonna. Allen avait raison. Il commençait à sentir ses genoux. Un homme en forme ne sent jamais ses genoux. Ils se font oublier. Un avertissement supplémentaire.

— Tu vas tourner de l'œil, répéta Allen. Tu trembles, tu le sais ? Dans deux minutes, je suis au-dessus de toi et je te colle une balle dans la tête. Moi, j'ai tout mon temps.

Reacher frissonna encore, s'efforça de faire le point. Il avait du mal à réfléchir. Les vertiges commençaient. Le Steyr tremblait dans sa main. Il vit Nash Newman brandissant un crâne dans une salle de classe : « Un objet pointu a dû pénétrer le lobe frontal, percer les méninges et causer une hémorragie irréversible. » Puis, soudain, à son image se substitua celle de Leon, grommelant : « Si le plan A échoue, passe au plan B. »

Puis ce fut ce flic de Louisiane qui parlait des calibres 38. Un type avait dû s'y reprendre à cinq fois avant de se flinguer... Les 38, on ne pouvait pas s'y fier. Et un 38 à canon court, c'était encore pire. Difficile d'atteindre une cible avec un canon court. Surtout avec une femme gigotant dans ses bras. Reacher avait la tête qui tournait. Son œil droit était comme criblé d'aiguilles. Encore cinq minutes, peut-être, pensa-t-il, et je serai bon pour le compte. Il se revit dans la voiture de location, rentrant du zoo. Il disait à Jodie : « Il suffit de montrer aux gens ce qu'ils ont envie de voir, c'est la base de toutes les arnaques. » Le Steyr trembla dans sa main et il pensa : OK, Leon, on passe au plan B. Voyons si tu apprécieras.

Ses genoux se dérobèrent sous lui. Il chancela. Se redressa, braqua le Steyr sur les quelques centimètres d'Allen qu'il parvenait à distinguer. Le canon de l'arme décrivit un petit cercle dans l'air. Puis un plus grand. Son bras ne le contrôlait plus. Il toussa. Cracha un peu de sang. Le Steyr piquait vers le sol. Inexorablement. Ses genoux fléchirent de nouveau. Il se redressa en sursaut, comme dans un spasme. La main d'Allen commença à bouger. Reacher l'observa. Le 38 surgit sous la veste de Jodie. Est-ce que je vais y arriver ? Ses genoux se dérobaient sous lui. Il se mit à trembler de tout son corps. Attends. Attends encore. Le poignet d'Allen fit un brusque mouvement en avant. Il le vit, un geste très rapide. Allen s'écarta de Jodie. Instantanément, Reacher ramena le Steyr vers sa cible. Il y était presque parvenu lorsque Allen fit feu. Il vit le canon cracher une flamme en forme de fleur. Sentit un train lui percuter la poitrine. Un écrasement intérieur. Pas la moindre douleur. Rien. Seulement une étonnante sensation de froid, d'engourdissement, et un silence, un calme total dans son esprit. Au prix d'un suprême effort, il parvint à rester d'aplomb sur ses pieds et à garder l'œil ouvert assez longtemps pour voir la bouffée de suie s'échapper du Steyr. La tête d'Allen explosa. Un nuage de sang et de cervelle se forma au-dessus de son corps. Est-ce qu'il est mort maintenant ? se demanda encore Reacher. Et quand il se fut répondu : Oui, sûrement, il se laissa tomber à la renverse dans de silencieuses et insondables ténèbres.

Chapitre 18

Il sut qu'il était en train de mourir quand il vit des visages s'avancer vers lui, tous des visages qu'il connaissait. Parfois par groupes de deux, parfois seuls, ils formaient un interminable flot. Il avait entendu dire que ça se passait comme cela, que l'on voyait sa vie défiler par éclairs devant ses yeux. Du moins, c'était ce qu'on racontait.

Il pensa que, lorsque la procession des visages s'arrêterait, ce serait fini. Se demanda lequel serait le dernier. Et qui choisissait leur ordre. Oui, qui ? Finalement, il avait aussi son mot à dire, non ? Et après ? Après le dernier visage ?

Alors il vit surgir une tête qu'il ne connaissait pas. Et comprit qu'il assistait à un défilé militaire. Normal. N'avait-il pas passé la majeure partie de sa vie au sein de l'armée ? Elle lui devait bien ça : l'organisation de la parade finale. Et elle avait pu se tromper en y conviant ce gars. L'armée pouvait se tromper.

Le gars le touchait. Le frappait. Lui faisait mal. La parade était terminée. En fait, ce gars n'en faisait pas partie. Il venait *après*. Peut-être était-il chargé de l'achever. Oui, c'était ça. C'était sûrement ça. Il était là pour faire en sorte qu'il meure dans les délais. La parade finie, il n'était pas question qu'il survive. L'armée ne se serait pas donné la peine d'organiser tout ça pour rien. C'eût été un grave manquement au protocole. Il essaya de se rappeler qui venait avant le gars. L'avant-dernier visage. Impossible. Il n'avait pas fait attention. Alors il se laissa glisser dans la mort sans se souvenir du dernier visage de sa parade.

Il était mort, mais il pensait toujours. C'était ça l'au-delà ? La vie après la mort ? Pendant les trente-neuf ans qu'avait duré sa vie, il avait affirmé que la vie après la mort n'existait pas. Certains étaient d'accord avec lui, d'autres pas. Lui, avait toujours été formel. Maintenant, quelqu'un allait sûrement venir lui dire avec un air finaud : « Je te l'avais bien dit. »

Il aperçut Jodie Garber. Elle, elle allait lui dire. Non, impossible. Elle n'était pas morte. Seul un mort peut venir discuter le coup avec un mort, non ? Un vivant ne le peut pas. Or Jodie Garber était vivante. Pourtant, elle s'assit devant lui, passa une mèche de cheveux derrière son oreille et dit :

— Salut, Reacher.

C'était bien sa voix. Aucun doute possible. Peut-être était-elle morte finalement. Un accident de voiture ?

— Salut, Jodie, s'entendit-il répondre.

Ils pouvaient communiquer. Donc elle était bien morte.

— Où somme-nous ?

— À Saint-Vincent.

Lequel était-ce, celui-là ? Celui qui tenait les clefs et était censé vous poser tout un tas de questions avant de vous laisser entrer au paradis ? Et puis qu'est-ce Jodie fichait ici ? Elle devait être vivante. Il lui avait sauvé la vie. Il l'aimait. Pourquoi était-elle morte à présent ? Il sentit son poing gauche se serrer. Lutta pour se redresser. Quelque chose l'en empêchait. Il lui fallait des réponses.

— Dis à ce putain de saint que je veux le voir immédiatement, sinon je lui casse la tête.

Jodie le regarda et acquiesça.

— D'accord.

Puis elle se leva. Disparut de sa vue.

Après coup, il se dit que ç'aurait dû lui faire un choc. Mais non. Les contours de la chambre se précisèrent tout simplement. Il découvrit le décor qui l'entourait, les équipements brillant de tous leurs chromes et il songea « hôpital ». Il revint à la vie avec le petit haussement d'épaules irrité de l'homme débordé qui a confondu les jours de la semaine.

La pièce était inondée de soleil. Il tourna la tête. Vit une fenêtre. Et à côté de cette fenêtre, Jodie. Elle était en train de lire, assise sur une chaise. Il retint son souffle, la regarda. Ses cheveux ondulaient sur ses épaules, chatoyant dans la lumière. Elle portait une robe jaune sans manches. Épaules bronzées. Bras délicats. Jambes croisées. Mocassins ocre assortis à la robe.

— Salut, Jodie.

Elle tourna la tête, le dévisagea. Comme si elle cherchait quelque chose sur ses traits, et quand elle l'eut trouvé, elle sourit.

— Salut toi-même !

Elle laissa tomber son livre sur le sol et vint se pencher sur lui pour embrasser tendrement ses lèvres.

— Saint-Vincent, articula-t-il. Tu me l'as dit, mais j'étais un peu confus.

Elle acquiesça.

— C'est la morphine. On t'en a donné des doses massives. Avec ce que tu avais dans les veines, on aurait pu faire le bonheur de tous les toxicos de New York.

Reacher hocha la tête. Regarda le soleil par la fenêtre. C'était l'après-midi.

— Quel jour est-on ?

— C'est déjà le mois de juillet. Tu es resté trois semaines dans le coma.

— Bon sang ! Je devrais avoir une faim de loup !

Elle posa la main sur son avant-bras. Des tubes étaient enfoncés dans ses veines.

— Tu as mangé, dit-elle. J'ai demandé ce que tu aimes. Glucose et solution saline.

— J'adore.

La jeune femme se tut pendant un long moment.

— Est-ce que tu te souviens ? dit-elle enfin.

— Oui. De tout.

Elle avala sa salive.

— Je ne sais pas quoi dire, murmura-t-elle. Tu t'es fait tirer dessus pour moi.

— C'est ma faute. J'ai été trop lent, c'est tout. J'étais censé l'avoir le premier. Mais on dirait que j'ai survécu. Alors ne dis rien. Vraiment. On n'en parle plus. On n'en parlera plus jamais.

— J'ai peut-être quand même le droit de te dire merci, chuchota-t-elle.

— À moins que ce ne soit à moi de te remercier. Ça fait du bien de connaître quelqu'un qui vaille la peine de se faire tirer dessus.

Elle hocha la tête. Mais pas en signe d'approbation. Plutôt pour réprimer ses larmes.

— Alors, je vais comment ? demanda Reacher.

Jodie ne répondit pas.

— Je vais chercher le docteur, dit-elle seulement. Il t'expliquera ça mieux que moi.

Elle sortit et un gars en blouse blanche entra dans la chambre. Reacher sourit. C'était le gars que l'armée avait envoyé pour l'achever à la fin de la parade. Un petit homme trapu, musclé, hirsute, qui aurait aisément pu se reconvertir dans le catch.

— Vous vous y connaissez en ordinateurs ? demanda-t-il à Reacher.

Celui-ci haussa les épaules. Cette entrée en matière indirecte n'augurait rien de bon : lésion du cerveau ? amnésie ? handicap moteur ?

— Non, pas vraiment, répondit-il.

— Alors écoutez-moi. Imaginez un gros ordinateur auquel on ferait avaler toutes les données disponibles sur la physiologie humaine et les blessures par armes à feu. Après quoi, on lui demanderait de concevoir l'être humain le mieux paré pour survivre à une balle de 38 en pleine poitrine. Mettons que l'engin cherche pendant une semaine. Que trouverait-il ?

Nouveau haussement d'épaules.

— Sais pas.

— Mais vous, mon vieux ! Cette fichue balle n'est même pas entrée dans votre poitrine. Votre pectoral est si épais qu'il l'a stoppée net. Comme un gilet pare-balles ! Elle est ressortie de l'autre côté du muscle, vous a cassé une côte, mais c'est tout !

— Alors comment se fait-il que j'aie passé trois semaines dans le coma ? riposta aussitôt Reacher. C'est ma tête ?

À cet instant-là, le médecin eut une étrange réaction : il se mit à battre des mains, puis brandit vers le plafond un poing triomphal. Après quoi il s'approcha de Reacher, le visage rayonnant.

— J'étais inquiet, vraiment inquiet, dit-il. Sale blessure. Le clou a pénétré dans votre crâne et s'est enfoncé de trois millimètres dans le cerveau. Le lobe frontal, mon vieux, c'est pas l'endroit rêvé pour planter un clou. Si je devais prendre un clou dans le crâne, le lobe frontal n'aurait sûrement pas ma préférence. Mais si je devais voir un clou dans le lobe frontal de quelqu'un d'autre, je choisirais sans doute le vôtre : cher ami, vous avez le crâne plus dur que l'homme de Néandertal. Dans la tête d'un individu normal, ce clou aurait pénétré tout entier. Et rideau.

— Donc je vais bien ?

— Vous venez de nous faire économiser dix mille dollars d'examens, répondit joyeusement le médecin. Quand je vous ai parlé de votre poitrine, qu'avez-vous fait ? Vous avez analysé l'information, l'avez comparée à celle figurant dans votre base de données intérieure. Vous avez compris que cette blessure ne justifiait pas trois semaines de coma, vous êtes souvenu de votre autre blessure, avez additionné deux et deux et posé la bonne question à la bonne personne. Immédiatement. Sans hésiter. Pensée rapide, logique, pertinente, conclusion lucide. Si vous voulez l'avis d'un professionnel, votre cerveau se porte comme un charme, mon cher.

Reacher acquiesça lentement.

— Alors quand pourrai-je sortir d'ici ?

Le médecin feuilleta une liasse de graphiques accrochée au pied du lit.

— Eh bien, votre état général est excellent, mais je préférerais vous garder encore un peu. Mettons un ou deux jours, peut-être.

— Pas question. Je sors ce soir !

— On verra comment vous vous sentirez dans une heure, répondit le médecin.

Il s'approcha de la perfusion, régla une petite valve, donna une pichenette dans le goutte-à-goutte, observa le résultat et quitta la pièce. Il croisa Jodie sur le seuil de la chambre. Elle était accompagnée d'un homme. La cinquantaine, cheveux gris et ras, veste en coton gaufré. Reacher se dit : Dix contre un que c'est un gars du Pentagone.

— Reacher, voici le général Mead, annonça la jeune femme.

— Du ministère de la Défense, compléta Reacher.

L'homme le regarda d'un air surpris.

— Nous nous sommes déjà rencontrés ?

— Non, mais je savais qu'on ne manquerait pas de m'envoyer quelqu'un de chez vous dès que je serais en état de lever le camp.

Mead sourit.

— C'est vrai. On a pratiquement campé devant votre porte. On ne va pas tourner autour du pot : le ministère aimerait que vous teniez votre langue sur l'affaire Allen.

— Pas question.

Mead souriait toujours. Il attendait. Il connaissait les règles du jeu. Leon disait toujours : « Donnant donnant, sinon je ne veux rien entendre. »

— Les Hobie, commença Reacher. Vous leur envoyez deux billets d'avion en classe affaires pour Washington, vous les logez dans un hôtel cinq étoiles, vous leur montrez le nom de leur fils sur le mur du Souvenir, le tout avec une méga-fanfare en grand uniforme. À ce prix-là, je la boucle.

Mead acquiesça.

— Ce sera fait.

Il se leva sans ajouter un mot et quitta la chambre. Jodie vint s'asseoir au pied du lit.

— Parle-moi de l'enquête, dit Reacher. On va m'interroger ?

— Non. C'était de la légitime défense. Et puis Allen a tué des flics. Tu es sûr de ne plus jamais payer un PV à New York.

— Et mon flingue ? Il était volé.

— Non, c'était l'arme d'Allen. Tu lui as pris en te battant avec lui. Tous les otages sont prêts à témoigner.

Reacher revit le nuage de sang au moment du coup de feu. Pas si mal, songea-t-il. Une pièce sombre, un clou dans le crâne, une balle de 38 dans la poitrine, un seul œil valide, quasiment le tir parfait. Puis il revit le crochet d'acier contre le visage de Jodie, sa peau couleur miel.

— Et toi, comment vas-tu ? lui demanda-t-il.

— Très bien.

— Pas de cauchemars ?

— Aucun. Je suis une grande fille maintenant.

Il acquiesça à nouveau. Se rappela leur première nuit. Une grande fille. C'était si loin. Presque une autre vie.

— Et toi ? lui demanda-t-elle à son tour. Comment te sens-tu ?

— Comme un Néandertalien.

— Sérieusement.

— Je me demande la tête que j'ai.

— Tu vas voir.

Elle alla chercher un miroir dans la salle de bains. Une petite glace ronde encadrée de plastique. Reacher la prit dans sa main droite et l'inclina vers son visage. Même peau tannée par le soleil. Yeux bleus. Dents blanches. On lui avait complètement rasé la tête. Les cheveux avaient repoussé de quelques millimètres. La partie gauche de son visage était constellée de petites cicatrices. Celle du clou, au milieu du front, était à peine visible. Juste un peu plus rouge que celle que lui avait faite son frère Joe avec un éclat de verre quand ils étaient petits. Il abaissa le miroir vers sa poitrine et vit de larges bandages d'un blanc éclatant. Il devait avoir perdu quinze kilos. Il tendit la glace à Jodie, essaya de s'asseoir. Mais fut pris d'étourdissements.

— Je veux sortir.

— Tu es sûr ?

Oui, il en était sûr. Mais sa tête retomba d'elle-même sur l'oreiller. Pour un instant. Juste un instant. Une douce chaleur l'envahit. L'oreiller était moelleux. Son crâne pesait si lourd. La pièce s'assombrit. Il leva les yeux. Vit la poche de la perfusion loin au-dessus de lui. La petite valve que le médecin avait réglée. Il y avait quelque chose d'inscrit. Reacher plissa les yeux. Se concentra de toutes ses forces. Et lut : « MORPHINE ».

— Merde, murmura-t-il.

Et il bascula dans le noir.

Lorsqu'il se réveilla, le soleil avait bougé. Il était plus tôt dans la journée. Pas l'après-midi. Le matin. Jodie était assise sur sa chaise, près de la fenêtre. Elle lisait toujours. Le même livre, mais un centimètre et demi plus loin. Sa robe n'était pas jaune mais bleue.

— On est demain, dit-il.

Elle referma le livre et se leva. Se pencha vers lui et déposa un baiser sur ses lèvres. Il lui rendit son baiser. Puis, serrant les dents, arracha les aiguilles de la perfusion. Les jeta sur le sol. Se redressa, se cala contre les oreillers et passa la main sur son crâne rasé.

— Comment te sens-tu ? lui demanda la jeune femme.

Avant de répondre, il passa mentalement en revue chaque centimètre de son corps, des orteils au sommet du crâne.

— Parfaitement bien, répondit-il après inspection.

— Tu as de la visite. Je peux faire entrer ?

Il acquiesça. S'étira. Sentit un élancement dans la poitrine. Sur la gauche. Et un hématome dans le creux du bras, là où s'étaient plantées les aiguilles de la perfusion. Il sourit. Il avait compris. Avant même de les voir, il les reconnut. À l'oreille.

Grincement de chaise roulante et bruit de respirateur. Le mari apparut le premier, poussé par sa femme. Il portait le même costume de serge bleue. Elle, une belle robe toute neuve. Le vieux Hobie porta la main droite à sa tempe. Un tremblotant salut militaire. Que Reacher lui rendit. Puis le vieillard abaissa sa main et roula lentement vers Reacher.

Ils avaient changé. Toujours vieux, toujours affaiblis, mais sereins. La nouvelle de la mort de leur fils valait mieux que le doute. Reacher revit le labo aux murs aveugles de Newman et le cercueil d'Allen contenant les restes de Victor Hobie.

— C'était un héros, vous savez.

Le vieil homme dodelina de la tête.

— Il a fait son devoir.

— Bien plus que ça. J'ai lu son dossier. J'ai parlé avec le général DeWitt. Victor était un pilote courageux. Il a sauvé beaucoup de vies. S'il avait vécu, aujourd'hui il serait général, le général Victor Truman Hobie, avec un commandement important ou un poste au Pentagone.

C'était ce qu'ils avaient besoin d'entendre et, en outre, c'était la vérité. La vieille dame posa sa main décharnée sur celle de son mari. Et ils restèrent assis, silencieux, le regard mouillé, perdu dans une jungle lointaine. Ils se racontaient sans doute l'histoire de ce qui aurait pu être. Le passé s'étirait, ligne droite et tronquée : la vie de leur fils s'était achevée avec noblesse. L'oxygène siffla en s'échappant de la bouteille, au rythme de la respiration saccadée du vieillard.

— Je peux mourir tranquille à présent, dit-il.

— Non, pas encore, répondit Reacher. Vous devez aller voir le mur. Son nom y sera gravé. Je veux que vous m'apportiez la photo du mur avec le nom de votre fils.

Le vieil homme acquiesça et sa femme sourit, les larmes aux yeux.

— Mlle Garber nous a dit que vous alliez peut-être habiter Garrison. Nous serons voisins.

— C'est possible.

— Mlle Garber est une charmante jeune femme.

— Oui, madame, vous avez raison.

— Cesse d'ennuyer ce garçon, dit M. Hobie avant d'expliquer à Reacher qu'ils ne pouvaient rester davantage car le voisin qui les avait conduits attendait pour les raccompagner.

Il les suivit du regard jusqu'à ce qu'ils aient quitté la chambre. Jodie entra en souriant.

— Le docteur dit que tu peux partir.

— Tu vas pouvoir me conduire ? Tu as déjà une nouvelle voiture ?

Jodie secoua négativement la tête.

— Pas eu le temps de faire des achats. J'ai loué une Mercury. Avec navigation par satellite.

Reacher étira ses bras au-dessus de sa tête et fit rouler ses épaules. Aucune sensation de douleur. Même aux côtes.

— J'ai besoin de vêtements, dit-il. Je suppose que ceux que je portais sont fichus.

— Les infirmières les ont jetés.

— Comment le sais-tu ?

— J'étais là.

— Mais... tu as été là tout le temps ?

— Tout le temps, Reacher. J'ai une chambre au bout du couloir.

— Et le cabinet ? Et ton travail ?

— Congé exceptionnel. Je les ai prévenus : c'était ça ou je démissionnais.

Sur ces paroles, elle ouvrit le placard de la chambre et en sortit une pile de vêtements. Jean, chemise, veste, chaussettes, caleçon, et sa vieille paire de chaussures posée sur le dessus. Comme à l'armée.

— Rien de bien extraordinaire côté fringues. Je ne voulais pas rester trop longtemps absente. Je voulais être près de toi quand tu te réveillerais.

— Ce truc par satellite, dit Reacher au bout d'un moment, il y a Garrison dessus ?

— C'est là que tu veux aller ? demanda Jodie en lui lançant un regard pénétrant.

— Pourquoi pas ? Il faut que je me repose, non ? L'air de la campagne me fera du bien. Et puis... — il détourna les yeux —, tu pourrais peut-être rester un moment avec moi, histoire de m'aider à récupérer ?

Il rejeta le drap. Posa les pieds sur le carrelage. Et se leva. D'un mouvement lent, mal assuré. Il commença à s'habiller. Jodie lui prit le coude pour l'empêcher de tomber.

UN ANGLAIS OUTRE-ATLANTIQUE

Qu'est-ce qui a pu conduire Lee Child, citoyen britannique né il y a 44 ans dans la petite ville provinciale de Coventry, à quitter à la fois son métier de réalisateur de télévision et son île, pour émigrer à New York et devenir auteur de thrillers américains ? Voilà, entre autres, ce qui nous intriguait et sur quoi il a bien voulu nous donner quelques explications en nous recevant chez lui, aux États-Unis, peu avant la parution d'*Alarme* à France Loisirs.

Surprise : non, Lee Child n'habite ni une tour ni un loft de Manhattan. Pour le trouver, il faut quitter la jungle urbaine et remonter l'une de ces innombrables autoroutes qui desservent les banlieues nord de New York. Puis on s'engage sur une petite route silencieuse bordée de grands arbres et d'étangs. La boîte aux lettres rouge, numéro 110, c'est ici ! Une vaste maison en bois naturel, aux lignes modernes, encadrée d'un jardin de rocailles où se cache une superbe piscine taillée dans la pierre. L'intérieur de la maison est éclairé par de larges baies vitrées et meublé dans un style contemporain dépouillé. C'est donc, contre toute attente, dans cette atmosphère ultrapaisible, presque monacale, que Lee Child concocte les aventures bondissantes de son *action hero*, le solitaire et séduisant Jack Reacher, qui n'a pas son pareil pour confondre les plus dangereux criminels tels que le terrifiant Victor Hobie d'*Alarme*.

Grand, mince, les cheveux blonds et le teint clair, l'accent british immédiatement reconnaissable, et, bien entendu, l'allure parfaitement flegmatique, Lee Child ne peut certes pas renier ses origines. Mais, marié à une Américane depuis plus de vingt ans, il connaît parfaitement les États-Unis pour les avoir visités un nombre considérable de fois. Il n'est installé que depuis 1998 dans cette banlieue résidentielle de l'État de New York où a grandi sa femme et où elle souhaitait retourner, mais il semble que les changements de décor et d'existence lui aient plutôt réussi. *Du fond de l'abîme*, le premier roman de la série Jack Reacher, paru en 1997, a été traduit en 22 langues et lui a valu deux prix du premier roman. Depuis, notre auteur prolifique a déjà enchaîné avec trois autres livres, au rythme d'un par an, et le cinquième est en chantier !

« J'ai conçu Jack Reacher à rebours, en pensant d'abord à tout ce que je ne voulais pas qu'il soit. J'ai décidé qu'il serait à l'opposé de tous les héros actuels de thrillers et de séries policières.

Je ne voulais ni d'un détective, ni d'un policier. Il n'aurait pas de travail régulier, pas de chien, pas de famille, pas d'ami... Et surtout, il n'était pas question qu'il soit alcoolique, dépressif, divorcé, ou en proie à je ne sais quel drame intime ! Bien sûr, il a un petit côté antihéros du fait de son histoire personnelle. C'est quelqu'un qui, étant fils de militaire, a passé toute sa vie dans cette institution hermétique qu'est l'armée et il a vécu un peu partout dans le monde. La série commence quand il quitte l'armée, en principe à cause de réduction d'effectifs, mais j'ai laissé planer l'ambiguïté parce qu'il fallait qu'il conserve un peu de mystère. Lorsqu'à 36 ans, il se retrouve dans la vie civile, il est projeté dans un monde dont il ignore tout. Il ne sait pas comment se débrouiller, comment gagner sa vie, et de ce fait, il est un peu perturbé. De toutes façons, c'est moi qui l'ait voulu ainsi. Je pense que son incapacité à réussir dans sa nouvelle vie et son manque de motivation en font un personnage plus intéressant pour un héros de série. S'il était par exemple détective privé, au début de chaque livre, on le verrait assis dans son petit bureau et puis la porte s'ouvrirait, et une superbe blonde entrerait avec un gros problème à résoudre... Je ne voulais pas de cela. Je veux pouvoir emmener Jack Reacher où bon me semble.

Emigration to the US, july 1998.

En réalité, il est plus international qu'américain. J'ai fait ce choix en partie pour des raisons pratiques. N'étant pas moi-même américain, je rendais ainsi plus plausibles les éventuelles erreurs que je ferais à propos de ce pays... D'ailleurs sa mère est française et il parle couramment le français. Pourquoi une Française ? Je ne le sais pas vraiment. Je connais bien la France et j'y allais souvent lorsque j'habitais en Angleterre. J'ai pensé qu'une mère française apporterait un fond culturel à son personnage. J'ai donc imaginé que son futur père, un soldat américain un peu rustre, avait rencontré quelque part en Corée cette élégante jeune femme qui travaillait dans ce pays comme volontaire, infirmière ou professeur, et qu'ils s'étaient mariés. Les Françaises ont quelque chose de très particulier. Quand j'étais écolier, j'avais un correspondant français. Nous nous écrivions toute l'année et l'été, j'allais chez lui. La mère de mon ami était une charmante parisienne, toujours très chic. C'est à elle que j'ai dû penser en imaginant la mère de Jack Reacher.

Quant au personnage de Victor Hobie, j'ai souhaité le rendre le plus monstrueux possible afin de créer un effet dramatique très fort. Au début de l'histoire, on rencontre ceux qu'on croit être ses parents et qui pleurent leur fils disparu au Viêt-nam. Je voulais que le lecteur soit choqué, qu'il ne comprenne pas comment un jeune homme aussi exemplaire a pu devenir cet être ignoble. J'ai donc imaginé cet ancien du Viêt-nam affreusement mutilé, menant ses activités criminelles en toute impunité dans un bureau de l'une des tours du World Trade Center, à Manhattan. New York est une ville tellement peuplée et chaotique qu'elle se prête très bien à ce type de situation. Il est possible d'y vivre, entouré de millions d'individus, dans le plus grand secret, l'anonymat le plus complet. Au début, j'ai eu un peu peur d'avoir fait de Hobie une caricature grotesque, avec son physique repoussant et sa cruauté. Mais j'avais tiré comme leçon, en écoutant les réactions des éditeurs et celles des lecteurs à propos de mes deux précédents romans, que dans un thriller, les méchants doivent être vraiment très méchants. Il faut forcer la dose, même si ce n'est pas très réaliste. Dans la vie courante, les criminels sont des gens beaucoup plus ordinaires. Ils peuvent habiter à côté de chez vous pendant des années sans que vous vous doutiez de quoi que ce soit.

Je me suis délibérément écarté des deux tendances qu'on rencontre aujourd'hui dans les séries policières. L'une est de raconter des histoires qui se déroulent toujours dans une même ville, un même lieu, Chicago, Boston, New York... Ces lieux deviennent les véritables héros de la série. L'autre consiste à créer une famille de personnages, un peu comme dans les séries télévisées. Il y a le héros principal, autour duquel gravitent cinq ou six personnages secondaires, l'ami farfelu, la maîtresse, l'amant, la nièce, etc. Patricia Cornwell, par exemple, fait cela très bien. Je connais quantité de gens qui lisent ses livres uniquement pour savoir ce que deviennent Lucy ou Benson. J'ai tourné le dos à ces partis-pris et je dois dire que ce fut un choix difficile car ces types de romans marchent très bien. Ils fidélisent les lecteurs. Mais je trouve qu'au bout de deux ou trois livres, on finit par s'ennuyer.

L'auteur lui-même s'ennuie, et cela se sent. Il est piégé par son succès et son travail devient aussi monotone que n'importe quel job de bureau. Très peu pour moi !

J'ai toujours aimé le spectacle, surtout le théâtre. Dans toutes les écoles anglaises, les enfants préparent des spectacles pour la fin de l'année. J'y ai participé dès l'âge de cinq ans. Avec le recul, je me dis que les spectacles devaient être épouvantables, mais pour moi, ce furent des moments fantastiques, et j'ai toujours su que j'en ferai mon métier. J'ai un immense plaisir à divertir les gens. Après des études de droit, pendant dix-huit ans, j'ai travaillé comme réalisateur et auteur de télévision. Il y a quelques années, j'ai perdu mon travail à cause de réduction d'effectifs — un parallèle avec Jack Reacher — et je me suis rendu compte que je ne savais rien faire d'autre. J'ai donc décidé d'écrire des thrillers, ce qui m'est apparu comme une transition naturelle avec la télévision. Je ne cherche pas à gagner le prix Nobel de littérature ou le prix Pulitzer. Donner du bon temps aux gens ordinaires, voilà mon unique ambition.

J'écris des romans américains car la règle d'or pour un auteur, c'est de parler de ce qui lui plaît. À mon avis, c'est l'auteur qui doit faire l'effort d'imagination, pas le lecteur. Son rôle est de savoir raconter de bonnes histoires. Cette conception tranche avec l'idée que se font les Européens du livre, lui conférant d'emblée un aspect trop intellectuel.

Les Américains sont parmi les meilleurs lecteurs au monde. Ils achètent beaucoup de livres, en tout cas certainement plus que les Anglais. Je crois que cela tient à l'indigence de leurs programmes télévisés. Contrairement aux Anglais et aux Français, qui sont très contents de regarder la télévision le soir car les programmes sont de bonne qualité, l'Américain moyen est obligé de se tourner vers autre chose. D'autant que, aux États-Unis, c'est un vrai plaisir d'aller faire son shopping dans une librairie. Vous pouvez prendre un café, écouter du jazz, ou carrément vous asseoir et lire des livres. Personne ne vous harcèle ni ne vous pousse à l'achat. Le produit lui-même est conçu pour attirer le regard. J'ai remarqué qu'en France, les couvertures de livres sont souvent très sévères. On vous fait comprendre que seul le contenu est important.

La guerre du Viêt-nam est une bonne source d'inspiration pour un auteur de thrillers car elle a créé un grand traumatisme dans la société américaine et a profondément perturbé quantité d'individus. La Seconde Guerre mondiale a été perçue comme une cause juste et héroïque, tandis que le Viêt-nam est, et restera, une honte nationale. Ce qui m'a intéressé tout particulièrement, c'est cette minorité de familles aux valeurs très traditionnelles, comme les Hobie, dont les enfants sont partis pour le Viêt-nam en étant convaincus de faire leur devoir patriotique. Pour ces familles, le traumatisme a dû être très grand, surtout compte tenu de la façon dont les vétérans ont été traités à leur retour. La question des prisonniers de guerre — existe-t-il, au Viêt-nam aujourd'hui, des camps secrets de prisonniers américains comme certains le croient ? — montre bien à quel point ce sujet reste sensible aux États-Unis. Je suis persuadé que ces camps n'existent pas. Il s'agit d'événements vieux de trente ans maintenant et l'on n'a pas le moindre petit bout de preuve. J'ai d'ailleurs mis un point d'honneur dans mon livre à montrer comment des individus peu scrupuleux pouvaient fabriquer de fausses photos. Il est évident qu'avec un demi-million de soldats envoyés au Viêt-nam, un certain nombre ont été tués au combat et que leurs corps n'ont jamais été retrouvés. Cela arrive dans toutes les guerres. Mais ici, les gens refusent d'accepter cette idée à propos du Viêt-nam. C'est une réaction que je comprends. Elle fournit un dérivatif à la peine et à la colère.

Lorsque je n'écris pas, je lis. J'adore lire. J'ai longtemps conservé une certaine culpabilité à ne pas choisir uniquement ce qu'on appelle des livres de qualité. Mais aujourd'hui, je lis absolument de tout. Des romans populaires, de l'histoire, des documents, des livres politiques, la boîte de corn-flakes... J'ai d'ailleurs appris à lire en déchiffrant ce qui était écrit sur les boîtes de céréales, au petit déjeuner. Je suis très conscient d'être quelqu'un de parfaitement ordinaire. Je n'ai pas beaucoup de respect pour ce qu'on appelle la culture intellectuelle. J'aime mille fois mieux écouter du rock'n roll que du Mozart. Les produits de grande consommation, les objets industriels, tout cela me fascine. J'adore tout ce qui est bas-de-gamme, la pacotille, le jetable. C'est sans doute pour cela que j'aime tant l'Amérique... »

Interview réalisée par Laurence de Bélizal
pour France Loisirs

Photocomposition *CMB* Graphic, 44800 Saint-Herblain
Aubin Imprimeur, 86240 Ligugé. — D.L. février 2000. — N° éd. 32860. — Impr. L 59593